钟 道 新 文 集

第十卷

散　文

钟道新创作年表

三十五年度若飞

二〇一七年

作家出版社
三晋出版社

一九九二年，建筑学家汪国瑜为钟道新题写《文心雕龙·神思篇》扇面

我能够辨，可不去辨，我不够朋友；我不能辨，你偏让辨，你不够意思。您写着辨。

道新仁兄挡鬼符 癸酉 姜昆

一九九三年，姜昆为钟道新题写"挡鬼符"

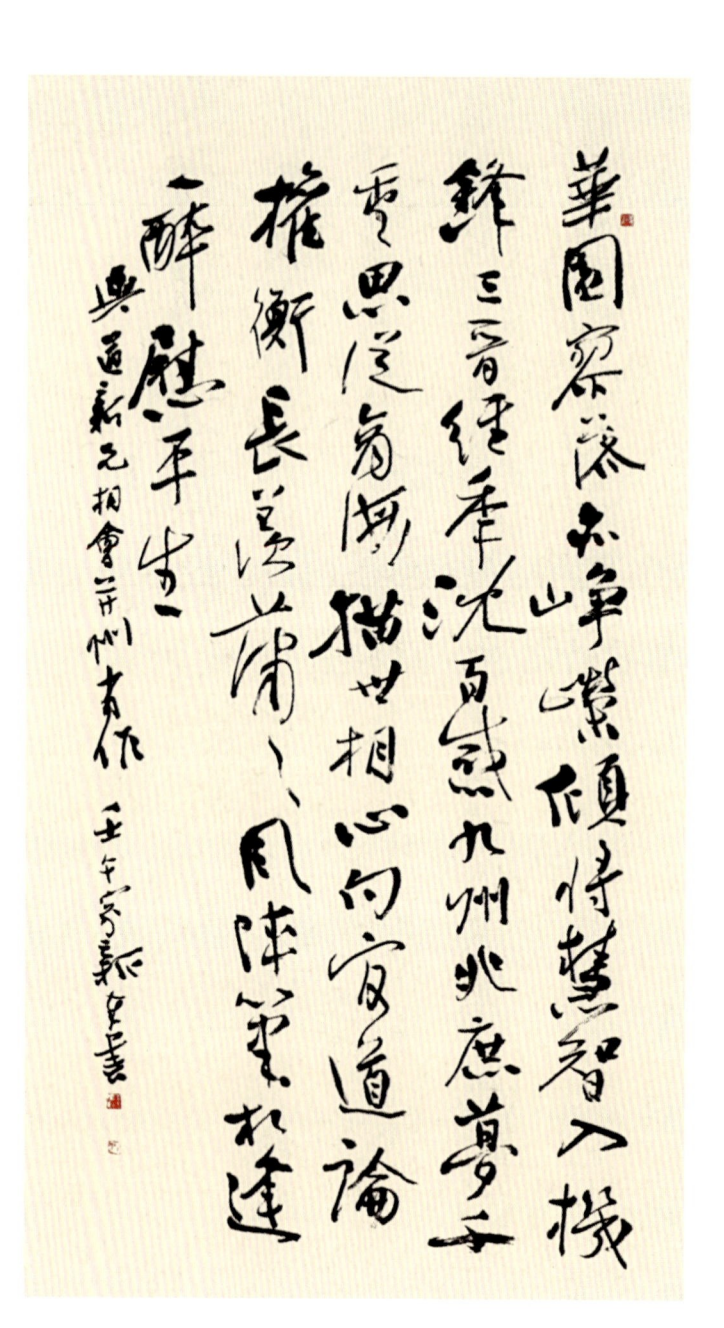

书法家王家新为钟道新题诗

目　录

散　文 ·· 1

神头十二年 ·· 3
偶然的虚构 ·· 6
权力的图腾 ·· 8
皇族的职业 ·· 11
小说无技巧 ·· 21
经济问题侃 ·· 26
股市风云总难忘 ·· 32
"可侃度"甚高的小说 ·· 35
社会人与经济人 ·· 38

联想网	45
股票不是钱	50
专家的主意	52
机会和起点	54
官和商	56
二哥和我	58
朋友圈	67
年前说"吃"	76
婚姻共同体	78
打火机及小摆设	81
关于企业家的札记	89
摩托车	93
"思想"下海	99
家庭随想录	103
官　僚	105
官僚之技巧	108
真正的奖励	117
城市速写	120
我和某某商人	127
创作中的不可测因素	132
城市与人	134
有关时尚的文学札记	137

书包的异化	143
配　套	145
圆明园和动物园	147
教育原来在清华	149
纯净水：科学的时尚	191
熊猫和说法	193
"晋军"随想	196
复杂的背景知识	198
新雨其人	203
关于小说的断想	206
过年杂感	209
智慧生活	211
纵横代沟	214
方法即世界	217
影视浅谈（一）	219
影视浅谈（二）	223
法律其实就是一种规矩	228
有关电视剧	231
网络与我	243
书的故事	246
分析之力量	250
泛文化背景	253

"够"的精神 …………………………………………… 256

路由人走 …………………………………………… 258

编剧的理论 ………………………………………… 261

比　较 ……………………………………………… 264

钟道新文集编后记：三十五年度若飞 / 宋宇明 ………… 267

散　文

神头十二年

一辆摇摇晃晃的列车，缓慢地在北同蒲线上蠕动着。没有人知道它什么时候能到达神头——作为工业化的标志，《列车运行时刻表》在公元一九七四年，完全丧失了功用。

我不敢睡，瞪大眼睛望着窗外黑乎乎的夜空。我从来没有到过雁北，虽然我插队时曾以"名山闲游客"自居。可那时候向往的是苏杭二州、春城昆明、都会上海。有谁想来塞外呢？自古以来，此处都是充军发配地。活该我倒霉，被省电力学校分配到这儿。最多待上三年——还没有到，我就做好了走的打算。

神头。一块黑乎乎的站牌。一间詹天佑时代的候车室，一条孤零零的铁路，伸向昏暗的天际。

那个被校领导吹得天花乱坠的"亚洲大电厂"在哪？我问一个穿着羊皮大衣的老人，答曰：不知道。

天真冷。朔风高速北行，雪花与大地形成无数条平行线。再待下去，非成"倒卧"不可。我顺着两条电线——从截面上判断，这是条动力线，摸索着前进。

最后我居然找到了两幢跟大地结成一体的土黄色小楼。蹲在楼门口等了好一阵，才算来了人。我用冻僵了的手，掏出《派遣证》递给负责人。"放下吧"。他冷冷地说。"本来就没有地方住，又分来这么多学生干什么？"我临出门时，他又补充了一句。

这话的温度可真够低的。

一排四面透风的小房里,温度却极高。同来的伙伴们,正激昂慷慨,煮酒论英雄。

"一张白纸,好画最新最美的图画。"

"正是这样的电厂,才有干的。要是分到老厂,这辈子也不会有咱们的出头之日。"

"我打算干……"

"我打算当……"

年轻人,就是生活在希望的世界里的。

希望是希望。生活是生活。如果二者之间吻合,那将是个理想的世界。可一九七四年不是。一九七五、一九七六年也不是。一九七七年开始显出一丝生机。一九七八年形势转好的趋向才明显化了。

在这期间,我作过技术员、工人、教师。同来的七十五名伙伴,也在不同的岗位上努力奋斗着。

没膝的黄土路。动能巨大的砂粒。山一般的图纸。一箱箱、一堆堆的机械。白天的辛勤劳动,深夜的刻苦攻读。三泉湾的绿洲。烟囱中的第一缕烟:我说它是蓝的,可有人说是绿的——反正两种都是美好的颜色。

电厂一寸寸地成长,一分分地丰富。

十二年是一瞬。

十二年是永恒。

一幢崛起的厂房,从布局上完全是大型现代化企业的恢宏气派。

六座雄伟的锅炉,每天都要吞食上万吨煤。化学能由此转换成热能。这个过程是极为壮观的:水冷壁包裹着炽热的地狱之火、纯净的水贪婪地吸食着火之精灵,然后通过井然有序的管路,奔往另一个世界。

五台汽轮机是静卧着的,它默默地承受着巨大的冲击力:上千个精密的器件,组成一个和谐的整体。忠实地将火之精灵转换成旋转力。这个过程是深刻的。

电与磁的世界是神秘的。文静的外表里,一种更高形式的能量转换在进行着。它将构成整个文明世界的公因子。神经般地遍布神州大地。

……

所有这一切都美吗?

美!这是一种罕见的技术美。人类的力量美、智慧美。对于我们这些亲见美的产生历程的人来说,感情就更深了——由并来神至今,七十五位同学中,大部分人都兑现了自己的诺言。他们在神电的历史中,都有属于自己的部分。篇章虽小,但字字都是大写的。当然,脱离与沉沦者,也不乏其人。进化的本质,就是将多余的部分去掉。

不再写了。我跟神头电厂一样,还不到回忆的年龄。前面的路,还长着呢!

《建光》 一九八七年第一期
《山西电力报》 一九八七年二月十四日

偶然的虚构

我渴望信息。《新闻联播》节目因之成为晚餐时的一道主菜。如果哪天没读上《参考消息》或《经济日报》之类的报纸，便惶惶然。据说这是知识分子的副特征。信不信由你。

采集信息一方面是追求智力快感，另一方面却是极功利的：非如此将无法维持惨淡的写作生涯。

信息一旦进入系统中，我便听凭它自生自灭。

一个纯属偶然的机会，被思想激励起来的信息与灵感相遇，并自动走完构思之路。一个虚构的东西出现了。

据说世界上的东西只有两种：一是科学，它是确凿的经验，并且可以重复。二是艺术，它是纯粹的想象——可我却想把它们化合到一起。

我这意图显然侵犯了搞自然科学的朋友们之领土权，也伤了他们的职业自豪感。他们因之发出一片"形而上"的笑声。"如果你要懂超导，我们早上斯德哥尔摩领奖去了。"

我确实不太懂超导。可把不懂的东西往懂的上扯，这不光是小说家也是教授的本领：假如你向某教授请教一道他不会的物理题，他就会一本正经地告诉你：这其实是数学问题。然后大讲一通数学。让你得不到答案还没法再问。

可朋友终归是朋友，他们借给我一大批书，并标出重点。然而我只读了序言与基本原理。浅尝辄止是小说家做学问的一大诀窍。如果你全读懂了，科学家不全失业了？前些时日，有人论及"作家的非学者化倾向"。其实这不值得奇怪：作家本来就不是学者，这如同运动员不是学者一样的正常。再者读书一道，切忌追求全读懂。能略其大略就行。如今一本书不等你全读完，便已过时。读书方面，我持"知足常乐"的中产阶级价值观。

我之所以硬着头皮读这些，为的是采访时有些对话资本：你总不能采访钱学森时，张嘴问道：您是研究什么的？您又写过什么书？

但浅尝辄止终归浅尝辄止。专家们的话，"能懂度"太低。可我依然体验到那种追求精神，这就够了。

至于小说中贝小知类的人物，我实在是太熟悉了。这等"知青大儒"再写十个也不费劲。所以一位在科学院工作的年长朋友读毕后说：你书中的大部分人物我甚觉陌生，只有贝小知好像很熟。他莫不是你自己——可悲的评论。

可无论如何，小说出来后我还是满意的。科学+艺术=我的小说。按照系统论的说法：整体大于局部之和。

我衷心地感谢上海《收获》杂志的编辑同志们。他们使我懂得"小说是改出来的"——虽然平庸之作，经过认真地修改、编辑，也无法成为伟大的作品，至多达到能发表的水平。

我还得感谢一位在新闻界工作的朋友。他具有真正的大记者风范：能像小泽征尔使用指挥棒一样地使用电话机，把该找的人从任何地方找出来，并交到我手里。他还把我领进全国最棒的实验室里，很玩了一阵子精密仪器。然后他又把我推入天才汇聚的银河系里。在我开始写作时，他还告诫我：千万别写得太深，人们其实不愿意多想——不再多写了，想他也能原谅：就吹捧而言，这已经是登峰造极。

《〈超导〉后记》《中篇小说选刊》 一九八九年第六期

权力的图腾

有人崇尚权力,有人惧怕权力,有人对它敬而远之,它既简明又神秘。一句话:它就是影响力。它影响别人,影响自己。在它周围有一个强大的"场",它覆盖一切,并伸向远古与未来。

有次侄子问我:"科长是多大的官?"我答曰:"在权力系列图中,属末级。"他又问:"科长有多大权?""这就要看他是否管你了。如果管,权力就十分大。将影响到你的升级、住房、休假,以及生活中的一切和子孙后代。""倘若我豁出去呢?"只有孩子才有不怕没饭吃,半点不随人的派头:"那你就会成为林则徐所谓的'无欲则刚'。"我话虽这么说,但我深信他豁不出去。

我头一次品尝到权力之威,尚在插队之初。当时因家母有病,欲回京探亲。可小队长偏偏不同意,根本不为哀求所动。此时来了一位下乡干部,他是家父的学生。攀谈几句后,他与队长一说,于是我就出差到京,一切费用归公。

第二次是在一九七二年上学时,因政审被卡,我找到了县委副书记。他是个和善且通情达理的人,听罢陈述,便调档审查一番后就草签了升学表,我因之得以享受浅薄之教育。前年我特地回县登门感谢他。这位垂垂老者已经不记得这回事了。他抱歉地对我说,"从一九四四年当干部起,我这支笔既批杀人捕人处分人,也批升级、招工上学。实在是太多了。"

旧时同学中有不少做官的,有些还不算小。拿出名片来尽是些"正、副厅级"

什么的,聚会时我难免与他们侃侃"官经"。

另有一位手中亦握有相当大的权柄的朋友,某日我戏之曰:"给我弄个办公室主任当当如何?""你不行。"他干脆地回答:"你连当官的抬头格式也不懂;倘若给你一个部门,不是它毁了你,就是你毁了它。如果实在想当,当个文联副主席还差不多。""连个正的都舍不得给。"我故作埋怨。"正职必须是原动力,必须熟悉机关工作的程序与规律。不过可以变通一下,让你当副职,但享受正级待遇。"我笑了。"如果你调离西北边陲而去东南沿海某个美丽小城工作的话,这倒是个可以考虑的建议。""如果去沿海,可能不是管理小城,而是一个地区或者一个省份。"他也笑了。

人若做了官,有点架子是难免的。因为他必须以此来抵御一些闲杂事,关键要看他是否失却人性固有的东西。比方说爱人、尊敬人、友谊、幽默感,倘若失之,便成纯官而非人了。

我曾经不止一次在一位年长朋友的办公室内看他处理工作,其繁忙度可概括为:日理万机。几个小时内,法律、财务、工程、生老病死,杂沓分至而他则当断即断,从不推诿。"我是这个单位的主管,要负最后责任。只要在我的权力范围内我就尽量给人一个明确的答复:要知道群众来找我一回,往往要下很大的决心。""如此多的事,你怎么能记得住呢?""有原则,什么事该怎么办,你就是三年后来问我,还是这个答复。做领导必须了解人,了解他们的内心活动。有的人想的比该得到得多,而说出来的又比想得多。另一些人则反之。所以必须根据不同的情况,给他们的要求乘个系数。""这个由你而定的系数肯定有很大的随机性。"他耸耸肩。"我是人而非神,出错是难免的。但大多事我都批给有关部门,让他们拿出意见来,我择优用之。经过一层层过滤积淀后,事情将变得明晰起来。"

他的办事效率、方法、观点都使我敬佩,为人领导者,必须棋高一着。否则算什么呢?

在人满为患的中国,做一个成功的领导者绝非易事,非得有一套健全的机制和充分的民主环境才行——瞧,我怎么也讲开大道理了呢?小说家原本无此责任亦无此资格。

《〈权利场〉后记》《中篇小说选刊》 一九九〇年第三期

皇族的职业

苏华主编出题目,道新写文章——《我的业余生活》。

对那些勤奋、严谨的人来说,也许"事业"之类更好作。可于我则此题正中下怀:除偶然捉笔糊涂外,剩下的全是业余。并且上有悠久历史,下有完整构想。可以说是个无限广阔的领域,值得开掘的东西实在是太多、太多。

我一九八〇年开始写作,一九八一年发表处女作。一九八三年开始请创作假至今。若论纯粹的写作时间,每年不会超过三个月。但如同带新生儿的妇女一样:自己想睡时就哄孩子睡;自己想吃时就说给孩子做。我也依法炮制出一套理论:若到什么地方去玩,曰之体验生活;找人"侃",曰之交流信息;下棋打牌,曰之调剂;假寐,曰之构思;长期不出作品,曰之厚积薄发……反正汉语变幻无穷,运用之妙,存乎一心。再说看一个人的智力如何,主要参照是制造力:制造具体物体为下;提取抽象理论为中;而能无中生有,凭空创造,则为上上。作家干的就是这个。

自然界讨厌真空。生活中也不存在真空。你买了台全自动洗衣机,节省出一大块时间,这样你必须买一台游戏机、录像机之类来填补。

我以何物填之?用精确的科学方法,可划为四大类:棋牌、旅游、聊天、喝酒。

首项围棋,历史可谓悠久。大约在我七八岁时,父亲就教我下棋。抗战时期,清华、燕京、南开三大学,迁往昆明,组成"西南联大"。因为无书可教,父亲等一班教授就终日下棋,研究不算低的棋艺,他总想遗传下去。可围棋显然是属"静"

之物。父亲又是思考型、认真型的人,每走一步,都要长时间地考虑,提出各种方案,并且非要讲给你听。他这"诲人不倦",我以为是"毁人不倦"——倘若一个男孩,端坐在棋盘前,为一步棋考虑上半小时,那么他必是有病无疑。所以健康活泼的我,把棋视为一门功课,信手投子,只图能应付过去。

"文化大革命"降临,刹那间,一切均成空白。灾难只是对大人而言的,小孩子们甚至有些喜欢灾难,因为它打倒了权威,扰乱了秩序。我们充沛的体力与智力在流动中终于找到了出处:下棋。可已成惊弓之鸟的父辈们,个个禁止在家中玩这标准的"封建残余"。于是只得在外面找地方。夏天无所谓,冬天就惨了。弄得大伙直埋怨:以清华园之大,竟然放不下一张棋盘。然而同道中不乏聪明人,终于从暖气沟道钻入被封终年的校长蒋南翔之住宅。从此我们这些巡航飞机,找到了一个全天候机场。我们在这个宽绰、豪华、一应俱全的"棋院"中整整下了一年的棋。直至被蒯大富一派的人发现,将大伙拘留审查,并痛打一顿后,才告一段落。

待局面稍一稳定,父亲重新取出"窖藏"的"云子"与我对弈时,不禁刮目相看。热爱是最好的老师,这好像是列宁的话。

一个时代有其固有的风格。建筑、政治、文学艺术莫不如此。棋风自不能免。围棋是项高级活动,入局者多为文士。古诗云:有约不来夜半过,闲敲棋子落灯花。何等文雅从容?他们嫌"下棋"之"下"字不雅,创行话曰:手谈。于是有"手谈一局如何?"可我们约人下棋时却说:"有空让我教你一盘吗?"而后又升级为"宰你一盘如何?"并且上来就争抢只有高手才有资格用的白子。如果手慢没抢到,就往最无效率的中心投一子,还口口声声地说:这主要是表示我从战略、战术上都蔑视对手。

父亲对此极为不满。我告诉他:"此乃白玉微瑕。"而他则说:"这不止微暇,有伤大雅。"两套价值系统之间是很难对话的。

一旦插队,便半点约束也没有了。与我同村的八名男生,就有五名下棋。每每从清晨弈至深夜。有时是到处开花,有时是两人对局,众人观战。说是观战,其实是动嘴又动手,往往以演出"全武行"而告结束。

朋友中有几个棋下得相当好,踏平插队所在昔阳一县后,就开始远征。其时正值风华少年,大有"五岳寻仙不辞远"的劲头儿。加上坐火车全靠"扒",费用低廉。最佳时,一张站台票便可去昆明。所以我借此机会,走了不少地方。

我的棋下得不好。据说日本名棋手木谷直,门下弟子总段位超过二百段。可我则能反之:老师与对手的段位超过二百;因同伴中有人跻于国手之列,所以有机会与他们对弈。但终因天赋不足,被命定为:一辈子爱下棋,一辈子下臭棋。臭就臭呗,倘若举国皆国手,那岂不成了六亿神州皆为革命家的动乱时代吗?再者对于业余爱好来讲,万勿精益求精,把它变成研究课题。倘如此,便乐趣全无。

每逢电视转播围棋赛,我是必看不误。

第三届中日围棋擂台赛,有两盘在山西举行。头一盘是芮乃伟对山城宏,我估计她就得输。于是就订了江铸久对山城宏一局的票。可临行前却病了。加之电视又不转播,只好眼巴巴地等《新闻联播》。结果没消息。我心知不妙:其时正在开党代会,坏消息不宜播。其实,"祥瑞之兆,盛世不言"。最后我只好电询山西台。"什么围棋赛?我不知道。"对方说完就放下电话。我又致电中央台。"输了。"答话只此两字,详情皆曰不知。大多数人只关心输赢,并不是真的爱体育。而后江南才子马晓春克山城宏,胜武宫正树,出战加藤,局面呈 8∶8 状。当棋局一开,我便情知不好:马晓春太嫩了点。结果被我言中,至此之后,我接连两天茶饭无心。及到十四日聂帅卫平出战加藤时,我早早召集众棋友在电视机前摆开棋盘,并正式命名为"神头观战研究室"。不是有"东京观战室"、"北京观战室"吗?加藤的棋力量很大,张开大模样之后就自封为王,颇有清朝贵族"跑马占荒"的味道。

可老聂不惮这些,硬是深入腹地。绞杀一阵后,再补一手,便可太平,可他偏偏不补。

这偏偏不补是极见性格的。围棋的本质就是对抗。唯有自信,方能潇洒。

又是一大块棋差一手活净。老聂再次不补。

"他可别忘了。"观战室中的空气凝重起来。

"忘了就不是老聂!"我的逻辑极简单。美的东西总是简单的。

而后的局面越发复杂。双方频频"长考"。最后当加藤施放出"胜负手"时,老聂竟出一"俗手"。

我们都沉默了。上几代人中,有詹天佑、华罗庚、钱学森、陈景润为他们的代表;而我们则只有老聂。他是我们几百万"老插"的杰出代表,是我们的象征。漫长的十余着棋后,那"俗手"才像放在显影液中的照片一样,渐渐地现出力与美来。再过十着,老聂的两块孤棋合拢,生擒加藤大龙。众人齐声曰:真棒!

记得清华大学蒋南翔校长曾说:过十年、二十年,才能看出清华培养出来的学生不同一般。老聂此手,同理可证。

当夜,我招待观棋的朋友们饮酒。好酒,窖存十年的老白汾酒。有道是:古来圣贤皆寂寞,唯有饮者留其名。我们不约而同地向东遥祝。老聂亦好酒。他这会儿喝什么?日本酒我喝过,其味道不敢恭维。

若论饮酒,我自誉为行家里手。父亲从来不饮酒,大概就是为了攒下给我喝。哥哥们亦不饮酒,他们属于那种从理论上知道什么事不好便不去干的人。可生命就是为消耗而存在的,只要这种消耗能给你或他人带来快乐。人到该醉的时候就必须醉一下。对于那些饮酒而从来不醉的人,我总是信不过,以为其无真情也。

酒对中国人尤其重要。大约相当于美国人的精神分析大夫。谁也无法统计有多少冤仇在其中化解,又有多少友谊在其中创生。

某次我们去林区打猎,回来时摩托车的发动机坏了。于是只好用四条猎枪的背带作两辆车之间的牵引,结果被监理站的人扣住。交通规则明文规定:摩托车不许拖别的车,也不许被别的车拖。我们双罪并犯,自然没话好说。可朋友之一,竟鬼使神差地找来当地交通局局长。经说情后把我们放了。我询之为何等关系?他答曰:痔友——在同一医院中割过痔疮,并用夫子口吻说:"痔友者,至友也。"

"痔友"尚且如此,何况酒友乎?能在一起喝酒是种难得的缘分。

喝酒见性情。初上酒场时,总是自吹如何能喝,无须人灌,便能自醉。记得一九七五年朋友搞来一箱青岛啤酒。在国境与家境共萧条时,这可是稀罕物。我俩挣钱都不多,但一人出一半嫌太俗气不说,且有悖酒界伦理。于是约定:谁喝败了谁出钱。我俩以在墙上画"正"字为凭,从晚七点喝至早七点,到箱中只剩一瓶时,谁也喝不下去了。但仍然相对默默。最后由插足的第三者将其喝掉,并由我俩各出一半钱:每人十五块,相当于半个月的工资。如今积十余年之经验,渐渐地老练起来。总是开头找出各种借口不喝,及到后半截再出击。要知道:酒场如同橄榄球场,必须有人倒下,否则太没意思。可本相总要偶尔露出。去年一位老友结婚——他像一头耐心的狼,在情场上巡回十余年,方有所获。所以我们都约定好好庆贺一番。当逗那位吨位很小,面容美丽的小嫂子时,她很爽快地倒了一玻璃杯酒,足有四两,要和我干。我判定她是"虚张大模样",就应战并让其先干。她不动声色地喝干。我心想:咱哥们儿什么时候丢过这脸?甭说是好酒"五粮液",就是毒药,今天也得喝下去。酒下去,力量立刻弥漫全身。至于由她主持下去的婚宴如何结束,我一概不知。据说最后形成"家家扶得醉人归"之悲惨局面。

事后经众人分析,得出结论:她的基因拼接方式与我们不一样。可一问,方知她是外科医生,每日用酒精洗手,对其敏感度甚低。真是"不知深浅,切勿下水"。喝酒必须有胆。我曾经在一家大饭店喝过五十元一杯的陈年白兰地,也喝过六十年的汾酒。去年在深圳,去国贸大厦玩,先在电子游戏机前丢掉二十元;又在台球房、康乐球场分别送掉三十元;最后转到酒吧,看见有卖鸡尾酒的,就"新加坡先令"、"黑色奶油"、"蓝色罗曼"、"日出"、"酸溜溜"共来了五杯。若论其味儿,也就是那么回事。可一算账却傻了:它的标价均为外汇券,而我则只有相应的人民币。最后只得把身份证扣下,回去取钱。两种币制就意味着两种分配制度。妈的!

搞理工、哲学之类"真学问"的人,全凭"屁股功":必须硬坐苦读,皓首穷经,方有所获。可作家则不然,吃喝之中连同学问一块儿作了。这恐怕是我恋栈不去的重要原因。

酒桌是观察他人的重要窗口。你只要听上几句话,便可知其职业。某公给众人满酒时称:健全机构。并说再干一杯,便可考察出你的能力。最后一杯则叫:加深印象。你说他是干什么的?另一人则说:起始时大家都瞒产,待结束时一统计,各人所喝与总量平不住而红出来——"平"指账目平衡。"红"指"赤字"。他又是干什么的?

记得某次与同村插队、后来当兵的一女生相遇。她素以傲慢著称。我们相约以对诗为名,迫这位女中校喝酒。她居然从容应付一巡,然后双手举杯对我们唱起来:远方来的客人,草原人民欢迎你。金杯盛美酒,千杯也不醉——我们只好喝一杯。她接着又是一段,我们又一杯。当我们搞清她这种以胡松华"赞歌"为基调的祝酒歌恐怕能唱几天时,只好投降。她得意地诵两句古诗为结束语:"二十万军齐解甲,更无一个是男儿。"不是就不是呗,酒量最唯物;倘若越限,回报是严酷的。中校的宦辙在内蒙古大草原上转了八年。蒙人喝酒是天性又是职业。她自然近朱者赤。

性格、职业、历史全都浓缩在小小杯中。它是另一类的课堂,好学者总能找出上课的理由。

女人的闲话任何时候都可以说,而男人只有在喝酒的时候才能说:此刻可以诉积怨、骂领导、谈艳史。可以不负责任地自吹自擂。这对维持精神平衡相当重要。因此,适当地调拨出一些资金是必须的。不过最好是"借他人的酒,浇自己心中块垒"。我最爱听的提问是"今天在哪请你吃一顿?"我马上就能答出"马克西姆、明珠海鲜、仿膳"——不过这样的机会相当稀少。

喝酒的"硬"环境亦相当重要:某次我们到一老友开的店用餐。他先送上一杯"古井贡"酒,并用第三人称说:"这是老板的敬意。""真让人感动。"我由衷地说。"这不算什么。如果你怀旧的话,我还可以让乐队给你自奏一支曲子《拿起笔作刀枪》。""别!别!"我吓得连连摆手。

从另一层次上说,喝酒本身已成为一种符号:酒与菜的品位均不重要,关键是看与什么人在一起喝。总而言之一句话:酒海无边,不渡无缘之人。倘遇老友,便要喝出个山高水低。此时最好的制动力便是妻子们的脸色与音响。狮子吼原本是如来正声。

酒与"侃"是分不开的。酒场通着官场、生意场、文场、赌场……换言之:它是爱因斯坦的"大统一场"。我试着从"记忆库"中提取几段。

A说:不能毫无节制地吃喝。那是刚富起来民族的特征。必须有"度",置之度外的豁出去精神要不得。

B说:请人吃饭后,必须会有反馈。这是个以我为中心的系统,有进有出,我取其剩余价值为能量,从一个平衡态转到另一个平衡态。

C说:酒量大的人所采取的是质量最不佳的运营方式:投入多、产出少。

一位朋友非要用他的"金利来"领带换我的防风打火机。并口称:是人就必须懂得交换。只有狗才不会用吃不下的干草去找马换牛肉。

另一位经商的朋友这样定义我的职业:"作家是那种想发财,自认为知道如何发财可又发不了财的人。千万不要去买《如何发财》之类的书。那全是发不了财的人写的。我的作品是钱,它最伟大,也最稀少。你确实有点才华,可才华是最不值钱的原材料。谁没有点才华呢?"气得我当下反驳道:"当你那个鸟公司千年万年之后,老子的作品依然存在!"他微微一笑:"活着的作品固然有,但概率不会大于存在几代的福特公司之类。"

一位当了比处长还大的官的人醉了之后说:"作领导必须多说话。而话必须空洞。"他马上又更正:必须辩证。辩证到信息量等于零为止。

一个人喝醉了之后所讲是真话还是假话?这是个深奥的哲学命题。我以为要么是大实话,要么是大假话。

一位当医生的朋友说:"我的市场就是手术台。一个断下来的手指接上去能挣多少钱,这全看你的经营方式了。医生:在别人从痛苦到欢乐的历程中提取财富的人。

一位书法家在吃了我的饭后写条幅为酬。书曰:南无阿弥陀佛。落款则是其佛号。究之原因,他答曰:我的字非常值钱,写上这你就不能拿到荣宝斋去卖了。因为念佛是专用的。书法作品与货币一样,如果发行失控便会贬值。他并以小故事为证:某地方戏名角问梅兰芳:为什么你唱一场值我十场?梅笑答:因为你每唱十场我才唱一场。

银行家说:"我签个字,最多能贷三十万块钱。可谓一字万金。"我说:"贷款并非自己的钱。"他答曰:"但贷款是收入。而存款则是支出。"——通货迅速贬值的时代,这可是条真理。

别人"侃",一般都以职业为后盾,或者至少带有职业色彩。而我则是"纯侃"。

"纯侃"是门高深的艺术,比方人家说你的台球打得不错。你就告诉他常和查尔斯王子一块玩,虽然你明明是玩野台子出身。你根本无须管他信不信。另外,把话反过来说也很有意思:不要说你有幸与杨小燕对局,而要说杨有幸与你一同入局。把话放大效果也不错:某人开了个也许有些过分的玩笑。你就说:"这给你的生存蒙上了阴影。"

"纯侃"是皇族的职业,必须操有一本正经但又漫不经心的风度,这需要长时间的修炼,需要有丰富的知识,需要有闲。

闲并非天生。闲是创造出来的,闲是一种心境。故而东坡夜至承天寺找到张怀明一同赏月后写道:何夜无月,何处无竹柏。但少闲人如吾两人耳——东坡著作等身,我以为这《记承天寺夜游》写得最棒。

麻将是种靠感觉的游戏。它带有很大的随机性,没有规律可循。从理论上讲,是种女人的游戏。她们的感觉最丰富不过,有"第六""第七"感官。所以我只有在形成"三缺一"的情况下才上阵凑数。结果总是输,不知是因为心不诚,还是"机关算尽太聪明"之故。

桥牌则是我的大爱好之一。它起源于市场的竞叫拍卖。一看即知是立法国家的产物。其规则通行于全世界。游戏的效果因形式与程序而定。

一九八四年除夕的前一天,我由京赴穗。在车上遇到几个加拿大人。他们约我"桥"。三局过后,即成老搭档。据说一九六四年,武汉京剧团的高盛麟来京演出,戏迷们事先就在晚报上鼓噪让他与裘盛荣同演《三岔口》。两人应允,于高抵京当晚即演。甚是严丝合缝,博了个满堂彩。他们同是"盛"字辈人。《三岔口》乃必修之功课,三十年不忘,我亦如斯。"洋鬼子"们用英文叫牌,我亦英文复之。但论及别的,我便听不懂了。英文与我无缘,父亲曾下苦功教我,可无奈我的头脑始终不肯接纳。不过当他们请我吃饭时,我还是懂了。语言在人际交往中并非唯一之方式,更非最高级的。

另有一次,我与老搭档连败一对据称在全国高校得过名次的牌手三局。他们惊讶不已。殊不知我们在牌上作了记号,从背后便能读出。再者,我们还备有一套暗号系统,他们焉能不输?!

至于旅游,一语可蔽之:已经到了不想写游记的地步。在海禁未开之前,这是笔很大的资本,供我无数次在酒场上称雄。可近来让出国潮给吞没了。朋友们言必称美日英法,而我则始终不曾迈出国门一步。

一九八八年春节,深圳。

这是个奇妙的地方。整个空间充满了金钱遁走的声音。大饭店里住满了生意人,有着无数家背景极深的公司。我想出去买枝彩笔,转了几家文具店都没有。他们只卖"派克笔"而且均是"元首级"的。我想买书,可书店内大都是录像带。一句话:深圳不读书。

沙头角中英街。

这里一边是大陆,一边是英属香港。两边各有各的税警。两边的商店大都是卖金器的。港方大约要比大陆一方便宜百分之十。妻子拉着我悄悄地走进去,然后就站在金器柜前认真地观赏。女人从来不会喜欢打火机、汽车、手表、足球,但她们都喜欢金器。她不停地问我这种如何,那种如何。我均以"好"应之。因为她要的不是意见而是反应。更何况毫无背景知识的我,也提不出像样的意见来。可当她转移到钻石柜前时,我终于提议她不宜多看。欲望一旦形成,便要发展,必须要及早处理。五位数其实是天文数。脱险之后,我立论曰:只有能买起钻戒的女人才不会喜欢金戒。她亦推论道:用自己的钱给自己买金戒的女人最悲惨不过。

我们又转了几个别的商店。妻子显示出极大的热情。女人逛商店有如大儒逛琉璃厂。对她们来说:最好的鞋、衣服、手提包永远在商店里。而且这些东西都是息息相关的:买了双黄色的鞋,便要有相配的提包,然后是衣服。甚至可以联系到窗帘与床单。形成多米诺效应。当然,使她们幸福是丈夫的责任。可当她们微笑时,丈夫总是很痛苦。但你永远不要试图去改变她们:压缩基建投资,收缩银根,这些于宏观控制有效的措施,我全试过。结果只是使家庭变成战云笼罩的中东。她们以攀比为目标,以消耗为使命。而商业也因之得到振兴。

当我背着沉重的包进关时,唯一的收获是:我出过国了,虽然带有偷渡性质。小说写久了,真假自己亦难分,"假作真时真亦假","姑妄言之姑听之"吧。

《作家与企业家纪实》 一九九〇年第四期
《谈酒》《太原日报》 一九九〇年十二月二十三日

小说无技巧

什么是小说,这在我的心中目前还没有一个明确的定义,可居然也真真假假地作了十年。这十年是怎么混过来的,至今茫然。眼下受编辑令,写有关"小说艺术技巧"的文章,就只好耍一个滑头,来个《小说无技巧》。

这是滑头,也是真话。

一九八三年我已经很写了一些小说后问一位在当时已相当著名的小说家:"什么是结构?"他看了我一会儿后说:"我才不上你这个当呢!"……用北京话说,他以为我在装孙子。可我确实不知道。

过了很久,我才明白,所谓结构,就是小说的骨头架子。有人写小说,是先把骨头架子搭好,然后再往里面充填材料。可我不然:我在平时,每遇到所谓的灵感来时,就在一个特定的本子上作一条"备忘录"完事。以后有灵感就再作。没有就重读以前的"备忘录",并且在旁边记下新的体会。灵感引诱灵感。就这样,越记越多。直到某一天,我觉得"够了",于是就开始作小说。这个方法我曰之:灵感叠加法。这些笔记,也很像建筑工业上的"预制件":在制作时,没有特定的去处。

就是到了这个时候,我仍然没有"结构"。而只有一个大概的方向……也就是说:只有一个想表达的意思。于是我照着这个方向写呵写,等到把自己的意思写完了,就开始检查。看看有没有不牢固的地方。如果有,就从"备忘录"中找一些大小、尺寸合适的"预制件"来加固和掩盖。等到自以为一切妥帖,小说也就作完了。

这样的做法未免太工业,太不艺术了。不过我听说有"工业的艺术",那为什么不能有"艺术的工业"呢?

在朝着这个方向进行的过程中,不可避免地要遇到一些困难。怎么办?我的办法是,能克服的就克服,不能克服的就绕过去。举一个例子:我曾经写过一篇涉及橡胶走私的小说。这篇小说就技术而论,只有两大块:橡胶和走私。这中间,走私是绕不过去的,于是只好"攻关"去找检察院和海关的人"侃"。当侃完走私之后,没有能找到橡胶业的人,可正巧有一个精通烟草的人在周围。于是我改成"烟草走私"了。后来有一个电影导演看中了这素材,欲改编成剧本,不知是什么原因,他非要把"烟草"改成"钢材"。我没有答应。我既不是万能的主,又不是"随军妓女",没法满足他所有的要求。小说一旦写成之后,就是历史:你可以作多种解释,但不可改变。而且从功利的角度说:有改的功夫,不如再作一篇新的小说。

诸位不能小看这个"侃",这可是大艺术:首先,你必须有胆量,也就是说你的自我感觉要好。即使你遇到钱学森、陈景润之类的大儒,也要抢起来和他们"侃"。你尽可以提幼稚和不那么幼稚的问题。他们即使不愿意回答你,你还要追问。任何物体、任何人,在一定的压力上,总会喷射,起码也会渗漏。记得在写《超导》一文时,我缠一位很出名的物理学家,足足达一个星期之久,从基础问到尖端。最后他终于明白了:"在认识我之前,你对超导的知识在实际上等于零。"说实在的,也难怪他腻歪,就连我在这之后达一年之久的时间里,一听"超导"这两个字,就有生理反应。诸位千万要记住:当"侃"到一定程度之后,就不要再进行下去了。因为在"知识爆炸"的今天,任何一门学问,任何一个职业,都足以穷尽你的一生。必须浅尝辄止。浅尝辄止是小说家的特权。也就是说有"五分钟学问"就足够了。当然也有一些人,就像守财奴一样,不愿意把自己辛辛苦苦学来的知识,无偿地提供。有一次我问一个从美国留学回来的医学博士:"胃痛应该吃什么药?"他想都不想就说:"避孕药。"妈的!

另外我还有一条体会,中国人尊敬知识,可并不害怕知识分子。君不见,报纸经常刊登:某地有人殴打教师。并且号召"全社会尊敬教师"。你什么时候见过有人殴打书记？哪怕是乡镇的书记。可前年我写《权力场》时，必须接触大批官员，起先我确实有一点"怵"，后来全没有了：因为他们也是人而不是神。你必须有平等感，或者说要自以为比他们高一级。这也就是说，当你面对一个处长时，你就要具有局长的心态。当然你并不会因此而成为局长。在他们中间，我遇到一位非常自信的市委书记。他说："如果把国家足球队交给我，我保证在三年之内，使它起码变成亚洲一流的队。""可你根本就不懂足球！"我当下反击。"然而我懂得人，这就够了。"

至于灵感是怎么来的？这很简单，是人就有灵感。小说家与非小说家的不同之处就在于，他搜集并且记录。它的来源不外是两大部分：读书和日常生活。

去年我在一个县城的招待所里留宿，因疏忽没有带书。而我有一个习惯：睡觉前不读点什么是睡不着的。可我找遍全房，没有找到任何书和杂志。绕屋三匝之后，我发现写字台上有一本"知识台历"。从广义的角度说，所有带字的东西都属于读物。我把它从头到尾读完后安然入睡。在这之中，我读到一段文字：法国伟大的自然科学家约翰·亨利作过一个毛虫实验：毛虫的爬行充满盲目性，他把毛虫排列成一个圆圈，而在圆心上放上它们爱吃的美食。可它们却只会跟着前边的爬。于是爬了七天七夜，直至最后全部饿死。我觉得这东西挺好玩的，就撕下来，夹在笔记本中。

同年年底，我在深圳看股票市场时，发现股票买卖，和"毛虫实验"揭示的道理非常相似。于是它就被激活，再经过一番制作，就成了一篇小说，题目就叫《股票市场的迷走神经》（它刚刚写完，能不能变成铅字，还是一个未知数）。

灵感不怕放，它就像法国酒，越放越好。只要你把它存储到一个不会丢失的地方。

给小说起名字也是一件很重要的事情。我认识一个人，花了三年的时间写了一本学习英语的书，书名叫《英语学习》。可征订数不过几百而已。他是一个标准的学者，书斋就是他的宇宙。于是只好在屋子里像毛虫一样地转圈。我给他提了一个建议："你为什么不给它起一个空灵一些的名字？"可他硬是激不活。我只好越俎代庖,"就叫《英语与禅》好了。"他万般无奈,只好同意。后来就开印了。说句实在话,题目就相当于商品的包装。而在目前包装与被包装之间没有了界线,因为二者都是商品,有时甚至颠倒了过来。你也许不会承认,在不少时候,你买的其实就是包装。

在小说的写作过程中,有些矛盾是要回避的。在武侠小说中就经常有这种现象,在形容一些初级和中级的侠客时,把词汇都用尽了。等到最高级的侠客出场时,作者就写道:"没有人见过他是怎么出刀的。凡是见过的都已经不在人世了。"如果写到后来,情节还需要一个比这个武艺还高的侠客时,他又写道:"两人同时出手。可不知怎样一来,刀便易主。"这个"不知怎样一来"很是巧妙,不知是不是最高级的。

小说据说是语言的艺术。而语言最好是来自生活。因为生活中的语言是别人没有用过的。用过的就不值钱。我见过有很多人在使用一些不是原义可又非常准确的语言:"我买你的货,你能给我反馈回来多少?"反馈是一个严格的术语,与"回扣"根本没关系。可这个人就是用了,而且没有任何人会产生误解。可我至今认为这是他对中国语言犯下的一大罪行。

孩子的语言也是有意思的。有一次我儿子说:"因为我把毛裤脱了,天气一下子就变冷了。"这完全是本末倒置,可这个本末倒置却能产生极好的效果。

我有一个很好的朋友,是一个经理,而且是很多公司的经理。眼下是一个你敢自称你是经理就可以发财的时代。他的智商相当高,能给我提供大量幽默。每次打猎,当我有收获,而他没有时,他就要说我的猎物是"气数已尽"。他见饭店里的虾非常贵,就说"这都赶上齐白石的虾了。"又说"这盘鲥鱼切得和绸子一样薄,铺在菠菜上,就要你八十元。简直是杀人。"有回我们遇到一个自称是部长的人,聊天分手后他说:"这个人绝对不是部长。因为他的牙齿都坏了。而部长的牙齿是不会坏的。"这是很深刻的观察,部长的医疗条件之好,不是我们能想象的。他说他老婆就像"通货一样,隔一段时间就要膨胀一次。"当我说:"删除文章非常难。"他就说:"大概和我减肥一样。"他曾经这样评价一个人:"他起码会用四种语言说'我爱你',而实际上却除了他自己,谁也不爱。"

一个人的智商可以不高,言语可以木讷,但只要他善于汲取和联想,并且认识五百字以上的人,就能成为一个作家。

该说的都说了,最后还想补充一句:小说有许多流派,有许多技巧,但是无论你是什么流派,使用什么技巧,都掩盖不了这样一个事实:要么你会写,要么你根本就不会。

《山西文学》 一九九一年第九期

经济问题侃

我喜欢议论经济问题——在我所经营的行当中,其实叫"侃"——别以为"侃"这个字含有任何贬义。否则完全可以给本文起名《经济问题论》,起码可以叫《经济杂谈》……倘若有一天改行,没准还能骗一个职称之类的东西。我知道一个人,他写了一篇《中国夫妻关系调节》的论文,内容不外是什么散步、谈心、孝敬对方的父母之类。好像外国人就不知道这些道理似的。其中唯一有独到见解的话只有一句:在你的妻子指责她的亲属时,你千万不要随声附和。可他就凭这篇文章,居然搞到手一个副教授。某次我对他说:"如果我写一篇《夫妻性技术》肯定能弄一个正教授当当。我最见不得的就是浅入深出。"他于是说:"我最见不得的就是浅入浅出。"并注解说:"浅入浅出就是侃。"

他的注解不一定对。有些词汇是只能意会而不能言传的。不信你给谣言下一个定义试试,如果你认为谣言的本质就是虚假的。可据我个人的体会,无数被正式判定为虚假的谣言最后都被证实是真的。侃是不受约束的创造,侃是外行的议论,侃是流畅的自由谈。我喜欢侃。

侃啊侃,终于侃得我的一个亲戚——他是一个知识分子的同时也是一个相当高级的官员——说话了:"你是社会主义的不懂,资本主义的也不懂。有的只是勇气。"我于是告诉他:"世界上大部分伟大的发明,都源自那些被认为什么也不懂的人。""你连基本的经济学概念,术语都搞不清楚。"他说。我确实搞不清楚,但是我说:"只有那些不太新鲜的虾才红烧,而活生生的鲜虾用清水一涮就入口。"他因此戏称我这是"生猛经济学"。

我曾不止一次去广州、深圳、海南。那些地方给我的感觉是：钱是真正的通货。你去饭店、商店、坐汽车，确实能有一种上帝的感觉。只要你的要求合理，总能得到满足。用北京话说就是"大爷花了钱，你就得伺候大爷。"有时即使你的要求提的不尽合理，也能得到和蔼的解释。而在内地则不然，所以我最怕的就是逛商店。可对妻子来说我就像钱一样，出门总得带。可能是我的运气不佳，几乎次次遭到抢白。妻子问："你是作家，给我说说这些售货员为什么有这么大的火气？"我只好说："她是想象你一样，有一个温柔体贴并且有钱给她买东西的丈夫，而不是伺候你这样的人"——你看这句子的结构复杂不复杂？买东西我付钱不说，还得付出我的才智和观点和标准的阿Q精神。

钱确实不是一切——没有任何东西是一切。一切是所有东西的总称。但钱确实能在一定程度上给人以自由，不用往远处说，就在十年前，北戴河、庐山这些地方对普通人来说，就和在天上一样。而我在广州期间接收到"去香蜜湖度一个周末，去白天鹅吃一顿。"的信息率是非常之高的。"上帝创造出来所有的美好是为全体人类的"——这个人本主义的廉洁以前只是在理论上成立。玩，从表面上看去是玩山水，而实际上是玩钱。没有钱你只能在家门附近玩。钱使你获得动能。中国的铁路因此而显得拥挤，因为设计时就没有把学生、农民计算进去。当时他们也没有这个需要。有需要才会有满足。所有的供给都是需求制造出来的。

内地的一切工作效率都特别低。但用一个广东朋友的话说："这里的权力好使。"实际上也确实如此：权力在短缺地区总是特别的好使。如果不是意志非常坚定者，用不了几天，就知道如何把权力蜕变成货币。我举一个例子：在我生活过的一个县城里，在一段时期内火柴发生了危机。作为老烟民的我只好托人去买。到后来我发现任何一个和商店有一点点关系的人都能把火柴买出来——火柴其实根本就不短缺。而是心照不宣的售货员们成立了一个类似石油输出国的"欧佩克"式的组织，把它们统统放到柜台下去了。垄断造成危机。而危机使权力增值——谁说老百姓不懂得经济学？

我不止一次和朋友讨论这其中的原因,最后都归结到:北方人比南方人懒惰这一条上,直到有一个生物学家对我说:"遗传、本能等因素决定了蚂蚁的每个种群中都分为一勤一懒两类。可后来有人作了一个实验:把它们各自分群,于是立刻分出两个一勤一懒的亚群来,这表明没有一成不变的东西。关键在于远离平衡态下的相互作用。"茅塞顿开的我于是告诉他:"所见略同,我正在研究普利高津的耗散结构理论:只有开放系统才能出现耗散结构,也只有这样,它才能和外界交换信息、能量、物质。"生物学家不住地点头,我相信他对我的"熵理论"不可能懂:因为我也不懂。"以其昏昏"绝对不会"使人昭昭"的——整个一盘红烧大虾。

勤和懒确实是相对的:如果有人能坐在那里就收获,他何苦去干活?前一段时间,我的颈椎不太对劲,看了好几次医生,都不太见效果。于是我就用古老的方法试了试,立刻见好。这方法就是休息。后来我得出一个理论:人是从猴子变来的,所以天性就是上树、奔跑、无目的的游戏。你们有谁见过猴子坐在工作台前写字?违背天性的做法只能得逞于一时,而不能得逞于永远。

一个工厂领导人曾经对我说:"必须教育工人有主人感。"我虽然没有领导过任何单位,但我当时反驳道:"主人感不是主人是永远不会有的。"他反问:"那谁是主人?我反正不是。"我也不知道谁是主人——或者说:谁都是。谁都不是。一个工人对我说过:"他们假装给我工资,我假装给他们干活。"这个领导人又对我说:"造成这种现象的原因有二。其一,中国的人太多了,如果能死一半就什么事情都好办了。其二,人心不古。我记得建国初期,厂里来了一辆解放车,我是司机的助手,师傅都不让我穿鞋上车。"

我对他的两个原因都不同意:中国人多是事实,如果能死一半听上去也不错,但这里必须有一个前提:你以及你们家里的人不在这一半之中。至于"人心不古"一条,我更反对了:那个古是不正常的。一种愚昧的忠诚精神长期以来一直在损害我们这个民族。咱们不说这解放车是谁的。先讨论一个基本问题:是车为人服务,还是人为车服务?在街道上满是处处为人舒适而设计制造的高级轿车的时代,你永远不要再去指望有谁脱鞋开车。所有这些我都没跟他说——如果我想什么就说什么,恐怕早就家庭破裂、公职丢失、饭碗粉碎了。再说据我和这个领导几天的接触,已经感觉到他是一个特别善于否定第一流见解的人。而按说搞企业的人应该是中国人中的精华才对头。而他在和我讲话时的手势就和马上要大打出手一样。

我有时感到失望,不过幸好在寂静的时候,内地也隐隐能听到商品大潮拍岸的声音。

钱的重要性人们其实早就知道,我听到过一个最赤裸裸的说法是世界杯赛期间,当马拉多纳踢进一个漂亮的球时,我问一个非常熟悉的中国运动员:"你能做出这个动作吗?"他说:"当然作不出。他是挣美元的,而且踢一场球就能到手……"他报出了一个很大的数字。"这似乎不是钱的问题。"我不同意他的说法:运动技术和钱之间没有直接的联系。"没有钱支持,这种危险的动作你根本不敢去作。把你的腿给踢断了你后半辈子怎么办?连业余体校都不要你。而如果自己有钱就可以去治。俱乐部给马拉多纳的腿保了几千万美元的险,每次球赛都用摄像机拍,谁踢断了谁赔。"

我只好承认他说的有道理:有后顾之忧是什么事情都做不好的。不信你在写作时把皮带的扣子紧上两扣试试?我保证你的文思枯竭。

我认识不少大学教师——他们是原始意义上的知识分子,一肚子为人师表的想法,是很少谈钱的。一个副教授对我说:"我最怕的就是学生来。要知道我要搞一些项目,经常出去,每到一地,总是受到热情的招待。那你说他们来看望老师,老师我能不招待他们吗?"我说:"当然不能。""可在我们这个穷大学中,你找到校长批,一顿饭的标准顶多是每人五元,五元钱如今能作什么呢?于是只好叫他们在家里吃。多了不说,一个月来一个,我的奖金就全都吹了。真是'穷怕亲戚'啊!"在喝了三两"二锅头"后我鼓励他去"弄钱"。他也说:"对,一定得去弄钱。"于是我帮助他设计了若干个弄钱的方案,他拍了胸脯拍大腿,口口声声地说:"如果你下次回来,我一定请你去长城饭店、假日饭店吃饭。"可从立誓到今,我去北京起码有十次了,他连请客的意向都没有,只是每每表示惭愧——他如果是搞古典哲学的、搞核物理的,我就什么话都不说了:在把一部分知识分子驱逐进市场时,必须有一部分搞纯理论的知识分子留在市场以外,让他们比较完全地保持对人类前途和命运的关心。可他是一个计算机软件的杰出设计师,硬是不会把科学技术变成购买力,你说气人不气人?真正"朽木不可雕也"。

有人不愿意去、不敢去。可有人是真敢干。我认识一群文人,他们连什么是本,什么是利,什么是折旧都分不清,可也成立了一个实业公司。而且执照上的经营范围非常之宽大。他们先是从广东买来一批蝎子,想以此为种,办一个养殖场。可谁也没有想到,这些蝎子都是提过蝎毒的。于是只好把它们以肉蝎的价钱卖给一家饭店做菜。再以后他们又办过各种实业,养鸭鸭死,养兔兔瘟,无一不亏损。我于是告诉他们:"你们最好养蚊子、苍蝇什么的,这些东西一不要饲料,二是繁殖力特别的强。"然后我又给他们讲了一个真实的笑话:有一个文化人想发财,就拟定了一个《养羊计划》:买一百只羊,其中公羊五十只,母羊五十只;每年能产小羊若干。其结果是赔得一塌糊涂。他的根本错误在于认为羊的社会和人的社会一样是一夫一妻的。他们听完都笑了。

后来他们不再搞实业,而进入了流通领域。不到一年全都发了,贸易做到东南亚一带,据说还要进攻北美。有一次我在北京的一家著名的饭店门口等人,遇到其中一人。他硬是要请我吃饭,我难却盛情,欣然吃了有生以来最豪华的一顿饭。饭毕时,他掏出了一个钱包,这个钱包结构松散,却依然超负荷,弯都弯不过来。算账时他用的是"长城信用卡",我顺便还看见一张"捷运信用卡"。这是一万美元才能开户的信用凭证。我没好问他到底有多少钱,这是犯忌讳的。他给了我一张名片,上面有分布在全国各地的四处住宅,十个电话号码。最令人惊讶的是他还有一个博士头衔。我问他是在什么地方读的?他笑笑没有说。我想让他给文学事业捐些钱。而他告诉我:"本人现在是一个纯粹的商人。"并说:"在我之前,中国很少纯粹的商人:南通的张状元,有了钱后就去建学校,而不是去扩大再生产,后来弄得周转不灵。盛宣怀办实业发财后,去作了官。他们这样做的道理,就是因为他们的内心深处认为商业不是一个地道的行业。而本人是从不捐钱的。""可你一饭之资,就够一个普通人干一年的。"说实在话:我见了有钱人,心里总是不太痛快,想叫他出点血。"如果你是会计的话,你一定懂得,饭钱是可以进入成本的。如果是四菜一汤,那必定是生意跑光。"我无言对答。于是只好说:"最棒的成语你知道是什么吗?"然后不等他回答就继续说:"'为富不仁'。你如果有钱你就是坏人,要不就是坏人的儿子。要不为什么别人没有钱而偏偏你有?"他居高临下地说我这是"阶级斗争学说的残余",并告诉我一条定律:风险和利益是成正比的。

我不相信他的话。可一九九一年年底我见到他时,他已经几乎一贫如洗了。问其原因,说是因为国际商业银行被查封,把他们公司的资金都冻结在国际商业银行香港分行了。这家银行的事我知道:它从事非法的武器买卖、替贩毒集团"洗钱",反正没有它不干的。后来英国带头,把它在全世界范围内的分行都给封了。没有想到还涉及我们这个"准哥儿们"。看来中国的经济在一定程度上是和世界经济联系在一起了。于是我幸灾乐祸地说:"看来从一贫如洗到一贫如洗用不了多少时间。"

你们猜他说什么?他说:"是这样的。我现在正在谷底,用不了多少时间,又上去了"——我不得不在内心承认他是一个纯粹的商人。

《作家与企业家纪实》 一九九二年第二期
《山西经济报》 一九九二年四月五日 十二日

股市风云总难忘

小时候我家的邻居是一对老夫妇,大约七十多岁的样子。很有"派",别的我记忆不深,只记得他们的手表是随着季节换的。而且一到星期天,就叫来辆出租车,去大饭店吃饭。我问父亲他们是干什么的。父亲说:"以前是在上海作股票买卖的。"我又问股票是什么?博学的父亲想了想后说:"这是一种你没有必要知道的东西"——后来我经过总结,发现他一遇到难题时,总是用这个程序对付我。

但神秘产生诱惑,我经常在各类书籍中寻找这东西的蛛丝马迹。但除去在《上海的早晨》和《文史资料》中隐约可见它的"罪恶"外,它似乎彻底地从中国大地上消失了。

我真正见到股票是在一九八四年十二月,当时中国工商银行上海市分行证券交易所,代理上海飞乐音响公司发行了价值四十(五十)万元的股票。我几乎是专门去上海,在一个朋友处看到了十张豫园商场的股票,每张面值一百元。他说:"我买这东西是为了好玩。"然后我又在西康路看到了"中国工商银行上海市分行证券交易所"房子。它不足二十平方,很不起眼,几乎没有什么人。根本引不起创作的欲望。

同年我在中国国际信托公司的银行部证券科看见了规模宏大的证券买卖:他们用电传在和伦敦、东京、纽约的证券交易场所作股票和债券生意。一会儿买进,一会儿又卖出。据说能赚很多的钱。可这种电子买卖过于抽象,还是没能激励我。

一九九〇年中国的经济走入低谷。可就在这时深圳爆发了"股票热"。我赶快跑了去。

深圳是一个相当奇妙的地方,我始终没有真正搞清楚它到底是什么。只知道是特区。特区又是什么呢?特区就是深圳。悖论一个。

深圳的市场繁荣是世人皆知的。但一分析就能发现大部分是下南洋的"北方佬"——傲慢的深圳人管所有深圳以北的人,其中包括一向以中国商业老大自居的上海人,统统称作"北方佬"。完全可以这样说:你如果不会说几句带粤味的普通话,在商界就很难获得信任。

但在深圳股票市场中"博"的几乎都是真正的深圳人:大学教授、政府的高级、中级和低级官员,一般工人,个体户,以至于保姆都参加到股票生意中去了。

我在那里整整待了三天。

这是一个真正的市场。一个喜怒哀乐当场兑现的人生场。我亲眼看到一个美丽得使人难以忘记的女人,第一天买了一千四百股"万科"股票。而第二天、第三天连续下降,使它四千余元化为乌有:我斗胆上去问她有什么感想。她很坦然——或者是故作坦然地回答我:"炒股票嘛!"

我还见到二位非常熟悉的"老干部"。他在一九九〇年初,买了一千股发展银行的股票,到了四月,他就把它卖了。除去手续费,净到手数万元。可而后它们却又涨了好几倍。我都有些替他惋惜。可他说:"我余年无几,有这几万块钱。就够用了。在最低时买进,在最高时卖出,仅仅是理想。再说,应该留一些钱让别人去赚"——他显然很懂得"知足者常乐"这个中国真理。

我还见到一个留学日本的副教授,《证券市场》一书的作者。在股票市场上赔了个干净。在中国出错的总是那些专家。

我在深圳整整住了三个月,临走时我对一个炒股票发了大财的朋友说:"以后山西要是有了股票市场,我也可以上市炒它一炒。因为我经历了风云变幻的深圳股市。"

"你可千万不要去。有这样一句谚语,好像是阿拉伯的:到麦加朝圣过的驴子,依然是一头驴子。"他说。

　　他的话不能说没有道理,所以回来之后没有投身市场,只是写了这篇小说。

　　《〈股票市场的迷走神经〉创作谈》《小说月报》　一九九二年第三期

"可侃度"甚高的小说

有一个我很尊敬的编辑昨天晚上对我说:小说可以分为艺术小说和通俗小说。所谓艺术小说是指那些在形式上有革新创造的小说,所有艺术的进步都首先表现在形式上,没有形式的进步,就没有艺术的进步——我没有敢问:这是不是表现主义,因为这会显得我过于无知;而通俗小说则是那些符合大众趣味的小说。

我这人尚有一些自知之明,没有半点"天降大任于斯人"的想法,知道前者只有那些能够源源不断从腺体中往出流创造力的人才能承担,因之判定自己是后者。理论永远是指导实践的。所以在日常选材中,我特别喜欢那些"可侃度"高的材料。

我有许多朋友,其中有一些是他们自己的行业中的出类拔萃者,我特别喜欢和他们侃。我这么说,并不是说我看不起那些没有名望的朋友。而是因为出类拔萃之辈,一般是他们行业的代表人物。和他们侃,写作效益是相当高的。

我的一个当经理的朋友对我说:"你们小说家写作的程序我也会,起码我会写爱情小说:一个有钱人,他也许是一个像我一样的经理,也许是一个个体户,反正他们一般是一个有钱人。他在穷的时候,妻子竭尽全力协助,而在他有了钱之后,就把结发之妻给遗弃了。我告诉你,"他很郑重地说:"所有这些东西,都是那些没有钱的人写的。驱使他们的不过是一种酸葡萄心理,这些事情难道在穷人中间就不会发生吗?钱绝对不是罪恶,钱永远是好东西。"

我仔细想了一想,发现他说的也对:从前是一个白马王子遇到一个灰姑娘。

而现在是一个开轿车——也许是"奔驰"也许是"尼桑",反正都是高级车——的公司经理,不小心撞上了一个姑娘。于是一段缠绵的故事就发生了,结局的悲剧率,高于百分之八十,所以我从此不再如此设计故事。

又有一次,一个也是当经理的朋友在一个高级饭店请我吃饭——如果不是请客,我自己是绝对不会去的。同席的还有他的妻子和孩子,他的孩子只有六岁,但却能很熟练地读法文菜谱,并且告诉我:这里的牛排是全北京最贵的。我半开玩笑半认真地说:"你这个'全'和'最'字用得不好,这必须通过全面系统的比较才行。"孩子反驳道:"我就是知道嘛。"然后给我流畅地报价:"丽都"的牛排多少钱,"香格里拉"的又是多少……因为我没有资本,所以只好洗耳恭听。看来钱不光能通神,而且能通文。席间,一个通体名牌的人和朋友打招呼,说有一批玻璃器皿买卖,两个人从波兰的石英砂说到捷克的加工工艺,非常认真。可在这人走后,朋友对我说:"这家伙是一个骗子。"我恭维道:"这里可是一个一流的场所。"他说:"一流的骗子总是出现在一流场所里的,二流的在茶馆,三流的在街头。"然后给我讲了一个故事,我后来把故事和场景都写到我的小说《经济场》里去了。

我还有一个朋友,是大学中的一个讲师,他的妻子也是。不同的是他妻子毕业于一名牌大学,而他是从一个师范专科学校毕业,全凭自己努力,才有了今天。他们两人个性都非常强,所以这个家庭是我见过的最具有战斗精神的。我去那天,他妻子正在洗衣,见我就问:"为什么衣服总是我洗?"没有等我答话,朋友就说:"作为一个女人,最好不要作这种哲学式的思考,为什么我该做饭?为什么该收拾房间?如果再进一步问下去,就会遇到:为什么我该生孩子?我告诉你,这是一种神圣的天赋。而所谓天赋是不能后天获得,也不能转嫁、赠予、抛弃的。"他妻子听完之后,二话没说,停止了工作。朋友只好自己干。可当他洗自己的一件名牌衬衣时,妻子又过来干涉:"你怎么把衣领子给洗皱了?这可是名牌。"他说:"名牌衬衣就和名牌大学一样,有时也难免出孬种。"后来我们开始吃饭,于是战火就蔓延到桌子上,再配上电视屏幕中的海湾战争,我简直没有能吃上几口。他妻子到底是女人，比较敏感："今天作家来了，让他给证明一下，钱锺书是不是在电视剧中写过：太太是阿拉伯数字中的0，放在谁后面就把谁的价值增加十倍？"我含糊地说："好像是有这样的话。"他们两个，先生是搞计算机的，太太是搞机械的，除了新闻节目外，很少涉及其余。太太于是脸上飞金。可只过了半分钟，朋友发言了："你最好不要忘记这样一条数学中的真理：0放在后面时，才能增加十倍，如果放到前面去，就会把数值缩小十分之九。"此言一出，这顿饭没有加任何菜，却延长了两个小时。这些我都准备写入《家庭》中去。

任何行业都有自己的行话，甚至小偷都有自己的专业词汇。有时这些词相互串联，就能获得奇妙的效果。

比方说：一个买卖完了，经理却用一个文学词：买卖已经杀青。

一个散打运动员对我说："你写小说，必须一上来就卡住读者的脖子，然后用膝盖顶住他的下体，迫使他读完。"一个服装业的人这样评论一个搞政治理论的人："他的东西就和我的时装一样，计划不超出一个月，最长也不能过一年。流行才是生命。"一个搞电子学的人这样评价他的妻子："她在童年时没有母爱，就和一盒录音带上没有录上音一样，永远不会播出。不管你把她放在多高级的音响设备中都不行。"他还说："女人的脑子里都有一个逻辑混乱的联想式汉卡，能把毫不相关的事联系在一起，然后导出结论。"所以他的孩子，他自己教育，"因为一个孩子身上有一台两万五千小时的录音机和一台高性能电脑，不能用不和谐音去干扰，他是专门为专家设计的，绝对不能交到一个外行手里。"

我写过高级技术方面的小说，写过金融经济，写过围棋桥牌……于是有人说，你根本不真懂，就是敢侃。我说："你算说对了，如果我真懂，早干那些去了。这既是那些行业的不幸，又是文学界的大幸。"反正小说不是地图，不是医学教科书，不怕的就是侃，只要有人喜欢听。

不写了。编辑限定的篇幅就和一个宴会的邀请一样，一直在干扰威胁我。

《太原日报》　一九九二年四月二十日

社会人与经济人

经济学中的流派甚至比政治和文学中的还要多。而且在大流派中有小流派,大定理中套小定理,然后又推导、派生出许多逆定理、附加定理之类的。用的工具还非常时髦,尽是些泛函分析之类的。不信你去买一本《数学经济学》,八成是白花钱。但你如果去皮、剔肉、敲骨,就会发现它们的精髓只是一个公式而已。

这个公式就是:成本——收益。

你不要看它简单,在你日常的经济活动中,它就像上帝一样无所不在:假设你想做一套组合家具,为了节约一些钱,就托一个会作木匠的朋友来做。既然是朋友,他在做活时,只要有可能你就得在旁边陪同——更精确地说:你是陪同团的团长,团员有你的妻子和儿女。这一朋友不会是职业木匠——如果是职业木匠,你就必须付他工钱,否则就等于跟他要钱——所以他只能在业余时间给你干。于是整个陪同团就要在一个月,甚至两个月中,像等待空袭警报一样等待"准木匠"的光临。他既非职业木匠,肯定没有作坊,只能在楼道里作。时间一般是晚上或星期天。拉锯绵长,开铆爆烈。你的邻居因此而不满意:楼道和祠堂一样,是公共的产业,每个人都拥有管理权——这不满意就形成成本。这种人情成本随时都可能要求兑现。如果平时没有机会,那么在你倒霉时,它们会一股脑儿地来"挤兑"。因为没有精确的计划和固定的工艺流程,在施工的过程中,原材料问题将一直在困扰你:一会儿缺少钉子,一会儿缺少乳胶……你就得出去买,这要花交通费、工时费。虽然它不一定是以现金的方式体现在你的家庭账簿上。最后终于竣工了,这时你必须感谢朋友,而感谢的最好方式就是请他一客。因为宗旨是节约,所以饭局必定开在家里,梁实秋先生说过:你如果想一日不宁就请客,想一年不宁就盖房,想一辈子不宁就娶姨太太。三不宁中,你已居其二。最后你还得去找一个油匠,就和电视节目主持人很少是电视机维修工一样,木匠很少同时是油匠的。这回你不能再在楼道里干了,因为那样会荡上灰,影响家具的光洁度。其结果是油漆味绕梁,三月不绝。

你算算你为这组合家具所花费的成本——这里所说的成本是广义的成本,包括人情成本时间成本——我想大概是成本大于收益。

我在北京的一个朋友,为了培养孩子的音乐细胞,买了一架钢琴——我至今不同意他的"培养"说。我只知道有培养干部的,培养花朵的。而培养细胞,好像是遗传工程里才有。而他们培养的也只是生物意义上的细胞,而不是音乐细胞。艺术像人权一样,是一种天赋。而天赋是一种原来有就有,原来没就根本没的东西。咱们先不说他这个项目立的是否得当,只说钢琴本身。他当时住在五楼,而根据搬家公司的条例,钢琴每搬一层楼是十五元钱,他花了七十五元把钢琴搬了上去。大约半年之后,他分了一套大一些的单元房,在另外一座楼的六楼上,这次他为了节约这上下十一层楼的一百六十五元钱,就请热情的同事们帮忙抬。帮忙是义务而不是责任,钢琴扶摇直上,磕磕碰碰自然不用说了,还得另请一个调音师再调一次。于是一张三百元的单据落在朋友的桌子上,换得他一句至理名言:便宜就是贵。

我这番有理有例的形象财务分析,不止一次讲给各类朋友听,他们几乎都同意。只有一个在政府作了十一年秘书的朋友反对。他说:"你是一个作家,你节约下时间可以用来写作,而我节约下的时间干什么用呢?只能用来打麻将。而打麻将输钱不说,名声也不好。老婆更是骂得不行。所以不如自己做家具。"我虽然不是什么领导,但也会说很多很多的套话:"你完全可以把精力放在本职工作上嘛!"他说:"我之所以在政府作了十一年秘书而没有外放提拔,其原因就是因为文章写得太好了,历任领导都舍不得放。"我不同意。他举例说:"如果你是一个好司机,那么你就会下卡车上轿车,伺候领导。如果你还好好开,那么就一直开到老。而那些开得不太好的人,就下车去当调度。慢慢的很可能变成队长。如果你是一个好厨师,那么我可以肯定没有可能作招待所所长,如果你当了所长,那么谁给炒菜呢?"我仔细一想,觉得也有道理的:资本总要寻找出路的,既然没有一个高效益的投放地,与其闲置,不如投放到"小家庭"的建设上,虽然它高耗低效。我顺便参观了秘书的家,确实是一个样板:蓝色的天花板给人以辽阔;黄色的地给人以坚实;各种家具与环境浑然一体。细观察,其中颇多匠心独运之处……我誉之为"登峰造极",他对我的赞叹不以为然。

次年我又去,发现他的家更棒了。这真是"否定之否定"。他对我说:"你喜欢讲成本——收益。人情、时间都计入成本,那么收益中也应该有创造的喜悦,享受的幸福。"我没有反驳他:破坏也是一种创造,不过是一种低水平的创造;享受当然是一种幸福,但享受家具、房间等硬件,似乎很难达到"高峰体验"的阶段。这话我没有对他说。每个层次都有每个层次的欢乐:凡是存在的都是合理的。它们之间不能置换,不能替代。农民很难理解读《楚辞》的欢乐——别误会,我也读不懂——但在"长城饭店"里吃法国大菜喝"路易十三"的人也很难体会草原牧民在天幕低垂的一刻,燃起火红的篝火,吊起一个精选的砂锅,就着"草原白"吃新鲜肥嫩的涮羊肉时的感觉。原始和高级是一个事物的两级。再说据生理学家考证:人的身体内部有一种"体内肽",如果这种肽一释放,人就会产生一种暖洋洋的幸福感——只要不去犯罪,不去吸毒,用任何办法把体内肽释放出来,都是好事情。

我已经说过去,只好再说回来。我的一个亲戚,雇用了一个保姆。这个来自四川靠近西藏地区的小保姆,给人以忠厚老实的感觉。但我这位亲戚总是认为她在贪污菜钱。每次她买完菜后,他都要亲自到自由市场去追究根本,一旦被查获,他就要严加训斥。我告诉他:"马克思说过,雇佣劳动一定会产生雇佣思想,保姆贪污一些菜钱是正常的,这实际上是她收益的一部分,也是你成本的一部分,你总是去追究,这和你不雇保姆,自己去买菜有什么两样?用人不疑,尽管她有可疑之处。"亲戚是一个离休干部,没有理论,所以不和我辩论,仍然事必躬亲。我判定他和她之间长不了,但保姆却一直干到出嫁才走。看来保姆的"贪污"是有一定限度的,而亲戚在成本降低到他能够忍受的地步之后,就不再拼命追求降低——西方的工会和董事会之间可能也是这种关系。太阳底下没有什么新鲜事。

我曾经买过一本《哈佛管理学》,读了一百多页后,觉得根本没有什么收获,还不如去读《红楼梦》——这里面的管理学多了去了:贾府有许多丫头,其中有大丫头、中丫头、小丫头。其中小丫头是干粗活的;中丫头一方面监督小丫头,一方面干一些低级的管理工作;而大丫头则是纯粹的管理。那你说贾府的"主子们"是不是省力了呢?确实是省了力,但提高了成本费了心。究其原因,就是因为这个家族实在太大了——大到没有一个人能代表这个家的地步。我相信,目前没有任何一个家庭,会雇一个保姆买菜,同时再雇一个负责监察、审计的保姆。即使如此,也不可能完全杜绝贪污和浪费。而她们两个中间,又会产生一些新的边缘工作。那你还得再雇一个。政府机构不就是这样庞大起来的?

所以我以为管理学的根本其实就是两条:第一,你不要企图管理严细到别人没有利可图的地步;第二,必须学会"睁一只眼闭一只眼"——这和在结婚前,你必须睁大你的双眼,而在婚后,就得"睁一眼闭一眼"一样。

我那亲戚不灰心,写了一个"锲而不舍,金石可镂"的条幅挂在墙上,再变卖了些"浮财"筹备开奶站了——有人会问:他的太太难道能允许?这些东西不都是他太太的吗?这个问题用很时髦的理论就能回答:经营管理权和所有权是分开的。再说他太太因为智力、教养等方面的差别,听他宣讲任何东西,都和一个物理系一年级的学生听爱因斯坦讲课一样。他的奶站地点在市中心最繁华的街道上。是省城的王府井。现如今,开办一个商店是一件非常复杂的事情,必须经过城市规划、建设、商业、环境保护等许多部门的审批。而这些负责审批的官员,一般都是在十一点左右来。没得说,你非得开一顿够规模的饭不成。好不容易批了下来,但生意却不好。其原因是战略错误:人们到热闹地来,都是买东西的。谁买奶喝？喝点饮料还差不多。奶站应该开在居民区、医院附近。

他在三个月后发现了这点，于是申请改执照，卖开衣服了。卖衣服就像卖艺术品，学问非常之大：有的衣服贵了没人买，而有的反而是便宜了没人买。问其原因，曰之：因为贵我才买。贵就是派。所以衣服这东西必须随行就市。有人买时就往上涨，没人买时就往下降。运用之妙，存乎一心。可这一心看是谁的一心了，如果是你的心，那就是赔了也没有话说。可你也不能天天时时在那里待着。他雇的是一个很机灵的本地小姑娘。她很会利用自己的资本，凡是有熟人买时就往下降价，倘若卖出高价时，就把超出部分没收。如此半年下来，资本被蚀去百分之十。

他一怒之下，把铺子盘给了别人，又搞开运输业了。

这次他的可行性报告作得非常细致，大气候：煤炭市场的疲软，地方煤炭无法外销；小气候：他认识一个中型发电厂的厂长。有货源，有买主，又买了两辆二手的黄河车，雇了三个司机，其中有一个还是他的表弟。真可谓"万事俱备，只欠钱来"了。

经营运输业，听上去利润优厚，但需要很大的投资，费用也相当可观：汽车的折旧、保险费、养路费、汽油费等等，而所挣的却只是运输费。当然，这运费绝对不少。不过有一个前提：不能出事故。一旦出了事故，就不是几千块钱能完事的——如果这够得上称为"事故"的话。一位运输公司的领导对我说："我们公司有一百辆汽车，这就需要二百个驾驶员，五十个修理工，另外起码还要有两个专门打'官司'的律师。如此计算下来，运输业就不能说是一个报酬优厚的行业。上次我们的一辆车上有一个汽油桶从上滚了下来，就在几乎不滚时，碰到一个老头的腿，老头顺势倒了下来。于是交通部门先把你的车退运，然后再谈事故的处理。其结果是连里带外，一共损失一万元。"

一个国营单位经营某种事业要亏损，而"个体"去经营，却能够赚钱。比照上面的事故，就不用经过交通警察队裁决，给老头一笔合理的费用了事。我所谓的合理，不是指那老头应该得的，也不是指这个费用小于交通警察所判决的费用，而是指它小于正式的事故费用加处理事故期间所损失的运费。老头也一定非常高兴:因为他所得到的钱,是大于正式交通事故的处理费。交通警察也不会有意见:因为公路和铁路一样,大大超过它的设计能力,而所需要处理的事故同样大大超过交通警察队伍的能力。换句话说:事故在积压。

这样说来,他一定应该赚钱了吧?但仍然没有赚上。

这其中最重要的原因是,往北方发电厂运煤的车辆,大都是属于像他一样的"个体",其中大部分都比他要灵活。

煤场的运行机制是这样的:世界上有各种各样的煤炭:烟煤、无烟煤、褐煤、煤矸石……它们的来路也是非常复杂的:有来自国营统配煤矿的煤,有来自地方国营煤矿的煤,有来自乡镇煤矿的煤,有来自"个体户"的煤。所有这些煤,必须根据中国煤炭总公司的规定,经过化学成分分析,折合成标准煤。换一句话说:你有十吨褐煤,但根据我的测定,它的发热量只折合标准煤九吨。这样你只能收到九吨煤的钱。你今天拉这个煤层的煤,明天又拉那个的,所以分析者的权力就非常之大。

而他不是本地人,和这个分析员没有任何关系。所以只能往下折算,绝没有往上的道理。另外,载煤的车辆出矿时要过磅,登记数字,在煤票上盖章。到了电厂后要再重复一遍。同理可证,没有关系的过磅者根本不会照顾他——如果不克扣他的话。

另外他的车也不适应爬煤山,黄河车的车体长,轮距必然也长,而煤山是凸凹不平,来不来就把车给陷住了。这样就得请别的车给往上拉。对不起拿钱来。卸煤的人也不愿意给他的车卸:别人的车几乎都是自卸车,斗一扬,煤就差不多了,只剩煤底铲一铲就算计上一件。而"黄河"得一铲一铲的真往下卸。所以他的车每每被压:别人跑三趟,他的车只能跑两趟。这姑且不说,司机们经常在运输的途中把煤偷偷给卖掉——我知道读者一定要问:你说漏了吧!不是一个表弟给他"卧底"吗——确实有他的一个表弟,但表弟不等于自己人。血缘关系是命定的,但经济关系是随时改变的。今天他是自己人,明天他也许就不是了。

43

用句术语:人不是一个常数,而是一个随时变化的多元复变函数。在天底下充满收买与被收买、物质的诱惑、异性的诱惑。

后来我听说他又把车给卖了。

前不久我在他家附近的一个小酒店里遇到他时,他正在喝"北方烧"酒,而以前他是非上等级的酒不喝的。借着酒意他告诉我:"我干过这、干过那,到现在我才发现什么都不干反倒更省钱。我拟定了一个计划,以中等水平生活,这辈子恰恰能把妻子的遗产花完。"我问他是否考虑过通货膨胀的因素?他说:"已经考虑了,通货膨胀和利率的增长是同步的。"当问及儿孙问题,他说:"'儿孙自有儿孙福,''人无百年寿',不要'常怀千岁忧'。"最后他给自己的经济生涯作了一个墓志铭:不知深浅,切勿下水。

为了安慰半醉的他,我说:"你还可以东山再起嘛!经验构成了成本。"他说:"世界上的财富原本是有限的,不过是今天在你那里,明天在我这里。我外父一家从清朝起就开始给我攒钱,为的就是让我作一个中间转运站。"我问:运到什么地方去了?他说他不知道,也不感兴趣。然后他拿起一个比膀胱还要大的杯子,硬要和我干一杯,口口声声:"千金买醉也堪豪。"我好不容易推辞掉后说:"应该是'千金散尽还复来'。"他又说:"'别时容易见时难'啊!"其情调是非历尽沧桑者根本不能表现的。

《作家与企业家纪实》 一九九二年第三期

联想网

我生长在北京清华园内,曾经在王国维的墓地里玩捉迷藏——当时我并不知道那是他的墓地。因为上面写的是"海宁王静安"。金岳霖就住在我家前面——虽然他已经仙逝,但我仍不敢吹嘘和他讨论过哲学,因为年龄实在是对不上。我只知道他是独身一个,他的厨师会作西式点心,如果他吃不了,就卖。倘若有机会从父母处讨得抑或是偷得几文,必会去买。没有钱时,也常去闻闻看看,这时如果金先生出来,就会白给我们几个孩子一人一块。没有孩子的人总是特别喜欢孩子的,这就和没有学问的人特别喜欢谈论学问一样。如果厨师卖不完,也会说一声:"你们分了吧!"当时我听到这个就和一个二十岁的男子听到一个妙龄少女说:"我爱你"一样高兴。我还和马约翰先生一起打过网球——这并不是严格意义上的打球,而是他和父亲打,我在一边给他们捡球。捡球并不丢脸。宰相门人七品官。我这即使不算"军机上行走"也能算"军机上学习行走"。假设马约翰先生是波尔,而我是一个搞物理的人,有如此一段缘分,完全可以写一篇《在波尔门下学习的日子》。就算不是学术文章,在评职称时肯定会起作用。至于梁思成先生,虽然就住在我家附近,但我却从来没有去过他家:当时没有边缘科学这么一说,教授们总是洁身自好,大有些"老死不相往来"的劲头。一直到"文革"抄家时,我才看到他家的五脏六腑。

可尽管我在这充满文化氛围、充满人杰地灵之所在中生成长大,但并没有沾染上一丝一毫灵气:记得在小学五年级时,整天忙于工作的父亲,在听完代表他去参加家长会的大哥汇报后,终于认为有必要"管"一下我了,就给我补习数学。他给我讲解除法,我却怎么也听不懂。他追问后恍然大悟:难怪你不会除法,你连乘法都不会。到了升中学的考试时,上来我就把《我的家庭》的作文题目误会成《我的母亲》了,等到快写完方才明白,整个一个"悔之晚矣"。当时我有两个好朋友,报的志愿都一样,他们都很焦急地等通知书,渐渐地我也焦急起来。这时父亲说:"你们三个人,功课是上中下三等,我估计会分别被第一、第二、第三志愿录取"——没得说:我肯定是第三志愿录取。于是我不再焦急。录取通知一发,果然被父亲言中。我倒没什么,父亲却直到第三天头上才和我说话:"学问这东西和别的不一样,只有两种人,会的和不会的。根本没有侥幸。"我当下接着话说:"会的人可以给不会的人讲,可不会的人还是不会。"他摆手让我走。我知道这是他愤怒已极的表示,是冰山的七分之一,不敢再说,赶紧溜了。不过也有值得安慰的事:我有一个从幼儿园起就和我一个班的女同学,她的学习是非常好的,总是班长、学习委员什么的。到了六年级时,还当上了大队长——胳膊上是三条杠,大约相当于现在军队的上校。可她也考上了原来我以为专门属于我的那个学校。一个人看见别人不幸是可以减轻自己的不幸的。许多年后,在一个偶然的机会我遇到她,还谈起这件事。她说:"咱们可真冤,考上了那么一个破学校。如果不是考试那天我发烧,怎么也不至于。"我说:"你冤我不冤,我是确实不会。"她又说:"上一个坏学校和上一个好学校,有着本质的差别:那些上好学校的人,同学都是人尖子,现在个个都是好样的。而咱们的同学,顶好的也就是一个科长。"我承认她说的是很有道理的:在中国的人际关系中,除去血亲和姻亲以外,师生关系、同学关系就是最重要的了。有一个在晋中师范读书的文学评论家和我说过:"我们班上,家长官最大的就是一个副处长。"而一个在清华大学读书的人也和我说过:"我们班上有三个部长的儿子,五个局长的儿子。"我问他有几个处长的儿子?他说:"没有统计过。"然后又告诉我:"在我毕业之后,起码已经是二十次觉出清华这张文凭的作用了,而且都是在关键时刻。"我说:"和你同学的部长儿子,他爹早该离休了。"他和我说这话时已经四十岁,是一家国营进出口大公司的经理。"部长是离休了,可他们的儿子在之前已经作了安排。另外,现在的部长,就是当时的局长。"他的话确实是有道理,君子之泽,五世而斩。一个地方如果出了一个伟大的人物,就会跟着出好几百个——君不见,二百个将军同一个故乡! 更何况即使是斩,也不是"斩立决"而是"野火烧不尽"。

我把这个道理讲给一个经营砖厂发了大财的人说,他立刻就接受了。花大价钱让他的儿子上了省城的 S 大学——S 大学就是这个省的黄埔,几乎所有的县委书记都毕业于此。"他的同学里不要说出一个总理,部长,就是出上一个地委书记也值。"他确实很懂得战略技术,一个人在短暂的一生当中,不要急于上若干台阶:这一代从农村到了城市,下一代就能去大城市,并步入上流社会。再下一代,也许就能去了美国——我没有去过美国,不过常听别人说:"善良教徒死后上天堂,善良的中国人活着去美国"——当然不是去了之后不回来:据说在那个"天堂"里有你吃的,有你干的,玩的,就是没有和你说话的。而说话就是人和非人的重要标志。去了再回来。你的价值当时就不一样。记得父亲对我说过:他大学毕业之后,在清华当了三年助教,甭说副教授,就是连讲师也当不上,原因就是没有到美国留过学,后来他发奋考到美国去。到那里之后,教授递给他一本《电工基础》让他好好读一读。他心说:这本书都教了三年了,还读什么读?!四年之后,父亲以博士的身份回到清华,立刻就成了教授了。他曾经感慨说:"美国的月亮不比中国的圆,但还是爬也要爬到美国去。"父亲的话比较本色。本色就是土。所有这些道理我都懂得,但我目前唯一一张文凭就是"山西电力学校工农兵中专毕业证"——你们说有多可怜,工农兵已经很没有派,又被"中专"给修饰和限制了一下。好在我是一个作家,作家从某种意义上说,是个体劳动者,不太用人提携。再说作家本来就是懂得道理,却不会实践的人:我的一个朋友和我一起去逛书店时,看中了《不列颠百科全书》和《世界建筑图集》。当下就买,签发了一张支票。"你买《不列颠》还则罢了,起码看上几条可以和别人吹牛,这《世界建筑图集》有什么用?"我看着支票上的四位数说。"它和我书房壁纸的颜色很相配。"妈的! 我恶狠狠地说:"和壁纸的颜色相配也成了理由。有钱人真是想干什

47

么就干什么。你应该买这个才对。"我把一本《如何在炒股票中发大财》扔给他。"我不看。我不看。"他根本不往起拾。"所有这些书都是那些想发财,也知道如何发财,可又发不了财的人写的。"他使用的句式很复杂,随着又说:"你说这人要真的发了财,还有工夫写这个?"我不再说话。他可能是不愿意为这些小事就把我得罪了,于是赶紧问:"你想买什么书吗?"我虽然不是没有气节的人,但和钱没仇,就说:"买。"于是买了一本豪华本的《世界地图集》和一本《牛津双词典》。事后一想,这和他那个"和壁纸的颜色相配"有异曲同工之妙:我至今还是"英盲",单解尚且没用,要双解干什么?话虽这么说,可当一个人想把《双解》买走时,我还是严正警告他:"我这家里的东西进来了就不再出去。"而实际上只要他再加一些价,或者再说几句好话,我就会把词典卖给他或送给他。世界上除去感情外,很少有东西是没有价格的。

在电力学校,我除去参加教学楼的建筑外,就是"大批判"和下厂实习。当然,我还获得一些友谊——这是严格意义上的友谊:前年,母校出了一本《同学名录》,一日闲暇,我约了几个友好,仔细地查阅了一遍,只发现了几个能"坐汽车"。可他们不是比我们高几届,就是晚几年。用上海话说:整个一个"不搭界"。

在中国能不能坐汽车,是一个人地位的显著标志。我显然是"无车阶级",但我向往汽车。所以"望梅止渴"订阅了一本《汽车》杂志,每期必读不说,还经常和别人讨论"将来如果有机会,就买这种车。"有时还会为车型和他人争起来,用妻子的话说:"这是在一个错误的前提下展开的一场毫无意义的辩论。"如果在街上看见好汽车,就如同看见美女一样,总是盯到它消失为止。我想如果眼光和电磁波、辐射波一样有高斯、伦琴的单位的话,那辆车一定会加速。但我也有一般人没有的福气:坐过一回"奔驰"——

开始场景:一九九〇年。北京。长城饭店外。

我很有兴趣的从外往里看,分析谁个是高级官员,谁个是"大款",谁个又是妓女。这时听着一个人问:"你要车吗?""什么车?"我认为他是一个出租车司机,虽然我不是坐出租的阶级,但我依然有权力问。"奔驰。"他回答。"奔驰多少?"

我内行地问。用林彪的话说：老三篇是"学了就要用"的。"奔驰500型。"司机回答。"坐。"我毫不犹豫地回答：这是目前国内最好的"奔驰"车型。上车之后，我没有敢动车上的设备，也没有敢问这是谁的车，因为这车里飘浮着的都是高贵的空气。有谁知道有多少机密在这里酝酿？有多少人的命运又在这里被决定？这种感觉压迫着我，使我什么也没有能觉悟出来。车到地铁的入口处就停了。我比照出租的价格给了司机二十元。他嫌少说："这可是奔驰啊！"因为我确实只有这么多钱，剩下的只是三毛地铁车票钱，所以就有伤忠厚地说："偷来的金子你不能当金子卖，只能当银或铜卖。"我已经断定这是一个要员的公务用车，司机是出"黑车"的。车愤怒地转了一个弯走了，喷出一股怒气走了。我于是进了地铁，谁知道正好那天地铁票从三毛涨到五毛。两毛难倒英雄汉。我只好重返人间。

结束场景。厌食的公共汽车把一个人吐出来。这个人身上除去思想和才华以外什么可交换的东西也没有。他沿着汽车路线踯躅行走。三站地后，他明白了一个道理：这就和艳遇一样，一生也许只有一次。艳遇的本质就是偶然性和暂时性，不管你的艳遇对象是大模特还是灿烂的明星，过后你总要回到属于你的家庭里。

人生是一张网。人是网中的一结点。借用通信理论来说：一个用户必须先进入局部网，然后再进入全国网，再以后是国际网。然而有的人一生注定只在一张小网中生存。这小网复杂、脆弱，没有什么抗毁性、移动性。网中的一切程序都已经运行了几千年，改也难。但有时你也能收听到一个更大的网中泄漏出来的消息。

《都市》 一九九二年第六期

股票不是钱

股票像爱情一样,把它说清楚是既困难又不困难:它实际上是你对某个企业投资之后的一种凭证。这种凭证是可以到市场上去买卖的。如果你想买一种股票,而某人正想卖,就成交了。但在这个买卖的过程中,情况却是千变万化的:如果人们都想买 A 公司的股票,可却没有人想卖出,那么 A 公司的股票价格立刻就会上涨。反之,A 公司的股票价格就会下跌。

股票是永远不还本,它只分红,而红的多少,要视发行股票的公司经营情况而定。一般来说,和银行的利息差别不大。股票市场之所以能吸引这么许多人,原因就是股票能"炒",在股票价格低时买进,而在高时卖出。再往深里说:人们之所以买某种股票,就是就它在今后某个时期的价格打赌,升赚跌赔。我有不少朋友都在深圳股市上炒股票,他们时而买进,时而卖出,好不热闹。他们当中真正发财的十不过一,即使这个'一'也是就目前而论。真正的赚钱还要看他不炒股票之后。因为股票这东西变化实在是太大了:假设 B 公司的股票已经连续上涨了一段时间,人们都竞相购买。他们其实没有往深处想:B 股票是因为他们的购买行为才上涨的。但这时,国家突然宣布和 B 公司生产有关的一种原材料禁止进口,那么这个消息立刻就会影响 B 公司的股票价格。人们纷纷开始抛售,你忍耐不住,也参加进去。B 公司的股票于是一跌再跌,最后你一算账,发现手中的钱不赔也不赚。不由暗自庆幸,而实际上你已经损失了原始资金的银行利息、时间、精力。

我说这个理论时,这个"一"不服地说:我手中的股票目前已经是投入的资金的二十倍,更何况它们中的大部分还在上涨。我就告诉他:它们在上涨,你是舍不得把它们卖掉的。而当它们下跌时,你想卖也没有人买。你的账面资金确实不少,但仅仅是在账面上,假设某一天所有的股票持有者都要把手中的股票拿出兑现,那么它们将一钱不值。

《太原晚报》　一九九二年八月九日

专家的主意

某公司推出一种新型电脑,设计上有不少疏忽之处,所以销路不畅。他们准备废除这种型号。这时一个工程师把他的《使用心得》贡献给公司。负责人发现《使用心得》实际上是一套完整修改方案,于是,这种机器起死回生。某山村,乃是封闭的产粮区,他们的粮食品种渐渐地退化。这时,一个专家向他们推荐一个新品种,他们的粮食产量提高三倍之多。

福建有几个中学生很想发财,整天苦思冥想,终于想出了一个主意,编辑了一本名叫《写信不求人》的小册子。鉴于目前中国的流动人口大大增加,其中又有许多文化程度不高的人,这本小册子能使他们真正做到"写信不求人",所以它的销路非常好。中学生们也获利匪浅。

这些都是好主意。好主意的主要特征就是双边获益。反之,坏主意的特征就是单边获益。

某人办音像公司,因经营不善,总是入不敷出。这时,有一个"专家"给他们出主意,他们就扭亏为盈了。人们问这主意是什么?总得不到满意的回答。直到他们作为被告上了法庭之后,大家才知道这个主意的主要部分除去偷税之外,就是把一部完整的录音带和录像带搞得不完整——由这个"专家"操刀,删除录像带和录音带的某些情节,从而节约了基带,降低了成本。

另外还有几个想发财的人,自己发明了一种稀有金属,并且命名为"丢"。他们声称手中有若干吨"丢",是重要的工业原料。于是乎,这种连莫须有都谈不上的金属，吸引了大批想发财的人，他们你炒给我，我炒给你，一直炒到比黄金的价格还要高后仍然在炒——他们自有自己的理论：稀有金属的价格就是和黄金差不多。骗局被揭穿后，他们个个大呼上当。可并没有获得同情：如果他们当中有一个没有被迷住心窍的人的话，去查看任何一本字典，就能发现根本不存在这种金属。

出"丢"这种主意的自然是非法的、缺德的。但并不是所有的缺德主意全是非法的。有人雇佣一个二流作家写了一本名叫《围城续》的书，也赚了很多的钱。而且据说在法律上也能站住脚：《围城续》毕竟不是《围城》嘛！看来专家的主意同样是有好有坏的。

《太原晚报》 一九九二年八月十六日

机会和起点

平等是理想,而理想就是一种不能实现的东西。

人在没有出生时,不平等性就存在了。你的家族的谱系、出生的年代、出生地,甚至你的邻居等因素都会影响你一生的轨迹。假如你一九五一年出生在北方的一个农村,你的爷爷是中农,但到了你父亲这一代,家里多了几亩地,于是就成了地主。这就注定你在整个六十年代和七十年代不会好过,根本不可能有受教育的机会。这时,机会出现了,一个母亲儿时的伙伴,成了一个国家干部,而他正好在你二十岁时来到公社当书记。你母亲去找了他,他大笔一挥,把你作为"可教育子女"列入招生名单中,你因此上了清华大学。农村的经济落后,教育必然也落后。在你所在那个专区,有史以来,只有两个人考上清华。而在北京的一所名牌中学中,一次就考上十个,其中一人后来透露,数学题一共五道,其中三道最难的我们老师都猜到了。猜到三道难题,和那个书记在入学推荐表上批示同样重要。

在清华你很容易的毕业了,虽然你的基础不行,但在一个学生考老师的年代,基础根本不重要。以后你被分配到国家机关工作。四年后,你结婚生子,你的后代从此开始另外一种循环。

你仔细分析一下生活曲线,就不难发现其中充满了偶然。偶然就是机会,机会绝不是均等的:如果那个人没有到你的公社当书记,或者仅仅是当公社主任,那他就没有权力让你上大学。有人会说:不上大学他也许就成了一个农民企业家,比当干部强得多。这话当然有道理:一个人因为某次上班迟到,错过了上级视察,否则很可能被看中。但同时他也许错过一个被汽车撞倒的机会。

生活很像赛跑。即使在一个公平的社会里,也不可能人人都站在同一条起跑线上,面临着同样的机会,而且人人都有参加赛跑的机会。这就和马拉松一样,参加的人多了,起点就显得不那么重要了。

《太原晚报》 一九九二年八月二十三日

官和商

　　中国最好的职业就是做官。首先做官的政治地位高：一些已经发了大财的个体或集体企业的领导人，成了大名的教授和作家，他们为某个委员会的委员，或为一个高级的职称争个不休。这其中的原因主要的是政治地位问题：胡雪岩成了江南首屈一指的大商人之后，还要花钱买一个"红顶子"，人问为何？他说：不如此，就会在称呼上委屈了自己，因为民见了官是要磕头的。称呼就是地位的外在表现。二是经济地位：我听见一个个体老板和一个官说：你只有地位而没有钱。官问：你有多少钱？老板自豪地说，包括固定资产，有七八十万。官说：不过就是一辆"尼桑"车和一幢四居室的房子嘛！老板哑然。当官除去能支配经济以外，还能支配人。如果分配不上生育指标，你就不能出生。再以后，你就不断地被分配：分配所上的小学、中学、上了大学被分配专业，然后是分配工作、分配住房……最后被分配在某时退休。而主管分配的就是官。换言之，你一生实际上是"官"定的，你只在一个很小的范围里有选择的余地。有此前提，你见了官，能不肃然起敬吗？你"敬"，自然会给官以心理上的满足。这便是官的收益之一。

　　近年来，商品潮动摇了官的地位，某友原在机关当处长。现在当经理。几年下来，他叹道：以前我当处长时，从来是用鼻子说话的。而现在要使嘴巴说了，而且要说很多很多，别人才能明白。我问：那你干吗不继续当处长？他耸耸肩，当官固然好，但自身的价值很难体现。在机关，我不过是一个环节而已，而在公司里，我就是原动力。我说：你虽是原动力，但却不在谱了。其原因就和组织部不管考察个体户一样。他说：管他在不在谱，只要在这个世界上有一些事情因为我而发生，有些事情因为我而变得更美好一些就行。我听了挺感动，觉得他的境界挺高。如果中国多一些他这样弃官经商的人该有多好。当然不能是官商，奸商。

《太原晚报》 一九九二年八月三十日

二哥和我

我的家族和清华有着深深的关系:父亲一九一一年出生,清华同年成立,那时叫清华学堂,是用庚子赔款建的留美预备学校,一九二八年才改为"国立清华大学"。父亲上海交通大学毕业后,到清华任教,除去中间一段在美国麻省理工学院读博士外,毕生在此服务。我的哥哥、姐姐、嫂子、姐夫,以至于侄子、侄女等都为清华服务,或者曾经为它服务过。以至于一次姐姐为某件事找到清华的负责人通融,此公问理由何在?姐姐说:"我们家为清华服务了二百多年,你们还不应该照顾一下?"此公愕然,清华大学一共也没有二百年的历史。姐姐于是解释道:"我说的是所有的人加在一起。"

当然,这"所有的人"中不包括二哥和我。

我只是非常幸运地于一九五一年出生在这一美丽的地方而已——我说的美丽,除地理环境外,更指人文环境。试想有几个近代中国文化名人,与此无关?

在这里,我度过了美好的童年。这"美好",主要能尽情地玩,我上的幼稚园的地址就是古月堂,后面便是朱自清在《荷塘月色》中描写的荷花池。在这里我春天摸鱼、夏天游泳、秋天偷藕、冬天溜冰。再往上就是吴宓和钱锺书论学的听荷馆。翻过一座小山,就是梁思成领衔设计的王国维的纪念碑,那会儿我根本不知道他是何许人也,粗识几个字后,误读的碑文为"海宁王安静先生之墓"。上小学后的某次考试，因为成绩不好，故把单据藏在石碑后面的一个洞穴中。后被父亲逼不过，只好说是在"王安静墓"。父亲好久才反应过来，随之大笑不止，以至于一场危机消弭于无形。另外还有气象台、动物园、游泳馆、足球场、网球场。而一出西大门，便是圆明园。当时的圆明园，能抓住战斗力极强的蟋蟀不说，还能捡到锈蚀的铜钱，大的小的都有。另外，它的规模也要比现在雄伟得多。

我出生后没几个月，在师范大学附中读高中的二哥就参军抗美援朝去了。我读小学，他已是上尉军官。他那时搞通信设计工作，每次回家，总和在清华大学作教授的爸爸一起讨论问题，反正又是图表又是公式的，有时还相当激烈。关于他的事，我只记得某次大考不及格时，父亲以他为榜样激励我说："你二哥在设计飞机的归航电台时，在戈壁沙漠里一待就是半年、一年，但他充分利用空闲时间，把《英汉通信词典》和《俄汉通信词典》都背了下来。"可这些对我不起作用，我只是穿上他的军服系上武装带出去炫耀。

等我一上中学，"文革"烈火便从这里燃烧起来的。当时的我，一看到《人民日报》的社论《横扫一切牛鬼蛇神》时的第一个反应就是高兴，因为从此大概就不用上学了。但随着火势蔓延到我家，也不由地紧张起来。好在造反派很快就对父亲之类的"反动学术权威"失去了兴趣，而转向了对权力的追逐——每次革命，从本质上说，总是一个利益再分配的过程——我也进入了逍遥。于是乎，我学会了下围棋、打桥牌、玩麻将、抽烟、喝酒，当然也读了很多的书。

这个阶段我记忆最深刻的是两件事。

一是我们渐渐地把能读的书都读完了。有人也许不相信，清华园里别的东西没有，书是不缺的，谁能说读完了？这话也对，光我家的书就有几千册，可它们几乎全部是父亲的专业书，文史书也有，但不是《史记》就是《诗经》，对我来说，"能懂度"甚低，想看也看不懂。所以在看完了《青春之歌》等后，我又读了几乎全部的《收获》杂志，然后再读德热拉斯的《新阶级》，基辛格的《核时代的战略》等发给高级干部看的"灰皮书"，但这些仍然满足不了我容积不小且空荡荡的头脑。于是我集合起一群"同志"，打起图书馆的主意来了。清华的图书馆是世界有名的,"文革"前我就为看《新体育》之类的杂志而常光顾,地形还是熟悉的,更兼一个朋友的父亲是图书馆的副馆长——清华图书馆的馆长、副馆长属荣誉职务,是对那些有学术成就且热爱图书的学者的奖励——搞到了一张平面图,于是一个详细的计划制定出来了。

我们依计划从通风口进入书库,在里面我们打着手电如饥似渴地读了起来,我们当然是从"禁书库"读起。记忆最深的是有一天,三个人从早晨进去,一直读到深夜。我就是在那天从一本香港杂志上知道了江青的艺名叫蓝苹,并且结过婚,还知道了延安的"抢救运动"、苏联的肃反内幕、三年自然灾害的真正原因和西方世界是如何等等许多不应该知道的事情。

按原计划我们是只在馆内读,可惜的是事物总有自己的发展规律,因为书拿着方便,而且没人管,所以我们就把书"夹带"到外面。于是顺理成章地就出了事,先是父亲被传了去,然后我们又被清华的派出所拘留了三天。放出来之后,我觉得一顿打是挨定了,虽然父亲从来没打过我,但我也没惹过这么大的祸啊。

没曾想,父亲没打不说,连骂也没一句,只说未经授权,擅入禁地不好。得寸进尺的我壮起胆子说:"我想办正规手续去借,也得有地方办啊?"父亲不再在这个问题上和我纠缠,改问看了些什么?我开始挑一些从《科学美国人》等刊物上看来的杂七杂八的知识,父亲听着、听着,严肃的面孔上竟然浮现出一丝笑容。于是我的胆子又大了几分,说到政治。父亲刚听了一点,就打断了我。我问:"您是不是认为这些都是谣言?"父亲没有从正面回答,只是慢吞吞地说:"有些事情还是不知道的好。"说完就打发我睡觉去了。

"图书馆事件"之后,我们弃读从玩,开始下围棋。围棋是兴味无穷的游戏,它永远没有顶峰。可惜的是谁家里也不让玩这种典型的封建主义的东西。夏天还好办,找个没人的地方就行。冬天就惨了,下一盘就冻得生殖器都缩了回去。这时我的一个朋友找到了一个好地方——他是一个找东西的好手,打一个比喻:如果有某件东西,只有在某天某时在某个特定的地方能找到,那他就一定会在那天那时出现在那个地方。他的这个本领,插队后我不止一次地领教。可惜的是现在无法受用了,因为他到联合国当官去了——被封的蒋南翔校长的住宅。

南翔校长是六级干部,所以他的住宅自然是很宽大,东西也多:真牛皮沙发、波斯地毯、十多套西装……书籍也不少,但大都是哲学方面的著作。他是一个真正的马列主义哲学家,早在一九六六年十月的批斗会上,他戴着高帽子还说:"我不同意关于毛泽东思想的顶峰论,因为顶峰就不发展了。"不过我们没一个对哲学有兴趣的,就是在屋子里下棋。

当然,我们并不是一点屋子里的东西都没有拿过。某次棋下得时间长了,饿得不行,就命令我们的一个小伙计把一套苏联教育代表团送给蒋南翔校长的有机玻璃烟具砸碎拿去卖。小伙计一直砸了大约两个小时,才把它砸得不可辨认。最后卖了八块钱,买来若干斤包子,还有五瓶啤酒。我们吃喝了一个饱。

在蒋宅中,我们有时一开就是五盘棋。俨然是个棋馆规模。我们在这里会八方棋友:有八旗遗老,也有大学中的高手。但主要还是我们这个年龄段的同好,其中有现在进入国手级的人物。

但如此规模,焉有不露之理!没多久,就被街道上的老大娘给报告了。于是被著名的蒯大富领导的"井冈山兵团"抓去,好一顿打。出来之后,我们边相互裹伤边套改蒋南翔在"一二·九"运动时说的"华北之大,已经放不下一张平静的书桌了"为"以清华之大,竟然放不下一张平静的棋桌!"

在这段时间里,清华园里无数杰出的头脑都暂时地——部分是永远地——停止思想了。不能思想,便没有作为。二哥应该如此,也必然如此。不过我隐隐约约地觉得有一种东西潜伏在他身上。当时在陕西建造国防通讯线路的他,因父亲在美国留过学的问题,不能进洞去参加施工,虽然这些东西都是他设计的。但他不放心,天天守在洞外,里面如果有什么问题,就用电话传出来,他计算后再加以解释。就这样,他积累了大量的工程素材,并把它们理论化。当时我开玩笑地问他是不是打算出版?他不置可否,只是说:"要把眼光放得远一些。"我不以为然:有几个人的眼光能穿越历史?但在林彪事件发生后,因为施工需要,他的《三百路无人站的调测和故障分析》就出版了。这是一本很专门的书。对我来说,信息量等于零,但我还是向他要了一本。

再以后,我们就被打发去插队。我去的是山西昔阳县,也就是著名的大寨所在地。不过幸亏不在大寨。

对于这段生活,我始终不愿意去回忆。因为从理论的高度上说,插队是侵犯人权、违背宪法的,因为它剥夺了一代青少年受教育的权利。其道理就像不让人在生病的时候治病一样。中国的科学技术之所以落后,和因插队而形成了断层有关。想一想,在我们面对黄土抡大锄像白毛女盼东方出红日一样,盼着往地里送饭的时候,那些发达国家的青年,正在阳光明媚的教室里了解爱因斯坦、黑格尔、孔子,在使用计算机研究着核糖核酸是如何传递遗传信息的。再想一想,现在所谓的老插群中出的人才,不在体育界,便在文艺界,可有一个出在科技界?显然没有,因为当时缺乏的正规的学院教育,是无法弥补的。

至于插队是"艰难困苦,玉汝于成"之说,我更不赞成:灾难对于任何人都是灾难,其说法如同"'文革'动乱,玉汝于成"一样荒谬绝伦。

当然,在插队的时候,我们都遇到了一些好人。比方我的老房东,现在仍然和我有来往。但好人在任何地方都能遇到,不一定非要去插队不可,我就是在以人情淡漠、关系复杂著称的文艺界,也遇到了很多的好人,以至于我怀疑起人们常说文艺界复杂,不过是因为文人手里有一支笔,能把他们的之间的纠纷写出来。而别的界别的人不过是不会写、不愿意写,或写了没地方发表而已。

再后来,我被贫下中农推荐去上学——这是一个多么滑稽的说法:贫下中农在文化上属于低层,他们有什么资格来推荐?我上的是电力中专,也就是我的最高学历;工农兵学员就够可怜的了,还被"中专"这个词给修饰和限制了一下。

再以后,我到地处塞外的神头电厂工作,先是做工,然后教书。这期间,我开始写作。

海禁初开时节,已经作了师级干部的二哥以通信专家的身份出访英国。回来后他第一句话就是:"得好好学英文。"我着急搜刮舶来品,根本没有把他的话放在心上。再说在那个年头,稍微有点文化的人,有哪个没有动过学英文的心?以我为例,就买了《英语900句》《英语广播讲座》等书。其中有的还买了若干个版本。可到头来,不过是会"你好、我好、大家好"之类的,凑热闹罢了。

可二哥却真的干了起来。他先是跟着《广播英语》学了一阶段基础发音。然后就开始每天把英文的新闻节目录下来,并且听写。他的听写是原始意义上的听写:一个录音机、一支笔、一打纸。除去字典以外,没有任何文字课本。如果一遍听不懂,就把磁带倒回去再听。不行就再重复。如果实在不懂,他就打电话问单位里一个外语学院毕业的翻译。

我当时惊讶于他对英语听力训练的迷恋,说:"你不还翻译过英文的技术文章吗?能凑合过去不就完了?"二哥回答:"当年我翻译文章,主要靠的是懂专业。但和外国人谈判就不行了:如果你一句话听不懂,再以后的就都听不懂了。再者说,学问这东西是硬的,绝对不能凑合。"

一年、一年又一年,我眼看他写下了一个书柜的听写记录、一大捆圆珠笔芯,眼看他用坏了五个录音机,我也眼看他的英文程度不断提高——我至今仍是"英盲"——之所以如此说,是因为有一次和他在火车上遇到一个在北京大学任教的美国教授,他一上车就和二哥聊了起来,有说有笑有争论,我虽外行,但也知道"争论"与"客套"不同,非得有相当的水平不可。后来这个教授问二哥"你是哪年从美国回来的?"二哥答说没去过,教授到下车都不肯相信。

经过这次"考试"的二哥好像很高兴,说:"我大概是真的会了。"我说:"有您这精神,中等以上智力的人都能学会。"他说:"你这话算是说到点子上了。"并说:"你也应该学学,有好处。"我知道自己没有他那种用坏五本字典的"韦编三绝"的精神,就三缄其口。

写作是艰苦的,其中最苦的就是写了稿子没人要,但我还是屡退屡写,虽然屡写屡退,如果分析我写作的原动力,大概就得益于清华园中的文化气氛,得益于父亲、兄长们的榜样。

就这么写啊写,终于写成了专业作家。在成了专业作家之后,有人还对我说:"如果不是插队,你能成了作家?"我当时反驳:"如果不是插队,我很可能从美国留学回来了。"在人的道路上,是不能像自然科学一样,来回做实验的,所以"如果怎样,便会怎么样"的说法是根本不能成立的。

我在调到作家协会的前后,二哥也调到解放军南京通信工程学院任副院长,军衔少将。我写信向他祝贺,因为我觉得他虽然在军旅多年,但骨子里仍然是个知识分子,做教育工作实在是再合适不过了。

一九九二年我出差去南京,顺便看二哥。他送给我三本他的著作,都是电子工业出版社出版的:《慢速英语入门》《科技英语自学要诀》《英语学习逆向法》。据他学院里的人说:从他去了之后,院里研究生英语分级的及格率提高了不止一倍。

再以后他就迷上电脑了,跟着就写了一本《巧用电脑打字机》,被评为一九九二年全国科技优秀图书。

一九九四年初,二哥来太原出差,带来了一本他新写的书《好记性的诀窍》送我。当时我忙着穿他的将军制服照相——将军的肩章是金色的,而且是手工绣的,相当地好看——根本没有顾上听他说些什么。晚上我躺在床上随便翻,立刻就被吸引住了:这书里讲记英文单词、记历史年代人物、记人、记电话号码的窍门……我真的奇怪他从什么地方来的那么多的窍门,大概是"留心处处皆学问"吧。我依照他书上的办法,在一个小时内,就背会了圆周率小数点后面的一百位数字,还记住了起码八十个电话号码,我让我的孩子依照他书上的办法记历史、地理之类的,效果也非常明显。次日我看着二哥送来的一堆书,不禁很有些惭愧:我一个职业作家,这些年来写的东西竟然不如当军人的二哥多,看来确该努力才是。

既然当上了作家,我就想把这行干好,因为它毕竟是我自己选择的职业:在计划经济的时代,人从子宫到坟墓,总是被动地被分来分去,计划生育指标、幼儿园、小学、中学,运气好的话,还有大学,然后是工作单位、工种、住房,直到退休时间、待遇。可供选择的机会并不多,所以要珍惜。

再往小里说，人对自己身体的各个器官能控制的也不多：你不能控制血管的口径、细胞之间说的"悄悄话"，也不能控制肝脏、胃肠……它们都有着很强的自治权。只有大脑和手能部分地管住。既然如此，我们就要把这两件东西管好。写我愿意写的、想写的。当然最好是写出有人看的。

现在经常有人问我是如何成了作家的？我一直回答不了这个问题。因为创作是艺术，只能靠感觉。而感觉不能分析，一分析就没了。我只能说：作家是在某一特定的时候，因为某一特定的事件，在一瞬间就奠定了基础。如后续条件具备的话，一切就顺理成章。如缺少某条件，他就会变成工人、农民、科学家、官员……可不管他是什么，骨子里仍然是一个作家。到某一时刻，就会拿起笔来。

好为人师的二哥于去年退休了——其实是退而不休。这期间他又出版了《听力过关技巧》《英语新闻广播常用词语选编》《巧用电脑写作》《巧学巧用五笔字型》《脚踏实地走向成功》等专著，出版后都受到读者的喜爱。其中以《脚踏实地走向成功》一书在读者中引起的反响最为强烈。

他还到北京、南京等地的近百所大、中学校讲授了他所总结的那套独特的学习方法，受到广泛欢迎。就这他还不过瘾，专门到他曾经工作过的沈阳，在辽宁人民广播电台主讲了《钟道隆治学方法系列讲座》，据说听众反应强烈，电台收到来信近万封。

我和他在电话里说："您四十五岁时自学英语，然后写了一系列有关自学英语的书。五十二岁学习电脑，又写了若干本电脑专著。五十七岁研究记忆，又写记忆的书。再以后，您该写一本《如何写书》的书吧？"然后我又给他讲了稿费和版税等经济方面的技巧。

可他给我来了个"双重对话"，讲的是如何把自己的学习方法介绍给更多的人，好像别人在学习上取得好成绩真的是他的乐趣似的。最后他告诫我："德国大军事家毛奇说：要有真才实学，不要徒务虚名。"

我知道他大概在内心深处认为文学不是真正的学问——几乎所有的自然科学家都有这种看法——所以我说："有一个中国的大作家说：一般的科学家、

工程师,都只是在极其狭隘的领域中对那些一成不变的研究对象有一孔之见而已,而文学的研究对象则是动态的、无比丰富的,那就是人。"

我没敢告诉他,这个作家就是我:长兄如父嘛!

      《当代青少年研究》 一九九六年第五期
    《英文和二哥》《科技日报》 一九九二年十月四日
    《将军和他的书》《语文报》 一九九三年七月二十七日

朋友圈

还是在我上小学三年级时,母亲用父亲的旧西服给我改了一件短大衣。它不但看上去很挺摸上去手感也相当好。我非常得意,没有想到第二天它就给我带来了灾难。别的孩子都没有,很自然的就要排斥我。一个十岁的男孩子别的不会,独立性尚没有泯灭。我坚持不肯脱下这件新的旧衣服。但一个星期之后我屈服了,并从此懂得了一个真理:没有朋友的日子是很不好过的。

从此我广交朋友。朋友派生朋友,若干个朋友形成一个朋友圈。若干个朋友圈在我身上重合,信息在我这里汇集交流……我渐渐地觉得自己是一个中心——但其实你如果仔细地想一想,就会发现朋友圈的结构和权力的结构不一样:权力的结构是金字塔形的,上级就是上级,下级就是下级。上级和下级之间的交流渠道是狭小并僵硬的。有一次我对一个在企业界担任相当高级职务的朋友说:"你应该在你们单位中开展围棋或者麻将活动,据日本管理专家说,游戏可以弥合上级和下级的沟壑。"他说:"日本是什么情况我不知道,反正我在和比我高的领导游戏时,是绝对不会让他们难堪的。"我不同意他的意见:"游戏就是游戏嘛!"他马上反对:"但难堪依然是难堪。一个人对一个人的不满,一般来说都不是什么原则问题,而都是因为一些诸如游戏类的小问题。小问题慢慢积累而变成大问题,量变引起质变。必须防微杜渐。"而组成朋友圈的基础则是平等——换言之,在朋友圈中你完全没有必要担心会让谁难堪,或者说即使谁使谁难堪了也没有什么关系。一句话,朋友者,哥儿们也——我之所以没有在文章中使用我非常喜欢的"哥儿们"一词,就是因为一次在我向当将军的哥哥解释这个词时说:"哥儿们的意思就相当于你们党内的同志。"他立刻黑下脸来说:"你的确有能力把任何神圣的东西庸俗化!"从此我就很少用这个词,而用朋友取代了它。在朋友圈中人人都以为自己是中心,也确实人人是中心。中心和中心之间不但互不妨碍,且相辅相成。

既然我自己没有什么好说的,就"出卖"一下我的朋友们吧。

——我的一个朋友,姑且称他为老A,他是一个很有技术天赋的人。还是在小学六年级时,因为我们两个双双考上一个不入流的中学,所以双方的父母把我们囚禁在家中。其实木已成舟,何苦再折磨我们呢?我们自然不甘于寂寞,由老A牵头,动手作了一对无线电台,开始暗中联系。没有多长时间,他的父亲老老A就发现了。他是在国际国内都相当有名的控制专家的同时还是很有幽默感的人,他没有出面干涉,而是自己作了一个干扰台。因为他的器材优良,功率是我们的一倍,立刻把我们的台给淹没了。但第二天,老A就换了一个频率。可刚到下午,这个频率就被老老A给测出来,马上跟踪。于是老A又换。老老A再跟踪。后来老A想出了一个主意:自己制定一个时间表,在特定的时间,使用特定的频率。这样我们之间的联系就又恢复了。但三天之后我们发现整个我们电台所能达到的整个频段都被覆盖了。"如果我查出干扰源是谁,我非得碎了他不可。"老A说。当时"碎"是一个很盛行也很恶毒的词。到暑假结束时,"干扰源"终于出现了:"我现在可以断定,问题不在你们,而在中国的教育制度上。"老老A拿出当时很罕见的果仁巧克力和酸梅汤招待我们。"教育不应该是训练,而应该是发现和培养。我现在已经把《信号原理》的中册写完了,等下册杀青,我就给报纸写一篇文章,题目我已经想好了《自由发挥潜能》。"老老A的《信号原理》的上册是他在美国麻省理工学院读博士时的学位论文的基础上发展而来的。当时他就对《光明日报》的一个记者说:"中国顶多有十个人能看懂我的上册,五个人能看懂中册。"当记者问及下册时。他摇头不语。"能把我们两个都写进去吗?"受到夸奖我们都很高兴。"我不但要把你们都写进去,而且还要写上题词:谨以此文献给两个战胜我的小对手。""我们没有战胜您。"我谦虚地说。"后来我跟不上你们的频谱变化,因为你们进入了一个更高层次。我只好使用一种近似流氓的手段。覆盖整个频率。"老老 A 抚摸着我们两个的脑袋。

文章终于没有能够发表,因为一年后"文革"开始,血腥一洗书香。老老 A 早在一九五八年就因为思想过于活跃而成了右派,以后每次运动都要自动地跑到对立面去,所以他根本无法熬过十年。

老 A 和我一起去插队,在一个全国闻名的样板县。那里的劳动是相当艰苦的,但老 A 依然手不释卷。有一天他对我说:"我直到把这书读完了,才发现它是用英文写的。"我一看是一本《普通物理学》。"你什么时候学的英文?"我从来没有见过他朗读和背诵,据说这是学英文的必经之路。"你能记住你什么时候学会呼吸,什么时候学会撒尿的吗?一切全在不知不觉中完成了。"他在吹牛方面确实和其父一脉相承。

他的精神感染了我,我也拣起一本《古文观止》读起来。老 A 说:"你应该学数学和物理,这是真学问。"我说:"如果我也学,那不是就显不出你来了吗?"他说:"学文的人特别容易倒霉。"我心说:你们老爷子不是学理工的吗?不也倒了霉?但转念一想,这话未免太缺德,就说:"本人有一个特点:人弃我取。"他也没有再说什么。在那个年代,能看清方向的全中国也不会超出五个。

大约在两个月后,我把《古文观止》背了一个差不多,就随手送给了一个朋友。老 A 说:"你应该用它去换一些别的古文来看看。"我说:"古文观止,古文观止,就是古文看到这里就已经够了"。

我的宗旨是,大话尽可以随便说,活却必须认真地干。后来我又用一盒"牡丹"烟和一盒"前门"烟跟一个中学老师换了《唐诗三百首》和《宋词选》。并挑其中一些词浅意深的背了一些。我从此认为古文的基础已经奠定,再也无暇顾它了。

我开始看外国小说。当我连续二十四个小时,最后在一个大雪纷飞的夜晚读完《约翰·克利斯朵夫》后,情不自禁地说:"这本小说真棒!"老 A 用他天蓝色的眼睛看着我说:"翻译得不好,你如果读的是原文,那就更觉出棒来"——他当时虽然不是名义上的大知识分子,但已经有了大知识分子的渗透到骨髓中的傲慢。

一九七一年,毛主席说:"大学还是要办的。我这里主要说的是理工科大学。"老A听到这个消息就别提有多高兴了。"你不和我一起复习?"他说。我很懂得话中意思:他的功课根本就不用复习。这不过是辅导我的代名词罢了。我虽然有骨气,但一方面抵抗不住大学的诱惑,另一方面忍耐不住农村生活的贫苦,只好拜倒在他的门下。

当时招生是不用考试的,老师只是象征性地问问。我侥幸自己能对付,而老A却相当的不满意:"你们不考考英文?"那个短发及耳,前额上布满皱纹的——我至今认为这是博士型,去年我在清华大学看见一个女博士就是这个样子——女老师看了他一眼后问:"你会英文?"老A微微点头。"你学的是什么课本?《广播英语》还是许国璋的《英语》?""我没有课本。"老A坦然地回答。"那你认识字母吧?"老师显然灰了心,考了几十个什么也不会,但俨然自认为是个人物的"大寨"人之后,她也确实累得够呛。"当然。""单词你认识多少?""一万五到两万的样子吧。"老A轻松地说。"什么?"老师显然不相信自己的耳朵。"一万五千到两万单词,那是半个莎士比亚啊!""我这还是保守的估计。"老A说。遇到了对手老师来了精神,开始用英文和老A对话。他们越说越深,我虽然不懂英文,但半个小时后,我也觉出老师的频率开始减慢。最后她把老A的档案单独拿了出来:"如果外语系招一个学生的话,那就是你。"她肯定地说。

我很快就知道自己没戏唱了,因为我那个在大学当教授的父亲有一段在美国的历史没有审查清楚。别的方面也不出众。"妈的!几乎从中国有大学时,我爹就在大学里服务,可现在就因为这上不了大学。"我气愤地说完之后问刚刚从县里接电话回来的老A:"你的情况怎么样?""他们说学校里已经没有问题,把我作为'可教育好的子女'报了上去。"他说这话时显得喃喃。"我本来也没有抱多大的希望,所以不会有多大的失望。"我不想让他不高兴。"我就不相信只办理工科大学"。

老A的好消息一个接一个地传来,北京市委文教组已经批了,省文教组也批了……

他开始收拾行装。我还写了一首诗给他:

梧桐人聚人又分,人分漂泊各浮沉。
沉浮千般无悲喜,华夏社稷祭赤心。

当时我们知青的院子里有一棵梧桐树,故有此说。

当公社书记找他去谈话时,他正在地里垒大寨梯田。闻讯后他把铁锹一扔说:"这是我这辈子挖的最后一锹土了。"颇有些李白"仰天大笑出门去,我辈岂是蓬蒿人"之气概。

可谁知不是什么好消息,他的名额被县领导的女儿给占据了。他打电话给北京方面。北京方面叹息道:鞭长莫及。省里说:爱莫能助。

我准备安慰他时,他表现出极好的风度:"雷霆雨露,均是君恩。"

我再填词给他:高举相期,原共是书香门第。激众人,威镇京华。粉墨戎衣,并指天划地。笑过客来去无边。拓荒中原,憾见梧桐花落。再引吭,毕业悲歌。血拂热泪,寻分校何在,叹伟业原是蹉跎。

(在插队之前,我们两个曾经参加"抗大之歌"演出队,后来又幼稚到想在农村建立一个"抗大分校"的程度)后来我去读中专。从此这就是我这辈子最高的学历——中专已经够惨的了,它还被"工农兵"给修饰了一下,后来我有一个机会,去北京大学作家班读书,可我已经没有了兴趣:一个人本来应该在二十岁得到的东西,却非要在四十岁才给。这人根本就不再稀罕了。

老A在我走后第三年,去一个很不好的大学读体育系——他在中学时是校队的大门。他苦笑着说:"没有想到竟然是这个雕虫小技救了我。"他这个"救"字用得非常恰当:人和金属一样,有一个疲劳极限,他当时已经处于临界阶段。他临走时我去送他。他已经没有什么行李,只有一个很破的旅行包。出门之后,他又返回去,用一根烧焦了的木棍在墙上写道:鳖鱼脱却金钩去,摇头摆尾不再回。

他在那个大学里读了三年书,又被分配回我们插队的那个公社的中学当体育教员。再以后,他以第一名的成绩考上了北京体育学院的研究生。然后又以全国第二名的成绩考上了加拿大的多伦多大学的留学生。一九八五年,他以博士的身份回到了北京,在一个体育研究所里搞研究。

一九八七年我去北京时问他:"你研究什么?"他说:"研究如何把我这台电脑修好。"他回国时把几乎全部的积蓄买了这台 IBM 电脑。可研究所只分给他一间阁楼——在这以前,我根本不知道北京地区还有阁楼一说。秋风破屋,顶棚掉下一块,"它别的不砸,偏偏把我这宝贝给砸了。砸了我的电视机也好。""如果让我来挑一个东西砸,我也要选电脑。"因为他的电视机十二寸不说,还是黑白的。"你真的比我们的领导还要坏。"他说。

他是一个不爱诉苦的人,但还是跟我说了他在研究所里所受的排挤种种。其中最甚者是不让他参加高级的研究项目。这是他最不能忍受的。"我准备走了。"他说。"去什么地方?""还没有最后定,但走是定了的。我想,以我智力和才能,干什么都是好样的。天生我材必有用。你不跟我一起干?""我材无用也天生。"我实在是舍不得我那份安逸的工作。"经验告诉我,凡是我的命运轨迹和你相交之日,就是倒霉之时。""但这次是例外。"他说。"有例外就是因为有正例在。"我说。

后来他告诉我他去了北京一个电脑公司,再后来他自己开了一个公司。

一晃就四年,四年之中他的生意虽然做的"火",但我依然很惋惜他被浪费的才能。我曾经写了一篇文章说这事。大意是:中国的人才淘汰机制实在是太完善了。我寄给他看。他又寄了回来,上面批了四个字:老生常谈。随信还附了一张相片,其中的他堂皇富丽,通体名牌,风度甚是翩翩。后面还有两行字:莫道书生空议论,头颅掷处血斑斑。信里最后又掉出了一张名片:他的办公地点已经搬到了北京饭店。电话已经是"大哥大"。住地在亚运村。北京的公司能有资格在北京饭店开办事处的,其含义就和美国的公司在纽约第五大街上办公一样。据说有的公司没有能力真的在第五大街租房,就租了一块牌子。而在亚运村住,就和香港的商人在"山上"有房子一样。据说在"山上"有房子的人到银行去贷款根本不用验资。而使用"大哥大",不管你打不打,一个月也得三千元以上。

我回信衷心地祝贺他,我这个人别的优点没有,唯一就是不嫉妒。我总有这样一个想法:如果你的朋友发了财,就算他什么也不给你,起码你还可以这样跟别人吹:"我的一个朋友是博士,另一个朋友已经是司长了……"其道理就和解放前的文化人说:"我的朋友胡适之"一样有味道。再说他也许哪一天高兴能请你一客。反正不管怎么说,也比你的朋友都是穷人,整天来找你告贷,你不借不好,借又是真的没有的尴尬情况要好得多。

我把这封信拿给单位里的朋友们看,并对领导说:"你们总是说:某某坚持在乡下劳动写作,是安于清贫。而实际上他根本没有机会。我这才是真正的安于清贫呢!我这个朋友几次让我和他一起去干。我都没有去。其原因就是我真的热爱文学事业。你们应该搞好一个战略计划,研究一下在商品大潮水的冲击下,如何把人才留在文学领域中。"

春节前,老A请我们全家到北京去玩。在一个度假村里给我们包了一套房间,每天请我们吃饭,川粤鲁苏吃了个遍。

"我很想知道你在这盛大的活动之后,想让我帮你干什么?"在一个安静的夜晚我问。

"如果当年我请你吃一根冰棍,你会认为我想让你帮我干什么?"

"所有这一切并不是一根冰棍,你这是概念的偷换。"

"它们对我来说就是一根冰棍。"

"但对我来说,和接受一根冰棍却不一样。"我强调:"更何况你如今是一个商人了,应该是'不见鬼子不挂弦'。"

"如果说有事的话,我还真有一件小事求你。"

"我不爱听这个'求'字。你应该说委托。"

"你和L熟悉吧?"老A问。

"非常熟悉。"L是我在电校读书时的同班同学。毕业分配时被分到一个大型发电厂。但一个月之后,他就想办法调回了北京。然后又连续调动了几次,每次都上一个台阶。现在是在市经委非生产处当处长。"你是怎么知道的?""做买卖表面上看,好像是做钱,而实际上做的是关系和信息。"老A从他的真牛皮公文包里取出一份计划书。"我做买卖做得已经没有意思了。你要知道从银行贷出款来,买这买那,风险是很大的。香港的大亨们没有一个是没有实业的。包玉刚有船队、邵逸夫有电影和航空业……"

"你想干什么?"我打断他。

"我想干一家饭店。"

"而这正好属于经委非生产处管。"

"很对,我能不能认为你会把他给我请来?"

"如果我能认为我在这几天里吃的、住的都是我自己挣下的,就能把他请出来。"

"你当然可以这样认为。而所有这一切仅仅是一部分而已。"老A爽快地说。

我给L打了一个电话。他马上答应下午四点来。我马上定下在长城饭店见。"他是不是想吃饭?"放下电话后我问。据我所知一些工商,税务等权力机关的人,如果到一单位去检查工作,总是在饭前来。

老A摇头。

L准时到了长城饭店。寒暄之后,他就说:"我五点钟还有事。"老A当时就把计划书送了过去。

L显然是一个能干的行政官僚——日本之所以能飞速发展,就和他们有一批能干的行政官僚制定出符合实际的产业政策有很大关系——他在两分钟内就把计划看完了。"办饭店必须符合以下三个条件:第一,你所经营的饭店必须是北京没有的,因为你如果卖饺子,那么势必要影响北京人就业。第二,不能有大的污染。北京是首都,有大的污染就有碍观瞻。第三,不能有大的土建,这其中第一条是硬条件,我们每季度都要请若干饮食业的专家来会审所有的申报项目。而你的印度菜馆,北京已经有了几家。"

"能不能想一个办法?"我问。吃人家的嘴软。必须把中介工作做好。

"我看你们的资金来源是台湾。不知道你在对台办里有没有关系?"L问老A。

老A就像做地下工作似地,不说话只是点头。

"你给台办写一个报告,然后再让台办主任一级的人在这上面批几个字。我就能在一个月内给你批下来。"L把报告递了回来。

我见老A面露喜色就问:"这么快?"

"你不看这是谁交办的事!在我们这里,有一个术语:特事特办。"L拿起皮包。

我再三要求他在这里吃饭,而他说他真的有事。

L和我们握手之后,开上一辆黑色牌照的"奥托"车走了。这辆"奥托"刚好停在老A的"沃尔沃"旁边,车长只及它的三分之一。

"在我的印象中,凡黑牌车不是外交人员就是外资企业的。你说他的车是谁的?"我问。

老A没有回答。

我再问之后,得到了一句格言式的回答:"我所见过的不爱管闲事的人,不是发了大财,就是做了大官。"

"你办实业,L做官,而我管我的闲事。这就叫各有所司。如果让我办实业,你做官,L管闲事,那天下不就全乱了套了吗?"我最后说。

《九州诗文》 一九九三年第一期
《我和老A》《美文》 一九九三年第九期

年前说"吃"

如今还有谁没有饭?我看在亚洲不多了。三十年前我可见过:一个炎热的夏日,一个大概只有十岁的女孩子给她的蹬三轮车的父亲送饭。饭盒里盛的面条绝不会超过五十根。大汗淋漓的父亲吃了最多二十根时,发现女儿一直在看着他吃,于是狠了狠心说:"你吃了吧。"女孩子没有客气,接过饭盒就吃了起来,其速度我见所未见。

当吃的材料丰富起来,吃就演变成一门艺术。

朋友A是一个崇尚独创精神的人,他的名言就是:千篇一律是吃的最大敌人,因此他非常喜欢做一些别人没有做过的菜。有一次,他把鸡肉、猪肉,还有驴肉和胡萝卜、洋白菜放到一起,然后又放了不知道多少佐料。上来后,其颜色就像一个画家用过多年的调色板。大家都浅尝辄止,因为辣椒和芥末共存,刺激量实在是太大了,七窍之中起码有两窍能明显感觉到。但他还是强迫我们吃,并强迫我们发表感想。于是我说:"你确实是一个伟大的发明家。"他很得意。但我马上接着说:"这并不证明你的发明是伟大的。"这句的结果是:他取消了那些常规的例菜。

朋友B是一个"原始人"。他吃任何东西都不破坏它的原味。所以他作的肉几乎都是生的,蔬菜当然更不用说了。每次我抗议时,他都说:"关于食物的生与熟,国务院并没有明文规定。也就是说:它是一种属于感觉的东西。也就是一种主观的东西。你要克服你的心理障碍。"我马上反击:"我如果不看在你我之间三十年的交情份上,光凭你这菜我就和你掰了。"他根本不听,自顾自地继续宣讲他的理论:"食品如果在外表上就表现出它的精致性和复杂性,那它无疑是一道失败的菜。成功的菜主要是它的俭朴性。它的精致性,只有在事后分析才能表现出来。"我说:"一个有理论的坏蛋比没有理论的坏蛋,要坏上十倍还不止。"

朋友C是极端的广东人。每次饭局无论当主次客,都要吃广东菜不说,还要替粤菜做广告:"广东菜比世界上任何地方的菜都要好吃。""除去广东外,全中国没有一个够星级的饭店。"我说:"任何东西说有易,说无难。比方一个字,你如果说它有,只要在任何一个地方找到就行了。而你如果说它没有,你必须把所有的文件都查遍。他虽然在理论上无法把我驳倒,但还是不改。为了抗议他这种"饮食沙文主义",我们通过了一个决议:拒绝出席他组织的任何带有广东菜系色彩的饭局。在我们的封锁下,他老实了一个阶段。可当我们撤兵后,他又开始了——整个一个伊拉克的独裁者。

我对于吃,也有一些理论:优质烹调的最大敌人就是节约。你如果想享受一顿美餐,那你根本不应该考虑钱的问题。因为饮食是一种艺术,而钱和艺术格格不入。

我还对我的厨师说:"一个人吃饭不是完美的饭。他还必须有一些人和他讨论菜肴。你要知道:法国菜、中国菜都不是一个人发明的。它们是一些好客的人和虔诚的美食家讨论的结晶品。"

我还说:"你炒菜的时候应该想道:我的欢乐就是你的欢乐。"

我这样说的结果是:我的厨师罢工了。我的厨师是谁?她是我的妻子。

作为拜年的小礼物,我透露一个小秘密给大家:我喜欢交际,因此有许多吃的机会。久而久之,江河人称"美食家"。所以每每承担点菜的任务。习惯成自然,我也就把点菜看成我的责任。但至今我对许多菜的认识还停留在菜单上。

《太原日报》 一九九三年一月二十一日

婚姻共同体

大约在十六年前,她对我说:"咱们结婚吧?"我立刻答应道:"行。"

但她有着不同的说法:"是你对我说,而我当时还迟疑了一下才答应了。"

这成为一桩永恒的历史公案。所谓历史,是人对事实的一种解释:有多少人就有多少种解释。可不管怎么解释,反正一个家庭诞生了。

婚姻的模式不像杯子、椅子和桌子那样是预制的、批量生产的。它像眼镜和假牙,必须磨合。

一开始生活是非常美好的,就是一直在困扰着人们的家庭中的劳务问题,也没有能成为问题:她把几乎所有的一切都包了。我得意地抽着香烟向朋友们炫耀:"厨房的主权是她的,餐桌当然也在两百公里领海之内。主权是不容侵犯的。"她笑着没有说话。

后来我明白了,这实际上是一种透支。

当第一个孩子准备加入到我们这个行列之前,我心理上还没有准备。记得在我们去我母亲家生产的前一天,来了一个朋友和我下围棋。而她一个人在收拾行李。整整一大箱子行李。我们下到天快亮了才尽兴。我刚刚躺下,她就对我说:"我感觉肚子疼,你去给我找一个大夫来。""明天再说吧。"我已经很疲倦,再说当时我们生活在一个偏僻的山村工地上,大夫在十里地开外。过了一会儿,我隐隐约约听到她压制不住的呻吟,感觉到大事不好,就起来穿衣找大夫去了。女儿是在当日中午出生的。

第一个问题就是尿布。一开始我还以为这东西和衣服一样可以无限期地往后推。但不过一天就周转不过来了。先是把几件旧衣服撕了,但依然不够用。于是我再毁一张床单……等没有可毁的东西后,我终于明白了,必须随尿随洗。家里随即成了联合国所在地,挂满了各式各样的彩色旗帜。

然后是喂孩子吃奶。这是很艰难的工作。我从来不知道其程序,也识读不了孩子用哭声表达的语言。她高兴也哭,不高兴也哭,渴了哭、困了哭……起初我把这统统划归成饥饿。可孩子在很多时候,用绝食的方式表达她的愤怒。再急了就是用排泄物……毛主席说:"错误和挫折教育了我们,使我们比较地聪明起来。"渐渐的,我开始能分辨"哭"与"哭"之间微妙地差别了。

因为孩子而产生的繁复劳动,因为初期热情的丧失,因为经济基础的薄弱,矛盾冲突发展和壮大起来。家庭不再是美好的伊甸园,而变成战火弥漫的中东。

她像一个审计官员一样,认真地审查我的收入和支出。并像奴隶主指挥奴隶一样的支使我干这干那。然后再说:"我就像磨房中被蒙住眼睛的马一样,而你就是那个桩子。"

我马上给她来了一个诚实的反馈:"这话也完全可以反过来说。"

冷战开始了。冷战最适合中国的家庭。因为我们都是喜欢面子的人。

一度我曾经以为墙壁上那张"全家福"是世界上最具欺骗性的图画。

"无情的岁月增中减,有味生活苦复甜。"渐渐地,我不再认为家务劳动是妇女的象征,而是我的义务。我开始品尝到当父亲和丈夫的乐趣,一句话,我学会了让步和妥协。

另外我还掌握了很多"斗争"的艺术和技术。在婚姻生活中,当然要讲真话,不过这真话,也有许多讲法,比方说:"你和你的父亲一样笨。"与"咱们两个到底谁更笨一些?"这两句话从信息论的角度讲是等量的。可后者能让人接受。信息的目的不在于发布而在于接受。"穿过柏林墙"和"拆毁柏林墙"是一个意思,但后者听上去太不顺耳了。

家庭进入了新的和谐。

人们在形容婚姻的美好时总是说:"他们像一个人一样"。其实两个人永远成不了一个人。如果真得成了一个人,就是连体婴儿:行动极其缓慢,而且没有生命力。要叫我说:一个美好的婚姻是一个共同体。它有一个男主人,一个女主人,还有两个奴隶。谁都是主人,又都是奴隶。

当我把这篇文章的清样给她看时,她说:"你真是一个大笨蛋,亲爱的。"

你们说:这两个主题词,能在一起搭配吗?

《山西妇女报》 一九九三年一月二十三日

打火机及小摆设

小时候,我最羡慕的不是带插图的书,带发条的玩具——那时还没有电动的——也不是博学的父亲、慈祥的母亲,其原因很简单:这些我都不缺。我最羡慕的是一个带打火机的烟盒。

我第一次见到这东西,是在父亲的一个密友的手里——我们姑且称他是 W 先生。W 先生在美国读书时和父亲在一个学校,建国时又和父亲一起回来。当然他的名气要比父亲大得多,是国内外相当著名的控制专家。据说许多的高级武器的研制都和他有相当大的关系。但这些对我都毫无意义,我羡慕的只是他那个带打火机的烟盒。当时 W 先生在军队供职,领章和肩章都是金底,上面有两颗星,现在回忆起来应该是中将。他谈吐风趣,外表儒雅,每个月起码来一次,每次都有汽车接送。来了之后,总是先和父亲聊天,他们一般是用中文,但是在不愿意让我听时,就掺杂上英文了。有一次我一进去,他们就说上洋话了:两个人当着一个人用这个人不懂的语言说话是很不礼貌的,但是我又不能公开表示我的不满,因为我是儿子——在中国,有理的总是老子(现在我上中学的孩子,有时就用英语表达一些他们不想让我知道的事情。每逢这时,我就大喝一声:说中国话。于是他们只好改成我的母语。但关键词还是用英语。一件事只要它的几个关键词你不懂,它对于你来说,就没有信息了),但不满总要表现出来,我就找出各种借口,赖在客厅里不走,看他们能说到什么时候。因为外语对我来说,是一门很难的功课,每次考试都勉强及格。十来分钟之后,他们又改说中文了。我以为他们是"词穷"了,就凯旋而出。而

81

实际上他们的单词是无限的,之所以不说,是因为不该让我知道的事情,已经说完。至于什么事不该让我知道呢?大概就是哥哥的婚事了:哥哥那时在军队中一个高度保密的部门工作,他的婚事很让父母操心:找一个知识分子不难,找一个出身好的也不难,难的就是要找一个出身好的知识分子。

前些日子,我和一个朋友谈起此事,他有另外的看法:他们也许谈的是政治或时政。我没有反对:说家长的坏话和说领导的坏话一样,是犯忌的。但我心里却非常清楚这不可能。不能说他们没有一点觉悟,而是说他们即使觉悟到了,也绝对不会对任何人说。妻子都不例外,何况密友乎?当时是离开一九五八年只有两年,殷鉴不远,岂能不防?当然妻子是不会主动出卖你的,但组织上总有办法让她们说出来。

在W先生和父亲谈天时,W太太就和母亲说话。当时我就很奇怪W太太怎么能和母亲谈得来。她是大家族中出身,夏天总是穿着永远不重复的旗袍,冬天也总是着后来被判定为一类以上保护动物的皮制成的裘。她不光手指甲,就是脚指甲也是着色的。而母亲出自浙江一个农村小地主的家庭,南方的地主和北方的不同,只有几亩地,用现在的话说,至多算是"小康"而已。所以母亲的文化顶多初小,而且是小脚家做布鞋配合大襟衣服。可她们的话题依然无穷无尽。后来我才明白,为什么"三个女人一台戏"里的"女人"一词没有任何修饰和限制。她们在大约聊到十点钟之后,就携手下厨房,出来时总有好菜饭。当时我很佩服她们的手艺,而现在想起来,根本不是什么手艺问题,而是她们的原材料好。因为我所谓的好菜饭,不过是有鱼有肉而已,根本没有时下"食不厌精,烩不厌细"的做派。

饭后,W先生总要和父亲"手谈"一盘。他们下围棋时,一言不发,一步棋要思考很长时间。每逢这时,观战的我总是不耐烦,竭力弄出很多噪音。但他们的功夫很深,根本不受任何影响,继续"长考"……这是一个围棋术语,意思是"长时间的考虑"。记得有一次,我出去看了一场电影回来,他们那步棋还没有走。有时,他们一局棋一个下午也下不完,这时他们就"封棋",留待下个星期再下。在我的记忆中,他们最长的一局棋整整下了三个月。那是一盘"和棋",他们两个"复盘"之后,又制作了一式两份棋谱,并一个说:"千古佳构",一个说"千古无同局"。"文革"开始,我也迷上围棋,但我们下棋时,从开局时就争着要拿高段位的人才有资格拿的白棋。如果没有抢到,就赌气往最没有效率的棋盘中间走一步,并口口声声地说:"当年吴清源和本因坊下时,就走出了这步。但他事后也承认这与其说是一种战术,不如说是为了蔑视对方。"在下棋的中间更是吵吵嚷嚷,有时竟到了拔拳相见的地步。但我从来没有和父亲下过,这其中的主要原因就是因为他当时正在经受大学生们的批判。不过话也说回来,即使不这样,我也不会和他下:我根本经受不住他的长考棋风。一九七一年父亲去世后不久,我看到了那份棋谱,发现很是稀松平常。当时不便说,到了一九七九年我才和哥哥说起:"他们说的'千古无同局'也许是对的,一人一心,本来就'千古无同局';但'千古佳构'就过当了。"接着我就指出他们在行棋的过程中的若干重大失误。哥哥沉思很久后说:"他们当然不能和你比,你是专业的而他们是业余的。"过了很久之后,我才明白哥哥的话在很对的同时也很恶毒:"文革"十年,我除去围棋、桥牌、麻将这些东西之外,再无长项。于是我开始选择。三十而立,投入文学之中,但一直到了去年,我的一篇小说被人翻译成英文之后,我才拿给哥哥看。他依然深思良久后才说:"译文要比原文好。原文很多不通顺、不流畅的地方,经过翻译之后就找不到了。"但此时的我,已经"百炼钢化为绕指柔",从容地对他说:"你不要给我拿这高级知识分子的派,我十年辛苦不寻常,别的本事没有,通顺和流畅自信还是能做到的。"哥哥见打不倒我,就又说:"起码有许多多余的地方可以删去。"我把原文和译文都拿回来后对他说:"您这话也同样可以和曹雪芹、托尔斯泰、贝多芬、凡·高等任何一个门类,任何一个级别的艺术家说。"

话再往回说。自从我看上W先生的打火机之后,我的心思就不再在棋上了。好几次我都想把他的打火机给拿走,但一个吸烟者对烟具有很大的依赖性,离别不得超过十分钟。当然,我如果和W先生要,他是会给的:在我过十岁生日时,他送给我一具很大的飞机模型。我和一个我当时很钦佩的、据他说是相当会组装模型的中学生,花了两个星期把它装了起来。然后把动力上得足足的,再就上助跑,一松手,只见这架模型划了一个美丽的弧形后,一个跟头栽在地上,当下粉身碎骨。我很伤心,W先生知道后,马上又送了我一架。但飞机模型是飞机模型,打火机是打火机:一个小学生根本没有理由申报这样的项目。可喜欢就和爱情一样,带有很大的盲目性:你喜欢上一个姑娘,难道还能讲出什么道理来吗?能讲出道理来的都不是什么高级事物。终于机会来了:梅兰芳来父亲供职的大学唱戏。父亲和W先生都是京剧迷,他们对京剧的热情能和我现在对足球的热情相媲美。如此推理,梅博士就是马拉多纳,焉有不看之理?

匆忙之中,W先生把打火机忘在茶几上,我立刻就把它给没收了。

我忐忑不安地等他们回来。终于戏散了。W先生和父亲一起进来找打火机。我咬牙不承认:只要此关一过,就万事大吉。再说他们出去过,就没有理由假定打火机在我家里。所以我就跟着帮助找。自然打火机是找不到的。W先生终于灰心了:"算了,"他笑着说,"一个东西有时找它找不到,但到时就会自己出来。"说着他的烟瘾上来了,空摸了一下口袋后就走了。

我当然不敢把打火机拿出来,偷偷玩了一个星期。但"名不正,言不顺"则"玩不成"。当W先生再次出现后,我就把打火机还给了他:"我从沙发底下找到的。"我用很大的声音说。W先生笑着摸摸我的头。父亲也笑了。

大约在四年后,W先生和父亲才对我谈起此事:"当时我们就分析出打火机在你的手里。""你们是猜的,不是分析。""你所谓的猜,在我们这行里就叫分析。""你们凭什么分析出在我这里?""我们回想了整个过程,断定它在家里。既然在家里但又找不到,必然有人把它给藏起来了。不用再分析,这个人必然是你。""我就不信你们能回想起整个过程。"他们相对一笑,没有再说什么。

过了很多年之后,一个父亲的学生对我说:"你爸爸能记住几乎全部高等数学、普通物理和全部《自动控制习题集》中的题,一问就立刻把答案告诉你。"不久,我又在一篇文章中看到W先生作为总设计师,对上万个零部件的形状、性能和相应位置了如指掌。这样两个人的确不太容易骗。

前年,我作为W先生的正式客人去给他拜年。我送给他一本我写的书,并说:"您最好抽空看看。"他回送我一件礼物。回到家里之后,正好有若干朋友在,我把这个写有很多英文字的很大的盒子拿出来,边拆边说:"如果它是吃的,咱们就立刻把它给吃了;如果它是喝的,就马上把它喝光。"等拆到最后,盒子已经变得很小。"如果是戒指就给你。"我对妻子说:"反正我除去你以外也没有人可送。如果是领带夹子,我就自用。"

到了最后阶段,众人都包围了。可我一开盖,就立刻把东西放进口袋里,再不出示:是一个崭新的打火机。

英文这东西就是欺负人,对于它只有两种人:一种人认识,一种人不认识。不认识的人可以假装认识,但到头来必然要吃亏。记得有一次,哥哥从国外回来,拿了几个锡包,从形状上分析必然是调味品。我指着上面的英文问他是什么。他看了一下后告诉我是糖。我正打算把它放进牛奶里,嫂子看了一眼后马上制止:"那是盐。"气得我对哥哥说:"你这就和旧社会的保长让一个不认识字的贫下中农到乡公所去送信。收件的警察看后就说:你交十块钱。贫下中农问为什么?警察说:这上面明明写着:请罚来人十块钱。这不是欺负人吗?"他马上反对说:"此一时,彼一时也。旧社会的贫下中农是没有机会念书,而现在你是有机会而不念。"我不服这口气,着实买了一些书和磁带。但学英文是真功夫,我实在是吃不了这个苦,终于放弃了,并辅之以理论:"四十不仕,则终身不仕。"

诸位不要小看打火机,它是整个工业的象征。自从在一次世界大战中因为火柴紧张而发明打火机以后,它经历机械、集成电路、光电感应等若干个阶段。我用的一个红色的中华牌打火机,一个星期后,它的釉面就开始脱落,两个星期后,就三下着一下,接着它就进入五下着一下的阶段。如果从通信理论上说,一部电话打五次才能通一次,就等于没有。而打火机要是如此,比电话还要糟糕:假定你遇到一个你必须巴结的人,给他敬上一支烟,然后掏出打火机,一下,两下,三下……都不着,你说你能不把他给得罪了吗?所以说一个国家虽然可以造十万吨级的巨轮,但它却不能制造出一个好的打火机。这其中的道理就和一

85

个人也许会哼哼全部八出样板戏,但唱不出哪怕一句能和梅兰芳相比的——因为你会唱一句就会唱全部。

我见过的最好的打火机是一只法国"都彭"牌的。它是翡翠绿的,据说这种彩釉是从只在中国和日本才有的草本植物中提炼出来的,经过处理之后,三年之中不会脱落。我接过一用,真是百打百着。火机的主人告诉我:它经过四百九十二个工序,六百四十次质量检查。它开盖子时发出一种独特的音响,分外给人以荣华之感。我一问价钱,就决定把我的火机扔掉,从此使用火柴:三百美元一只的火机,我绝对消费不起。

至于为什么扔掉我原来的,其原因就和我看足球一样。我是一个足球迷,每逢大赛前,总要激动一整天。在中国队进军巴塞罗纳的关键一场前,我就约了三个球迷好友,还取出一瓶十年的"老白汾酒",准备庆功时喝。赛后,我把酒给收了起来,并发了一个毒誓:"烟和酒我是戒不了,但从此戒看中国足球。"誓虽然发了,但戒球和戒烟酒一样难。每逢球赛,我就坐卧不安,总是假借换频道,溜上几眼。后来见没有人追究我的誓言,就又开始看。一切都没能逃过妻子的视野,她说:"上瘾就是病。没有那个本事就不要发誓。"我毫不尴尬地说:"别人说:美国人说干就干,日本人干了才说,德国人是干了也不说,而中国人是说了也不干。我自然也不能免俗。"再说,作为一个中国人,我和中国工业生的什么气?

除去打火机外,我还非常喜欢名人字画、古董等。但一直停留在"高山仰止"阶段,因为这些东西不是一般人所能获得的。它被经历、精力和权力、金钱所限制:要么你出身于一个世代高官巨宦之家,那你就能继承一些作为基础,并由此扩展开来;要么你有超人的精力和毅力,从一作起,由一到十,再到百、到千、到万,这无疑要穷尽你一生;要么你相当有钱,见什么就买什么,只要多,自然其中也必然会有一些能成气候的东西。素养也会跟着被培养起来;要么你就是一个大官。有一次我和一个熟人去一个离休的高级干部家里,见他的墙壁上挂了许多字画,当代的就不说了,近代的名字就有郑板桥、翁同龢等许多。第二次我再去时,他的字画又换了。出来后我不禁问我的那个熟人:"他家里到底有多少字画?"熟人没有回答。我再问——如果没有这种刨根问底的精神,我又如何能维持惨淡的写作生涯?熟人还是没有回答。他是一个经历很复杂的人,深谙人际关系,所以才能在一个讲究学历的时代,以高中学历——我这里的高中是专门用来修饰"学历",而不是指文化程度:他曾经用插队和做工的十年时间,粗读了《二十四史》,并做了上千张卡片——先科长,后处长,再上地师。我逼问。他缓慢地告诉我:"我见过所有不爱管闲事的人,不是作了大官,就是发了大财。"我气得好半天都说不出话来。今年初,我这个熟人调到北京的一个重要部门去工作,在给他送行的宴会上,我旧话重提。他很想了一会儿后说:"我猜,××,××……"他连接报出几个年代比郑板桥远,名气比翁同龢大的人,"这些人的字画,他恐怕还有一些是没裱过的。"我马上说:"我也有若干没有裱过的字画。比方,我的一个朋友,特别喜欢写字送人,但那草书草得没有办法说:远看是墨猪一团,近看是一团墨猪。所以我也没有裱。"熟人笑笑没有再说话。我又问:"他从哪里来的?""他管过干部啊!"因为多喝了两杯酒,他的话显然多起来,"你要知道培养一个干部比养大一个儿子管用多了。你今天把一个干部放到一个岗位上,明天就可以用。而养一个儿子,却要二十年的时间,而且到你要用他时,他还不一定肯听你的。"他见我默然思索,马上就说:"我随便说说,不足与外人道。不足于外人道。"不用说,他是想起了我的职业。

既然没能力玩这些,我就退而求其次,玩小摆设。我也采取做官人通用的办法:巧取豪夺。

有一次我见哥哥的抽屉里有一个黄铜质地、鳄鱼皮面的名片夹子,就立刻把它收进口袋里,并说:"你拿这个也没有什么用。"哥哥不动声色地说:"在高等军事学校里,一旦有军级以下的军官,以《全球战略》这样的题目作论文,一定会遭到教员毫不留情的嘲笑。"已经当了将军的哥哥指着我的口袋说:"这种名片夹应该配相应的名片。"我面不改色地回答道:"你的理论不对。越大的官就越不用名片。你什么时候见过总理用名片?他的脸就是名片。再说,别人一嘲笑打击,我就把属于我的东西交出来,我也就混不成今天这个样子了。"哥哥笑了:"什么样子？不还是不成样子吗？"

以上若是"豪夺"，那么我再举个"巧取"的例子：有一次我在一个朋友家里，看见一个紫铜的坦克模型，非常喜爱，就说："你把这个东西给了我吧，放在你这里不相称。"他马上说："这是我有生以来收听到的最恬不知耻的要求。"我没马上再次提出要求，而是把它放在回忆共同的经历、深厚的友谊和在若干重大问题上我对他的帮助后。十分钟后，他无可奈何地说："这东西是我们老爷子的，你去问问他，如果他同意你就拿走。""问就问。"我说着就上楼去了。在楼上我和他老爷子瞎聊开了，根本就没有提模型的事，因为他出身于一个盛产财迷的省份的一个偏僻山村里，身为九级干部，却从来没有抽过"前门"以上的香烟。和他要东西，最好是免开尊口，让他给讲讲革命经历还差不多。老爷子显然以为除去他以外，别人都不读书看报，一个劲地给我讲世界形势，其材料来源《参考消息》，其观点最近不会超过六十年代。半个小时后，我下楼来很坦然地对正在一个很破、但很大很舒服的沙发上，翘着基辛格式二郎腿读日文版《程序世界》的朋友说："你们老爷子同意了。""他同意你就拿走。"朋友爽快地说。我马上携物逃之夭夭。一个星期后，朋友来我家，我就把过程讲给他听，并翻过坦克模型给他看上面的一行小字：此物猎自某某处。他笑着把字纸撕下来："得让你猎，你才能猎。我告诉你，这个模型是我给坦克学院讲计算机课后他们给我的礼物，所以别人根本不会同意把它给你。"我也笑了。

文章写到这里，已经到了编辑限定的篇幅，所以不再写了。再说，卖文卖到自己、家人和朋友身上，就和卖资源一样，够惨的了。最好是悠着点卖。

　　　　　　　　　　　　　　《火花》　一九九三年第一期
《百年中国文学经典·散文卷》　北京大学出版社　一九九六年十二月

关于企业家的札记

如果让我来给企业家分类的话,那么起码要分成两类:一类是国营企业的领导人,一类是私营企业的领导人。

中国国营骨干企业的领导人在公开场合必须装出老成持重的样子。这是因为在中国年轻就意味着没有经验,不成熟,不可靠。其实如果选择政府官员,老一些也许没有多大的关系。但企业家不同,以我熟悉的电力行业为例,太老的企业家几乎没有办法"顶"下来,因为它需要有精力。而精力和年纪成反比关系。他们绝不戴珠宝,即使他们有这个能力。如果你戴了,那么那些想要攻击你的人,就很容易给你再戴上一顶"巨额财产来历不明"的帽子。他们几乎全部是已婚者——如果未婚,就会给他们的工作带来很大的困难。如果离婚,那就更是致命的:好好的,你离的什么婚?一定是第三者插足。很少有人会考虑他们是因为工作太多而没有时间照顾家庭而离婚的。在一般人的心目中,根本不存在什么工作太多的这个概念。他们喜欢日本车,也买得起日本车,但因为考虑到这种车的费用和在"群众"中产生的影响,一般还是坐"桑塔纳"。开什么会时,总是跟在政府领导们的"尼桑""奔驰"车的后面,奋力直追。如果前面的车突然刹住了,他们也就赶紧刹,而这种车因为体积小,重量轻,所以一刹车,屁股就掉了过来——用他们的语言:掉过屁股挨打。他们是出色的交际大师,能够说服各个级别的人给他们办事。而这些人,在一般情况下,都是用鼻子说话的。他们很有幽默感,如果没有这种东西的话,他们就不能在这个世界上生活下去。他们说话的语调,很有节制,即使大难临头,也充满平静。但如果你仔细分析,就会发现他们并不是那么自信。

这种不自信来源于企业性质。我听到不止一个企业家问人和自问:我到底算什么?显然不是企业的所有者,虽然从理论上说:所有的人都是企业的所有者。但都是就等于都不是。是企业的承包人?承包本身就是一个很含糊的概念。含糊的概念产生含糊的做法。是企业的经理?这个说法可能最容易被人接受。但和实际却相去甚远:如果你真的认为你是这个企业的经理,那你解雇一个工人看看……

在用干部方面,他们几乎都掌握了这样一个真理:人人都是有缺点的——党的组织干部部门的人可以要求纯而又纯的干部,而他们如果这样要求的话,企业里就没有人干活了。

一个大型企业的领导人这样对我说:人们经常管我们叫"大亨",其实政府的官员们才是真正的"大亨"呢!他们永远是用鼻子说话的。即使如此,大家还是明白,而我们用嘴巴拼命地说,别人也是不明白。

如果说起那些新的私营企业家来那我的话就会更多一些。开篇第一句就是:我是相当佩服他们的——在这里我指的是那些真正为社会创造财富的企业家。

中国的这些新英雄非常年轻,他们几乎都衣冠楚楚,穿的西服如果不是杰尼亚的话,起码也是皮尔·卡丹。手里的皮包是真皮的。他们开的都是什么"宝马"之类的好车。惹得政府的官员们羡慕不已。如果问及原因,他们就会告诉你:"我们和国家的企业不同,他们的历史悠久,和银行顾客的关系都很好。如果他们因为纯粹的经营不善而面临困境,那么国家就会把他们的债务给接过来。而我们如果穿得很破,骑一自行车,那么就不会有任何一个银行会贷款给我们,也不会有一个顾客来找我们做生意。"

他们如果不是已经结婚,就是已经离婚——如果他们想离婚的话,他们就可以按照自己的意图去干,舆论几乎可以不用考虑。我认识一个已经离婚的企业家和他的太太住在一起,却仍然和他的前太太一起作生意。问及原因,曰之:"我现在的资本如果分出一半,利润就会少百分之七十。""如果你以后壮大了呢?"我问。"那也要看情况。你知道她是一个很不错的生意伙伴。""那你干什么还要和她离婚?"我追问。"生意伙伴是生意伙伴,生活伙伴是生活伙伴。这不是一回事。"他好像很惊诧我的无知。

他们也是出色的交际大师,能够说服别人给他们办事。用他们的话讲:我们没有权力,所以只好说服。他们有各种各样超于寻常的幽默,尤其是餐桌幽默:绝大部分的生意——如果不说是全部的话——都是在餐桌上谈成的。他们从来不会说损毁别人的笑话。他们当中的一人告诉我:"我是干商业的,我的固定资产就是关系,作生意表面上看是靠钱,而实际上靠的是关系。"

他们很有创业精神。他们知道自己从事的事业,存在着许多不确定的因素,失败和成功都是不可估计的。

他们看待世界的方式和我们是不一样的:我看到某个电影演员穿某个公司的衣服或者抽某个牌子的香烟时,我就来评论她们美丽或不美丽,而我的一个企业家朋友却立刻计算出这个制片人收取了多少广告费,并估算出这个演员得了多少。看法往往是决定一个企业成败的关键。有这样一个故事:两个鞋子的推销员来到一个非洲国家。一个向他的公司发出这样的电报:这里没有推销前景,因为土著们根本不穿鞋子。另外一个向他的公司这样说:这里没有一个人穿鞋子,因此我们可以占领整个市场。

他们在把所有能弄到手的生产资料——主要是钱——都集中到他自己的手里之后,就根据自己的核算办法,计算了需要支付的工资、银行的利息、租金、应酬的费用。剩余的就是他的利润了。他们一旦看到利润——当然他同时也看到了巨大的风险时总是非常激动。他们知道机会是短暂的,所以马上就抓住了不放。

能在会使别人陷入混乱和疯狂的绝望的东西中,却孕育着他们的生气勃勃的精神和智慧。他们通常从最不可能获得资金的渠道获得了资金,能对第一流的投资集团进行第一流的印象深刻的游说;能选择忠心耿耿的伙伴。

成功的企业家们一般都是白手起家的,面对已经确立的权威们,他们明白自己心中的思想是别人无法夺走的。其中的见解是高明的,理想是高尚的,梦想是真实的。

他们自己这样形容自己:"就像海军陆战队的队员登上了海滩,对着所有的移动目标开火,一旦有某个目标倒下了,就向这个方向奔跑。"

在中国最少有十亿人不满意。其中有一千万人因不满而想干点什么,但缺乏远见卓识。另外有百万人积极考虑开办一个新企业,但缺乏资本。有十万人找到了资金,并办了企业。但真正成功的顶多只有一万个——我的成功不是在金钱意义上的成功而是建立了一个成功的企业。

我觉得企业家和艺术家非常相像。有人不同意我的看法。他们说企业家是讲究排场和外表形式的,而艺术家是厌恶生活的舒适。希望在一间小房子里没日没夜地创作。但事实却完全不是这样:我在上海的"希尔顿"饭店里写出了我第一篇获奖作品,在深圳的别墅里,又写了我第三部长篇——要不然就是我不是艺术家,要不然就是艺术家也喜欢舒适——我从来没有见过,我不敢说没有——什么人是不喜欢舒适,而喜欢艰苦的。

《当代大亨》 一九九三年第二期

摩托车

在上小学时，我就喜欢上体育。最早是篮球。玩篮球不需要多大的投资，只要有场地和球就行了。即使对于一个孩子，这两项也不成问题。虽然场地在黄金时间总是被大人们占领着，但我们在他们锻炼完了之后再玩也不迟。至于球，我用我的拜年钱买一个就是了。十二岁的我已经很积攒了一些"私房钱"。不过父亲很是狡猾，玩了一个小小的金融花招——让我把钱存在他那里。他用一个很漂亮的美国支票簿给我改装了一个银行存折，每个月还给我比银行高许多倍的利息。一开始我很高兴，经常把一些应该花的钱都省下来存进去。但后来我发现支取很费力：在你每次要用钱时，父亲就摆出一副国家银行代表的架势，仔细查问资金的用向，而我的很多用途是不能和他说的。或者换句话说，如果我的用途能够告诉他，比方买一本数学参考书之类，那我即使在他的"银行"里没有存款，他也得给。

我申请买篮球时，就遇到了这样的情况。好在一个偶然的机会我在数学竞赛里破天荒地考了一个优秀，他大喜过望，就大笔一挥，批给我一个球。

有了球，就和中东国家有了石油一样，在我的羽翼下立刻集合起许多人。我们每天像模像样地训练。结果当然不用说了，期末考试时，我们球队的主力全部补考。场地自然无法没收，被没收的只有球了。

这也难不住我们。我约了几个同道，一起到了体育学院的篮球馆。当时国家队就在那里训练，钱澄海、胡利德都在，所以有不少观众。其中大部分是小观众。

一开始他们练投篮,他们的球几乎是无数的。所以在一个球滚过来时,我就用脚截住,然后坐在屁股底下。他们当然不会发现,随之我用气针插入球里,用手指控制放气的速度,以免发出啸叫。等它的气完全泄完了,就塞入书包里,堂而皇之地出了门,摇头摆尾再不回。

就这样,我们的小球队渐渐地具有了一定的规模。不过有了国家队的球,并不等于有国家队的水平。篮球这个项目被身高,弹跳,速度等因素所限制,到了一定的水平就无法提高了。兴趣自然就转移了。

当时大学生摩托车队正在我所住的清华大学训练。我们每天放学后都集合在那里。不过几天工夫,我们就"入了门":如何踏离合器,如何挂挡,如何加油,了如指掌。毛主席说:入门既不难,深造也是可以办到的。只要善于学习,善于实践就是了。而我们苦就苦在没有一个实践的机会。

但机会不过是寻找的另外一个名字。一天临近中午,选手们被烈日给晒疲倦了,都躲在树底下乘凉。我们抓住机会冲了上去,按照摸索来的规程,动作起来。机械是非常唯物的,只要你的程序指令对头,它不管你是谁,是什么资历、水平,立刻就执行。

被点燃的发动机发出愉快的轰鸣,然后动力传达到轮子上,它像箭一样地射了出去。根据牛顿力学,抓不住车把的我自然也像箭一般地往后射去。结果只用一个字就能形容:惨。无论精神还是肉体。

但我对摩托车的兴趣并没有因之而消失,反而更强烈了。不过当时我看摩托车,就和现在看开发区的花园别墅一样,可望而不可即。

但我立志一旦有能力就一定买一辆。

不过在我工作后很久,还是没有这个能力。

一九八四年,我供职的单位正好报废一辆双轮摩托车,我托了不少关系,终于用五百元钱把它据为己有。然后花费了更大的资金和精力来修理。根据妻子回忆,当时我大概有二十个夜晚没有回家。

终于有一天,摩托车重新获得了生命。当我听到它第一声轰鸣时,简直和听到自己的孩子第一声啼哭一样的高兴。

在那之后的第一个星期天,我就驾驶着这辆被我们命名为"亚洲虎"的车,和另外一辆"幸福牌"摩托车一起登程。我们备足粮草和弹药,去一百公里之外的山区打猎。同行的有四个人,四条枪。一路上风驰电掣,好不风光。

我陶醉在自己的修理技术和驾驶技术中。

但开出八十公里左右后,摩托车的链盒就被链子给绞了进去。费了很大的力,才把链盒给拆了下来。这时我最要好的朋友说:"工业最讲究的就是配合。"我立刻给了他一个不客气。

再往前走了大约十公里,"亚洲虎"的档位给乱了。摩托车中除去发动机外,最复杂的就是变速箱了,但我们只好硬着头皮修。当太阳快要下山时分,修好了。这时除去返回之外,我们别无选择。

墨菲定律,该出事的就一定出事。大约半个小时后,发动机的活塞环给坏了。我问同行中的专家该怎么办?他肯定地说:"进修理厂。"

我待在路边,又渴又饿地望着飞驰而过的各种车辆,终于明白了唐诗中"沉舟侧畔千帆过"究竟是什么内涵。

绝望中有人出了一个主意:用"幸福牌"拖"亚洲虎"。至于牵引设备,我们把猎枪的带子连接起来。

我驾驶着已经没有动力的"亚洲虎",战战兢兢地上了路。四条猎枪的带子总共没有三米长,前面的车一动,"亚洲虎"就一波三折,抖个没完。我全身的肌肉都被动员起来。

在快到家时,我们被公路管理站给扣住了。那位穿制服的人板着和他帽子上的国徽一样严肃的面孔说:"交通规则明文规定,摩托车不许被别的车拖,也不许拖别的车。你们是双罪并犯,自己说怎么办吧。"

我们说尽好话,缴足罚款后,才推车上路。

到家后,我向大家宣布我在路上得出的一个真理:"摩托车这东西,骑着牛气,就怕推。"

他们连声说："对。对。对！"一辆摩托重达二百公斤,如果没有了动力,它和地面的摩擦起码有一百公斤,能不重吗?！

我们正说着,妻子下来问猎着何物?我以"无"对之。但她笑着说："怎么说没有?明明有一只虎嘛,而且还是罕见的'亚洲虎'。"说实在的,我当时立刻升起的就是和她离婚的念头,当然我是不会随便往出说的了。

后来我开始写作。再后来有了稿费。慢慢地稿费被积攒起来,量变自然会引起质变。我向妻子申请买一辆摩托车。她很爽快地同意了。爽快得我都不敢相信。当问及原因时,她说："人总是有心愿的,你如果不让他还,他就会以别的方式表现出来。""什么方式?"我问。"比方说,吸毒,比方说,第三者插足……"她连接说出若干个相当恶毒的比方。我没有计较,家庭生活和世界政治生活一样,是靠让步,妥协组成的。反正不管怎么说,我终于要拥有自己的摩托车了。

一辆崭新的"本田125"摩托车停在我家门口。"我考查了世界上所有的摩托车,以外形和性能论,本田第一。"我向聚集在我身旁的大人和孩子们宣布。

"雅马哈怎么样?"一个我平常很看不起的副科长问道。我根本没有理他:他原来有一辆"嘉陵"车,有一次我想骑一下过过瘾,他都不肯。

"叔叔,"一个正在上中学的孩子挤了上来,"那铃木车好不好?"我和蔼地告诉他:"白给我都不要！""为什么?"他问。我耐心地从原理一直讲到综合技术指标,直讲到人群散尽。

回家后妻子说："我看你给学生讲物理课,从来没有这种热情。"我说："你什么时候听过我讲课?"我喝着酒反驳道,"我这个人优点不多,最大的就是'诲人不倦'。"她说："我看你也是'毁人不倦'。"

我至今仍然记得我第一次开"本田125"上路时的感觉:出发之前它那蓝色的车身、闪闪发光的镍铬车把、车闸,就给人一种喝好酒到微醺状的感觉。扭动钥匙点火时,我的肌肤立刻和它一起颤动。然后动力传达贯彻,它先是跃跃欲试,随之把地面上的泥土都卷了起来,气势磅礴,壮丽。不知不觉就上了路。它不再是一辆简简单单的摩托车,它是人类智慧的壮丽体现,是工业技术的结晶,是交响乐:喇叭是柴可夫斯基、发动机是瓦格纳……在通向由哈默博士投资建设的平朔露天煤矿的一级公路上,我决定测试一下摩托车发动机的最大功率,于是扭动油门。车听话地提速。

时速由八十公里,迅速地提到九十公里,然后是一百公里,一百○五公里,一百一十公里。第一宇宙速度——第二宇宙速度——一种操纵的快感笼罩着全身:不是操纵车,而是操纵世界——当达到每小时一百二十公里的"逃逸速度"时,风钻入头盔,吹得我泪水从眼角出来,然后绕过耳朵,流入头发里。对面的车辆都感觉到一种威慑的力量迎面而来,自动地把道路的黄金地段给我这个勇敢的车手让开。

道新已不知自己是何许人也。

在以后的一年时间里,如果单位在一百公里的半径中举办什么活动,我是绝对不乘坐他们的汽车的。并且声明:"我对两个轮子以上的交通工具的可靠性绝对不相信。"

还是墨菲定律,该出事的一定出事。某日带着一个从远方来的朋友兜风,进入单位的大门时,仍然保持着每小时八十公里的速度。这时一个骑自行车的人在我面前突然变线。我一脚刹车,与此同时,我的朋友从我的身后先飞了出去——因为他没有任何依托。然后是我撞在那个使用低级交通工具的人身上。结果是我被缝了七针,对方缝了八针,朋友损失了两颗牙齿。一言以蔽之,群伤。妻子看见我们这副样子,立刻说:"我早知道有今天!"我也立刻反驳道:"摩托车这东西,在设计时,就定了刹车速度的限制,假设它一脚就能站住,那根据惯性定律,你就要出去。所以你必须预见到前面会有什么事,如果预见不到,那就是你爸爸你也得撞。凭什么预见呢?经验。而经验不是天生的,必须靠积累。毛主席语录中最棒的就是:"我高声朗读道:"错误和挫折教育了我们,使我们比较地聪明起来。"这是我最熟悉的一段话,因为在"文革"中写检查时经常用。"你说对不对"?我问朋友。他因为牙齿痛,没能来得及立刻回答。"碰也罢,伤也罢。回不改其乐。"我套用孔子语录作结论语。

在安全运行一百天之后的一天,我骑摩托去附近的一个县城办事,回来时已经是深夜。因为开了很长时间的车,已相当疲倦,所以没有及时发现前面一辆卡车的刹车灯——或者换一句话说,当我发现时,已经为时过晚。我站起身,把全部重量都压在刹车闸上,但惯性是永远不能克服的,它只是作了一个减速的姿态。碰撞理所当然地发生了。根据动量守恒定律,质量大的速度改变小,质量小的速度改变大——我立刻弹了出去。我不知道我当时做了什么保护动作,但事后分析是一定做了,否则我已经到另外一个世界去骑摩托车了。我醒来时,浑身是血,支离破碎的摩托车躲在离我一百多米远的地方。"好在是车毁人存,留得青山在,不怕没柴烧。"我对来医院看望的同道们说。他们都很赞赏我的勇气。可妻子却看穿了我:"咱们的孩子前些时候总是看武侠小说,你和我怎么骂都不行。可他一上了中学,自动就不看了。人的成长是分阶段的,必须得让他过。""这就和中国的发展一样,因为缺了资本主义阶段,所以总不那么完善。"我把话引开。

那以后我就不再骑摩托车了,不过当看见好车时,如果它停在路边,就会上去摸摸。如果它是运行着的,就一直目送它消失。妻子说:"你看摩托车的目光特别的温柔、深情,就和看一个美女一样。"我说:"正确的说法应该是:就和一个六十岁的老头,看一个美女一样。"

《火花》 一九九三年第三期

"思想"下海

我不是什么严格意义上的知识分子,因为我只受过中等教育。但我认识不少知识分子。用普朗克的分类方法,大概有三种:一是为了追求真正智力上的快乐。一是为了功利上的目的。还有一种是真正纯粹的。他认为爱因斯坦就是这其中的第三种。而我个人以为:真正的纯粹无论在自然界还是在社会中都是不存在的。人们往往在这三种之中来回变化。有时三种共存之。

中国知识分子的悲哀——一个清华大学的副教授卖肾,让他的儿子去美国读书——他们是一些很老的人,老的已经不可能改了的地步——一顿饭吃了一个教授两个月的工资——他们的悲哀不在生活上的贫困。生活上的贫困,只是外在的表现。关键是他们不能认识自己的价值——按说能在清华大学读到毕业并在清华教书的人,都是"人尖子"。

一个"个体户"——我总觉得这个称呼有些蔑视的味道——如果写了一本书,我们会说他是一个追求上进的人,但我们一方面还鼓励那些真正的知识分子"下海"。

知识分子的待遇——现在的人吃饭已经不是问题,问题在于住房和医疗——过去三十年代的知识分子比如鲁迅等人,都有自己的住房。如果这个院子不合心意,就换一个地方,曰之:买了一处院子。可如今想在房间里安排一张书桌,还要由专家来设计。用蒋南翔的话说:以华北之大,已经放不下一张平静的书桌了——从美国回来的博士,在清华却当不了副教授——清华评职称的通货膨胀,把一九九五年的都借来了——是人就会得病,一个人生了病想住高干病房,说:我是某某教授。但这对医院毫无意义。别人说:他是局长待遇。医生说:说你是什么待遇,就说明你不是什么。你们什么时候见过说县长是县长待遇的。有一个人,原来是一个讲师,后来去给一个部长当秘书,这个部长调动后,他留在国务院机关,成了一个副部级干部,我嫂子去给医院修理核磁振荡机时,他也去了。问他干什么,他说:我来进行每个月例行的检查身体。

当官比当知识分子好。但官员的数量是有限的。所以很多人去经商。

小陈手底下的人有好几个都是清华和科技大毕业生。他们的素质特别的高。

我以为所谓的"下海",不是那种狭义的"下海"——我有一次曾经见过两个显然是中级知识分子模样的人,在卖字画。他们卖的是油画,七十到八十元不等。我大约计算了一下他们的成本,估计起码得五十元。如果再加上他们的时间成本,这大概是一桩赔本的买卖。他们不会卖——香港有一个拍卖市场,徐悲鸿、李可染、吴冠中、赵少昂的画都在那里拍卖过。岭南画派的画家杨善深的《翠屏佳选》底价二十万,最后以七十七万港币成交。高奇峰的《猴子》底价三十五万,最后以七十万港币成交。张大千的卖二百二十万。拍卖无定价。买卖更是一门很专业的事情。一个业余的选手是很难在里面站住脚的。让一个知识分子去当买卖人是不合适的。

我的意思是:必须思想上下海。也就是对自己有一个正确的估价。这是一件很难的事情。前些时候,很多人说:将来机构改革了,你们这些专业作家就没有人养活了。我说:第一,你这养活一说就没有道理,好像我们现在不是在工作,而是在剥削似地。我们也是在为社会做贡献。工人是劳动,农民是劳动,我们也同样是在劳动。另外一种形式的劳动而已。其二,退一步说,如果将来真的没有人给我们发工资了,我相信一个真正的作家养活自己应该是没有问题的。其三,在商品大潮的冲击、诱惑下,作为领导,应该考虑的是如何把那些真正的作家留在文学领域里,而不是让他们去做小买卖。再往前说:当年为了消灭城乡差别,搞干部下放、知识青年到农村去,好像一晚之间就把问题给解决了。可那是世界历史最失败的移民运动,善后的成本是相当大的。换句话说:把城市的水平降低到农村水平那还不容易。而我们要把低的给提上去。再往下说:改革不是让人们生活更痛苦,而是解放生产力,把人们的生活水平给提上去。

进入市场的知识分子的心态也是很不一样的。现在人们对商业行为已经表示能够谅解,但在思想深处往往还是把"利"和"义"给对立起来。认为"无商不奸""见利忘义"等等。山西一个著名的晋商门上就有一副对联:义中取利真君子。他把"义"给放在了最前面就是明证。这是一种必须克服的心理障碍。

帕累托佳境——这是一个"义"和"利"统一起来的经济学佳境。

帕累托是一个意大利贵族的名字。在这个境界中,资源在每一种用途和每个人之间实现了最优配置,以至于没有一个想改变这种状态。

帕累托佳境有许多隐含的前提:完全竞争、没有交易费用、完善信息。

困境模型是二次大战后经济学界喜欢用的模型:两个囚徒被关在两个不能通讯的牢房里。他们如何选择最佳对策呢?又由于叛卖对方能得到较轻的处罚,而忠诚于对方而又被对方叛卖会得到更重的处罚,所以两个人最佳对策都是互相叛卖对方。但这种结果显然不如相互忠诚于对方——因为这样他们会被无罪释放。

这个发现给经济学家以启示:如果这种情况多次出现,人们都会选择忠诚于对方。因为相互合作会给各方面带来利益,而相互拆台只能给双方带来损失。合作是人类经济发展的真正奥秘。不合作,既不会有分工,也不会有交换,人们因此也不能享受专业化和生产规模大所带来的好处。

必须能自由进入,因为一旦自由进入被妨碍,竞争无疑也不会是自由的了。

道新说:"现在的中国社会是一个欺骗的社会,人和人之间几乎没有多少信任。买卖这个词,在一定意义上就意味着欺骗。在买卖人之间,大部分精力投入到互相了解对方的行为记录和资信情况。所以诚实的人之间几乎已经不能进行交易了。"

《山西晚报》 一九九三年三月四日
《商业社会的精华》 山西广播电台 一九九三年九月十九日

家庭随想录

在中国,只有那种非常伟大的人、相当富有的人才能不结婚。当然我这是把那些法律规定不许结婚的残疾人给排除在外了。之所以如是说的原因是:结婚从某种意义上说,不是个人的事,而是你对你的整个家族,尤其是对父母承担的一种义务。如果你到了该结婚的年龄而没有结婚,父母就会变得寝食不安。他们会用各种方法来试探你,督促你。如果没有结果,他们就会动员组织起一支由叔叔、阿姨、领导和你的好朋友构成的联合国部队向你围攻,并调动起各种他们认为你有可能相中的"对象"。这种现象一直要到你结了婚,或者他们已经完全失望的时候方才罢休。所以非伟大的人物,是承担不起这种压力的。

至于说为什么非相当富有的人才能不结婚,乃是我考察来的结果。我前些日子到深圳一游。发现那里的单身人非常的多。他们每天都在外面的饭店里吃,吃完一签字就走,潇洒得很。他们住的是旅馆式的公寓,一起床就没有你什么事了,服务员自会来替你了结一切。我草草计算了一下,这种生活即使在咱们内地,一个月没有三千收入是办不到的。所以他们被称为"单身贵族"。

因此像我等凡人则必须结婚。

不要以为结婚是件极简单的事。我以为它的冒险性远远大于登月。因为你从领《结婚证》之日起,就等于把你的感情资本、经济资本,当然还有性资本一股脑儿地押了上去。当然,你可以说:我是在完全了解对方的情况下,才和他或她结婚的。这种说法根本不能成立:没有任何一个人能完全了解另外一个人,能看到冰山浮出水面的七分之一,就算很不错了。这算你已经大部分地了解了对方。那在结婚之后,因为相对的关系发生了变化,必然也会引起思想的变化。一切都在变化之中,这大概是辩证法的核心部分。不知道和笔者一样已经结过婚的人有没有这样的体会:在结婚之前,你的对象都是勤劳的,你如果没有洗衣服,他或她就会主动地替你洗;如果你约会迟到了,他或她往往能很容易地原谅了你。可一旦结了婚,他或她往往就命令对方洗衣服、指责你忘记了这或忘记了那。换句话说:婚后人不再需要伪装,与婚前相比,描绘出一条下降的曲线——我对此有一个小忠告:如果你把这颠倒一下试试,婚前相对懒一些,婚后相对就会表现得勤快。也就是说描一条上升的曲线——这在统计上据说有很好的效果。如果你非得按照前一种办法办,我也没辙。但我还是想告诉你一个经济学上的定律:供给制造需求。在婚前那个爱情战胜一切的年代里,什么都好说。但以后,当由你以前的"供给"制造出来的"需求"不能得到满足时,一切就惨了。

我这样说的原因是为了引起未婚者足够的重视——一个凡人,一辈子中,只有一次生命,大概也只有一次婚姻,一个家庭。并没有什么别的意思。

《山西妇女报》 一九九三年五月十五日

官　僚
——下一部小说的札记

　　从字面意义上理解，我没有读过多少书：最高的学历是中专，还被"工农兵学员"给修饰和限制了一下。前几年有机会到一个著名的大学去读"作家班"，但没有去。一个人应该在二十岁得到的东西，你非要在四十岁才给他，他已经不再稀罕了。我之所以能成为一般意义上的作家，除去侥幸以外，主要原因是朋友多。

　　记得在插队时，只要我一从山西回到北京，朋友们就会一传三，三传十。到了晚上就已经颇具规模。然后放歌纵酒，闹到很晚很晚。父亲很有些奇怪地问我："你们之间是不是有什么特殊的通信渠道？"

　　后来这些朋友们渐渐散了开来。有的也许五年不见面。但一见面立刻就能毫无障碍地对话，好像从来没有分开过似的。

　　P君和我从小一起长大。他出身于一个名门望族。一九六八年我去插队时，他送给我一套第一版的《文史资料》。我很奇怪他怎么能把书保存的这么好。因为在我们所在的清华园中，血腥已经洗尽书香。他说："你要知道：这里面写的尽是我家亲戚的事。"当时我还不太相信，但读完之后，再加插队的经验，就不再怀疑：中国本来就是一个大农村，有权人和有钱人总是亲加亲，亲套亲的。也许就是因为这些关系，P君的上升欲望非常强烈。但这些关系也极大地限制了他：入不了党,也升不了学。后来形势稍微缓和了一些,他才上了一个很差劲的大学的体育系。虽然他此刻的英文程度已经达到"半个多莎士比亚"——他根本不灰心,仍然苦心钻研、等待。机会一来,他立刻"好风凭借力,送我上青云",沿着硕士、博士的阶梯一步一步地爬上去。

他戴着方帽从美国回来后,从国家机关的这个部门转到那个部门,几年工夫就经历了科长、副处长、处长,然后达到了副局长。在这个位置上,他终于停顿了下来。我因此向他祝贺:"'一张一弛,文武之道',歇歇也好。"他充满信心地告诉我:"你不要高兴得太早。"后来他先是"京官外放",然后又内调,来回折腾,但始终上不了这个台阶——稍微有些官场知识的人都知道:副职和正职有着本质的差别。说白了就是副职只有建议权,而最后的决定权操在正职手中。

大约有一年时间,P君很少和我联系。可就在上个月,他突然出现在太原。在我家里住了一晚,才告诉我:"我的工作变动了。"我说:"你变来变去,还不是个风尘俗吏。"他浅笑一下,不置可否。"你到底去什么地方了?"我到先着急了。他拿出布满蝌蚪文字的道林纸来。我瞟了一眼后还给他:英文是非常唯物的东西,看不懂就是看不懂。"联合国教科文组织亚太地区办事处专员。"他指着上面的花体字解释。我问他专员相当于中国的什么级别?他说:"这不太好相当。"然后又给我讲他是如何争取到这个位置的:"有一个德国人和我争,支持他的财团说:如果给他这个职务,就捐献一个职业教育中心。但我还是凭我的才能、履历取得了这个职务。"我说:"这还有国家的力量。"他说:"那当然。"我问:"在这个位置之上是什么?"他说是高级专员,然后是副秘书长。"看样子你是朝着秘书长努力了?"我这个人虽然自以为豁然大度,但如果一个你非常熟悉的朋友一下子和你拉开了很大的距离,心里也是酸溜溜的。他一本正经地告诉我:"那不可能:中、法、英、苏、美五个联合国常任理事国干部,是做不到联合国秘书长这个位置的。它一般是由中立的小国的人担任。再说即使理论上可行,我也志不在此。""请问志在何方?"我调侃道。"我还要回到我原来的那个部门。你知道,我有一套完整的思想。但如果没有合适的位置是没有办法实施的。我之所以去联合国,就是为了取得资历、经验、开阔眼界。不做高官,就办不了大事。中国缺少的就是能干的官僚。而当年日本之所以发展得快,就是因为指导政策的官僚的水平都非常高,实践经验也丰富的缘故。"他经常使用"官僚"这个词,我明白他是在这个词的原始意义上使用它的。用通俗的话说,也就是干部。

我们两个聊到天明。我对他说:"你当官的欲望也太强烈了。"他告诉我:"这叫敬业精神。"我说:"我没有担当过任何单位的领导,但许多当官的人都说没有什么意思。"他说:"狐狸没有吃上葡萄,说葡萄是酸的,情有可原。但如果狐狸吃上葡萄,还说葡萄是酸的,那它分明是怕别人也去吃。做官是职业。一个官办了一件事,尤其是大事,也和你们作家出了一个好作品一样,心里是非常愉快的、相当满足的。"

一夜之中,我们吸掉了两包烟。第二天车站送行时,谁也没说什么"惜别"的话。当日深夜,我读唐诗,眼光久久地停留在"明日巴陵道,秋山又几重。"这两句上。

《山西日报》 一九九三年七月十三日

官僚之技巧

去年我出差时,偶然从一个好友处看到一本英国作家写的《遵命大臣》。从书上的记号看,他刚刚读了一半。我本想和他借,但考虑到他是一个嗜书如命的人,别的都好说,唯独在书上从来就没有痛快过。所以就来了个不太君子的行为:临行前悄悄地把书放进了我的提包。

原打算读完之后,马上还他。但因此书实在有意思,所以读了两遍,并做了札记后,又推荐给若干个"做官"的朋友们看。周游归来,已是面目全非。朋友为了这么一件区区小事,一个月没有和我说话。在我打算写这篇文章时,正式向他借此书。他说:"你如果借点别的什么,还可以考虑。此书你是今生别想了。"没办法,我只好依靠札记。我作札记,相当实用主义,从来只取精髓,至于作者、出版社之类,是不记的。所以只好没头没尾地写来。

此书的故事很简单:大选之后,新的政府成立了。英国和中国一样,也是"一朝天子一朝臣"。不同的是,首相不是从职业官僚中选人成立内阁,而是从自己的竞选班子中选一些对自己忠诚度高的人担任各部大臣。曰之为"政治任命"。这些大臣是从议员中选出来的,而那些职业官僚——也即各个部的常务次官以下的干部,所谓的文官,是没有可能担任大臣职务的。其中的道理就如同你在人大任职,就不能在政府任职。因为政府干部,从理论上说是人大任命的。假设你既在人大,又在政府任职,便是体制上的乱伦。

大臣们因为在野多年,一上台就想掌权。而文官们根本不想释放自己手中

散文 | 官僚之技巧

的权力。鉴于这个原因,一场控制和反控制的斗争展开了。

情节一

大臣到部里的头一天,就发现笔记本上已经有了许多预约。于是他问常务次官汉弗莱爵士:"你们怎么知道谁会在竞选中获胜呢?"——因为如果不是工党而是民主党在竞选中获胜,来的就是另外一批人。汉弗莱爵士明确地告诉大臣:"这没有什么关系,总会有人来当大臣的。女王陛下希望在没有政治家的情况下,政府照样工作。"

感想一

中国的老百姓总希望有清官。一个单位来了一个新的首长时,尤其是这个新的首长据说是年轻能干的、有过政绩的,总是有很多人感到欢欣鼓舞。一开始,这个新的首长一定会实行一些改革,做出一些成绩。但时间一长,一切都恢复成老样子。人们也就失望了。这其中的原因非常简单:一个机关,不管它是政府还是事业、企业单位的行为,不是由首长一个人来决定的。而是整个机关集体思想的产物。

情节二

大臣想亲自处理问题。于是汉弗莱爵士就每天给他五个以上的文件箱。里面的文件大大超过一个人阅读的极限,即使他能一目十行。大臣甚至觉得文件似乎会自己繁衍。

感想二

一个机关的意志是用文件来表达的。而文件是由下级来起草的。我不止一次就某些问题请示某些领导。而几乎所有的领导都说:"你写个东西。"当你写了

109

"东西"之后,他就在东西上批示。如果光是他批了,这件事还不能最后决定的话,他就再把这东西往上报。并写"呈某某"。更高一级的领导再在上面批。如果他是最终的批示,便写"交某某办"。换句话说:谁起草原始的文件,谁就能表达他的意图。如果你想把一件事办成,你就在文件里把它形容成"简单、有效益、迅速……"当然你不能忘记说它"省钱"。如果你想否决某件事,你就说它"复杂、昂贵、得不偿失"等等。而你的上级、你上级的上级,只能根据所提供的资料来作决定。

据我观察,一些资深的干部在办真正的公事时,都会玩弄文字游戏,不惜笔墨,耗费词语,有意要把他要讲述的事件和观点弄得含糊不清。这样做的目的,就是在这些事情没有办好时可以推卸责任。

情节三

汉弗莱爵士自己做主给白厅买了美国的计算机。

"这不是国货吧?"大臣问。"这不幸是事实。"汉弗莱爵士面有愧色地说。"我们自己也能生产计算机。""但质量不同。"这当然可能,但是大臣不承认。因为他的选区就生产计算机。"您应该把这个问题提交给内阁讨论,他们也许会推迟中东问题或核裁军问题来讨论这件事。""如果大家都知道这件事,我就无颜见江东父老。"大臣知道那根本不可能,但如果让自己选区的选民知道了,就会失去很多的选票。"为什么要让他们知道呢?"汉弗莱爵士诧异地问。"我们可以让这件事永远不传出去。"

感想三

政治的本质就是保密。如果没有秘密,也就没有了权力。一个人掌握的权力的大小,从根本上说,就是他掌握和处理信息的多少。在"文革"末期,我们单位的第一领导派一个工程师去主管一项工程,临行前,他对工程师说:"你要注意不要犯以前的错误。"这个同济大学一九五六年的毕业生的脸立刻涨得通红,连声说"是。是。"后来这个领导不管从工地上取什么东西,平素一向守法奉公的工程师都立刻照办。很久之后,我才知道他年轻时在男女关系上出过事。而这事在档案上有记载。那个领导无疑是有资格看档案的。中国管理人,很大程度上是依靠档案的。这也许不是一个好办法,但肯定是一个行之有效的办法。一九六八年我曾亲耳听戚本禹说:"如果把我知道的秘密都说出来,中国革命最少倒退五十年。"他这样说的资本是因为他在起山之前,在中央档案馆工作过,能接触到许多机密级别很高的文件。当然这里没有什么"男女问题"之类的低级东西,都是会议档案。根据那里的记录,完全可以判定,谁在哪次会议上是和谁站在同一个立场上。如果他不是和毛主席站在一起,那么在合适的机会把它泄露出去,完全可以断送这个人的政治生命。

现在很多人想托某个领导办事,往往通过他的秘书和司机。许多秘书的级别并不高,但手中的权力却很大,这是因为秘书几乎掌握首长的全部公务上的机密。据说在英文里称呼国务卿、总书记、常务次官这些有实权的人为:secretary。这个字的意思就是"能委托他机密,即使别人不知道的情报的人。"从这个意义上说:秘书和首长的实际权力是差不多的。可司机算什么呢?开始我很不以为然,但后来见他们每办每成,也就服了。细想起来,其中的原因不外有二:司机和领导有很多的说话机会;司机掌握着领导的意图和动向。也就是说司机有提供信息和发布信息的机会。

情节四

来了一个非洲国家的总统。汉弗莱爵士不想让这个总统见女王,说他可能像智利的阿明一样,因亲吻女王而引起外交纠纷。这时大臣说:"我和总统是大学读书时的同学。"汉弗莱爵士说:"如果他在英国的大学读过书的话,起码他会懂得礼貌。尽管他读的是伦敦经济学院。"

感想四

汉弗莱爵士之所以这样说,是因为他是牛津大学毕业的,而大臣读的伦敦经济学院,在他的眼睛里,是一个"野鸡大学"。如果你设身处地替汉弗莱想想,他也够难受的。我以前遇到过一个科长是工人出身,他和我是打猎的朋友。一次他对我说:"我打过许多天鹅。"

我不相信。他就取出标本给我看。我一看是大雁,就告诉他这不是天鹅。但他固执地说:"大雁就是天鹅。"为了证明我说的对,就找到了学校的动物老师。老师当然证明了"大雁不是天鹅"。从此后,科长不再和我一起打猎,还给了我许多小鞋穿。后来我只好到学校去教书。校长是一个据说学近代文学的工农调干大学生,一次和我闲谈时说:"中国现在藏古典书最多的是郑振铎,因为他是商务印书馆老板的女婿。现代文学方面藏书最多的是阿英,因为他是钱玄同的儿子。"至于郑振铎是不是商务印书馆老板的女婿,我当时不知道,但我肯定阿英不是钱玄同的儿子,虽然他也姓钱。原因很简单:我在中学时和钱玄同的孙子,也就是中国著名物理学家钱三强的儿子是同学。如果他有这样一门著名的亲戚,他不会不说。但我没有纠正校长。去年我回老单位去,这个已经退休的校长,还在树荫底下和别人"闲坐说玄同"。

情节五

在一次政府号召裁员的运动时,大臣告诉汉弗莱爵士:"我们必须一举裁减九十个文官。""一举是前首相希思在要降低物价时用的,不用说,物价并没有降下来。或者更确切地说,这个措施会引起罢工。"汉弗莱爵士说。

大臣坚持让汉弗莱爵士想办法。办法终于拿出来了:"我也为行政人员百分之十七的增长率感到担忧,但如果我们把资料员由'行政人员'改成'技术人员';把另外一些秘书之类的改成'辅助工作'人员,再把比较的基底由财政年度改成公立年度,那我们百分之十七的增长率一定能降下来。"

大臣不同意汉弗莱爵士这种做法。汉弗莱于是说:"大臣您说要减少文官的数目,我们也就减少了他们的数目。"汉弗莱爵士特别强调"数目"这两个字。当大臣要求汉弗莱爵士把一个没有病人的医院的行政人员解散时,汉弗莱爵士说:"您难道能因为没有战争就把军队解散掉吗?"

感想五

这种感想谁都有:新中国成立以来哪次精简机构不是越精简越多?我只想举一个例子:一次我问主张成立一个专门管理工业污染的部门的朋友说,"不是已经有了环境污染管理部门了吗?干吗还要因人设事?"他告诉我两条真理:"环境保护处说这事情该归生产处管,而生产处说该环保处管。于是这些事情就没有人管,所以必须成立这样一个处。当然了,每两个部门之间总有中间地段,为了消灭它们,就要成立一个新的单位。当这个新单位产生后,它和原来那两个单位之间,又产生新的中间段,于是第四个单位就又出现了。不过,"他变了语气说,"中国的人口已经增加了那么多,再增加几个新的部门也没有什么。""对你也许没有什么,但这都是纳税人的钱。"我气愤地说。"我也是纳税人啊!"他双手一摊。

情节六

大臣就如何对付文官咨询他的前任。前任告诉他:"文官们一般用沉默来表示反对。而文官沉默的三种方式:

一、他们不愿意告诉你事实真相时的沉默:谨慎的沉默。

二、他们不愿意采取措施时的沉默:固执的沉默。

三、当你识破了他们而他们站不住脚时的沉默:他们暗示,如果他们能随意说出一切的话,他们完全能为自己辩护,而他们因为公正无私而不能这样做——无畏的沉默。

大臣问前任："你知道如何对付这些吗？""如果我连这个也知道，我就不会在野了。"前任沮丧地说。

大臣就文官是不是过剩的问题问汉弗莱，但他却给大臣一个含糊的回答。"对一个直截了当的问题，你不能给我一个直截了当的回答？"大臣不高兴了。汉弗莱思索了一会儿后说："只要您不要求采取粗率笼统、过于简单化的说话方式，例如简单地说是或者不是，"他用一种试图开诚布公又闪烁其词的方式说，"我将竭力效劳。""你是说是？"大臣追问。"是。"他最终说道。大臣马上再问："文官是不是过剩？""大臣，你如果非得要一个直截了当的回答的话，我就可以说：从大体上看，总的来看，从各部的情况来看，那么在最后的分析中这样的说法大概符合事实。但，你也许会发现，笼统地说，直截了当地说，好歹文官也不算太多。"大臣还是被他给搞糊涂了："你的意思'是'还是'不是'？""也是也不是。"汉弗莱爵士很帮忙的样子。

感想六

据说汉语是世界任何语言都比不上的语言，如果有一个语言学家就官僚用语这个问题来做学问，我想一定有文章。

情节七

英国虽然作为一个帝国已经不存在了，但依然发放大量的"帝国勋章"。汉弗莱爵士想给自己弄一个。大臣就此质询他。"荣誉头衔是对文官毕生的忠诚谦让以及为这个国家献身的和很少的薪水的小小的补偿。"汉弗莱爵士说。"你这个文官比我这个大臣还要多七千五百镑。"大臣不同意这个说法。"但相对而言，这仍然是很少薪水。""和谁相对？""和嘉宝。""你根本没有办法和嘉宝比。你和她有天壤之别。""的确是的。"汉弗莱爵士附和道，"她没有在牛津大学的考试中得过第一名。"

感想七

人们总是根据比较来决定自己的行动。世界上没有真正客观的比较,我不敢说每个人都是拿自己的长处来比别人的短处,反正我是这样比的。有不少人能做到"工作上向高标准看齐",但很少有人能做到"生活上向低标准看齐"。

情节八

大臣和汉弗莱爵士用一个小时就从伦敦赶到了牛津大学。四十号公路和四号公路都是很好的公路。"为什么在通往港口没有好公路时,这里却有了?"大臣问。"几乎所有的常务次官都来自牛津大学,而且牛津大学的晚宴也非常的好。"汉弗莱爵士回答。"那内阁大臣们不反对吗?""反对了。内阁大臣们说,如果没有送他们去各郡打猎的公路,就别想有去牛津大学赴晚宴的好公路。""难道剑桥大学就做不出好的晚宴吗?""他们也能。但剑桥大学已经有很多年没有出交通部的常务次官了。"

感想八

如果一个人在某个伟大人物的故乡、他工作过的单位、甚至他路过过的地方生存,那将是一件非常幸运的事。我这辈子就遇到过两次。

一是上学:我插队的地方是大寨的所在县。当时上任何学也不用考试,而是推荐。既推荐就得凭借名额。头一次没有我,灰溜溜地回村里后,我在墙壁上写:我材无用也天生。但几天后突然来了一个通知,让我去电力学校报到。一打听方知是"永贵大叔"发了话:"多给昔阳几个名额。"这一声"多",就改变了我命运的轨迹。临走时我又在墙壁上写:鳌鱼脱却金钩去,摇头摆尾再不回。

二是一九八五年工资改革:当时我在学校里教书,不太符合条件。很多人劝我去跑跑。我没有去。这其中的原因有二:我一个教员上什么地方跑去?工资科的科长和我的情况是一模一样的,如果他能长,那我一定能长。这倒不是说他有

"兼济天下"的胸怀,是他不会以自己的名义去争取,而一定会说:"我们单位有很多这种情况的人。"也就是说:他要回来的不是一个或两个具体的名额,而是一个政策。而政策是普照天下的。结果果然是"心想事成"。再往深里说:如果你和决定政策的人同一个情况,那你在住房、职称、待遇、工资等所有方面都吃不了亏。

我把这本书向外推荐时,不是没有目的的:几乎所有的对象都是非官即吏。但他们读完之后,似乎都没有我的感想多。我说:"你们就是不欣赏它的文笔,也该能从中学到一些招数吧!"朋友一告诉我:"他们使的招,我早已经用过了。"

他的话使我想起某次我的儿子在一个放假的日子还背着书包做出上学的样子出去玩。回来之后还不肯说实话。最后我连连举出若干证据后,他才不得已承认了。我看着他那副尴尬的样子得意地说:"你使的这些招,你爸当年都使过。"

看来人类的许多招数都是共同的财富,之所以不见于文字,不过是因为使用者心照不宣地认为没有必要对局外人说罢了。

《黄河》 一九九三年第四期

真正的奖励

我不很喜欢山水。一次和朋友游完西湖后,这样发表议论:"它其实也就是比颐和园的昆明湖面积大一倍,堤上的柳树乘个十而已。"朋友说:"你以数学论风景,没文化之极。"大前年去南京,正好有车去黄山,妻子想去。我说:"你去了一定后悔,那不过是比山西的山多一些云、一些树罢了。"妻子说:"我本来也就没想让你和我一起去。你如果去了,黄山真的就会变成咱们那里的山。"

我也不会跳舞,某次被朋友逼上了舞会。刚打开一瓶啤酒,他就替我请来了一个舞伴。她身材很高,衣着华丽。我赶紧赔着笑脸说不会,好不容易把她打发走了,可不过十分钟,他又领了一个比前一个还要出色的。我作了好半天劝退工作,她刚要离去,朋友就补充了一句:"他跳得很宫廷呢。"这个舞伴马上作了一个优雅的邀请动作。弄得我不得不站起来给她鞠了一个深深的日本躬。等她走后,我把朋友从旋律中拽了出来警告他:"如果你再给老子带一个来,那很可能就是你这辈子作的最后一件事。"这个立志要扫尽天下"舞盲"的朋友,和我一起长大,在拳击方面起码和我差两个级别。说实在的,我倒不是不喜欢跳舞,但到了腿脚僵硬的四十岁,已经不好意思学了。正所谓"四十不仕"则"终身不仕"。

人在这个方面不行,一定在另一个方面能行。我的长项是"吃"。

诸位不要误会,我所谓吃并不是"吃"得很在行。就说吃蟹吧——我之所以举蟹为例,就是因为吃蟹是吃海味的硬项目,如果你行,就像英文考下来了"托福",能在整个英语世界横行——一次朋友们聚餐,上了八只蟹,只只金毛紫背,相当壮观。同时还上了一套吃蟹的工具:小锤子、小钳子,全部是香港出品,做的玲珑可爱。朋友中最杰出的,用一根小牙签就把一只蟹吃得干干净净,一合拢,俨然又是一只整蟹。而我用了整套工具,还是吃得表里不分,一片渣子。获评语:惨不忍睹。

要说吃鱼,我因为吃完有些过敏,所以只是浅尝辄止。一次参观一家大酒店往下卸活鱼,儿子问我:"爸,这是什么鱼?"我看了半天才告诉他:"等会儿它上了桌子,爸就认识了"——所以也处在初级阶段。

但因为"食"不行,"饮"就相当在行了。某次去一个在中国驻美使馆教育处当了多年一等秘书的老友家里喝酒,他给上了一瓶人头马XO,法国酒的种类很多,其中我以为最好的就是"人头马"了。它分好几种,较低级的是"拿破仑VSOP",顶头的是"人头马路易十三"——这种酒我只是在一个朋友离了婚,准备去美国时,喝过一回(按照"围城"理论,离婚等于突围;而善良的教徒死后上天堂,善良的中国人活着去美国。突围之后上天堂,无论如何也该请最好的)。这酒不说内容,光瓶子就美丽非凡:瓶体为晶莹剔透的琥珀色水晶玻璃,有许多雕刻上的饰物,其总体是法国皇帝路易十三的皇冠状。瓶盖和瓶体的吻合十分精确,隔着只能看,一开瓶,就立刻香味洋溢,绝对能"醉倒隔壁三家"。它是洋酒之王,酿造工艺十分复杂不说,还要窖藏四十年以上,酿造师根本喝不上了。真正"前人栽树,后人乘凉"。我即使很能吹,也不敢说常喝这种酒——因为没有什么中国人能常喝这种酒,除非你是邵逸夫、曾宪梓。但"XO"却很喝过几次,并把它的味道牢牢记在心里。一等秘书小心地把酒的锡封打开,然后又倒进捷克的玻璃杯子里,大家举杯示意——这酒不能等同中国白酒,不好干杯的——"怎么样?"一等秘书问。几乎人人都说"好"。唯独我皱了皱眉。"你皱的什么眉?"一等秘书很善于察言观色——官场中人有几个不善于察言观色?"XO有几种?"我问。"就这一种。"一个肯定没有我喝得多的朋友说。"它是不是把配方给变了?"我再问。"没有"。一等秘书的回答是肯定的。"那它就不是XO。"我也肯定地告诉他。他马上把锡封上的酿酒师的签字,盒子和美国的发票都拿出来作物证。可我还是坚持不肯再喝。毛主席说："你要知道梨子的滋味，你就得变革梨子，亲口吃一吃。"一等秘书显然不高兴了。我喝了一口后说："毛主席还说过：假的就是假的，伪装应当剥夺去。"

在大家的一片攻击声中，一等秘书给我倒了一杯"金奖白兰地"。我一气之下喝了一大口，并郑重宣布："我以为这才是真正的XO。"

一片春潮般的掌声，原来他们是设计了一个"局"，看我往不往里面钻。

最后他们在XO的盒子上给我写了一段语录："真理必须旗帜鲜明。"并把他们的名字一个一个的都签在了上面。

我给这张奖状配了一个铝合金框，就挂在我书桌的右侧。我这辈子获得的奖励最高级的就数它了。

《山西日报》 一九九三年八月十日

城市速写

星星生着薄薄的红锈,月亮抹着厚厚的黄油,空气中二氧化硫的成分,超过联合国规定标准的数十倍,登高远眺,可视范围肯定不超过两公里。这就是我居住城市的速写。

一片高度密集的住宅区中,有着无数的窗户,窗户是故事,我就是无数故事中的一个。

楼下的房间里演奏着颠覆性的音乐,广告说能吸收任何声音的、具有太极功夫的地毯根本就掩盖不住。远方传来救火车的啸叫、救护车的哀鸣、警车的不容置辩的笛声。它们的频率由低到高,再由高到低,随后消逝。这就是物理学上著名的多普勒效应。我庆幸它们的目的暂时还不是我这里。

此刻我正坐在仿羊皮的沙发上看电视。如今是一个"仿"的时代。任何东西都能仿,仿古代建筑、仿大理石地面、仿红木家具……甚至于"仿药"——您说,为了发财,做个假烟、假酒,法律固然不容,感情上还能接受,而做假药可真是缺了大德,但如今却是假药横行。"假作真时真亦假",一个在国务院中医中药局的朋友告诉我:"你如果得感冒病,就喝开水,如果拉肚子,就吃大蒜,千万别吃药。如非得吃时,就服瑞士药。"

按照他的理论,好像外国的东西没有假的。这显然不对,前些时候去一个著名的"假乡",看见那里到处是酒厂,就取其中一家门脸壮观的参观。一进去就发现它仅仅是门脸壮观而已,里面根本没有什么车间之类的工业设施,只有几口大锅,若干个塑料桶和一大堆酒瓶子。几个家庭妇女模样,文化不会高过小学,肯定不知道比例的人,用一个大勺子从锅里往瓶子里舀酒,然后再拿起塑料桶往瓶子里添香料——这种有釉味的东西有一个复杂的化学名字,他们说了我没记住,只记住它如果加上毒药的话,就是"敌敌畏"——再以后就用一个手工钳把口封住。于是一瓶"茅台"或一瓶"五粮液"就问世了——至于它们到底是"茅台"还是"五粮液"或别的什么名酒,那就要看他们信手拈来的瓶子原来是什么牌子了。

　　按"眼不见为净"的原理逆之,晚宴时,我软硬饮料都不敢沾唇。一个在外事部门的朋友见"无酒不成宴席",便捐献了一瓶法国酒,并说:"这东西可是真的。"我喝了喝,味道的确不错,就下决心以后有条件就喝法国酒,没有条件就喝茶,茶是最安全的饮料,中国人已经喝了好几千年了。

　　可第二天,事实把我的规划给否定了:我们在盛产"慷慨悲壮之士"的地方参观完一个砚台厂后,厂长宴请我们。他是一个个体户,所谓宴请,不过是鸡蛋和猪肉,格调不高,但他向我们保证这些都是真的。我们提议能不能弄点狗肉吃,他递给我一支他们村出的"555"烟后说:"如果你们早来,这不成问题。但前几天村里来了一个北京人,转了一圈就走了。第二天,村里的狗都死了。然后还是这个北京人来收购狗肉。据说北京的大饭店里,狗肉特别好销。"席间我问他砚台的销路如何?他说不好。我再问他以后如何打算?他说:"把这块世界之最的大砚台做好之后,就不干这个了。"他主持制作了一块重达十二吨,但对外号称十五吨的大砚台。我问他:"那你干什么?"他说:"我作法国酒。"我说:"内容好办,形式上怎么处理?"他说:"我已经印了一些法国酒的盒子和商标。"他拿来给我们看,真是比真的还要真。他骄傲地宣布:"这是我弟弟工厂印的。美国几个有名大学的证书,美国军队军官的委任状都是来他们厂订的货。"我又问瓶子。他们已经收购了一千个。为了捍卫法国酒的声誉,我又问:"你就不怕商检局和工商局来查?"不是说天网恢恢,疏而不漏吗?他说:"我自有万全之策。"我生气地说:"万全之策这种词不是你用的。"他自负地反问:"那是谁用的?"我恶狠狠地说:"是诸葛亮用的。"他得意地告诉我:"村里人就称我小诸葛,因为我带领他们致富。""既是诸葛,锦囊妙计何在?"朋友帮腔。厂长振振有词地宣布:"锦囊妙计一:我的生产规模不大,而且就在这个小村庄里,所有的人员都是经过我精心挑选的。锦囊妙计二:我在工商税务部门都有内线。锦囊妙计三:我有钱。"

我知道从此喝法国酒也得小心了:他锦囊妙计的第三条的确很管用。一个月前,我在深圳的香港人开的"东方神曲"玩,看到这样一个场面:一个狰狞的鬼的雕塑,在腰部有两个洞,从这里伸出两只手。你如果往洞穴的盘子里放钱,它就会给你弹琵琶。旁边的牌子上,是一个很有名气的书法家肥大丰润的楷书:有钱能使鬼唱歌。这个"鬼"视你给钱的多少,唱不同的歌。从"我爱北京天安门"到"苏武牧羊""潇洒走一回"都会。为了看看这个鬼到底是什么样子,我一直等到"鬼"下班。"鬼"其实是一个还算漂亮的姑娘——我之所以称她"还算漂亮",是因为她相当漂亮的话,还有比这省力气的工作,之所以称她为"姑娘",那也是法律意义上的。听说在深圳这地方,法律意义上的姑娘总比"媳妇"好找工作,因为你既然不属于任何人,就可以属于任何人——我和她聊了两句,知道她是江西民乐团的琵琶演员,因穷则思变,来到这里。我问她收入如何?她笑而不答,不答大概就是不错,我也用不着杞人忧天。

从"神曲"出来,一个在深圳多年的朋友请我吃饭。头一次去他家,不好空手。我就在他家门口买了一瓶法国"人头马"酒。这酒在法国酒中的位置,大概相当于中国的"洋河"类中档酒。当我去时,已万事俱备,静候开瓶。我讲了一阵从书上看来的法国酒的知识后,就奋力打开瓶盖。一开即知不对:一股"易水"酒厂大锅中的味道直奔鼻腔。再一往出倒,就更不对了:"白兰地"虽名白,但绝不是白颜色。我马上下去找那个商店老板。商店老板马上从柜台上的瓶中取出一瓶来说:"这是真的。"我不相信,当场打开一品果然是真。回去后我向朋友吹嘘战果:"我这个北方大汉往他面前一站,他就不敢不给换。"朋友笑道:"他的柜台上永远有一瓶真的,一瓶假的。如果来个北方大汉往他面前一站,他就卖给你假的,他基于以下三条理由:一,北方大汉大概是要买回去送礼。二,北方大汉就是自己喝,也不一定能喝出是假的来。三,北方大汉就是喝出来了,回去找他换,几句好话就能打发走。"他这一番解释把我这个"北方大汉"气得不知道饭和酒是什么味道。如果我真的买回去送礼,想让人给我办件事,让收礼者品出是假的来,那不真把我给坑了?

我这么说,丝毫没有贬低深圳的意思,我虽然不大喜欢这城市,但我还是承认它是一个生机勃勃的城市。虽然它没有光辉的历史,但没有光辉历史的城市,总是生机勃勃的城市。而有光辉历史的城市,比方北京,南京,西安,总要被历史给局限。一次我和人打赌,北京饭店的人想和前门饭店的人联系,是打电话快,还是派人去快?我认为当然是打电话快,而结果是我输了。后来我问一个搞电信网络的工程师:为什么不多几个交换台?他告诉我:"交换台已相当富裕,就是放不下电缆去。"我当下反驳:"放电缆不是什么难事情,不就挖一道沟吗?"他说:"确实就是挖条沟,但这道沟如果在天安门,毛主席纪念堂附近,那就是另外的事了。"

而深圳就不存在这个问题,它是一次性规划好的。虽然如同预算必定会被突破一样,规划也没有不修改的,关键是你在修改规划时,不能有什么禁忌。

当然深圳的优点远远不止于此。

再返回来说城市。不管建设还是破坏一个城市,人们找出来的公因子,一定是电。电——光和力不疲倦的运输者,它携人类的声音穿越山川海洋,它记录人类的智能,放大人类的力量。与此同时,它也使人类变得更脆弱。今年年初,我住地停电,于是水自然也停了,因为无塔供水器没了能源。暖气跟着就停:没了水,传热没了介质;没了电,强迫引送风都没了。这三样东西没了之后,整个机关院子里,俨然一座死城。

有了电,就有了电话。从此我不再写信。有事总是打个电话。于是那些没有电话的朋友自然就疏远了。开始每逢过年过节,我还寄张已经印好吉祥话的贺年片。在底下潦草地签个名字。到后来连这种贺年片都懒得寄了。有的朋友就住同一个城市里,可一年之中也见不了一次面。去年,我用电话给他拜年,他让我去他家里。我说:"电话里聊聊不就行了?"他不高兴地说:"总不能通过电话喝酒吧?"我只好顶着寒冷的风去了。到达之后,他好好地批评了我一顿:"建国初期,周总理就说:电话会滋生官僚主义。看来伟人就是伟大。"

有了电,就有了电视。电视的作用要比电话大得多,仅次于电灯。如果谁不相信,就仔细观察一下:有几个家庭不是以电视为中心而布置的?我是一个京剧和足球的爱好者,但自从有了电视后,我不再去剧场和球场,所以再也买不到印刷精致的节目单;再也不能在演员唱错的时候,得意地喊一声:"好";再也不能领略几万个球迷齐声高呼:"这一脚真臭!"的壮观景象。电视无疑消失了物理距离:它的镜头推拉摇都行,细时能让你看到人的满脸毛孔。可我觉得电视这东西,就和商店橱窗前的玻璃一样,那是一块透明度相当高的玻璃,好像没有一样。你隔着它看,里面的"杰尼亚"西服就是你的,那串有着无数晶面的钻石项链也是你的……天下所有的好东西都伸手可得,但你真的伸手试试?正如海德格尔说的:距离最近者未必是最亲者。一句话:电视使京剧和足球都成了"罐头"。

罐头的特点就是使食物大部分丧失原味。不信你看前苏联的食品短缺,波黑的战争,被劫持的飞机,以至于车祸……一旦进了电视,就有娱乐性,看得多了,你的同情心锐减,一切的一切都"司空见惯"。

反正自从有了电,大自然的一般性规律在城市里已经不复存在,冰箱使食物违背时令,随时随地能出现在你的餐桌上,录像使过去重现,使一瞬间成为永恒。空调机令温差等于零。生活方便是方便了,但韵味却没有了。

谈艺术和谈情说爱一样,必须有特定的环境、气氛。或天垂海立,或大漠孤烟,或小桥流水。这样你才有心情。记得一次几个文学朋友相聚在北京"美食城"。本来准备大谈一次。可迎面压来的是中关村电子大厦的阴影,灌进耳朵的是各种高级和不那么高级的汽车噪音,邻近桌子上有人在用广东话和英语谈生意。最后迅速蜕变成比什么都难听的卡拉OK,在这种环境里,能勉强终席不逃跑就得有相当的定力。

城市里只有两种人,一种是把一切都浓缩的:爱情浓缩成性行为,总是"一步到位",连一点点"小红低唱我吹箫"的情趣都没有。把工作浓缩成赚钱,为了不多的工资而做工、而教书、而写作。有的个体工厂,工头把工人的操作动作分解后,用秒表测出每个动作的时间,并以此为依据,给工人定额。使你一点点乐趣也没有。吃饭浓缩成吸收营养和维持健康的必要手段,多长时间吃完,用什么办法,进多少大卡……一切都经过定量的分析。

另外一种人是稀释:把工作稀释成游戏,每天就是"泡"。把吃饭稀释成艺术,我曾经见过几个人为了一个商务活动,接连三天就在饭店里不出来:早茶、午宴、晚宴、晚茶到一点,两点。平均每顿饭吃两个小时,没一个橡皮的胃,一条玻璃的食道,一个钢铁的屁股,是绝对做不到的。

所以我很怀念我生活过的山村。眼下春天来了,春天是什么?春天在山村是牛的吼叫,是虫的蠕动,是田野芬芳的气息。而在城市里,我只知道暖气停了,皮衣服收起来了。另外我只听到有两只肺活量不大的猫在隔着两扇门,用脱了力的声音叫春。它们没有激情,没有生命力。

因为厌恶城市,我按计划准备到某个山村住上一个月。但一个星期后,我就明白了这样一个真理:山村只有对久住城市的人来说,才是美丽的,而且只存在于想象中。真正在那里住的人,就知道山村是多么的不方便:煤油灯下看一个小时的书,眼睛就酸了,鼻孔里全是黑;雨天泥泞的道路,没有没膝的雨靴,根本就过不去;没有好的学校——如果有学校的话。我问当地的一个人:"医院在什么地方?"他说:"在十公里外。"我庆幸道:"毕竟还是有医院的。"同行的朋友说:"如果你得的病是能坚持走十公里的病,那么医院对你来说,是存在的,否则……"

乡村的生活当然是平静的,但平静就意味着没有文化,没有味道。我在茂密的树林里散步时突然想起在深圳,一个偶然的机会遇到了一个旧日的邻居——我之所以说是偶然,是他到了深圳之后,从来就不向外发布信息——我坚持要到他的家里看看,他犹豫了一下后还是答应了。他住在一个远离高尚住宅区的地方,房子的使用面积绝对不会超过八个平方。于是我问他:"你来这个地方后悔不后悔？"他坚决地表示，绝不后悔。又告诉我一个真理："你即使在一个城市最穷，最肮脏的地方居住，这里提供的机会也比美丽的乡村要多出不知多少倍。"我说："你原来住的不是乡村而是城市啊！"他说："那个城市就是乡村，因为那里一切都是既定的，没有任何意外和变化。"

写完这篇文章，是星期日下午三点半。我出去散步时，看见几个孩子正在玩捉迷藏。他们使用的是发射导弹时的逆计数："十，九，八……二，一"。等"迷藏"被"捉"后，他们又玩开武打了。动作中西结合，很时髦地道，就是倒在含铅量很高的土地上，一个跟头就能起来。

看了一阵，我就走到院子里唯一的一棵树底下。这是一棵孤零零的树。她的胸围，臀围和身高都远远低于标准，木材蕴藏量绝不会超过一个立方。她就像圆明园的西洋楼一样，立在城市的中央，忍受着阴毒的太阳、胡乱盘旋的街道风和众人的攀附。她既作为昔日茂密森林的幸存者在向人们哭诉、又作为远方日见稀疏同类的高级代表，在向人类乞求——所有的乞求从某种意义上讲都是威胁。

城市啊，城市，我真的不知道该怎么说你才好。

《火花》 一九九三年第七八期合刊
《城市的要素》《太原日报》 一九九三年四月三十日

我和某某商人

如今是一个"满城争说孔方兄"的时代:到处都是生意。从汽车、钢铁、煤炭到家电、控制设备……到处都是传说:"我认识某某,他一笔生意就赚了一百万"……因为听得多了,我也就相信了这些。使我奇怪的是:在我的朋友中,为什么没有一个人发了那么大的财——我认识的人相当的多,而被确认为朋友的,不管从智力强度、思想深度还是学问上说,都是好样的。有许多人还有相当深的家庭背景。

就这个问题,我开始了专题调查。首先就要找到这个"一笔生意就赚了一百万的某某",因为根据毛主席的调查理论:要解剖麻雀。很快我就发现 A 说的某某,就是 B 说的某某,同时还是 C 津津乐道的某某。当得知这些之后,我的心里多少有些释然:看来发财的人并不多——人,尤其是中国人,基本上都是比较型的。

某某是一个身材不高,较胖的人。一脸的忠厚相。我去的时候,他正在和他的手下玩"锄大地"——这是一种从广东、香港一带流传过来的游戏,没有永久的联盟,比麻将还要个人化。某某显然是个中里手,很快就赢了不小的一笔钱。"傻瓜和他的钱到处受欢迎:有的人特别的傻,但他没有钱,也就没人爱理他;有的人很有钱,但他非常的机灵,比方像我这样的,人们拿他也没有办法。只有像你李部长这样的傻瓜还有钱的人,别人才喜欢和他打牌"——后来我发现他很喜欢正式称呼他的部下——这个管财务的李部长,笑了笑没有说话。"你们把这些钱拿走,去对面的饭店订一桌席。来了客人了嘛。"他把一件不太干净的T恤穿到了身上。

从这以后,我追随某某达一个月之久。

他的办公室非常的豪华:一张起码能睡两个人的大班台;一大圈真皮沙发;装修也非常上档次。"你的格调不低。"我赞赏道。"我哪里有这样的眼光:我花大钱请了一家装潢公司和一个大学里的设计师。"某某老实地说。"有钱就能做到艺术。"我说。"是这样的。""但这里面还有一个胆量的问题:我开始从银行贷出了三十万块钱。你知道贷出三十万,并不等于你到手了三十万块钱,人情费就先扣除了。""你从什么银行贷的?"我随便地问。目前贷款的利率,明显低于通货膨胀率,所以人人希望贷款,这就和你七十年代向别人借钱,而在九十年代还一样,是一件非常合算的事。某某耸耸肩没有说话。"你把钱投到什么地方了?"我在从事专业写作之前,也搞过一阵经济工作,因此也略知一二。"我用其中的十万装修了这房间。然后用其余的十万和我自己筹来的十万,买了辆小汽车。"他轻描淡写地说。

"那你用什么做生意的本钱呢?"我诧异地问。

"有本钱作生意算什么本事?"

他的话使我想起一位朋友的故事:他是一个很好的人,但不喜欢读书。目前在一个工业机关里做行政工作。他的妻子是一个副教授。去年机关评定职称,他也报了中级。于是他妻子说:"别的功课你也许能对付,但外语你肯定过不了关。"他笑笑没说话。等考试的分数下来,居然是九十多分。他妻子像我刚才那样诧异地问他:"你连字母都读着吃力,认识的单词肯定不会超过三十个,如何能考这么高的分?"朋友得意地对副教授说:"如果我像你那样真的会,考及格还算的是什么本事?!"

但考试是一回事,作生意又是一回事:生意是利益所在,真刀真枪地干。

"这里面的事太复杂,和你也说不清。简单说就是:甲要一批钢材,而我知道乙正好有,于是我让甲把钱汇到我的账上,让乙把钢材给甲发去。我作为一个中间环节,赚一些钱。"某某说。

原来不过是"空手倒"而已。我不禁有些失望。

"在我这里,这种买卖不叫'空手倒'而叫'时间差'。"

"你能赚多少钱?"我问。

"大约百分之二十左右。"

我用身体语言表示这似乎有些太多了。

"'多乎哉?不多也!'"某某用中学语文课本中的一句名句回答了我。"要作这种时间差生意也不容易——在这个世界上赚钱的事没有一件是容易的:出体力、脑力辛苦;偷盗要冒险……人们为什么追逐钱而不追逐黄土?还不是因为钱是很稀少的东西?稀少就不容易得到。你说:甲要钢材,他为什么不向别人要,而向我要?乙有钢材,但他为什么听我的话给甲?甲又为什么在没有收货之前,就敢把钱汇到我的账上?"

我一时真的不知道该怎么回答他。虽然我知道这些都是为什么。

"就一是因为我的信誉好;二是因为我肯在他们身上投资。"

"你这所谓投资,不就是贿赂吗?"我制止他后再说:"当然在你们的语系中,这也许叫回扣之类的。"

"贿赂和回扣根本就不是一个概念:贿赂是一种犯法行为,而回扣是一种国际通行的优惠。根据八月一号实行的新会计制度:回扣可以上账。"

"如果你的对方是一个国营公司的负责人,他拿了你的回扣而没有上缴,那么就是受贿。"

"那是他的事。再说人和人之间的交往,不完全在钱上。比方和我做买卖的人的家属有了病,我就帮助他联系医院。如今的医院您这个当作家的应该知道,没有关系是根本进不去的。如果他的太太和孩子来咱们城市旅游,我就负责全部的安排……还有另外很多很多的杂事,我统统代办。这些也是投资,而且是高级的感情投资。"

我一时无语:目前中国的许多事情都处在转轨时期。国营的、集体的、个人

129

的企业商业单位交织在一起,让人无法分辨。有的单位明文规定不能和个体打交道。于是个体的就挂起了集体的、国营的牌子,使用的也是它们的发票账户,起码看起来是天衣无缝。

电话响了。我从他和授话人的语气上听出,他们是很熟悉的朋友。但当这个朋友向他借一笔钱时,他马上就给否了:"我的钱也很紧张。"

授话人再三恳求,而他却一点口不松。最后对方愤怒地放下了电话。

"我刚刚看人给你送了十万元自带信汇来,你干吗不借点给他。更何况他还是你的朋友?"

"生意是生意,朋友是朋友,不能往一起混。如果他因为结婚、生病之类的,我送给他一些都可以。但作生意,我就要看情况了。"

"我想他也不会不还你。"

"他主观上当然不会。但你要知道:钱一投到生意中去,就和人进了官场一样:身不由己了。所以我的原则是:不和朋友作生意。吃饭去。"他说。

席间我问他:"你没有买长城公司的股票?"

"你这是概念错误:他们发行的是债券,不是股票。股票对于股东来说是股权。而你持有债券,表示你有债权。"

我不想听他的炫耀,只想知道他上当了没有。

"我怎么会上这种当呢?!没有任何合法买卖,能一下子赚百分之二十五的。"他一言以蔽之。

我想起长城公司在一个很著名的经济研究所一下子销售了十万元的故事。不禁笑了起来。"你说我能不能作生意?"

"这只有你自己才知道。不过我想你们这些搞艺术的人,都很重感情。而重感情的人一上场,往往都会赔个干净。"

我从内心承认他说的对:在我小时候,别人帮助我作了作业,我就把父亲给我的一管派克笔送给了他。母亲没有责怪我,只是说:"孩子,你将来干什么都可以,就是不要去经商。你的感恩思想太重了。"当时我还不太服气,现在好像是明白了。

"我什么时候才能像你这么有钱?"在等算账时我问。

"在你不假装钱没有用的时候。"某某言简意赅。

我见他在给人一张价格吓人的账单上签字。那字无形无体,相当地臭。我虽明白"吃人嘴短"的道理,但还是忍不住说:"你如此没文化,为什么还如此地有钱?"他笑着回答说:"也许是因为你太有文化了吧?"

《太原日报》 一九九三年九月二十三日

创作中的不可测因素

十二年前,我第一次开始写作时,是晚上别人都下班之后,偷偷地在办公室写作。因为那时我只有一间房子,里面还住着妻子和一个刚刚出生的孩子。写着写着就被一个我非常好的朋友发现了。他读完我的东西后说:"如果你是作家,我就是厂长。还是和我一起去搞锅炉的热力计算吧。"他当时是电厂锅炉车间的助理技术员,迷在锅炉受热面的计算中不能自拔。"你如果能把经过几千个高级工程师设计出来的锅炉给改造了,我就能发明永动机。"我当然也得打击打击他。

后来他果然把电厂锅炉受热面给改造了,并获得能源部技术改造的一等奖。再以后他成了车间主任,然后是副总工程师,现在是副厂长。前几天他见到我时说:"一切被我不幸言中:现在你成了作家,我同时也成了厂长。""是副厂长。"我纠正他。"厂长和副厂长没有什么本质的差别。"他不服气。"差别大了:一百个副职也顶不了一个正职。副职只有建议权,而正职有否决权。""再过几天,我就能成了正的。"他说。"再过一百年,你也成不了正的。作为一个干部,你太懂得技术,太不懂人和人之间的关系。""就和你成不了世界级的作家一样。"他立刻反击。

我的第一篇小说,在写作的第二年发表了。当时我那份高兴劲儿就别提了。就在同时,我分到了两间一套的房间。真可谓"双喜临门"。就在那两间房中,我终于有了自己的地盘:一张桌子、一把椅子和一个书架——无论是当作家还是当官,没有自己的地盘就没有饭吃。但人的欲望都是发展的,我渐渐地觉得桌子太小、椅子太硬、书架的容积不足。

我开始发展壮大自己的根据地。很快就有了一定的规模。但不幸的是孩子也跟着发展壮大起来。我的基地又被压缩回去,甚至比原来的还要小一些。这似乎是一个不可逆的过程:在发展时,你一定购置了大量的硬件,它们已经构成了你的一部分。但不可逆也得逆。世界永远是属于孩子的。

在压缩和反压缩、控制和反控制中,我奋斗了八年。然后我又为自己找到了书房。"错误和挫折教育了我们,使我们比较地聪明起来。"这次我学精了,给自己留有充分的余地。但这时舆论的压力又来了:"你这么大的房间,里面空荡荡,让人觉得浪费。"

舆论就是枪,甚至比枪还厉害。我又开始被诱惑、被煽动。我把桌子换成了"大班台",把椅子换成能旋转的。一下子定购了六个书柜。当我想把那些旧的东西都淘汰时,一个朋友给我讲了一个故事:某个店里,有一个癞头阿三,他摸彩票得了两百大洋后,立刻把旧衣服、旧帽子都扔了。这时一个老伙计把它们都拾起来。人问其原因。老伙计说:他过几天还要穿的。果然,一年之后,癞头阿三把两百大洋花光后,又穿上旧衣服,戴上旧帽子回到店里干活去了。

我听了以后和气地对朋友说:"我不是什么癞头阿三,即使将来穷了,我也会豪迈地说:老子阔过。"本来人的一生就是在扩张和压缩中过的。扩张时说扩张,压缩时说压缩。如果你非得扩张时想到被压缩时的痛苦,压缩时又想扩张时的辉煌,那你活得不是太累了。

《劳务时报》 一九九三年(日期失考)

城市与人

我的书柜的旁边有张自写的条幅:俸去书来。朋友王君说:"你的字俗在骨,但道理却是对的:俸不去书就不来。"他是一个做大买卖的人,认为"钱是这个世界的量纲。"只有到处运用它,"事情才会变得清晰起来。"我承认他说的不无道理,但出于对比我有钱的人——钱不光是种通用的东西,起码在某种程度上也是成功的标志——的嫉妒,马上抨击他道:"世界上最可怕的事情就是两件:一是'庸医司性命',二是'俗子议文章'。"

话虽如此说,但我对自己的字还是有自知之明的。所以在我家的"中堂"上,挂的是一把大扇屏。上面是《文心雕龙》中的《神思》篇。这是我们家的一位世交,清华大学教授,著名的建筑学家给我写的。在末尾他写道:希能对道新世侄的写作有所帮助。可实际上它刚来时,我一连三天,每天一个小时,都没能把教授写的草书读出来。草字没了格,神仙认不得。没办法我只好找来一本《文心雕龙》的印刷本,把个《神思》给背了下来。否则有人问起我说不出,那不就像问一个县长:贵县有多少人口,多少土地而他说不出一样。实在太掉价了。但背是背,好多地方我还是像在皮尔·卡丹开的马克西姆饭店点法国菜一样,单子上的和桌子上的根本统一不起来。

看不懂归看不懂,但老头的字写得确实好,好就好在看上去"顺"。老头早年留学法国,曾经和梁思成先生一起设计过国徽。关于国徽的设计,现在起码有两种说法:一说是由梁思成先生领导清华大学建筑系师生设计的,另说是中央美术学院设计的。两派最近还各自撰文在报上笔战。但我相信是梁思成先生设计一说,因为我在很小的时候就听说过这件事。再者老头告诉我:所有的会议他都亲自参加了,包括周恩来总理主持的若干次。老头一辈子唯实,求真,不像会说谎的人。但另一派就是不服。对此我不禁感慨道:"不过几十年功夫,当事人不少还健在,国徽这么大的一件事情,都已经说不清了。真是有多少个历史学家,就有多少种历史。"老头不同意,说:"谁设计的就是谁设计的。这是科学。"其实"什么就是什么"这种说法,在哲学上就叫"机械唯物论",以人民英雄纪念碑为例:这碑也是梁思成先生和他才华横溢的太太林徽因教授一起设计的。但碑文却是主席和总理写的。碑基座上的浮雕却是另外一个人设计的。那么到底该说是谁?这话我没说,因后来老头正在他的客厅兼书房里,挥汗如雨地给我写扇子。如果他一气,很可能不往下写了。

要说老头的待遇也确实不高:工资五百不挂零,房间七十平方不到。但他从不抱怨。在清华这种历史悠久的大学当学生是不错的,因为这里生源的质量就高。生源的质量高,就像原油质量高一样:科威特的原油,喷出来就灌桶,根本不用脱蜡。而很多地方的石油,要脱若干次蜡。在这种学校里读书,学了学问还结下了关系。

扇册来了之后,某次王君又来我家骚扰,进门后,一眼就看中这把折扇,端详很久后说:"这老头的字真不赖。"我马上就告诉他:"废话,就是给你把扇子,你也不敢往上写啊!"他表示没什么不敢的:"不就是把扇子嘛!""别的不说,谋篇布局你就来不了。不是写了一半没话了,就是放不下后只好写:请看扇后。"王君对我的打击,已经习以为常,所以摆出一副大师风度,不理我的茬:"想办法请老先生也给我写一张。咱给他弄点润笔。你发现了没有,润笔这个词既形象又生动,没钱不光买卖转不开,连笔都跟着涩。""给你写什么?""什么都行。"他说。"那我就请他给你写:老婆是别人的好。"我朗朗诵道,"再画上几株桃花。"

我这样说是有故事的:他正在闹离婚。离婚这事,表面上看似乎是个感情问题,但再往深里说,实际上是个经济问题:假设你和你太太已经没有了感情,但因为没有房子,没有钱,所以离婚就没有可行性。

……

"你这个人啊!你这个人啊!"王君在复杂感情的带动下,用复杂的句法说:"把不多的聪明都用在了不该用的地方。"

《中国方域》 一九九五年第一期

有关时尚的文学札记

在上小学的时候,一次我因为着急,违规进了老师的专用厕所,看见一个我非常尊敬的班主任正在小便,我非常惊讶这个"神"一样的人,和我们一样在做着凡俗的事,从此他再说什么,我就不太迷信了。

过了很多年之后,我在外地看见一个我们单位的高级领导在忘情地和一个漂亮女人跳舞,从此我得出了一个结论,大多数人都有隐秘的生活,这种生活和他们的公务生活完全不同。

一次我的一个男性好友,把一封抬头和署名都去掉的信拿给我看,此信言辞之间无有机联系也无逻辑联系,更无中心思想,混乱而单调,可却充满热情,一望便知出自女人之手。

十年前我遇到了一个四十岁的漂亮女人,我认为她的美是夕阳最后一抹余晖,前些日子我又看到了她,余晖依然存在,我绝无恭维地对她说:"你的脸就像当年的大英帝国一样,属于'日不落'。"

她的脚和别人的脚搭在一起,眼睛却动情地看着丈夫。

爱情太激烈,因此没有理由太持久。

我的一个朋友曾经三次结婚,第四次婚姻也濒临灭亡,可要说起对女人的理论他确实是一套一套的,所以我只好认为他对女人的分析力杰出,但判断力却等于零。

爱情投资的利息总是小于爱情的税务。

她的择偶标准是世界上所有优秀男人的总结与概括、抽象,所以她至今还是独身。

妻子是勤奋工作的立法委员,而且兼执法官,所有的话都是终审判决,在这个世界上是无法复议的。

天赋甚高的吹牛家,所有的重大事件发生时,他都在场,如果同时发生,他亦分身有术,更可贵的是,当时他总能用十年后的眼光和思想高度去评判。

天才第一眼看上去,总像一个江湖骗子。

流行音乐,流行小说是一种工业——比较神秘的工业——工业的特点就是复制和固定的程序。

流行歌曲要光洁,不要有特色,有特色的东西不容易被世界上大多数人所接受——特色一词,就是区分普通人和一般人的——流行就是要成为公分母。

流行音乐的产值和航空工业差不多。七十年代的流行歌中有一种生命的东西。

小说、歌曲都是情绪的产物,依靠群众的情绪而定:要么轰动,要么赔钱。

以前是先作词,再谱曲,最后配器。现在是先配器,再谱曲,最后填词。

因为现在是音响效果决定一切。

因为出版社要我推销自己的书,家里一下子就来了一千本,妻子说:"鲁迅等人写了一辈子才著作等身,没想到你这么快就达到了这个境界。"我说:"读过罗素《数学原理》的人不超过二十个,但它仍然是人类心灵的最高成就,你对我的书也可作如是观。"

一个历史小说作家告诉我:"如果你实在没得写了,就到《二十四史》《文史资料》中找一点东西,然后热一热端出去就是了。"

有一次有许多高级知识分子参加的宴会上,我随口说:"拜伦讲过'谁写作不是为了获得钱财?'"宴会后,一位名牌大学的英国文学专家认真地问我:"拜伦什么时候说过这话?"

"姑妄言之姑且听之吧。"我漫不经心地回答,"不求甚解,任意杜撰是小说家的特权。"

干枯的技术名词,有时亦有无穷无尽的魅力,我的许多小说就是这样命名的,比如《超导》《宇宙杀星》《指令非法》……

职称从某种意义上说和爵位差不多。

"我生了个孩子。"十八年前我对一个当时就已经是百万富翁的朋友说。在北京城里就没有他不能买卖的东西,用他的话说:安上四个轱辘,能把前门楼子推走给卖了——这话听上去像不像阿基米德说:给我一个支点,我就能把地球举起来?

"需要我帮忙吗?"他赶紧问:"人和钱都行。"

"你整个一个商人,你为什么不问问我生的是男孩子还是女孩子?"

大学生分不出去,证明中国不需要那么多的大学生,博士更是这样——在资本的原始积累时期,只要简单重复的劳动,就能积累大量的财富,无须高级的管理人才——马克思式的语言。

中国人在不停地为大学改名字:"航空学院"改成"航天技术大学"——MIT就是MIT,虽然它加了很多的文科。

我的一个朋友将他刚分到的家布置得像一首和谐的交响乐——每一个音符都很考究,"看来你打算一辈子在这里住下去了。"我说。"你莫非还认为我有机会再搬到一个比这好的地方去吗?"他反问。"如果你认为没可能,那就确实没可能了。"

我的一个邻居的孩子是北京台球队的一级运动员,他每天早晨起来,穿着睡衣去外面带输赢的"野台子"上收钱,起码能收好几"张"。虽然这些摆主对自己的台子的地形,球形都非常熟悉,但闹不过"高技术"。后来家附近的人都认识他,不再和他赌了,于是他只好扛着杆子上远处去赢钱,并且越走越远。

你们说这像不像那些把渔网的眼越弄越小,采用灭绝性捕捞的渔民?

一次我在一个基层的法院听到一个法官和律师这样一段对话:

法官：你站在谁的立场上？

律师：当然是被告人的立场。

法官：不对！你应该站在国家的立场上。

——这显然是一种法律上的"乱伦"，如果法官、检察官、律师都代表国家，那谁来代表那个成被告的百姓呢？

货币是种稀少之物，人们因此锲而不舍地追求它。

让记账的人与出纳结合在一起是很危险的。

当没有钱的时候，信用就取代了钱，因为钱不过是支付承诺的一种方式。

高利贷的伦理观念：

如果 A 无饭吃而向 B 借钱，B 收利息，则是罪恶。

如果 A 无电视机，而向 B 借钱，B 收利息，则是善行。

看来上帝划线时并不精确。一个模糊的上帝才是万能的。

"富人想进天堂，要比骆驼穿过针眼要难。"

"如果有钱，针眼也会变大。"

富人也是人，用钱给人来划分阶级是很荒谬的，有各种各样的富人：吝啬的、慷慨的、让人发疯的。你不要让富人觉出你在弄他的钱——这是把人当傻瓜的另一种说法——"他的钱不花白不花"。

致富是很大的驱动力，大概仅仅次于性爱。

知道有多少钱不算有钱。

作家们因为自己不能发财而大叫"金钱买不来幸福"——一种潜在的嫉妒使然——是的，钱确实买不来幸福、健康的身体、友谊、清新的空气，但钱起码能让你自由。

任何时代都是发大财的时代。钱就是富人的作品，他们对它有着终生不渝的爱。

人们喜欢看别人的弱点，看到别人软弱的一面。有很多人在别人家里吵架时总喜欢去劝,其实他们不过是想听听个人隐私罢了。

假如你不会用钱的话,它就具有毁灭性。

不知道什么是贫穷的人,总是不在乎钱的。

我从来不请自己的妻子吃饭,因为这是无利润投资。但别人请我时,我还是会把她带上。因为子曰:"一羊也是赶,两羊也是赶。"一次她对这种说法表示不满,说:"你婚前不是这样的。"我说:"鱼已经上了钩,谁还会给它饵吃呢?"

百万富翁在火车站受了气,就问:"花多少钱能把它买下来?""花多少钱也不行,因为它是国家的。"我终于找到一个机会刺激一下这位自命不凡的人了。

读书就像在精神银行里存款,美元、英镑都有,你随时都可以向它支取红利。

足够多的金钱就有足够多的说服力。

"《控制论》和青菜谁更重要?"

"难说,人的需要是各个层次的,吃饭和排便同样重要。的确,精神生活也许比物质生活更高级,但它却不一定更重要。这中间有差别。"

钱并没有臭味,钱什么味都没有。

"养一辆汽车要多少钱?"

"如果你必须问的话,你大概买不起。"

他买了汽车,但自己不开——而宁肯坐出租,因为不能喝酒——但他还是强调:"虽然不开,但我必须有。"

暴发起来的人有深刻的不安全感。他们讨厌宴会,因为这使他们显得笨拙。他们的性欲一般都很高。可一旦穷了,性欲立刻就恢复到一般水平——有人曾经做过这样一个实验:猴王的荷尔蒙要比普通的猴子高,但他们一旦被打败,荷尔蒙立刻就降低到正常水平。

一个朋友在十年前,通过一些非常手段得到了十万人民币——这在当时是天文数字——就当了寓公。可这些年来的通货膨胀迅速地稀释了他的个人财富。于是他只好再干一些力所能及的事情。他告诉我说:"看来社会是奖勤罚懒的。"我说:"如果奖懒罚勤的话,世界就没了动力。"

《中国方域》 一九九五年第五期

书包的异化

在弯弯曲曲的胡同里,在建筑机械的轰鸣声中,走来一个友人的孩子。他背着一个"双肩背"——这是近十年来,最伟大的发明。如果没有它,将来一定会出现一批斜肩的人——另外,他还提着一个对他来说不算轻的书包。在回答我的问题时,他说是因为装不下书和本。看着他,我想起的不是天真烂漫的孩子,而是走街串巷的游工和商贩。我的目光和思想追随着他。

他进入了两幢间隔不到十米的教学大楼中的一幢。然后坐到了和现代孩子的身体比例已经不太配合的桌椅上,在好不容易穿越被污染的大气后,又转弯抹角进入教室的阳光下,机械地记录着若干考完试就会忘记的"学问"。为了给疲惫的大脑提供氧气,他拼命呼吸着已经往复使用多次的、"标号"极低的空气。

沙哑的下课铃终于响了。他和其他孩子一起,一窝蜂地涌出去。可操场已被蚕食干净,于是只好在夹缝中"侃"体育——学校原本是有操场的,后来给老师们盖宿舍了。请别误会我的意思,老师比任何人都更应该有房子住,另外还应该有一间备课的房子——他们模仿着乔丹的动作,往假想的篮筐中投篮。这动作十分逼真,也就十分地令人心酸。篮球如果没有了,那足球和田径就更没有了。乒乓球也许还有,但若想打上一场,要比在火车站买一张热线的车票还要难。

他又回到了教室。这时,天已经黑了。他在比普通人的血压高不了多少的电压供应下的闪闪烁烁的灯光里,用有时出水,有时又不出水的原子笔,在一叠纸上辛勤的劳作着。

再过几年,他会从这所学校里毕业,进入另外一所高级一些的学校。最终他会得到一张仿羊皮纸的文凭和一副深度的眼镜,从大学毕业,从而结束他的教育历程。然后他去干什么呢?杀向流通领域成"大款"?还是在科研第一线?抑或回到这所小学,继续"拷贝"着下一代?

等到想象力已经无法溯及时,我已回到家里。见儿子在灯下读书,不禁十分高兴。但伸手一摸,发觉电视机还炙手可热,而他的台灯却还在升温阶段。再搜查,发现在他众多的课本和参考资料的掩盖下,摊开放着《金蔷薇》。于是愤怒的我,大声斥责他。他不服,指着书上密密麻麻的眉批反驳我:"你自己不也认为这是一本很好的书?!"

这是一本好书不说,还是我进入文学的启蒙。可你明年就要考大学啊!等考上了再读也不迟。我心里这样想,但话出口时,却是道貌岸然的另一套。

《太原日报》 一九九六年七月三日

配　套

也许是因为计划经济的原因,国人特别讲究配套。比方哪一级干部配多大排气量的车;配不配秘书;配几个秘书。甚至于该吃什么标准的饭,住多大面积的房,都有明确的规定。换句话说,只要你的"官"够大,那"僚"就一定足够多。

可也有不配套的地方。一次我去看一个在著名的大学计算机系工作的朋友。在他的办公室里,我看到了装备着喷墨设备的传真机,带有录音设备的、可呼叫转移的电话,另外还有装有微软公司刚刚推出的"视窗95"软件、能上"信息高速公路"的IBM586。当然,所有这一切都接在一个低压配电盘上。而这个温州产的低压配电盘上,却压着一个板凳。

朋友是这样解释的:插销插进咱们国产的低压配电盘上,来不来就会自动往出跳,所以必须压上一个板凳。他接着给我讲了一个故事:"一次我正在算一道大题,突然停电了。于是备用电源就开始工作。我看备用电源的能量可以支持我把工作告一段落,而又嫌它工作时发出的'嘀嘀'声太吵,就把警报给关了。后来来电了,我就忘记把警报重新打开。可到第二天,我马上就要得出结果时,突然屏幕上的一切都凝结成一个点,一切都前功尽弃。原来是插销早就从配电盘中跳了出来,一直是备用电源在提供电力,而它顶多能工作一两个小时。从此我就给它压上了个板凳。"

他的故事我认为是中国工业的一种象征:导弹咱们会做,超导现象研究也走在世界前列。另外还有遗传工程之类的高级科技也都不弱。可就是做不好一个插销板。诸位别小看一个插销板,它和材料、加工工艺都有关。可你如果埋怨加工厂加工得不好,他们就会告诉你是他们的车床不行;你再去埋怨车床厂,他们就会告诉你是材料和母车床都不行。反正埋怨来埋怨去,最后是谁也不行。其实要让我来裁判,那就是基础工业不行,也就是"插销"和"低压配电盘"不行。

在参观完回驻地的出租汽车上,我听到电台的直播热线。播音员问听众:"'接天莲叶无穷碧,映日××别样红。'"听众说不知道。播音员启发道:"是一种植物。"这个听众胡乱猜道:"是向日葵吧?"我偷偷地笑起来:这位的素质也太差了,他就算不知道是"荷花",也应该知道起码应该是两个字,不该猜出个"向日葵"来。但接下来的就更可笑了。播音员教导所有的听众说:"我们要注意学习,法国的大哲学家培根说过:知识就是力量。"这次我几乎笑出声来:这话要么就是英国的培根说的,要么就不是培根说的。反正他两个里一定有一个是错的。

有先进的传播工具,就应该有优秀的播音员。播音员其实就是在一个很大的教室中讲课的老师。如果不配套,那真是误人子弟兼误人父母了。

《太原日报》 一九九六年七月十日

圆明园和动物园

少年时代,我是在北京清华园度过的。西出校门,就是著名的圆明园。当时圆明园的规模要比现在宏伟得多——八国联军烧毁了园子的建筑木质部分、抢劫了珠宝,但石质的柱子、狮子和雕塑是烧不掉的。但它们却逐渐被附近的居民、单位给蚕食了——在那里,可以捉到战斗力极强的蟋蟀不说,还可以捡到锈蚀的铜钱。在园子里玩着、玩着,我就长大了,慢慢地觉出它布局的巧妙和它苍凉的美。

苍凉绝对是一种高级的美。每当我傍晚在圆明园,它总给我以"西风残照,汉家陵阙"的感觉,完全不同于雕梁画栋、金碧辉煌的颐和园。

但去年,我带着孩子去圆明园,本想面对残山剩水,给他们讲讲民族史和抒发一下我当年情怀。可谁知它已面目全非。首先,它被绵延数十里的围墙给围了起来,成了一个公园,而不再是一个遗址了。其次,西洋楼被整的不伦不类;原来垂柳环绕的湖泊周围,而今是一条宽阔的马路。周边跑着汽车,湖面上奔驰着摩托艇。最不能容忍的是从园子中新建的饭店里传出来的卡拉OK的响遏行云的音响。

我扭头就带着孩子出了园:谁能想象在古希腊的遗址之间戳起一个百货大楼呢?当然,要读懂遗址和废墟的美,需要相当的文化知识。可"皮之不存,毛将焉附"?现在的报章,对掠夺性的捕捞鱼类、开采矿产,曾猛烈抨击。可浪费文化资源,却引不起人们的重视。可它们和动物、矿物同属不可再生之列。

圆明园既然被否,我们就去了动物园。可这里的一切,同样的令人难受:老虎像绵羊一样地卧着,豹子像只懒猫,孔雀则像只秃鸡。爬行动物馆的味道更让人退避三舍。猴山倒还热闹:"下海"的猴子,不停地向人作揖,并且很能嗅出谁个有好东西,从此专攻你。

最让人尴尬的是,孩子指着动物说明牌上的字问我:"为什么除去说动物的品种、产地、习性外,就是说它的皮可以干什么,骨头可以干什么,肉可不可以吃。它们是不是生来就是为人服务的?"

这问题确实让我很难回答:人用直升机猎鹿,用大吨位、装备声纳的高速渔船捕鱼,使得它们几乎没有逃生的可能。为什么呢?就是因为人类是站在食肉类链条的最高一环上。但吃着、吃着,不但天鹅难得见到,就是麻雀、狍子也不多了。至于鱼,在城市附近的湖泊中,如果能捕捞到的,大小也只和手指仿佛……的确,现在有了各种保护野生动物的法规,但要使池塘里游戏着鱼,使广场上落满鸽子,就必须从孩子们身上做起:法的意识之建立,除去宣传外,更重要的是潜移默化。西方谚语所谓的"三代培养一个贵族",大概就是这个道理。

《太原日报》 一九九六年七月三十一日

教育原来在清华

小　引

报载:冰心女士让其丈夫吴文藻先生去买"萨其玛"和"乔其纱"。结果吴文藻先生到店铺中说的却是"马香丁"和"羽毛纱"。幸亏店铺里的人和冰心女士很熟,打电话来问,才没出错。冰心女士在之后一次清华大学的校长梅贻琦来家时,写了一首宝塔诗,讽刺梅和也是清华毕业的丈夫吴文藻。诗云:

马
香丁
羽毛纱
样样都差
傻姑爷到家
说起来真笑话
教育原来在清华

梅贻琦校长看了之后,笑了笑,在诗的后面又加了两句:

冰心女士眼力太差
书呆子怎配得交际花

冰心女工在文章的最后写道：和梅贻琦校长开这样的玩笑，真有点作茧自缚的味道。

我写的文章，和冰心女士没多大关系，因喜欢她诗中的一句，借来作题目。

文中所写之事，若非亲历，便是听当事人本人或和他非常亲近的人说的。为了方便起见，涉及的人，我都用英文字母代表：有多少个历史学家，就有多少种版本的历史。更何况我既非"学家"，更不懂历史。这样做起码可以逃避责任。

之一

我出生在北京清华园，并在那度过了美好的童年和少年。那里的一切，我至今无法忘怀。加之我今生已无受正规大学教育的可能，所以用山西评论家谢泳的话说，我有着浓郁的"大学情结"。

这化不开的"情结"，使我每到一地，总要看看当地的大学。北大、北师大就不要说了，南开、复旦、交大等，我都去过。别的不好评估，起码就面积论，没有一家能达到清华一半的。深圳大学虽然不小，也豪华、洋气，但它"树小墙新画不古"，文化氛围也没法和清华比。用梁实秋的话讲：你能盖得起房子，但你没法用几年的时间养出苔来。记得我作为"文革"后的第一批工农兵学员，来到山西省电力学校时，我的头一印象就是它怎么这么小？顶多等于清华一个角落。后来我才知道：一个外地的中专和世界著名的学府之间，根本就没有可比性。

北大（我这里指的是解放后的北京大学，也就是以前的燕京大学）因为是近邻，所以我经常光顾。和清华比，它的面积小不说，建筑形式也比较单一：几乎全是古式或仿古式建筑。而清华则像一个建筑的万国博览会：有在清朝原本是王府的工字厅;有古色古香的闻厅(为了纪念诗人闻一多而改成这名的。原名是什么我不知道);还有日式建筑照澜院、北院。还有我说不清是什么样式的土木馆:从它的柱子、窗户、地板等物上分析,它应该是西洋建筑,可它的名字却是清朝大学士那桐题写的。著名的"二校门"也是同理。当然,它的科学馆、气象台、图书馆,都是典型的西洋建筑。

与建筑配套的还有人文景观:到上班时分,街道上走的有长髯飘洒,用蓝布包讲义的老学究;也有西装革履,拎真皮包的洋派人物;更有曾救助过革命人士的美国人温特;被十月革命赶出来的白俄安德烈:他在中苏友好的高潮中,很是吃香,因为学校规定,凡是副教授以上的人,俄语必须过关。安德烈的体重最少也在三百斤以上,他到学校的礼堂看节目时,必须把大门开大不说,还要给他搬一把特制的椅子。他喝啤酒也是一绝:每天一箱。而且八点坐到凉台上,用不了十二点就能喝完。

建筑中最值得一提的是体育馆。这是北京最早的体育馆,其中有据说是全国第一个室内游泳池,当年毛主席曾经在这里学习过"标准游泳"。从上小学时起,我就天天逗留在此地,先是看足球、体操、击剑,后来专看篮球:清华大学篮球队,是全国甲级队。它的队员基本上是动力系的(据说动力系的功课相对别的系要简单一些,把队员们安排在此,可让他们有更多的精力练球)。"文革"后期,这些队员们被一股脑儿分配到武汉锅炉厂,随之就代表厂队,把武汉、湖北队统统打败,跟着就作为湖北队的基础,到北京参加甲级队联赛。看着、看着,我们几个少年同好,不禁技痒,也想玩玩。但我们都没有球——因为功课不好,所以谁家也不给我们买球。父亲曾慷慨应允:只要我门门功课都及格,就给我买一个最好的篮球。因为球的诱惑,我在他的监督下,也忍辱负重地学了些日子。可他这个麻省理工学院的博士,也没能给我开了窍。但他们仍然执迷不悟,坚信如果没有球,我们就会把精力投放在学习上。殊不知这其中根本没有逻辑联系……于是趁某个球从众多练习投篮的队员的手中滚到我们脚下的机会,把它坐到屁股底下,然后再掏出早已准备好了的气针,把球里的气一点、一点的撒掉,再藏进衣服里盗走。

但有了球,不等于有场地:体育馆里根本不让我们这些孩子打,就场外面好一些的场地,也都被校队给占了。差一些的场地,也顶多能打到下午五点,因为到这会儿,大学生们就都到操场上锻炼来了:曾经以"华北之大,放不下一张平静的书桌"而掀起"一二·九"运动的蒋南翔,在解放后当了校长后,又说了句名言:赶也要把学生们赶到操场上去。而且他以身作则,每天都在新林院的操场上跑步,一跑就是二十圈。当然,他并不是像王军霞那样奔跑,只是比走快一些罢了。但作为高等教育部的部长、清华的校长、六级干部,这样做已经很不容易。他认为如果身体不好,一切都无从谈起。在他的号召下,一到下午四点之后,学校所有的场地都被大学生们给霸占了。

气得我们都发狠誓将来要到这来上学,别的不为,就为了痛痛快快打篮球。而这个梦,至今未能圆:"文革"前,我们是少年,到了"文革"结束,我们已经成了拖家带口的中年人了,真可谓"两世不遇"。当然,如果让我考,我也未必能考上:能到清华上学的,最少也是地、市一级的状元之类。我一度曾经把希望寄托在孩子身上,但以其目前的程度来看,实现的可能不大。

"文革"一来,一切都乱了套。体育馆也彻底开放了。记得在一九六七、一九六八两年,我几乎每天都在体育馆打球,并且在那拥有一个衣箱。而这原本是清华体育代表队中,一级运动员以上的队员才有的待遇:清华的运动队中,以篮球为最,其中有国家健将五个。田径队也有若干健将。而自行车运动员张立华,曾经把一百米、二百米两项全国纪录保持多年。

我们在前馆打了球,再到后面的体操馆摔会儿跤,练练单杠。最后再到中馆,也就是游泳馆,游上一游,也就等于把澡给洗了。

关于游泳,这里有一个非常有意思的插曲:一到冬天,我们就到清华西门附近的室外游泳池滑冰,那儿长一百米,宽五十米,滑起来非常畅快。但这个游泳池和朱自清取材写《荷塘月色》的荷花池相通,所以入口处总是不冻的。春节前的一天,我们滑得正在兴头上,来了一位女士,她脱下军大衣,身着"三点式"往里一跳,就以爬、仰、蛙、蝶四种姿势游了起来。我们滑过去一看,发现是卡玛。此人是一个和中国革命有特殊感情,并写了若干本歌颂中国革命的厚书的美国人的女儿。其父每次来中国,政府都铺开"红地毯"待遇之。他奉中国革命为神明,把女儿也送到这来读书。她的功课并不出色——文化不同,出色不了——但因人种关系,体育甚是杰出。在北京市中学生运动会上出尽风头。我们几个一合计,认为她这是向我们示威,必须严厉还击。于是我们都脱了衣服,纵身跳进水里。一进水,我就知道什么是"刺骨"了,身体立刻紧缩成最小面积。再过四十米,我就觉得头皮发麻,眼睛发疼。可再过四十米,就一切如常了。我们和卡玛比着干,一直游到她走。这样做的后果是不言而喻的:高烧不退的我,整整卧床一个星期。

因为体育馆的前馆的二楼有一自行车跑道,每圈八十码,跑完二十二圈正好一英里。所以我们也喜欢这项运动。我们进行自行车比赛,通常是从清华到香山一个来回。"殿军"负责给大家买汽水和啤酒。这个做法是从清华大学体育教研组主任马约翰教授那里学来的。马约翰教授是中国最早的留学生之一,二十年代就从美国圣约翰大学毕业,属于中国体育界的元老。他一过生日,贺龙、荣高棠、蒋南翔都要亲自前往祝寿。他的身体特别的棒,虽说当时已经是七十高龄,但风雨无阻,每天早晨都骑自行车到一趟香山不说,而且一年四季穿短裤衬衫,并打一个蝴蝶形的领结。即使在数九寒冬,也顶多加件毛背心。他的中文表达能力不特别好,所以在我上清华附小时,他莅临运动会作指导发言时,总是说:"锻炼!锻炼!还是锻炼!"

据不完全统计,清华——香山越野赛,我们起码进行了十多次。一次我从著名建筑学家梁思成的儿子处——非"新月派"女神林徽因所生,而是梁先生第二个太太带过来的——借来一辆"三枪"牌自行车。这是一辆真正的"三枪",据机械专家庄前鼎教授讲,一次大战完了之后,剩余的做枪管的材料,被一个自行车商给买走,做了车。因三脚架的关系,故名"三枪"。这车确实好,骑起来就和摩托车差不多。所以我一路春风得意,领先其余的人二十分钟。到了我们通常集合的新林院后,我开始大吹特吹我的车技。一直吹到所有的人都反对我。正好这时,马路上在挖防空洞。而清华邮局的邮递员老赵,骑着车从挖开的沟上架着的一棵直径约三十公分的树干上流畅地过去,并向我们挥手致意。于是大家决议:如果我也能从上面骑过去,就同意任命我为首席骑士。要说老赵的车技,我确实服:我家大门前,有二级花岗石砌的凉台,他每次送报来,从不下车,手一提把,屁股一夹后座,就上了台阶:这手我学了多次,都没能学会。可牛皮既然吹出去,是收不回来的。只好硬着头皮往过骑。但没有实力就心虚,而心虚就维持不了车速,车行一半,我就掉进最少有五米深的防空洞。而且是我先下、车后下。

击剑我们也常玩,主要是受电影"三剑客"的影响。我们很快就弄清剑分三种:轻剑、重剑、花式剑。其中轻剑只能刺,不能砍;重剑只能劈砍而不能刺;而花式剑则又能砍又能刺。我最佩服的是当年全国高校的重剑冠军许恭生。他的动作现在想起来,真的和佐罗差不多,既利索又美。而且一气呵成。"文革"开始后,他加入了蒯大富为首的"井冈山"派。当"井冈山"和"四一四"派发生武斗时,许恭生总是担当主力前锋。当时的武斗,因为是冷兵器,所以我们常去观看:两军对垒,个个都身披飞机铝作的盔甲,手挺长矛。但你来我往,并没什么伤亡。

但武斗和所有的战争一样,是会升级的。一九六七年五月的一天,"井冈山"企图攻占"四一四"占领的东区浴室。这个浴室虽只是座三层小楼,但屡攻不下。这时许恭生出现了:他穿着盔甲,但没戴头盔。手中的长矛也和其他人的不一样,别人的都是两米来长,装着矛头,有的还配有红穗。而他的是根一米来长的钢管,顶部沿三十度斜角锯开,锋利其极。底部则是一个自制的护手。他趴在清华唯一一辆可以自动升降的救火车梯子的顶部。

我亲眼见梯子慢慢地升向严阵以待的三楼。等离楼顶还差一米多时,许恭生一跃而起,拨开对方的长矛,劈面一刺,就把一个人给挑下楼来。接着又是一个,然后再一个。这下子,"四一四"的防线崩溃了。

许恭生等人正在庆祝,"四一四"把清华实验室中的一辆供研究用的坦克给开了出来。这坦克虽然没有炮弹。但"火力"并不弱:它用若干条自行车的内胎,作弹射动力,射的是一兜子直径有四五毫米的螺帽。后面跟着许多"步兵"。许恭生见状赶紧戴上了头盔。但还没有交锋,许恭生就被一霰弹击中了膝盖。于是他不由自主地跪了下来。站在坦克上的一个人,用长矛挑起头盔一看,发现是他,不禁怒火中烧,照着脸的中心,就给他来了一矛。后来的"步兵",也恨透了这个"井冈山"的战斗英雄,上来你一下,我一下,把他捅成了蜂窝。

据说他和"井冈山"的头领蒯大富、任传仲都是挚友。闻他死讯,任传仲赋诗一首,其中有句云"洒向井冈都是血,更著泪和恨"——任是水利系的学生,颇有文采。我一熟人,在《井冈山报》工作,一次要写一篇关于著名的"井冈山"三乐团的文章,但想不出一个题目能概括。这时任正好来了。他略一思索就说道:五二灯塔照寰宇,三军豪情风雷激。大家都说巧妙:因为这三个乐团分别叫"五二""三军"和"风雷激"——然后,两个人共同签署命令:动用火器。

从这一天起,血腥完全洗尽书香,我们再也不敢去看了。

读者也许会说:除去最后一段,你说来说去都是玩。这样做是因为我有一个很多人都不同意的理论:人是从猴子变来的,天生就喜欢玩。而学习一事,属后天。如果老让他坐着,他就算不得高血压、心脏病,最少也会得腰椎、颈椎方面的病。再往深里说:工作是必须做的事,而玩是喜欢做的事。如果一个人能把工作做到玩的地步——清华园中有许多毕生以读书为乐的人物,容后文再表——或把玩当成工作,比方聂卫平。那就是极境。

之二

我家所住的新林院是典型的美国式建筑,大大小小大约有三十多幢。它们的式样各异,间隔辽阔,每家都有一个大约两百平方的院子。但它没有祁县乔家大院那样弥漫着浓重的"以邻为壑"味道儿的高墙,而是象征性的松墙。

它始建于抗日战争前,完工于清华复原之后。只分配给从国外回来的教授。

我近日闲看《清华大学史料选编》，见当时清华的校长梅贻琦亲自分配新林院住宅。可惜没查到分配给父亲的线索。线索虽然没有，但我出生在这里是毫无疑问的。

因为是教授区，所以很多的科学、文化名人都在这里住过。其中有周培源、梁思成、潘光旦、金岳霖等。据说傅雷也在这儿住过，但那肯定是在我记事之前。

新林院的房子都很高大，屋顶是斜坡形的，铺的都是青石板。小时候我常常偷偷上房卸下几块分给同学们当练习写字的石板用。它的地板也不像现在那样偷工减料，而是先用方木打上龙骨，然后再铺二十公分宽，三米长的木板。它所用的砖质地也好，用刀"篆刻"起来相当费力——我这是相对于校园里那些一九五八年后的建筑群而言的。

既然生在此，长在此，朋友自然在此。

我最好的朋友当数T。我们从小一起长大，"仗"没少打，据不完全统计，也有千余架次。当然好吃的、好玩的，也没少共享。

他爹老T教授出身于一个名门望族，和当时政协内部发行的《文史资料》民国部分中的不少人，都有这样和那样的联系。他家的保姆就有两个，男的叫老董，女的叫董妈。他们是夫妇。早年在T的母亲家干，后来作为"陪嫁"跟了过来。用马克思的话讲：雇佣劳动一定存在雇佣思想。但老董和董妈要不是例外，要不就是我当时的年纪太小，看不出来。反正他们待老T、小T绝对和一家人没区别。直到"文革"抄家开始后，他们仍然在T宅工作。最后老T连工资也给他们开不了，他们不走不说，还拿出自己的钱来补贴家用。直到老T教授的住房面积被大大地压缩，再也容纳不下他们后，才被迫回到京东老家。但时不时地总要提些新鲜的瓜果蔬菜来看看。一次老董还送我一本没皮的古书，依稀记得上面有"万里江天漂玉带，一轮明月滚金球"的诗句，估计应该是《乾隆诗集》之类的。

小时候我和T在一个幼儿园，上了小学又在一个班。但一到五六年级，我和他的分别就看出来了：T是老师非常喜欢的学生，功课好不说，还很有组织能力。所以先是中队长,然后是大队委、大队长。而不喜欢念书的我,每到星期六,总要被老师留下来。以至于后来在这天,大哥下班后直接就去附小接我:不接老师是不让走的。所以在考中学时,他的通知书早早就来了,而且是著名的清华附中。看他的一来,我多少也有些着急,每天盼望着我的通知书。父亲看着我的样子,不紧不慢地说:"有些东西是想不来的。"我想想也是:语文考试,我一上来就跑了题,把个《我的家庭》当成《我的父亲》写了,直到快结束时才发现,但这时已是"改也难"了,只好在结尾添上一句,"写的虽然只是父亲,但我父亲是我们一家人的代表"。至于数学,用现在我儿子常说的话讲,叫"会的都做了,不知道对不对"。换句话说,就是有不会的,有不对的。你说那能考上什么好学校?但当时北京已经普及了九年制义务教育,所以最后我的通知书也来了,是清华南门外的清华园中学。

清华园中学是刚刚成立两年的学校,主要生源来自于清华旁边的蓝旗营。蓝旗营是原来八旗中的"正蓝旗"居住之地,他们古风尚存,所以子弟们大多认为读书是别人的事,而他们则专攻武术、摔跤、花鸟鱼虫。因而我们入学时招收了八个班,但开学就是十个班:从上一届留级留下整整两个班来。

这样一来,给我以很大的刺激。所以我开始发奋念书。人就怕发奋,再说中学的功课又不是科学创造,所以一年之后,我就和T在"学术"上并驾齐驱了。甚至在"文"的方面还略胜他一筹。我至今都有这样一个观念:理工科适于那些认真、刻苦、创造欲不强的人学习——我当然指的不是那些能创造发明的科学家——因为它需要的是训练和格式,另外还要揣摩出题者的意思:一道题目,尤其是考试题,它的解题途径几乎是唯一的,如果你离经叛道,十有八九要倒霉。而文科,尤其是艺术类,很适于那些思想活泼,天马行空类的人学:假设你写泰山的风景,如果写的和杨朔的一样,那肯定会来个不及格。齐白石说,"似我者死"就是这个道理。再举一例:清华大学之所以出如此之多的高级官员,北大之所以出那么多的思想家,大概就是我刚才说的道理。

但父亲却似乎不太鼓励我在文的方面发展。他说:"如果一个人具备一般的工程知识,就能找到职业,对社会也就有了贡献。而有一般的文史知识,是不能作为谋生的手段的。"他还告诉我:"一个文学家,除去在学校里学外,主要靠个人的经历和见闻。鲁迅说的'莫作空头文学家'就是这个道理。"

但对十四五岁的我来说,"职业""谋生"之类的话一点威慑力也没有。我还是按照自己的兴趣来:我是家里最小的孩子,在我记事时,大哥已经在清华任教,二哥也已经是中尉军官了。这是因为父亲在美国待了很多年,母亲没去的缘故。而最小的孩子,往往是最有个性的:个性总是和溺爱共生。

我自己仍然按照自己的路数来,在家里拼命找文学书读。家父的书很多,从美国回来时,就有八个大箱子。后来他陆续又买了不少。记得母亲说,从前在胜因院住时,清华的房管人员专门来找过,说是不能把书房安排在楼上,怕承受不了。可这些书多是洋装的工程书,很少文史方面的。但少归少,我还是依次把《燕山夜话》《红旗谱》《播火记》《草原烽火》和四大名著等等都读了。甚至《鲁迅全集》和《梅兰芳舞台生活四十年》等也似懂非懂地读了一些。

顺便说一句,我至今记得父亲很喜欢《燕山夜话》,每天的《北京晚报》来了,他都要先读。一次他和老T教授讨论,说《燕山夜话》中的文章很少见。老T说以前可不少见,某某、某某都能写这样的文章。可惜他们都跑到海外去了。听见这话,父亲立刻打住,不再说了。

要说老T教授和父亲,虽是电学专家,但彼此风格却绝不相同。

父亲来自浙江农村。在他读罢完小后,他的继父(其实是他的叔叔,因为膝下无子,就把父亲要了过去)就不再让他继续求学了。而是让他在家里帮助记账——我由此推想,他的继父肯定是一个小地主,如果是穷人,那就没账可记。而小地主是最没文化的:如果是大地主,他的钱超过了生存所必需,多下来的就可能用到文化上,起码也要附庸风雅一下。如果是穷人,他就会穷则思变,没条件则罢,有条件一定会让子弟去读书。最怕的就是小康人家——后来他把积攒下来的零花钱(其主要是拜年钱)统统放进一个只能进不能出的竹筒子里,等估计到了一定的数量,就劈开竹筒子,跑到梅城去考师范。这样做的原因,是因为师范不要学费。

他曾经跟我说过,当时他能考上主要是因为他的数学好,而他的国文,则因为长期不写作,用毛笔字都写不到格子里去了。等他师范毕业后,又教了三年的书,才再去考上海的交通大学。后来他到清华任教,再后来到美国的麻省理工学院读博士。

这里有个插曲:父亲得了博士回来后,去老家看望我的亲爷爷。爷爷在老家的经济地位虽然不高,但文化地位还是可以的:他能写相当漂亮的毛笔字,并且会双手打算盘。儿子从美国归来,他亲自去车站接。但接到之后,上来就用《九章算数》中的题目考父亲。父亲笑着有问必答,最后一直把爷爷的难题"淘"干净。他后来对跟着他上学的二哥说:"美国的教员就是了得,我多年自己研修来的题目,你爸爸一个钟点就解完了。"他处于科学的闭塞地,根本不知道算数中的难题,对于研究过泛函分析、高等数学的人来说,是小菜一碟。这个场景在我的脑海中盘旋多年:一个穿长衫的老人,和自己西装革履的儿子,在江南水乡的石板路上,边走边谈论数学。这是一个多么有意思的场景啊!多年来我总想把它放进我的某篇小说中,可总没找到合适的地方。

如此经历,注定父亲是一个聪明、勤奋、本分的人。据父亲一个在上海交通大学的同学说,父亲做难题在学校里是有名的。这一点我曾充分领教过:我如果问他一道数学题,他从来不要书,也不要纸和笔,直接就和你说"角 A 等于角 B""线段 C 等于线段 D"之类的。就是当时上高中的姐姐问他立体几何题,他也能空口道来。这说明他的空间能力和逻辑极强。讲个笑话:我的儿子在上初中时,一次也问我一道几何题。正在看报的我,想起当年父亲的风范,就让他说。他把题给我念了两遍,我仍然在头脑里组织不起来。最后只好说:"去把书拿来。"他把书拿来后,我看了好一阵,仍然理不清头绪,于是再说:"你把纸和笔拿来。"一切具备后,我一通演算,才算解出来。儿子在收拾战场时说:"以后你千万不敢再学爷爷了!"

然而"本分",使得父亲成为一个好教授,而不会是一个杰出的科学家。这一点从清华的校史资料和父亲学生们的谈话和纪念文章中都可以看出。

而老T教授自己出身于名门不说,T夫人也是大家闺秀:据说她的娘家是京汉铁路的大股东。所以他从来就不用为"稻粱谋"——徽商当年和晋商在财富方面齐名,可能晋商还要好一些,因为他们曾号称"海内最富"。但山西却很少出著名文人,而安徽却不少。这恐怕和当年徽商家族的安排有关:如果有两个儿子,总是一个经商,一个读书——据母亲后来说,父亲从美国回来时,正是"教授,教授,越教越瘦"的年代,每次发工资,都要去排队。就是人有课不能去,图章也要去排队,因为如果晚一会儿,米就要涨价。有时家里的钱接不上了,父亲就拿从美国带回的美元,去和老T教授兑换。

人只有在经济无虞的情况下,才能放开想象,认真进行学术研究。这我在插队时有切身体会:到了村里一个星期后,我们的"旅游感"就丧失殆尽。于是我们开始自发地学习。可晚上学不到九点,肚子就开始饿了。这时什么数理化、文史哲,完全失去支撑,整个脑袋都被硕大无比的饥饿感盘踞着。

老T有此条件,所以全面发展。他喜欢古董,所以墙壁上挂满了古今名人字画,柜子里也都是古香古色的盘子、罐子、炉子。别的我不敢说,玩古董这一道,必须拿钱学。其中的道理就和一个人光凭看食谱成不了美食家一样。老T喜欢音乐,所以出什么唱片就买什么唱片,就是唱机和与之配套的收音机,也是什么新潮买什么。他喜欢打网球,有很全的网球行头。并且是积极的组织者。

与之相比,父亲就差了。他喜欢艺术,最喜欢的是京剧。如果有名角来学校演出的话,他是场场不落。但他就不会像老T那样,在来了津沪的名角儿,花大价钱,坐出租车去城里看。他也会打网球,可打了没多久就不打了。据姐姐说,是因为母亲嫌每个月三十块钱的球费太高了:当时的三十块钱,和一个普通工人的工资差不多。他会弹钢琴。在师范学校,音体美是必修课。但他无论姐姐怎么说,也不肯给她买一台钢琴。当然,所有这一切,都和他的收入没多大关系:作为教授,他一个月的工资有三百元,这在当时几乎可以说想买什么就买什么。他之所以如此,主要原因是他内心深处的未雨绸缪的小农思想作怪。

我所谓的小农思想,就是总为将来发愁,总为将来积蓄的思想。也就是把今天的钱放到明天去花。而我个人以为真正的现代思想,是应该把明天的钱拿到今天来花。起码也应该把今天的钱在今天花掉。换句话说,花钱是件对社会有益的事;如果人人都把钱积攒起来不花,那么流通无法进行。生产也会因之萎缩。大约在十多年前,我曾经和一个大生意人长时间地谈话,他说的别的我都忘记了,唯独"借钱是收入,还钱才是支出"深深铭刻在我的心里。细想一下,国家的财政出现赤字,不总是拿发行公债来弥补吗?从本质上说,债务就是明天可能赚到的钱。

父亲在一次全国性的会议中遇到一位著名的画家 P。P 先生是他的浙江小同乡,在国外时就认识。于是父亲就让 P 先生给他作张画。P 先生很爽快地就答应了。等到会议结束那天,父亲把放在纸筒里的画拿回家时,还搞了点小情趣:不让拆,而让大家猜。我猜是一只大老虎,姐姐说是风景,而父亲说是毛主席诗词写意。等到饭后一拆,大家都失望了。画的是两只小鸡,其中一只涂墨,一只白描。上款是送给某某,下款是 P 先生的署名。另外还有两个图章,分别盖右下角和左下角。其中一枚是 P 先生的名章,另一枚是"不雕"两字,想来是 P 先生谦虚地说自己是"朽木不可雕"也。父亲沉默了好半天后,才叫我们拿去裱一裱。我说这破画有什么裱头?父亲说 P 先生过几天要来家,不裱不好。

次日我拿着画到老 T 家约小 T 和我一起进城去"荣宝斋"。老 T 趁机把画拿过去看。他一看就连声称赞道:"好画!好画!"我却认为他是被 P 先生的名头给镇住了。他连声"非然也"后,就给我讲开道理了:"这画首先好在布局上:别看只有一黑一白两只小鸡,但它们却占据了最好的位置,你想填点什么,也填不上去。只有小孩子画蜡笔画才把画面涂得满满的。"我看看想想,确实不太好添加什么。老 T 接着讲:"其次是色彩:就因为这两方图章,整个画面顿生五彩。姑且不说其篆刻的功夫和力量。"

老 T 的话我将信将疑,因为他毕竟不是艺术家。但到了"荣宝斋",那里收货的老先生一看也连声称赞。说完此乃 P 先生的拿手画后,又指着父亲的名字问和 P 先生是什么关系?然后再问这画卖不卖?明白了价值的我,坦率地告诉老先生:"这是为友情而作,当然是非卖品。"

回家后,我把老T和"荣宝斋"那老先生的话都对父亲讲了。父亲一副茅塞顿开的样子。

后来我多次见父亲指着墙上的画给客人讲其中的奥妙。尤其难能可贵的是,他老人家从来不曾略掉老T和那老先生这两情节——如果这素材要让我来处理,我一定会先让客人发表评论。估计他们的看法不会比我当时高多少。等他们说完,我就把老T和那老先生的理论和评论当成自己的发现说出来,狠狠地轰炸他们一阵。这样无疑会大大提高我在朋友圈中的艺术地位。

老T的风度也和父亲截然不同。父亲总是衣着整齐,穿中山装的时候,总要把风纪扣扣好;偶尔因应酬外国人,需要穿西装时,总要考虑整体效应,领带、衬衫、皮鞋无一不照顾到。而老T则随随便便地穿衣,我多次见他穿着运动衣就去上班。天气热时,他在家就光膀子,脖子系条毛巾。他的皮鞋也格外地不讲究,而且通常就穿一双翻毛皮鞋。前几年我见到他时,他仍然穿着翻毛皮鞋,我开玩笑地对他老人家说:"您以后碰到这种鞋可得多买几双,要不然很可能再也买不到了。"

老T也喜欢和人开玩笑,就是对我们这些小孩子也不例外。记得我小时候不喜欢理发。他一见我的面,就管我叫"钟小妹",并拿起耙子要给我梳头。如果遇到我和小T打架后,他总要把我们叫到一起,先说说经过,然后分析我们两个打架招数之高低,最后拿出些糖果让我们一吃了事。而父亲却不苟言笑得厉害。用我家的保姆张妈妈的话说:"我在你家已经干了十来年,可钟先生从来没和我正式说过一句话。"

在六十年代初的困难时期,蒋南翔校长号召大家在自己的房前屋后种些能吃的东西。父亲于是种了老玉米和南瓜、豆荚之类的菜蔬。而老T则买了一公一母两只奶羊和很多养羊的书,并经常到父亲处来宣讲一斤羊奶等于多少粮食之类的公式。但父亲总是笑着对他说:"你首先要把它们养活才行,然后你得提供给它们足够的饲料,最后它们才可能产奶。"另外父亲也指出:"你如果为了出奶,就应该买两只母的才对。不应该一公一母。"老T大概也察觉到自己的错误,但他不肯承认,说是:"没有公的,母的不生小羊,也就不能产奶。再说也不人道。"父亲继续揭露他的错误:"照你的论点,你买一百只羊的话,应该是五十只公的,五十只母的才对?"老T不由自主地点了点头。父亲大笑一阵后说:"那你非得赔死不可:羊的社会可不是像人一样是一夫一妻的。"

老T终于明白了自己这事的错误,于是他检讨了一阵后说:"北大生物系的某某教授你认识不认识?"父亲说在西南联大时曾经住得不远,但不熟。老T说:"他在一九五一年到一九五二年期间,曾经专门给兔子喝牛奶,研究牛奶对兔毛生长的影响。最后写成文章,在一份有国际影响的刊物上发表。可到了'三反'、'五反',兔子的饲养员自己交代:所有的牛奶,他都没给兔子喝,而是自己喝了。"父亲也跟着笑了起来。

老T的羊最后被他养的奄奄一息时,送给了清华旁边的东升人民公社。

老T对我的文史爱好还是很支持的。当时他的家里就订着《收获》《人民文学》《新体育》和另外许多我看不懂的刊物。每次前两种来,他都让我先睹为快。为此,我常常一个通宵不睡。某次我曾对老T诉说父亲"一般的工程技术人员就有用,而一般的文史人员对社会无用"说时,老T说:"你爸爸说的话从某种意义上说也是对的。但只是问题的一个方面。另外一个方面是:不管它有用没用,自己觉得自己有文化总是一件愉快的事。"

记得在实行理工分校时,老T就提出了不同的意见。他说:"理和工是不能分开的,就像电子管被物理学家们研究出来,最后被工程师们完善。但完善到最后,它即使再完善也意义不大时,就需要物理学家们再次从根本上推翻电子管,从而提出半导体晶体管。如果把理和工分开,物理学家们将再也找不到素材,而工程师们将没有方向。"他还讲到哲学:"工程学着学着越来越像物理,而物理学着学着就越来越像哲学。所以清华也应该保留文科。"

他的这些意见,作为系主任的父亲,都没有给他往上报。因为把清华建成"红色工程摇篮"的大政方针早已经内定了。现在回想一下,如果上报的话,老T

很可能成为右派。而这顶帽子往头上一戴,不能说万劫不复,再复也得过二十年。再往深里说:首先要"言者无罪",方才会有"知无不言"的局面。

老T的这些看法,目前看起来是对的不能再对了:现在的清华不光成立了物理系,也成立了中文系、经济管理学院等。当然,现在的和以前的不能比:没有大师,更没有原来清华文学院的四大导师。但有总比没有强:在前几十多年,它培养出来的学生,尽管在工程方面出类拔萃,但我个人觉得多少有些畸形:教育毕竟不是训练某种专业技能,而是文化和完善人性。

总而言之,老T给我以很大的帮助。前年我见到老T时,他虽然已经八十高龄,但依然精神抖擞。据他说,每个星期,他都要骑车去趟北京图书馆。目的无非是两个:一是看看在电气工程方面有没有新的资料,二是看看有没有新的武侠小说。并帮助我想出了若干个新小说的方案。

他就是这样一个人,在最精确、最现实的世界,和最虚构、最浪漫的世界里,都能入上手。

之三

从我记事起,我家所住新林院,当属五十年代中期最安静的住宅区。以至于夏天的中午只有蝉鸣,冬天的夜里只有大雪压断树枝的"咔、咔"声。不过文献说,清华从西南联大复原回来,新林院建成伊始,也很安静。当时的校长梅贻琦为了照顾生病的梁思成夫人、著名的建筑学家、文学家林徽因女士,特地在他们家的门前立了一块碑,让行人保持肃静。但这非我亲历,不好写的。

那时候金岳霖还住在这里,可我根本不知道他是什么逻辑学家,只知道他家的厨师会做西餐。因为他孤身一人,有时点心烤多了,吃不了,厨师就会悄悄地拿出来卖。当然,他不会大声吆喝,而是把后面门上的小窗户打开——他的这个创意,和现在沿街住户开窗当小卖部异曲同工。这时一些有口福的人,就会派保姆或孩子去买。我和几个小伙伴也常去,不过兜里没钱,只能闻味止馋。好在金宅厨师卖不完,就会把剩下的分给孩子们。但供给制造需求,是经济学(其实全部经济学,不过就是买与卖的关系而已。严格地说算不上是多大的学问)中不易的黄金定律。久而久之,我们就会向他要。遇到师傅高兴,自然也会给。后来父亲知道了此事,严格禁止不说,还很不仗义地通知了有关朋友的家长——现在我为人父,想想也是:孩子出去向别人要吃的,要给老爷子栽多大的面儿啊!

这里要插一段闲话:做教授的父亲,工资有三百元。这在当时几乎是天文数字。换个形象的比喻:我在清华工作的大哥、大嫂、二嫂和在军队工作的二哥的工资加在一起,也没有他一个人的多。现在的人常说:五十年代、六十年代的物价是如何便宜。但据我回忆,我们家的伙食也就是平常有肉吃,逢年过节有鸡和鱼而已。比现在中等人家的生活差远了。

平静的时期,就是教授们多产的时期——如今人们常说:艰难困苦,玉汝于成。或者说:乱世出英雄。我说这话都是狗屁:艰难困苦,在任何时候、对任何人都是灾难。否则根本不用办学校,制造些劫难不就行了?至于后者,还有些道理,但那个"英雄"是针对"治乱"的。如果无乱就根本不需要"治"——父亲在这个阶段就写了许多文章。其时的学人,并不像现在的人一样,动不动就建造个人色彩甚浓的庞大理论架构,写皇皇巨著。而是先写文章,然后文章攒多了,量变成质变,方成著作。以父亲为例,他凭生只著书一本《过渡过程分析》。但这本书,三十年后的今天,专家仍说尚有价值——要知道,科学书的三十年,等于文学书的三百年。

平静的时期,创造之余,自然会派生闲情逸致。父亲的爱好是桥牌和围棋。围棋的随机性要大得多,也就是说,来个棋友就行,棋力差也不怕。"杀屎棋以作乐"就是此理。而桥牌就不同了,必须力量相当、配合默契的四个人。因而每到星期六,父亲总要写张条子,分别派姐姐和我,去叫前文所讲的 T 和无线电专家孟昭英教授、水利学家黄万里教授。

他们分别住在新林院二十一号、七号和五号。一般他们只打两三个小时,然后研讨片刻就散。并不像现在好"方城"之战的主一样,一搓就是一夜,弄得第二天面色灰如浮油。

孟昭英教授有意思不说,学问也好。一九五五年就是中科院的院士(当时叫学部委员)。他好发明,并有专利。于是在桥牌中,也要发明自己的计算方法和信号体系。某次说到缘分,他曾讲了这样一个故事:一九三八年,他在昆明的西南联大,利用手头无线电元件组装了一个业余无线电台。波段属业余,功率也不过二十瓦特。他就是通过这个电台,用摩尔斯电码和世界上其他的无线电爱好者们"闲聊"。某次,他因事让著名学者任之恭先生替他管一段。任先生对摩尔斯电码不熟悉,叫出接线员后,就直接用传声器和檀香山的一位美国人谈话。这位美国人立刻辨认出他是中国人,同时把听筒递给他旁边的人。而这个人就是著名的语言学家赵元任博士。赵元任说他正在赴哈佛大学途中,住在一个朋友家里,朋友又把他带到现在这个爱好者家中。两人拉了会儿家常后才散。

这个故事我当然不能完全记忆,因为我那时还小。细节是哥哥们补充的。后来我在任之恭教授的《一位华裔物理学家的回忆录》中,也见到这段"千载难逢谈话"的记载。

水利学家黄万里教授是著名的桥牌手,有关他,我只知道他是民主人士黄炎培的儿子。某次,我曾见黄炎培老先生来儿子家。他身穿丝绸衣服,手中摇摆着很大的纸扇。大声用我听不懂的方言,说着什么。而他的"吉姆"汽车和两个警卫员就等在院子外。另外,我只知道黄万里教授能写很好的毛笔字和喜欢打太极拳。他每天下午都在后院里打,夏天光着膀子,练得胖胖的肚子上都是汗。后来我还知道他会写诗词,因为毛主席在一次最高国务会议上对黄炎培说:"你儿子写的词不错。"并引用了其中"笑儒冠自来多误"。

也许就因为和西方有太多的联系,也许就因为"笑儒冠自来多误"。两位教授门前贴满了白色的大字报,成了一对右派。牌摊也因之散了。

那时对右派的处理是很严厉的:教授会被撤销行政职务,降级别。学生则被开除学籍,送去劳改。

父亲之所以能躲过这场运动,我分析起码和三个因素有关。第一,他和刘仙洲、梁思成等一批高级知识分子一起,在一九五五年左右入了党。而这些党员教授,因为有约束,很少成为右派的。第二,他始终是"科学救国"论者,认为政治是另外一个专业。而人应该各司其职。第三,他的农村出身很大程度上局限了他的思想。尽管他十多岁就出来上学,并在国外多年,获得了博士学位。但人的基本世界观是在少年时奠定的。举个例子:北京不说实际操作的官员和应该"以天下为己任"的知识分子,就是出租车司机,议论起国事来,也头头是道,有框架,有细节。而县、乡一级的官员,除去绝少胸怀大志者,一般只会谈起"谁个上,谁个下,谁个和谁个是什么关系"之类的局部政治。再举例,老外练太极,中国人跳迪斯科,不管如何熟练,看上去也不是那个意思。换言之,这不是智商问题,而是缺乏熏陶、训练问题。

据哥哥讲,当时的《文汇报》一位很激进的记者,也来找过父亲。但父亲"顾左右而言它"。使他不得要领,只好走了。他走后父亲说:"共产党从江西到延安,再到北京,从血与火中夺取了天下,决不会拱手让人。'政治设计院'之类的,是行不通的。"他的见解之朴素、求实性,无疑来自农民。

我当然不是说来自农民有什么不好——谁会说自己父亲的坏话呢——也没有什么不好。我记得一个资深的政论作家判断总是很准。别人问门道,他说:"我总是以自己的心理来分析政治问题的。要知道,政治问题是由政治家们定的。而政治家们都是和咱们一样的人。"我插队时的一位老农民,说得就更实在了:"要想事情办得好,打个颠倒。"颠倒就是和对方换个位置去想。换个位置就什么都想清楚了。

但有人就不会。而且无论是人言还是事实都教不会。W教授就是一个好例子。

W教授"一二·九"运动时,就在清华参加了地下党。后来又到解放区工作。等到北京解放时,他就作为石景山发电厂的军代表接管这个几乎是北京最大的企业。但就在准备把他调到燃料部时,他忽发奇想,要到清华做学问。

依清华传统没有留过学的人是做不到教授的。父亲当年交通大学毕业后,受清华聘来教书。但怎么教也只是专任讲师,连副教授也当不上。后来他一生气,就到美国去了。其时清华流行"爬也要爬到美国去"、"美国的月亮也比中国的圆"等说法,绝对是经验之谈。就是时至今日,此说法也有道理:你我同是博士,但我是美国的,你是国产的。空出一个名额来,你说让谁上?

父亲读的是麻省理工学院。这是美国最好的理工学院,相当于美国的清华。而哈佛大学则相当于美国的北大。他一到,博士导师递给他一本《电工基础》让他好好读一读。他接过来一翻,就扔到一边去了。心说:这门课在中国教也教了好几遍了。漫说基本原理,就是习题的答案都历历在目。再后来,依我估计,他大概生玩了三年。或者顶多在这三年中,应博士资格要求,学了点德语和法语。桥牌是不是也在这会儿学的,我不得而知。

传统就是制度,W先生要想变成W教授,就得到某个地方去"镀金"。而"镀"得最好的"车间",就是苏联。于是他去了苏联的莫斯科动力学院。

莫斯科动力学院是苏联最好的工科学院,人才济济。但尽管苏联非常排斥西方的教育,比方无线电,西方说是马可尼发明的,苏联就说是俄军中尉波波夫。可说是说,科学的原理还是相通的,有清华的底子的W教授,学习无疑是一流的。像"温饱思淫欲"一样,一流的学生总有剩余精力,于是他开始研究起苏联的政治来了。他依照严格的马列主义原理,考察苏联社会,竟然得出一个"苏联目前已出现修正主义萌芽"的结论。

他是不会把结论放在心里的人。用毛泽东阶级分析的理论来解释,这显然和他的家庭出身有关。他的父亲是清朝时就派到德国学习海军的学生,归国后,是光绪皇帝座舰"龙镶号"的舰长。据说老W舰长也是个很有脾气的人。他在英国军舰上实习的时候,印度的水兵看不起华人,不服他这个见习军官的管教。他表面不吭声,而在那个印度水兵当班给军舰脱油漆处补漆时,假装没看见,故意把油漆筒给踢翻了。就这一踢,印度水兵整整收拾了一天。从此见了他老远就立正敬礼。清朝灭亡后,老W在国民党海军中做到少将,抗战时期去世。据W教授说,当时的排场极大,给佣人发工资时,大洋堆在八仙桌上,用饼干箱子搓。

我曾不以为然,以样板戏《智取威虎山》中,座山雕封杨子荣为"滨绥图佳保安第五旅上校团副"为例,说国民党又没有大校,所以少将不是多大的官。W教授当下就说:"海军少将不一样。"并说:"戴笠也是少将,但上将何应钦也让他三分。"

话虽这么说,老W有钱是无疑的。随W教授一起生活的"母亲"就是老W的三姨太。当然,W教授待她老人家很好,并无正庶之分,我们也不知道。只是在困难时期过后,母亲和一些教授夫人们,经常在W教授家打麻将。而赢的总是W教授的母亲。一次母亲和父亲说起此事时,父亲则让她不要再去送钱了。母亲问原因。父亲说:"她是姨太太出身,而姨太太的基本功就是喝酒不醉,打牌不输。"

有此背景W教授自然胆大,所以他就以一个共产党员的身份给中共中央写信。而当时正值中苏关系蜜月期。等信一批回来,W教授奉调回国。然后党籍就被开除。

好在W教授已经读完了副博士——这是苏联独有的一个学衔,相当于咱们的硕士——被安排在副教授的位置上。多年后,我和W教授论及此事说:"假设您当时不写这信,就应该是博士。"他很实事求是地说:"苏联的博士是很难当的。我们一起去的三百多人,只有某某当了博士。"我和这某某也很熟悉,就说他的学问也真好。W教授于是说:"学问好是一方面,另外他的老师是科斯琴珂也很重要。"苏联的科学名人,我只知道罗蒙诺索夫、萨哈罗夫等不多几人,故问科斯琴珂何许人也?W教授说是苏联科学院的院士。并讲:"苏联科学界的门户之见甚深,比方生物学界的李森科:学术练不过,就练政治。所以院士的学生考博士就要容易得多。"我听了说:"这不是和武林中人差不多了?而按说科学家应该是最实事求是的人。"W教授说:"你这'是人'一词可圈可点。他们是人。是人就有感情、有颜面。"

W教授的课讲得很生动。学生们也喜欢听。某个学生曾经对我说:"听W教授的课,就和听侯宝林的相声差不多。"我想:电学是无论如何也讲不成相声的,就和《资本论》改不成电视连续剧一样。要成相声,必须讲些人文方面的事。而人文的事,肯定会涉及政治。"儒以文乱法"就是此意。

如此作为,W教授在反右的时候,成了右倾。也就是"准右派"。在"文化大革命"时,他先是反动学术权威,接着就参加了说工农兵学员是"大学的文凭,中学的水平"的创造与传播。并生动地说:"正规教育是没什么可取代的,要是兔子能驾辕,谁还养活马?"再接着,于"反击右倾翻案风"中,又成为典型。用他的话讲,"我也奇怪,为什么每次运动,我自动就会跑到对立面去?"

可我就不奇怪。在8341派到清华当书记的迟群追查谣言最紧的一九七四年,一次在他家听他讲:"周恩来是抓物质的,而张春桥、姚文元是抓意识形态的。"他伸出大拇指外的四个指头继续说:"这四个要为主,那虽然是一个,但是占手之功能一半的大拇指。矛盾不可避免。"说到这,W太太在里屋咳嗽了一声,但他置若罔闻。于是W太太出面正式咳。这时W教授笑着说:"从你第一声咳嗽时,我就知道是什么意思了。好了,好了,我不说了。"但未等W太太转身,他就说起在延安时,意识形态方面就和实际方面有矛盾。但那时是军事为主,打不赢就玩完,故而意识形态方面相对要弱一些。

W教授虽然备受磨难,但精气神总是不差。从江西鲤鱼洲清华"五七干校"回来后,他对我讲起老C教授体重就少了四十斤,并形象地说:"四十斤是多少?半扇子猪肉。"我说他的身体如何?他说:"体重倒是没少多少,就是有点血吸虫病。"我问他这病好不好治?他说:"你难道不知道毛主席的诗词'华佗无奈小虫何'吗?"接着他又给我讲他如何背着两百斤的麻袋上四十五度坡等等轶事。

背着两百斤的麻袋上四十五度坡,别人不说,正值青年的我就来不了。为此我专门咨询了T教授。T教授想了一想后说:"两百斤的麻袋他背过,四十五度坡他也上过。但并不是同时。"

T教授这么一说,我立刻想起W教授书房正中那面清华教工运动会跳高第一名的锦旗。这是一面很精致的旗子,被镶在一个讲究的镜框里——W 教授家有无数的镜框,就是国画他也放在玻璃镜框里。问原因,他说这样利于保护画。有人曾批评说不合规矩。他说:"大人物总是创造规矩而不是光会遵守规矩的。"他立的这个规矩,起码我现在是遵守的。看来我这辈子只能是个小人物了——某次我好奇地问他的成绩是多少?他严肃地说:"不要问成绩,也不要问参加的人数。"结果我也是通过 T 教授才知道了内幕:参加的人数是一人,成绩是一米二十。

后来我曾多次见到 T 教授、C 教授和 W 教授等许多人,在校医院看血吸虫病。为此,清华还专门调了一个血吸虫病专家。

但相比之下,W 教授还算是幸运的。Z 教授就没熬过这一关。

鲤鱼洲清华干校我曾经去过,大哥在那改造了两年(这时父亲已经因为心脏病突发去世,否则他也会去)。这个地方,比鄱阳湖的水面还要低十多米,其湿度是可想而知的。当我光穿着裤头、擦着汗咒骂江西的气温时,W 教授说:"江西和江西不一样,庐山也在这,你上去试一试,还要穿毛衣呢!"

庐山穿不穿毛衣,我不知道。但下水田干活,为防血吸虫病计,要穿上橡皮制造的裤子,却是实在的。其滋味不用想就能体会。

可在这里干活的人,用现在时髦的话来说,当属于"知识密集化"的一群——几乎全是三级以上的教授,和十三级以上的干部。据说有人曾经测算过:用大家的工资去除产量,每斤稻米折合人民币两元多。

住宿的条件就更差了,三十多人睡一个大通铺,褥子就像北京雨后的草地一样。

我在那里住了三天就忍不住了。而在这三天晚上,不管是下雨,还是刮风,我总见 Z 教授在半夜里打着手电出去上厕所。以时间推论,他是去小便。而别的人是在屋子里小解的。我奇怪地问大哥。大哥说:"他一直是这样,不能习惯在别人面前解手。就是大便,也要憋到夜里。"大哥又讲:"我发现他大便的时间间隔越来越长。"我随口说道:"这样下去非死了不可。"

Z教授是天津一个大资本家的独生子。据父亲说,就是小时候上学都是坐汽车的。后来他在麻省理工学院读完了博士,是国内不多的程序专家。当时的计算机界,并不重视软件,也没这专业。程序设计通常是由精通数学的电学来充任的。Z太太也出自与之门当户对的人家,是个牙科医生。长得漂亮得都不太像真人了。他的生活非常讲究,从来就抽中华牌香烟。每到星期天就坐出租车到城里的饭店吃饭。就是在困难时期,他家的厨师也会把肉皮和肥肉扔出来——在新林院这个教授住宅区,这些东西是没办法送人的。尽管许多孩子多的教授家里一个月也不一定能吃上一顿肉。

　　困难时期,我已经很有记忆。粮食、蔬菜、肉糖被限制不说,就连好一些的纸张也有"配额"。父亲什么都不讲究,就是喜欢用好钢笔在好纸上写字。一次,商店来了一批好纸,父亲动用配额买了一百张。我偷偷地拿出若干张分给同一个学习小组的人画画。被他发现,竟然狠狠地骂了我一顿。我记得在上小学一年级的时候,我曾经从他一本大精装书中间撕下几页——不能撕前面的,因为那样很容易被发现——而这几页正好是他的博士论文摘要,他都没发这么大的火。父亲不抽烟,供应给高级知识分子的配额里有烟一项。所以每到月头,我家的电话就响个不停,就是一些相当高级的干部,也来"算计"父亲这一条"前门"烟。我曾经亲眼在清华的公共厕所里看见一个很瘦弱的人用一个馒头和另外的人换了三支烟。

　　但Z教授不受配额限制,其原因就是他有外汇。当时的通货膨胀率比现在要高得多:水果糖要五块钱一斤。而一个二级工一个月才四十块工资。正因为如此,国家拼命筹集外汇。记得一次浙江老家的一个亲戚来北京治病,住了一个月没给粮票。他走后,父亲把仅剩的一些美元,换成了人民币。其原因不在钱,而在和钱一起来的粮票、油票和肉票。

　　但Z教授肯定有的是外汇收入,所以他家的生活水平根本没有下降,依旧白白胖胖的,半点菜色也找不到。尽管因为没人有劲打网球,场上已经芳草凄凄,每天他自己还拿个网球拍子到球场去练习发球。Z教授另外的一个特点就是傲慢。他对别人如何，我不知道，反正他在散步的时候，见到父亲从来不打招呼。而父亲那时正是他的系主任。招呼尽管不打，父亲还是说Z教授有才学。并说在他主持研制全国高校第一台电子管计算机的工程中，Z做出了巨大的贡献。如此清高傲慢，如此富裕文明，如此讲究卫生（Z教授如果非动手开公共的门不可的时候，就会从口袋里掏出一张事先准备好的纸。通常他是用脚开门的。故人称"踢门教授"）的Z教授，在我从江西走后一个星期，上吊自杀了。第二年，他的太太也死了。他唯一的小姑娘，后来不知所终。

去年，我曾从清华编的内部刊物上，见到一篇纪念Z教授的文章。这是我见过的唯一一篇。

之四

"文革"期间，我在清华园系统学到的东西，至今回忆起来仅有围棋、桥牌、拳击、麻将等上不了"台"的学问——这是我的叫法，而哥哥们则摆出一副高级知识分子特有的傲慢，蔑称它们为"玩意儿"。殊不知，围棋、桥牌不算文化的话，世界文化宝库里就剩不下什么东西了。

围棋

早在"文革"前，父亲试图让我由动入静，就教会了我围棋。他是在乘船从印度的加尔哥答到美国漫漫海路中学会的。后来在美国几年，他一直把围棋和唐诗当成排遣寂寞的法宝。但我却浅尝辄止，会了以后就不再玩——起码是不再和他下：父亲是一个严谨的学者，对任何事情都要思考，属于围棋中的"长考"派。而很少有少年能在椅子上一坐就是一两个小时，等着对手出着。

可"文革"一来，我的时间就出现了真空。而生活和大自然一样，是不喜欢真空的。所以我就集合了起小C、小T等和我差不多大的孩子,一起下围棋。

但问题接着就来了:在红色恐怖笼罩下,父亲一改早期劝说我的理论:什么围棋能培养计算力、逻辑力、想象力、大局观啊,什么能够修炼性情啊,早早地把棋子、棋书藏到不知什么地方不说,还明令禁止我在家里下棋。

如果光是我家不让玩,那倒也罢。关键是谁家也不让玩这标准的封建残余,生怕引火烧身。所以弄得我们这几个没个清静下棋处。夏天还好说,随便找个没有人的地方就行。记得一九六七年夏天,我和小C在学院外面一块锈迹斑斑的井盖子上摆开了战场,一干就是一下午。临走时我俩才发现此地特别臭,揭盘一看,一个大大的"污"字赫然入目,原来是臭水沟。可等到了冬天,就连这样一块带味的地方也找不到了,弄得我们棋瘾难熬,像淘金狂似的,找遍了整个校园,楼道里,空无一人的教室里,任哪都冻得伸不出手去不说,连生殖器都能冻得缩回去。最后我们彻底失望了,仿蒋南翔校长当年的名言"华北之大,竟摆不下一张平静的书桌"骂道"天下真小,竟摆不下一盘棋。"

"冬天来了,春天还他妈的远着呢!"这是我在围棋淡季开始不久的一个极烦躁的日子里,读雪莱名句,反其意而用之,信笔写下的。

一天下午,小T兴冲冲地来找我,说找到地方了。我没问他在什么地方,只是盲目地提着棋袋跟他走。要论找东西,他的本事最大。比方说,普天之下,如今只剩下一间能下棋的房子,而且只有一个人,在腊月十九那天下午,三点十分钟找到,那么这个人就是他。

他兴致勃勃地把我领到一幢淡红色的两层小楼面前,虽说眼下是万象萧条的冬天,可这里依然有着一种树木环抱的庄严气氛。我自然认识这是蒋南翔校长的家,也知道他眼下被监禁在一所著名的监狱里。

他得意地介绍说:"里面不光有暖气,各种家具一应俱全。"

我望着门上交叉着的大封条,根本就不相信他敢进:那阵撕造反派的封条,相当于现在的抢劫银行、劫持飞机。

"干吗非从门进?"他非常看不起我的"单向思维",领我绕过花园,打开一块铁皮盖板,穿越暖气通道,直捣厨房。

这是当时我进过的最为豪华、气派的住宅:别的不说,光沙发就大批批的,客厅里一大圈,走廊里两大排,而且全是清一色优质牛皮的。书房里还有不少做工讲究的书柜,里面古今中外、各色书籍全有,不过也都加着封条。其中最大的一只书柜上有一小条幅,我凑上去一看,只见两行没标点的古拙小字"见必买,有必借,高阁勤晒,国粹公器勿损坏。"我好不容易才把它断开读了出来。

小T做了个囊括一切的"请"手势后,就一屁股坐在居中的沙发上。他干什么都理直气壮。你就是让他住进故宫,他也会这么狠狠地坐到太和殿正中的那把雕龙大椅上,而且无论姿势还是神气,都要比在那椅子上坐了六十多年的乾隆还自然。

我拘谨地坐下后好一阵,还在担心要是被人逮着可怎么办?

"他们哪有你这么聪明?"他胡噜了一下我的头,然后伸手去拉一张沉重的红木茶几,茶几听话地滑了过来,在积尘寸许的地板上留下两条深深的印迹,就像大车压在了松软的土地上。他接着又拽下沙发上的丝绒靠垫,胡乱抹了茶几上同样深厚的灰尘,哗的一声把棋子倒了出来,他郑重宣布道:"开战!"

弥漫整个校园的红色恐怖,老爹没完没了的叮咛,此刻都不知道上哪儿去了。天永远不会黑,肚子永远不会饿! 人世间所有的东西对我来讲已经不存在了。它们浓缩,它们变形,缩成一个个的黑白棋子,变成一张有十九道经线和十九道纬线的棋盘。

接连好几天,我都处在一种极度的兴奋中,就像一对结婚很久,但没房住的夫妇,突然分到一套三居室,带卫生设备,一门关尽的住宅一样。

除去下棋,我对那些书也很有兴趣,就像一只闻见鲜腥的猫一样,围着那些书架直转悠,可硬是不敢伸手启封。

这情形被小T发现了,他走过去三下五除二就把柜上所有的封条统统撕了下来,揉成一团,"你好好看吧。"他俨然摆出一副主人的姿态,把玻璃门拉开。

我惊讶于他的胆量。

他讲道:"范进中举之后,高兴得痰迷心窍发了疯,人家请他岳父胡屠户扇他两耳光,说兴许能救过来。胡屠户不敢,说,举人是文曲星下凡,打了之后将来阎王爷要打二百铁棍的。于是人家劝他,你一辈子杀生,铁棍早不知道攒下多少,再多加二百又何妨?"他绘声绘色讲完这段《儒林外史》后,话锋一转:"我们既然进了这屋子,那么即使再撕了封条,顶多是多加了二百铁棍而已。如果抽象出来,用数学行话来形容,就叫作无限加有限仍然等于无限。你再多看几本书,就会懂得。"

几天后,蒋校长家被我们正式命名为"棋院",并经资格审查后,吸收了几个"院士"。

围棋的规则是所有棋类中最简单的,一句话就能说完,谁围的地盘大谁就赢。当然,它的基础与跳棋,象棋一样,也是机械的,但它没有那么多条条框框来束缚弈者的想象力。它从无处下起,你经营建设自己的美好家园,对手要来破坏。于是你反抗,你斗争,在尽力扩大自己的生存空间的同时,消灭或压缩对方。就这样从无到有,由少积多,千头万绪,变幻莫测,给对弈者提供了极其广阔自由的活动天地。

因此,从某种意义上来讲,围棋也多少有点像艺术,极讲究个悟性。所以,有人虽对弈千局,读谱百卷而终不能化,永远也走不出闪光的富有思想性的着手。非常遗憾的是,我就属于此类。

可小C不然,他对棋有着一种天生的直觉力,好像不用思考就能把子放在棋盘的最佳点上。我问他是如何想的?他回答道:"也没什么道理,就是觉得放在那顺手也顺眼"。那经纬万端的棋局,那三百六十一个点,在他一目了然,从来就没有照顾不过来的时候。到了一九六八年初,他就能分别授我、T,还有另外一人三、四、五个子,并来回走着下,打一枪换一个地方。像这样经常地改变注意力,在别人也许是一件困难的事,可是在他却像呼吸一样自然。尤其使人震惊的是,他对棋那种过人的记忆力,三盘棋一下完,各自用手一胡噜,他再一一将它复原,不光图形不会错,连次序也不带乱一步的。

他的岁数比我们小,所以大家都叫他神童。

"神童"很是得意,某次他在一本棋书——具体的名字我记不清了,好像是《忘忧清乐集》——中看到苏东坡的一局棋谱后说:"这老苏的棋真臭,如果让他晚生上几百年,再有幸碰上哪天我高兴,让上他四个子玩玩,那么,套上他那'胜固欣然败亦喜'的咏棋名句,保证让他盘盘亦喜,永无欣然!"

我相信他的话:神童总是出现在数学、音乐、棋类这有限的几个方面,这显然是因为它们的变化尽管复杂,然而要理解这些,并不需要多深厚的生活,多丰富的阅历就行。如果有人不信这话,那就请他给我往出找个神童医生,神童法学家,或者神童裁缝看看。我保证环球无一人。

但我们下棋,和父辈们有很大的不同。比方一次和小T下棋,他非要我用棋力较弱一方使的黑棋。我不同意。但猜棋后,我仍执黑。于是我一下子就拍在中心的"天元"上,并口口声声地说:"当年国手吴清源在日本第一次走这棋时,把个日本棋界镇的不善。他解释说这是为了张扬外势。但后来他也承认这主要是蔑视对方的意思。"棋毕之后,父亲对我说:"围棋是高雅的运动,这样很不好。"我说:"不过是白玉微瑕而已。"父亲说:"这有伤大雅,不止微瑕。"

拳击

当然,天天憋在屋里下棋,没人能受得了,我们有时也举行些别的项目的比赛,比如拳击什么的,来发泄我们过剩的精力。

拳击手套是我们在"井冈山派"为武斗抢劫体育馆后,从设备库里搞出来的。它们已经很久没人用了,破损处我们找鞋匠补好,然后又往上抹了大量的凡士林,终于使它们返老还童。

起初,我们是在"棋院"里玩,后来天气热了,就改在离小T家不远的一片小白桦林里玩,但未免有点提心吊胆,生怕被某人的家长看见了。因为那年头的父母亲们都和警察一样,任什么事都硬往坏里想。

怕谁就碰见谁,这恐怕是一条颠扑不破的真理。

一天我们正在战犹酣之际，老 T 伯突然出现在我们的面前。我们四个全傻了，垂手待在那里，就像四只任人宰割的家禽。

"你们怎么不打了？"老 T 伯竟满脸笑容走了过来。在那年头，好人要是想笑，那非得有点子道行不可。"我在远处看，以为是六只拳套呢！"当时我们为了省事，都剃了秃子。

"我们几个瞎玩呢。"小 T 边脱手套边说。

"干什么都得有个章法，打拳也不例外。"老伯整整羊毛衫，接过我褪下的手套，"咱们打一局"。他对他的宝贝公子说。

"您也会玩这玩意儿？"小 T 不相信地问道。说也是，任你从哪个角度看，老伯也不像个打拳的。

"怎么是玩意儿呢？"老伯很不以为然，"boxing"，他脱口一句英文，"是一项颇具男子汉气概的运动，我岂能不会？不信问问你爸爸？"他向我说道，"牛津、剑桥的大学生都喜欢这项运动。"他系好皮护腕的带子，打个手势示意开始。

小 T 曾经在市中学生运动会上得过三项全能第二名，速度、力量、弹跳这些运动之纲他全都具备，反应也好，自封为拳击坛上的千手千眼佛，是我们当中的当然冠军。可与自己的父亲比拳，却未免有点放不开。

"我怕把您给打坏了。"小 T 回答。

"你放心好了。"老 T 伯说着打出一记有力的直击，正中小 T 的下巴。

这下小 T 的脑袋热了，左右开弓，发起一场空前猛烈的攻势。但老 T 伯的步伐异常灵，闪来闪去，充满活力。他好像事先知道儿子的套路一样，一次又一次的躲过了儿子的拳。所以小 T 的攻势虽猛，但命中率却相当低，即使碰运气打中几拳，也起不了多大作用。原先他不断吹嘘的那一千只眼和一千只手，这会儿也不知哪儿去了。但愈不中他愈着急，最后竟大喝一声，用腿一扫，单拳一举，企图从老伯的肋下钻入，来个贴身打。可不料老伯右拳一钩，一侧身用左拳打出一记漂亮的左上勾拳。那动作，那姿势简直盖了帽了！只见拳落处，响声起，小 T 仰面朝天从"佛坛"上翻了下来。

"我服了您了。"他揉揉右脸。看样子,老伯这拳足够分量。

"没出息,上。"老伯下了命令。

父命难违!小T只好再度硬着头皮挥拳上阵。可这次老伯的攻势不猛了,他开始边讲边打。边讲边打四字,这相当不容易,步伐、出拳要跟得上不说,还得留意观察对手的优缺点,然后再经过大脑分析处理,马上讲出来,也就是说要眼、手、脚、脑、嘴并用。按说原是教授的专利买卖,看来我这辈子是当不上大学教授了!不说老伯那些耦合放大器,数理方程之类的正经玩意来不了,光这手我就学不会。不过对此我并不十分遗憾,因为教授这个头衔,在那个年代是很不吉利的。

"拳击是一项体育运动。"老伯解下手套后对我们这群学员来了个课毕前一分钟的总结性发言:"讲究扎扎实实,光明正大。像小T那种带有浓厚街头流氓气的打法,在这里是派不上用场的。"

"算你运气不错!"老伯把拳套递给小T,"碰上我多年没练,套子也不太合适,早年我这左拳,"他凭空挥动了一下,只听得风声呼呼,"最少也有八百牛顿的击力呢!"说完,他拖着疲乏的脚步走了。

我问小C八百牛顿合多少公斤力?

他想了好一会儿,无可奈何地摇了摇头。力的国际制与实用制间的换算关系,上初中时本来学过,可到了这会儿,却全还给了老师。

"他吹牛!"用根树枝在地上划拉了好久的小T站了起来,"八百牛顿合八十一公斤力,即使他年轻,即使他戴上合适的拳套,也绝发不出如此强大的力。"

八十公斤的力,老伯的左臂也许发不出来,但他的脖子却肯定能承受得住,三天后,老伯脖子上吊着半组用粗铁丝系住的暖气片,顶着一顶黑铁板焊就的高帽,被一群人押着游街,几乎转遍了校园。罪名就是,T某教子行凶。

这情景我们几个都看见了,但只是悄悄地流泪,没敢去营救。当然,我们并不是缺乏勇气,而是实在搞不清到底是老伯犯了罪,还是押他的人犯了罪。鉴于上述原因,我们只好像第一次国内革命后的中共党组织一样,再度转入地下活动,我这并不是瞎比,因为二者全是被恐怖所威胁,只不过这恐怖一白一红罢了。

鸽子和洪老头

拳击被禁止后,我们的兴趣转移到养鸽子上。我是家里最小的孩子,故而我喜欢这些和平、弱小、纯洁的动物。因此很快就成了专家,只要看一眼,就能根据一只鸽子的体型、毛色、嘴长,来判断它从属于哪一个阶级,出身于什么血统,有多强的飞翔能力,因而使得东直门鸽子市那帮以吹嘘、欺诈为生的鸽贩一见我就头疼。尤其可贵的是我还熟知鸽子的生活习性:夏天要喂多少盎司的盐,冬天要加多少克的维生素等等。

在我的带领下,我们的"股份制"鸽群愈来愈庞大。什么点子、洋白、铁膀、斑点,各色品种几乎都全了,一飞就是铺天盖地的一大群。别的不说,光老玉米豆一个星期就得吃十来斤。

鸽子这种东西,市井人称"气虫",也就是说,一养鸽子就得斗气,不是你的鸽子被我的招过来,就是我的鸽子被你招去。

在金秋十月的一个晴朗的上午,我与小T正在院外的小树林里下棋,忽然间听到一阵悠长、悦耳的鸽哨声。我抬头一看,只见天上盘旋着六只鸽子。四白居中,两黑打边。听得出只只挂着鸽哨,而且是大葫芦哨、三眼小哨、十三太保,五音俱全,响彻云霄。玩鸽子的主儿都知道,鸽子挂哨的含义就等于是在向所有的养鸽专业户宣布:你们谁有本事就来招试试!

决不能咽下这口气,我俩赶紧跑回去,用挂着红布条的长竹竿把自己的那群轰起来。

谁知我的鸽子乱飞了一阵,非但没能冲乱对方的阵脚,反让人家给裹走了两只。

决不能眼睁睁地看着两张十块钱的票子就这么飘走。我们飞也似的骑着车向鸽群逝去的方向奔去。

待我们追到旗人聚居的蓝旗营,鸽群不见了,一打听,才知道那群鸽是洪老头的。

这洪老头是个孤老汉,住着两间青砖小瓦房,养着十余只鸽子,我们一踏进他那栽满秋菊干净整齐的院落,就看见我们那两只不争气的宝贝已被他从房上叫下来,关入笼子里。"把鸽子还给我们得了!"我俩央告他。

"干什么就得有什么的规矩。"洪老头身材瘦小,鼻子像鹰,眼睛像鹫,一个劲吸手中的水烟。"哪有追到人家家里要鸽子的?"

我俩又半哭的央告了好半天,但他只是颇有派头地吸与呼,一声不吭。

小T对鸽子兴趣不大,急着要回去下棋。

听到"棋"字,洪老头眼睛一亮问:"下什么棋?"

"围棋。"我白了他一眼,那意思再明白不过,你还会下?然后就用脚使劲踢开车支子,准备打道回府。

"慢着!"老头叫住我,"我养鸽子有个规矩,我授人四子,谁要是赢了,就还他鸽子。"

他的规矩可真不少!我和小T相对一笑,就支上车,随老头进了屋。

这是一间弥漫着围棋气息的住房,正中放着一张软木桌,虽然桌腿上的油漆已经剥落,桌角也磨损的厉害,但当中镶着的那块硬木刻就的棋盘却完好无损。靠墙的一只博古架上,也有几卷翻开的古棋书,墙上挂着一张名叫"东山报捷图"的水墨写意,一看就知道出自名家之手,因为没有几笔就把个在松树下、山涧旁下棋的谢安那股子安闲潇洒劲儿勾勒的活灵活现。

我漫不经心地接过老头递过来的一只草碗,顺手一摸。"呵,云子。"我不禁叫出声来。所谓云子,就是以产在云南的大理石为基料,外加一些发黏的原料,高温熔炼,反复磨制而成的。这棋子沉重扁圆,古朴浑厚,白的就像羊脂,黑的又透出鲜灵灵的绿劲,只须轻轻地往硬木棋盘上一放,就能奏出只有名贵乐器才能发出的美妙声音,简直绝了。所以元、明、清三代有点身份的人,都特别喜爱,并且经常把它作为贡品来巴结皇上。父亲曾经告诉我:这种棋子以个论值,最棒的能值一两银子一个。他只有几个,不敷当局之用,只能观赏。可这老头偏偏有这么冒尖的两大碗。

"蜀中无大将,廖化作先锋。"我当之无愧地坐到了洪老头的对面。我着盘上他"授予"我的四枚黑子时,心里的气就大了,决心给他点颜色看看,让他知道知道什么是围棋!它又该怎么下!

我一上来就摆出一副恶狠狠的架势,试图吃住老头的"大龙"。谁知老头的棋就像一缕烟气,劈不开,斩不断,轰不散,有时看上去随手一着,一细想却是恰到好处。

当他把我的一只鲜灵灵的黑角活生生地吞下肚之后,我推枰认输了。

小T虽然棋下的不好,但形势还是看得出来的。所以,赶紧把小C请来。

小C要和洪老头平下。但洪老头摆出副不屑的样子,坚持至少要让小C三子,并说他在京西一带从无敌手。

小C认了两子,但条件是赢了把鸽子还我们。

"如果你赢了,把鸽子还给你们不说,这屋子里的东西随便你们挑一件带走。"洪老头边说边随手应了一招。

可随着棋的进程,他越来越认真。当棋下到一百零三招的时候,洪老头使出"腾挪"之手,试图杀小C一角。

小C苦苦思索了好半天,使出了几招手筋,终于求得了双活。

"我输了。"老头放下手中的半碗棋子,随即献上刚沏就的清茶,那股子香味,即使隔着挺严的五彩盖,也能闻到。

这盘棋是细棋,也就是说小C至多能赢二三子,老头能看出这点,足见得他的心算能力不弱。

洪老头正式把鸽子还给我们,并奉送一个精致的竹笼和一对据说是极名贵的鸽蛋,让我们去孵化,条件只有一个,有空去找他下棋。

我倒无所谓,但这正是小C求之不得的:因为他在清华的孩子们当中,已经没有敌手。只能下让子棋。而下让子棋的关键是必须走"欺招"。这种棋下多了,会把棋下坏。所以他几乎天天去找洪老头下棋。

洪老头挺会下让子棋,深知下这种棋的关键就是制造纠纷,多生头绪,让对手顾此失彼。不过就他的棋力论,让小C三子的确有些多,而让两子,还有一下。

小C和他在十天之内,连下十盘,战果是五胜五负。

"想不到门第清华的翰林之子,竟如此杀气腾腾。"十盘棋一完,他主动给我们讲棋:"孙子兵法云:不战而屈人之兵,曰之为上。下棋如同作文,好文章潇洒流畅,宛若行云流水,无一处急转,无一处腾挪,无一字可易。你倘若能修炼到这一步,老朽将不是对手。不过这很不容易。"他眉毛一扬,"先要脱胎换骨,然后才能长大成人。"

"下棋就像养鸽子,"某次他送我们出门时,特意轰起那六只挂哨鸽,"你看,"他遥指那群越飞越高的鸽群,"四白作里,两黑镶边,什么东西也要讲究个规矩,别学前清的阔佬,一飞一大帮,乱糟糟的没个章法。"

我们认为老头不过是说得玄乎而已,可小C却觉得有道理,开始改变以往那种以凶悍的扭杀一举成功,求胜之心溢满全盘的做法,眼光也放远了,心也放开了。

两个月后,他平下已不是小C对手。"看来有宿根慧心的人,确是一见顿悟,一点即破。"他用带有几分伤感的声音说道,"想不到我老朽几十年苦心孤诣求来的学问,小世兄竟几朝几夕就学得去。"

洪老头自道身世说其父是清廷正蓝旗,世袭一等伯。并说以前家道殷实,民国后,旗人的"铁杆庄稼"倒了是一方面,另外他喜欢和别人下有赌注的"彩盘围棋"也是一方面。

我们问他多大的注?

他说一般是输一子一枚铜板,但也下过两角大洋一子的。他还说当时的高手不是在达官显宦的门下当清客,就是在棋院里以下这种"彩盘"为生。

小C问他是不是和这些高手学的棋?

洪老头说也是也不是,并给我们讲了其中原委:旧时棋手衣食住行皆取之于盘上,轻易是不给人讲棋的。棋毕复盘时,你向他请教,他不是说你这三子宛如中流砥柱,就是说你那两子光彩照人。再不就说你天资超绝,日后定成大器。弯来绕去尽是些没味的套子话,所以常常是花了钱也取不来真经。有一次为搞清用小飞托对付一间夹这着棋是否良手,两次逢节,两次备厚礼送到一位朱姓高手门上。礼收下了后,才喃喃地说:"这要看棋势和对方的应手而定。"再往下他又不肯说了,真是一字千金。

在我们临插队前,洪老头送给小 C 一部范西屏所著的《桃花泉弈谱》,说是嘉庆二十一年浦开宗的巾箱本,另外一部是施襄夏的《弈理指归》。

这两部书上分别印着"高大司农鉴定"和"两淮都转盐运使卢"的字样——多年后,我在读围棋资料时,才知道当时的高手们多聚以富饶著称的扬州。而扬州最有钱有势的就数盐官。此辈的棋下得虽不值一提,可让钱烧的个个都想留个名,所以当"两淮都转盐运使"卢雅雨为国手施襄夏刻印了一部《弈理指归》后,另一比他官还要稍稍大一点的"两淮盐运御史"高恒紧跟着就为范公西屏刻了这部《桃花泉弈谱》。他们本来想借助于棋手而流芳千古,可没几年后刻的本子上,他们的名字就荡然无存了。看来真是"古来圣贤皆寂寞,唯有弈者留其名。"

之五

欢乐、幸福、文化这些美好的东西,给予人的信号强度,远不如灾难来得强烈。时至今日,回忆起在清华园中度过的岁月,印象最深的当属一九六六年五、六、七、八这四个月。

因为对文史有兴趣,我对报纸上的文章,尤其是《北京晚报》上的文章很是喜欢。在这一点上父亲和老 C、老 T 等也和我不谋而合。他们虽然都是从国外的著名学府留学回来的,但骨子里却国粹得很。举个例子:他们白天在课堂上,讲很西方、很现代的理论。比方父亲就讲维纳的控制论,在麻省理工学院时,他就和这位控制论的创始人相识。休闲的方式也是网球、桥牌。但轮到兴致真正好的时候,仍然会约上几个票友,从油腻非凡的胡琴包中取出京胡唱上一段——装京胡的口袋,必须油腻,就和铜古董上必须有绿锈一样,非此不能显得资深。某次,母亲给他缝了个新的,他大发雷霆,幸亏旧的没丢掉,否则会出天大的乱子——他们多唱《空城计》《二进宫》之类的老生戏,并自誉为"谭派"。但以我辨音力不好的耳朵来听,叫"痰派"还差不多。

"痰派"们在夏天的晚上散步时遇到,总喜欢议论邓拓的《燕山夜话》之类的文章。以现在的观点看,邓拓的文章并不能算是上品,但"反右"之后,能在文化醇味中,夹带点讽刺辣味的实在太少了。所以一出来,就和现在的新股票上市一样,很能引起这些观察力极强的人的关注。

我把刊载《燕山夜话》的报纸都剪贴起来,等它分册出的时候,我硬是用买汽水、冰棍的钱把它们买齐了。记得在上小学五年级交寒假作业时,我误把《燕山夜话》第四册夹带其中了。从来热衷于批评我的马老师发现后问是否是我读的。我说是。他不相信地问了我好几个问题。我都答了上来。从此他就对我另眼相看了。马老师是教算术的,而他总爱说自己是"教数学"的。一次我对父亲说起,父亲以他大知识分子特有的不经心的傲慢说:"小学里哪来的什么数学?小学只有算术。"我吃冰棍拉冰棍,不加消化地把这话在班上宣扬,从此我就成了马老师的第一批评对象。更何况,我也总能给他提供批评的素材:我的算术作业以"乱"著称,经常被当作反面教材,贴在墙壁上。讲个笑话:我很少关心孩子的学习,一九八七年姐姐来我家,临时充当了阵家庭教师。她临走前,我问儿子的作业完成的如何?她想了想后说:"比你小时候的还要乱一倍。"我当时就愤怒地反驳道:"比我还要乱一倍?!您这叫什么话啊!好像我就是高斯、伏特、欧姆,成了乱的单位。"

有此背景,我对报上关于《燕山夜话》《李秀成》等辩论很关心。一度忽发奇想,欲写篇文章给报纸,发表一下我的见解。我把这个意向通知了父亲,他坚决反对。可十五岁的孩子,逆反心理强烈,我私下里写了一稿,等准备写第二稿时,父亲开始对我的功课进行全面的监管,使得我不得空闲。

今天想起来,大概他已经从那些表面上的文化辩论中嗅出了异味——要知道,那时正是一九六六年四月。到了五月,文化辩论已经成了政治斗争。六月一日我生日那天,《人民日报》发表了《横扫一切牛鬼蛇神》的社论,从此清华园中就没了教学。

起初,这场革命还有些秩序,但到了强调秩序的《十六条》发表之后,秩序就已经全无。根据这个经验,我得出了一条理论:凡是最高指示强调什么,就证明在什么地方有问题。一九六八年,我们在昔阳县城里等着往村庄里分的时候,发表了毛主席"知识青年到农村去,接受贫下中农再教育,很有必要"的指示。在指示末尾,他老人家强调道:"各地农村的同志要欢迎他们去。"我当时就给大家讲解:"这就证明农村的同志不怎么欢迎咱们去。"

有几个同学不同意,认为自己是北京城里著名的造反小将,贫下中农焉有不欢迎的道理?!这心态绝对和现在的著名学府的大学毕业生一样,认为自己是天之骄子,到哪都应该受到热烈的欢迎。可结果无论到哪,都发现好位子早已被人给占领了,都发现人际关系远比学问和才华要重要。

我让他们拭目以待。结果被我不幸言中。

秩序一没有,走资派和教授们的日子开始不好过起来。批判斗争还在其次,最恶毒的行动要属抄家了——抄家这个词大概是最有中国特色的。WPS 系统中,根据"高频先见"的原理,它就在"吵架"的前面。而四通汉字系统中,干脆只有它——在中国,财产是最得不到尊重的。试想有哪次革命不是以"分田分地"为号召?新中国建立后,所有的人的不动产虽然没有了,但浮财总是有的。可在和平时期,浮财在家庭的壁垒中,轻易不见天日。这下好了,有了借口,该让大家见识见识了。于是乎,抄家风以比任何传染病更迅速的速度,一夜之中,蔓延了整个中国。

革命来了,知识分子的敏感叫"金风未动蝉先觉",好日子来了,这敏感又叫"春江水暖鸭先知"。"蝉先觉"也好,"鸭先知"也好,反正各家都开始烧东西。

父亲烧的东西首先是相片。别的人物我不知道,反正有胡适、梅贻琦等人的相片。"我的朋友胡适之"曾经是旧时候文人极大的荣耀,和他照的相,哪怕在第五排最边上一个也不得了。可这会儿却成了罪证。梅贻琦则是台湾清华大学的校长,更是有血缘关系的反动人物。另外还有一些和美国军人照的相片。我问父亲是不是和中央情报局的人照的?他愤怒地说:"中央情报局的人是文职!"我看着他的脸色,不敢再问。但在我的头脑里有个根深蒂固的观念:戴笠是国民党的特务头子,他是军人。而国民党学的是美国的建制,美国的特务头子也应该是军人才对。多年之后,哥哥说那是和美国海军足球队比赛后的合影,父亲曾经是麻省理工足球队的中锋。

有些东西是烧不了的,比方奖杯,比方作为博士标识的金钥匙。他只好委托我去扔。"上阵还需父子兵"是千古不易的。西谚"血浓于水"也是同理:血缘关系是没什么能取代的。换句话说,能取代的就不是血缘关系。一次我的岳父对我说:"女婿顶半个儿子。"我心说:您哄小女婿去吧!半个儿子?四分之一个儿子也顶不了。我对拥有美国学位的姐夫也讲过这个道理:"咱们不是什么正经亲戚,因为你和我姐姐一离婚,咱们就什么关系也没了。这在控制论上称作'不稳定结构'。因为可以置换。"父亲显然是不能置换的,假设你的母亲再嫁,你就称呼她的丈夫为"后爸爸"。而这个"后爸爸"是针对"亲爸爸"而言的。凡加"亲""后"的,都是血缘关系。你什么时候听过"亲女婿"、"亲姐夫"这样的称呼?

我和小T、小C等分别把自己从家里拿出来准备扔的东西放在一起比较。属出于名门的小T的东西质量高。他有一幅字,因强调老T让找个可靠的地方存一阵,所以我们摊开研究了一下。上面写的是什么我现在已经忘了,只是觉得那字写得不怎么样。字的后面分别有两方章,小的是"长素",大的则是"维新百日出亡二十年三周大地历遍五大洲经二十国行四十万里。"

我们谁也不知道"长素"是何许人也,于是小C说了一句:"管他是谁,反正这孙子去过不少地方。"许多年之后,我才知道这是康有为。

这幅字我们藏到前文所说的王国维的墓地了。这是我们孩提时代喜欢藏东西的地方。可大家想一想:破四旧能不破为清朝殉葬的王国维的吗?随着新会梁思成设计,海宁陈寅恪撰文的碑被推倒,字也不知去向了。碑被推倒后,我们还害怕了一阵,怕红卫兵们照着字上的题款找到老T处。但我们白担心了。现在想起来,从年代推算,这字肯定是送给老老T的。而老老T则和康有为又叫"长素"、"南海"一样,有着无穷的番号,对和我们具有一样文化的红卫兵来讲,"能懂度"几乎等于零。

随着斗争的深入,造反派们对走资派和反动学术权威们失去了兴趣,转而追求起权力来。父辈们的劳动强度也随之减弱,而被派去干一些扫厕所之类的纯属侮辱人格的活。钱锺书在文章中也写到他扫厕所的经历,所以在我讲的时候,我儿子就问:"都扫厕所,哪有那么多的厕所可扫?"于是我解释说:"彼时的教授不像现在的教授,现在的教授只是一个工资的级别,一个待遇和符号。所以在评比会上,经常会有人提:他已经干了这么多年了,虽然不怎么上课,也没文章,总得给他长长工资吧。而那时的教授却要真水平,轻易当不上的。"可儿子仍以人口和清洁工之比来和我论争。我急中生智地说出一句我至今也认为是妙语的话:"那个时代的厕所就和那个时代一样,怎么冲、怎么扫也是个臭!"这才算堵住了他的嘴。

我们这些"反动学术权威子弟"没有参加革命的资格——我们也不想参加,因为革来革去,革的都是些叫叔叔、伯伯的人。阶级分析无处不在——所以我们在一九六七年就开始进入逍遥。

若想逍遥,必须得有逍遥之道。除去看书、下围棋外,音乐也是重要的组成部分。

我们听音乐,开始时主要是听蒯大富为首的井冈山派演奏的《井冈山的道路》。这是一部以大型音乐舞蹈史诗《东方红》为蓝本创作的音乐舞蹈剧——即使是最彻底的革命,也必须有所遵循。早期的飞机场像火车站就是这个道理。它为时两个小时,几乎囊括了清华所有的艺术尖子。换言之,这其中有不少出身不太好的人。音乐这东西和功课不一样,光凭用功是学不好的。记得父亲开始拉京胡时,先买了把七十多块钱的,可他的老师——据说和谭富英的琴师一起学过艺——试了试就说不行。后来他买了把一百多的。那琴师还是这毛病那毛病的挑了一大堆。等父亲有了些进步后,买了一把三百多块钱的,以为这下子到位了。谁知琴师来"啦、米,啦、米"了几下后仍然以不屑的口吻说:"拉拉清唱还差不多。"京胡尚且如此,更不要说大小提琴、黑管小号了。

从另外一个角度分析,就是那些真正的高干子弟,也就是早期的红卫兵,此时也已经因为自己的父母入了"另册",被迫退出了舞台。北京著名的学生领袖,北大的聂元梓、清华的蒯大富、地质学院的王大宾、北航的韩爱晶、师范大学谭厚兰,没有一个出身于高干家庭的。

我们看《井冈山的道路》,就和勃列日涅夫在回忆录中说起他陪外宾看《天鹅湖》一样,最少也看过二十遍。终于给烦了。没有一件艺术品,能经住这么连续看。所谓的百看不厌,除去夸张的意思外,每一看和每一看之间应该有间隔。更何况《井冈山的道路》很难说是艺术品,不过是聊胜于无罢了。

现实艺术没有可欣赏的了,我们只好到古典艺术中去寻找。我的音乐欣赏力不高,只喜欢听一些《外国民歌二百首》中的歌。一次偶然的机会,我在一个朋友家里,听到了《梁祝》,立刻就喜欢上了。我向朋友借这张胶木的唱片,他说什么也不肯。最后,我只好不经他允许,偷偷地拿走了。这张片子,我带到插队的地方,一直把它听平了为止。日前,这个已经在一个重要部门任职的朋友来太原开会,我陪他一起逛古董市场,他看着市场上那些真假难辨的东西说:"别的地方不清楚,当年光咱们新林院被抄家抄出来的东西就比这地方的要多得多,而且还是真的。"我随口说道:"早知道顺它几件,现在也不用辛辛苦苦地爬格子了。"他立刻想起唱片的事,追问不止。我被逼无奈,终于承认了。他硬让我赔他一套相当昂贵的、我根本没有听说过的、名叫普罗科菲耶夫的专集不说,还把"道德品质有问题"的罪名强加在我头上。我说要是有问题,也是那个时代的问题。不信现在你就是把你广袤的唱片收藏白送给我,我也不要。他同意我的说法,并说应该形成一个《关于文革中若干重大问题的决议》之类的文件,把所有的问题都说清楚。我说:"那你能说清楚?!"

  《中国方域》 一九九六年第五、六期 一九九七年第一、二、四期连载
   《清华园的故事》《山西发展导报》 一九九六年一月五日
        《体育文化月刊》 一九九六年第七期
   《魂牵梦绕清华园》《小学生之友》 一九九六年七八期合刊
    《我与清华园》《政协之友》 一九九七年第六期
    《生活之路》《太原日报》 一九九九年八月十五日
    《最忆是清华》《山西文学》 二〇〇〇年第九期

纯净水：科学的时尚

海禁初开时，二哥美国归来，带回两瓶纯净水。说是此水极度安全、卫生，是太空技术民用化的成功范例。母亲说："古话云：以水为净。水要不干净什么干净?!"我一瓶干掉后，说品不出什么特殊味道来。二哥反驳道："纯净水又不是法国酒，哪儿来的特殊味儿?!"后来我在塞北工作时，见到在平朔露天煤矿工作的美国人，每天到纯净水塔去提水，仍认为他们是纯属吃饱了撑的：其地当时基本未被开发，地下水清甜甘洌，好喝得很。不过他们有钱，有钱就能干"必须"之外的事。

随着阅历的增加，我渐感纯净水起码有些优点。我在天津开会十天，其水苦涩到茶叶都掩盖不住的地步。据说是因为地下水超采，海水倒灌的缘故。而上海的水龙头一开，漂白粉味儿就扑面而来，再联想到水源地黄浦江那乌云般的颜色，喝水的需求锐减。再以后，我见到北京、上海、天津的许多星级宾馆、饭店都标有"供应纯净水"字样。认为这一来确有必要，二来也有此经济能力。

搬来太原后，深感就是水有"上海味儿"。孩子们因感觉灵敏，怨言格外大。我训斥道："你们就凑合着喝吧！"不凑合又当如何：水不是醋，不是酒，而是天天用的必需品，不能靠运输来解决。喝着、喝着，连孩子们的怨言也湮灭了：没什么能比习惯的力量大。

太原以缺水闻名，我住五楼，用水全靠"无塔供水器"和室内贮水箱。某次见单位清理无塔供水系统中的水窖，窖中别的悬浮沉淀物不说，一只老鼠尸体就让我恶心了好久。后来又听朋友说他们楼几乎有百分之三十的住户拉肚子，觉得蹊跷的管理人员经分析侦察，方知是若干民工，因天热在楼顶的贮水箱中洗澡所致。

有此经验，我就买了一台矿泉净水器：它生产"矿泉"的功能我买时就不信，为的就是"净水"。其净水原理是水罐中树一根渗水棒，棒身上的孔小到大肠杆菌通不过的地步。此净水器我一直用到电视上一医学专家宣布"棒"必须经常换，否则将产生强烈致癌的黄曲霉素。我再寻厂家，它早和"矿泉壶"一起烟消云散了。

此时一位已将太原纯净水市场开拓出一小块的朋友，劝我买他的产品。从经济上说，我倒也能承担，主要是陷于这样一个误区：现在的水是不干净，但多少人喝了那么长时间，不也没事吗？于是我说他出于利益驱动，用供给来制造需求。

他于是说："商业就是被利益驱动的，但只有能真正给人们带来好处的商业才能产生。"对于我的疑问，他解释道："通常人们喝了不太干净的水是不会生病的，原因是肾脏起了过滤作用。而我的纯净水厂，则相当一个体外的'大肾'。"

后来，他又带我到他的"太原大肾"康源水厂参观了自来水和纯净水的分析对比。作为一个知识分子，在科学面前，只好低头，买了纯净水。

一年之后，他问我感觉。我说："喝水就和抽好烟、喝好茶一样，上等级没感觉，降低一档就什么也不对了。"然后我就埋怨他的"康源"纯净水一桶十元太贵。他说："这成本高、那成本高，疾病的成本最高。如果你的财政平衡不了，就应该把烟戒了来买纯净水。"

按照他的理论，喝纯净水会成为一种时尚。而时尚在我的字典中，总有时髦的意思。对此他说："如果科学成了时尚、健康成了时尚，我看也没什么不好的。"

我本想再攻击几句他出卖的"健康"，但转念一想：作为受惠者，口是心非也应该有个限度，就谈开别的了。

《太原日报》 一九九八年七月十五日

熊猫和说法

动物园的熊猫病了,请我的朋友金大夫去主持医疗小组。插队时当过"赤脚医生"的金大夫是个全才,号称精通内外妇科,医术起码让我佩服:若干年前,我养了只猫。随后它按规律怀了孕,产下群小猫。高级品种的猫是要关在家里的,否则准没。可生命力却关不住。春一到,它们就开始像专业歌手一样地反复歌唱充满力度和激情的歌,并在家族的范围内行有悖人之伦理的传宗接代事。于是,猫群像政府机关一样地迅速庞大到家庭财政难以支持的地步。被我请来的金大夫,先给猫群服用避孕药,可这种对人行之有效的药,对猫们却一点作用不起。他接着拟定了一个节育方案。我让他请个兽医来主刀,他却自以为是地说他曾经做过多例。我说:"本人当过钳工,能熟练地使用刀、钻、锉,但这并不意味着我有资格当外科医生。"手术在我的质疑中,顺利完成。从此猫们停止了繁殖。我曾经想:这样做是不是不人道。金大夫一句就把我给顶了回来:最不人道的就是把它们关在屋子里。

有此前因,我判定动物园选对了人。在抢救的过程中,我断断续续参观。但一个月后,熊猫还是死了。

我调侃他虽然读了几乎全部有关熊猫的书——这种书并不多——还到因特网上去查询,但一切都等于零。他于是告诉我:熊猫的寿命通常只有三十岁,而这只已经三十四岁了。

我不同意他的宿命说,坚持如果有一个真正的兽医,熊猫还能活下去。

他说:"在所有的生物中,活着上瘾、不肯认同死亡的,只有我们人类。我们在力图长生不老方面,和过去的帝王一样,竭尽全力,有多少钱就投入多少钱。同时做出许多假设和幻想,认定如果像原始人一样,清心寡欲、吃没污染的食物,每天锻炼,然后再加现代化的医疗,便能活上一个半世纪。但实际上谁也逃不脱控制他寿命的基因组本身所定的时间表。"

我用"归谬法"来反驳他:如此说来,还要你们医生干什么用?

他说:"医生能帮助人类在'大限'前摆脱许多疾病,从而提高生活的质量,顺利完成生命的长度。"然后他强调道:"即使你渴望永远地活下去,即使全部疾病都被医治,死亡仍是最确定的事。"

我问他熊猫死的时候痛苦不痛苦。

他说熊猫也像人一样,死前先昏了过去。并说这是一种生物与生俱来的保护机制。还说:"如果不是动物园的领导执意要干扰这进程,熊猫将平静地离开这对它来说并不美好的世界。"

动物园的人对熊猫的感情,我是了解的。抢救动员时,领导开门见山地说,现行法令再不允许将野生的熊猫人工饲养了。换言之,如果这只熊猫死了,今后将再也没有此品种——人工繁殖也不能解决这问题。专家们说:只有一百以上的种群,才能健康的生存。而五十以下的种群,因近亲交配,基因会产生缺陷,最后注定要灭亡——于是,门票的收入要减少不说,城市中的孩子们也将再也见不到这珍稀动物。除非从北京等地"请",但那将产生很高的费用、很大的责任。

但随着采访的深入,我发现熊猫本身之外,另有重要原因:熊猫是个说法。

"说法"的作用是无法估量的。因为熊猫在省里是立项保护的,所以当动物园新建的宿舍的暖气不足时,就可以此为由,报批新建锅炉——当然,新产生的蒸汽,也会部分地送到熊猫的住房——主管部门自然不敢怠慢,款立刻到位。对电、水等,均可如法炮制。据动物园的老职工说,在"短缺经济"时代,假熊猫名,弄来过不少肉类和新鲜蔬菜。另据金大夫透露,此次抢救费用中,就摊销了不少动物园职工的医药费。

我替动物园的同志们着急:熊猫没了,"说法"不也就没了？但随之想道:熊猫是珍稀物种,属客观存在,除去大自然外,谁也不能创造。而"说法"则是上层建筑,最不缺的——任何单位,不都或多或少,有几只自己的"熊猫"吗——君不闻,古语曰:欲加之罪,何患无辞嘛!

　　　　　　　　《今晚报》　一九九八年八月三日
　　　　　　　　《都市》　一九九九年第三期

"晋军"随想

八十年代初中期，伴随着方兴未艾的思想解放运动，在人们对文学的非常热情关注中，"晋军"崛起了。

但我个人以为，"晋军"一说，是批评家为了研究方便而划分的体系。同为农村题材小说，成一创造的人物和张石山的就很不一样。柯云路、李锐和我均为山西插队的北京知青，但创作题材、方式、观点千差万别。而按说一个文学流派，起码在基本元素上应有共同点。

但如此不同的作家，集中山西，总该有些道理。推原论始，我认为最重要的就是以赵树理、马烽为代表的老作家，构成了强大的势能——他们是解放区文学的开山祖，任何一本文学史，在论及革命文学时，必须首先提到他们——这势能的存在，使得山西省作家协会有着很高的地位。而这地位，使许多有志于文学的人获得存身之硬件。光有软件、没有硬件，任何计算程序都无法完成。我至今尚清晰记得，一九八三年只发表三四篇短篇小说的我，着手第一部中篇时，在我工作的神头电厂采访的焦祖尧老师，一听构思，便决定给我申请创作假。他回来与当时的西戎主席一说，便获准。无任何繁文缛节，而且一请就是八年，直到我调任专业作家为止。我印象中，柯云路的情况也大致相同。

有此环境，再加上大家的厚积薄发，一个文学高潮就出现了。可生活不会全都以高潮组成：若如此，高潮便不是高潮了。随之，便有"晋军辉煌不再"之说。对此，我有完全不同的看法。我以为，一支文学队伍，如同长江一样，在川蜀地上游时,因河道窄,它流速高,显得奔腾汹涌。而到了下游,它的流量虽然大大增加,但因河床变宽,反而是显得平缓。而正因为这宽与缓,方使其载得重舟。

以上一说,听去概念。但九十年代以来,晋军的主将们确实各有各的风景线:李锐的小说,在国际上有很高的地位,几乎到了凡提当代中国作家必提的地步;成一的晋商系列,功底深厚,必是畅销书;张平次次切中时弊,柯云路就是畅销……

成就并不比以前小。可"风光不再"说仍不绝于耳。其原因不过是文学回归到它应有的地位而已。文学不是新闻,而轰动一说,原该与新闻组合才对。

展望当今世界,索罗斯的对冲基金先是作东南亚之游,再扭头袭击日本南韩俄罗斯,最后受创回本土。然后是日本泡沫经济破灭后,大藏省精英官员现形、莱温斯基的裙子、代表人类向上精神的奥林匹克运动的领导人物丑闻。再就是克隆技术和因特网——一位专家曾对我说:离开因特网,世界上就没有知识……经济掺杂科学,爱情扭结政治。就业、福利和股票指数,说到底是一堆方程式;而解构体育,元件不过是权力、金钱加化学……如果要再"振兴晋军"的话——本人这是依舆论说法,再遵编辑命的话——我便会从上说中拾取一二,做成小说,贡献读者。

《太原日报》 一九九九年二月十五日

复杂的背景知识

儿子到北京读大学去后,我总觉得家里空荡荡的。起初,我总好到他的房子里转转。他走时吩咐不许动他的任何东西,所以很有些味道在内:他喜欢打篮球,虽然球史不长,但所有穿坏的乔丹牌气垫鞋——从乔丹第五代到第十五代都保存着。"十六代"和他一起上学去了。这是纯粹的乔丹派。记得某年我们一起去广州姥爷家过年,临走一提他的箱子,发现格外的重。打开箱子一看,发现是一对各重十五公斤的哑铃。随身携带专用运动器械,也是著名的乔丹派。"儿子,你要知道,咱们坐的是只许携带二十公斤行李的飞机啊!就是到广州再买,也比这便宜。"我不敢诬蔑乔丹,虽然我很想投诉他,主要原因就是因为 NBA 总决赛每每和大考冲突。但此刻所有这些都变成了美好的回忆。

可在一个开放的系统中,味道总要被稀释。渐渐地,我不再去他的房间里转悠。太太问原因时我答道:"狗窝里少了狗,就像'空城计'里少了诸葛亮,法国少了拿破仑,没劲了!"儿子像所有的男孩子一样不喜欢秩序,房子是脏乱差的典型。我戏称为"狗窝"。

但思子之情却并不会稀释,反而日见浓烈。三次探望之后,我不好意思再去。只好求助于电话。虽说这东西人称"天涯若比邻",但它还是不能传播所有的信息:你闻不着味儿,看不见面部表情。所以当一个年年来的好朋友用电话给我拜完年后,让我也不要去他家时,我生气地说:"你要能通过电话给我倒杯酒,我就不去了。"可它毕竟聊胜于无。

但就是这聊胜于无也不能保证:我是永远的主叫者。而儿子对我的质问,总以打到家里没人接回答。我又问为何不打我的手机?这位熟知 NBA 所有球员几乎全部历史的先生竟然回答说记不住。渴望信息的我只好耐心地解释:"号码是1383400913。一分解就好记了。13 不用记,所有的数字移动电话都是 13 打头。中间的两个 0,按照计算机的二进位,就成了 1。再加上前面的 834,就成了'文革'中著名的 8341 部队。最后三位,就是林彪折戟沉沙蒙古的温都尔汗的日子。"在电话的另一端,儿子不屑地说:"什么 8341 部队,913 事件,乱七八糟的,一点没规律。"我这才考虑到他这个年龄的孩子,不会有此背景知识,于是就让他在方便时呼我:"我的 BP 机号也好记:5164500。516 就是著名的'五一六通知''文革'缘起于此。45 就是'天安门事件'。"他说对这两个日子也没有概念。最后愤怒已极的我说:"虽说你是个学工的,但历史知识贫乏至此,也着实堪哀!"

有此经验,我在传达信息时,开始考虑对象的背景知识。日前陪一个学汉学的美国客人逛北京胡同时,他惊叹不已,说真应该把北京的四合院都保留下来。我真想说:"你如果在四合院里住上几天就全明白了:这房子没有任何私密性不说,光冬天夜里上厕所就够你一受。这和过几年来玩一回不是一个概念。"但考虑到他的背景知识,我一声没吭。报载:某对美国夫妇在收养一个中国孤儿填表填到"房屋面积"一项时,夫妇俩商量半天后,才写上"大约三千平方米"。逛到东四十条时,这位美国先生看看前后距离问:"这里一共有四十条胡同吗?"这是能解释清的背景知识,于是我告诉他"东四"乃地名,"十条"是编码。不是位于"东"的第"四十条"胡同。

另一次,我和朋友在静乐的小饭店吃饭,结账出门大约五分钟后,他发现他新买的诺基亚 8810 电话忘在饭店里了。回去索要,老板和老板娘异口同声地说没见。"你要是早换给我,不就没这事了。"诺基亚 8810 号称是新科技的结晶,机壳是钛金属的。而他则号称是我"不分彼此"的朋友。可他对我"你不是说你的就是我的,我的就是你的吗"之理论的回答是:"我的确实是你的,但暂时不是。"所以此刻我着急之余,也多少有些幸灾乐祸。朋友是个豁达的人,加之玩过房地产和期货——前者是资产的象征,而后者则具有高度的投机性——只是以口哨当箫,长啸一声,准备离去。而幸灾乐祸之余的我,看看这家操作间和大堂并作一处的饭店,再看看典型庄稼汉模样的老板,灵机一动,掏出我的手机就打朋友的号。朋友缺乏农村生活的经验,低声说:"这老汉一副憨厚样,不像是干坏事的人。"等待信号的我给他讲了个故事:"卓别林在美国的一个小镇参加一个名叫'谁最像卓别林'的比赛,结果得了第三。是和像是两回事。"结果电话在炕上的一只红漆柜中响了起来。

出门后,朋友盛赞我的智慧,问如何能出此绝招? 我说:"8810是最新机型,连我都不知道如何关闭它,考虑到此人的背景知识,又怎么会知道?!"朋友执意要把电话换给我,而我则口是心非地反问:"你把我看成什么人了?"然后开始赞扬起诺基亚的技术来:"你说这东西声音不大,穿透力却真强:非如此不能穿透木瓜树材做成的箱子。"

朋友的足迹虽遍布亚欧美,但不离城市,对植物尤其外行。每逢谈到植物时,他总用这样一个故事来解嘲:"我姐姐的孩子在上小学前,指着颐和园门前的一堆花问我是什么。我围花群绕了三圈,觉得一种不认识太不像话,拼命寻摸,才发现了牡丹。我怕误导她,最后掏出'牡丹'烟盒,用上面的图案对了,才肯定地告诉了她。"

我太清楚他的背景知识,就居高临下地说:"木瓜树在北方除去这一带外,均不能成活。其木质细密,是做柜子、棺材的上好木料。除此之外,瓜子就是著名的腰果。此县某乡有棵木瓜树,江青还亲自拜谒。"

对此,朋友有不同看法:"第一,我觉得木瓜树产不了腰果。腰果产在腰果树上。那东西只在印度、印尼、马来西亚一带,我刚下海时做的就是腰果生意。可以说,我是把大规模腰果引进中国的第一人。第二,江青应该不会来过静乐。山西她来过,党中央从延安东渡,是从兴县到五台到西柏坡,就进了北京。再后来,江青参加'全国农业学大寨会'时到过昔阳。此外就没来过山西了。"

我强词夺理道:"你怎么知道江青没来过静乐县?"

"江青不是你,到什么地方都有记载。除去我说的这几次,她不会来的。解放后,毛主席就没来过山西。"

我这才想起他是历史系毕业的,而且是现代史专业。所以不能和他在这领域周旋,应该"以己之长,攻他人之短。"因此转说道:"你说的腰果树,也叫番木瓜。而这边的木瓜树,也叫'文冠果'。'文冠果'就是'文管国'。这下你该想起来了吧?!"江青在作"女皇梦"时,提倡穿"百褶裙"栽"文冠果"。"反正这东西和江青有联系。再说,'诗经'中就有'投我以木瓜,报之有琼琚'的诗句,那就是卫人咏齐桓公的。卫国、齐国都在北方。"

朋友可能被我十分肯定的语气和故意搞混的逻辑给弄糊涂了,没再吭声。如果要分析我这段话的背景知识的话,就会发现它来源十分复杂:腰果树叫番木瓜,我是十多年前在广东第一次吃腰果时,听"大排档"上的大师傅说的。木瓜树叫文冠果,我是听我一个当中学体育老师的同学说的——他现在教的是体育,但在和我同学时却是植物课代表——"诗经"我当然没读过,"木瓜琼琚"句,不知道是从什么小说上读来的,很可能是金庸。

所有这些,当然都经不住考证。可小说家的学问大抵是道听途说。再一个小笑话此文就该结束了:某次在二哥处见了本英文书。名字叫《Sex and mork love》。我就要拿走看看。有着相当好学历的二哥总是有一种高级知识分子特有的傲慢,对我这个没受过正规教育、上初中学的还是俄文的弟弟更是如此。他半带讥讽地说:"你要是知道这书名是什么,我就送给你了。""不就是《性和做爱》嘛!?有什么的。"他诧异我的知识来源。我半带禅味儿地说:"从来处来呗!"但最后还是耐不住讲了出来:"mork 就是制造的意思,'文革'时英文语录上见过多了。love 更在'我爱毛主席'一句中常见。这两字合起来,不就是'做爱'吗?至于Sex,现在满大街不都是'赛克思'商店吗?不认识英文,还不认识里面卖的东西。"二哥盯着我看了好久才说:"可里面的文章你总读不了吧?"我说我想看的是图。他说这是本严肃的学术著作,根本没什么我想看的图。然后不由分说地把书收进抽屉。

《都市》 一九九九年第三期

新雨其人

大约在二十年前,我初写小说时,就结识了杨新雨。那时他是雁北地区文联《北岳》杂志的编辑。我投了一篇小说给此刊物,为了问下落,去文联。新雨热情地接待了我,并跟我谈了很久。

后来新雨调到了太原市文联,编辑《城市文学》。我依然是他的作者。他依旧很耐心地给我谈稿子,依旧很热情地接待从基层来的我。

再后来,我也调到了太原。同城之后,接触反而少了。也许这正应了俗话:离山十里,柴在家里。离山一里,柴在山里。

此次,新雨把他的散文集《孤独仰望》送给我。我是很认真地拜读了。随之,就想写一篇文章,谈谈我的读后感。但迟迟不能动笔。其原因有二。一是新雨的文集,包罗万象:从亲情到世故,从雕塑、绘画、音乐到乔丹、泰森、李昌镐、钱宇平。二是,写此类文章,不是我的擅长:所有的小说家,写出来的评介文章,都有很强烈的个人色彩,并不能就文论文。所以,我只好借文写人。

新雨在一篇文章中说到了喝酒、下围棋和吹牛。这也正是我的爱好。也是我与新雨之间友好的界面。

文人一向好酒:李白、杜甫就是这样。美国的八名诺贝尔奖获得者中,只有赛珍珠、索尔·贝娄、艾萨克·辛格不是。其余五个当中,海明威和斯塔贝克善于饮酒,而刘易斯,奥尼尔,福克纳几乎一生都是酒鬼。据说,刘易斯因为酒品不好,一些著名酒馆的看门人拒绝他入内。某次,有人看见他怀抱着一瓶酒,在餐馆门前坐着,喃喃自语道:"得了诺贝尔奖,有什么用? 连一家酒馆都进不去。"

但新雨喝酒却是很有节制的,每到微醺状态,便能"打住"。所谓"花看半开,酒到微醺"。但这微醺是很难掌握的。其原因,就是因为微醺到大醉之间的区域非常狭窄,片刻之间,就能越过。每当我说"再来一瓶"时——透个小秘密给大家:我太太说,她生平最恨的就是这句话——儒雅的新雨,就会慢吞吞地说:"算了吧。下次再喝吧。"奇怪的是,我往往不再坚持。

由酒品看人品,也许是夸大其词。但酒品却是能看出性格、文格。新雨其文,总是恰到好处。而我写文章,却总是枝蔓丛生、累赘无比。但分析归分析,我还是纳闷新雨这种制动力的来源:喝醉了的我,怎么总是听他的话呢?

医学报告指出:酒精对人主管想象力、创造力的右半球,有所帮助,但与此同时,对主管记忆力、细节、责任感的左半球却大有损害。新雨深明其中三昧,故而能掌握平衡。谁能平衡一个单位的矛盾,谁就是这个单位的领导。同理,谁能平衡酒宴的矛盾,便是"主席"了。

吹牛一道,用新雨话说。"与喝酒是配套的"。确实,喝酒的时候,每下一杯,我就能觉得自己高大一分。人大了,话也就跟着大。倘若遇到一位与我一般见识者,往往欢宴变战争。而这时的仲裁者,非新雨莫属。所以喝酒的时候,我总是希望他在场:一场没有裁判的球,是没法子踢的。我唯一不同意的是,新雨不该把它叫作"吹牛",而应该叫作"创作"。记得二战时,马歇尔把对德军防御重点的报告送给罗斯福看后,罗斯福说:"这是你的猜测?"马歇尔平静地说:"我们称之为分析。"

至于围棋,我和新雨交手数盘,大约胜负各半——好的棋手,各有擅长,千姿百态。但差的棋手,却都一个样:一辈子下棋,一辈子下臭棋。但读了新雨几篇论述围棋的文章,我突然感觉到他高出我的地方。我下围棋,纯属从胜负出发,上来就抢高手才能拿的白子,万一抢不到,就一个黑子下到"天元"上,并且口口声声地说:"不过是白玉微瑕而已。"家父却说:"这不止微瑕,有伤大雅!"而新雨则很早就体会到"围棋是大雅之道"的道理。在新雨那里,无论是篮球、拳击还是围棋,都是唯美的。他们不是你死我活的对抗,而是代表人类在智力、体力方面,永远攀登的一种精神。

我建议大家读读新雨的书——《孤独仰望》。孤独的新雨,在书中展现了真善美。而这三样东西,在这个物欲横流的时代,是珍贵无比的。

《都市》 二〇〇二年第五期

《山西日报》 二〇〇六年七月二十五日

关于小说的断想

我隐隐约约地感到,任何种类的小说,都有着自己的周期:纯文学、推理小说、言情小说,都有过鼎盛时期。因此我武断地推论:未来——也许包括现在——应该是经济小说和法律小说和科学小说的时代。

金融的全球化、安然公司的倒闭、中国及其他亚洲国家的崛起、网络的普及、技术壁垒、绿色壁垒、艾滋病、基因工程,所有这些,都给予上三类小说以丰富的素材。它们当中某些个案,甚至直接描画出来,就是一本很好的小说。大艺术家之所以大,就是他们能把出人意料的东西,变成人们熟悉的东西,或者把人们熟悉的东西,变成出人意料的。他们能在历史博物馆里看到机械,接着,他们又在机械博物馆里看到了历史。

记得有一次,我在飞机场偶然遇到一位著名的中医。闲聊中,他对我说:"光绪皇帝,绝对不是被慈禧太后害死的。"我向他要根据。他说:"我曾经研读过清宫的医案:光绪是一个小个子,体质很弱。他有着消耗性的疾病,法国医生也给他看过,化验尿蛋白的单据都在。依照当时的医疗条件,有着这样疾病的人,也就是活到这个岁数。而慈禧得的是老年性肺炎,突发的。"

有一次,我在一个偶然的机会里,获得了一百块大洋。当然是最常见的袁大头。我因此咨询问一位经济学家:"一百大洋相当于现在的多少钱?"他说:"这是一个系统问题。要和物价比、与黄金比、与当时的国民生产总值比。"他啰啰唆唆嗦地又说了好多项。我于是不耐烦地打断道:"你到底是知道还是不知道"——

此人是我的中学同学,已经到了不用讲究礼节的地步。再说,我心中一直认为经济学作为科学,多少有些不够格。他被激怒了:"我说一个你能懂的例子:在某某的日记中,曾经记载:三十年代,苏北闹灾荒时,一百大洋,在上海曹家渡,可以买一个二房!但这并不等于你有了一个二房。"我于是说:"就是给,我也不敢要啊:要想娶姨太太,硬件必须和山西乔家大院差不多才行。就我那单元房,算了吧!"

我的一位朋友,是一个标准的好人。他结婚时,曾经对妻子说:"我是个没本事的人,但有一点你放心:嫁给我,一辈子安全,我是不会和公安局、法院打交道的。"可没承想,若干年后,他的房子,在旁边的一座大厦施工时,被震塌了。他于是天天跑法院,要赔偿。最后他跟我说:"以前,我心目中的法律,就是刑法。现在我才知道,民法也是法律的重要组成部分。换句话说,生理现象就是民法,病理现象,才是刑法。"我不懂,追问。他解释道:"比方你小便,就是民法,因为这是正常的生理现象。如果你小便不出来了,病了,就该刑法来处理了"——生动倒是挺生动,可他就不会举一个文雅一些的例子吗?

还有一次,我的一位朋友,娶了一个"小太太"——他对我这个称呼,很不以为然:"现今社会,太太就是太太,哪来的大小之分"——于是,上述经济学家,就给他作了番经济分析。他说:"对于你结婚这件事来说,你本人就是成本,而太太就是收益。反过来也是这样。为什么你能娶这样年轻的太太呢?其原因就是因为你发了财。"

他说的确实是实情。但我并不因此佩服这位新郎官:他是个煤炭中转商。年前还因为积压了一批煤炭卖不出去而发愁,可因为若干小煤窑爆炸伤人,全国范围内开展安全整顿。于是,煤炭价格陡然翻了几番。因此他的财产完全来自于运气。而我的另外一位朋友,才德兼备,筹划多年,精心设计、精心施工,开了一个铜矿。谁知道,挖到半路,遇到一个唐朝年间的旧坑道。必须改道,可他偏偏没有资金了:工业由若干元素组成,缺一件就完蛋。他因此仅仅因为没运气就完蛋了。有鉴于此,我发言道:"他还是他,也就是说,成本还是那么多成本,可凭什么就获得了这么大的收益?"经济学家解释道:"的确,货物还是原来的货物,但他有了钱,就等于货物有了赠品。而有了赠品,就等同于价格下降。而价格下降,必然引起需求增加"——倒也是这个道理。君不见,商家为了促销,经常挂出"买一送一"或者"吃一百,送一百"的招牌?

一位自认为无所不知的计算机专家,曾经对我说:"计算机界最伟大的革命,就是压缩技术。因此,你们文学,也应该把多余的,尤其是那些腻腻歪歪的东西都压缩掉。"我说:"压缩不难。可你要是把杜牧的《清明》,压缩成'清明雨纷纷,行人欲断魂。酒家何处有,遥指杏花村',他非得跟你急了不可。"去年,我五十岁生日时,宴请好友。其中之一,是一位科学家:在插队的一代人当中,科学家当数凤毛麟角。因为科学需要不间断的训练,而这在广阔天地中是根本找不到的。他研究的是很时髦的学问:纳米。当大家问到时,他居高临下地说:"这不是一句话能说清的。"我不服气地说道:"有什么呢?纳米不过是一种尺度。或者说,是一种世界观。打个比方:你能看穿人的内心,你就是一位作家;你能看出人的将来,你就是算命先生;倘若能以一米的十亿分之一,也就是纳米的尺度看世界,世界因此会变得很不同。"他并没有被我打击倒,接着说:"我现在正在制定标准。谁先制定了科学性强的标准,谁就能在未来的市场上占据有利地位。到二〇一〇年,全球的纳米产业,规模将达一万五千亿美元。输掉了纳米,就输掉了未来。而要是没有标准,就只能在下游喝汤了。标准,你们懂吗?"我生气地说:"现在我也开始制定标准了:以后你一个人来,我请客的标准,绝对不超过二十元。同时我郑重宣布:我接受礼物的标准,是一千元以上。"我话音未落,大家齐声说:"那你在知天命之年,将收不到一件礼物。"我只好说:"我说的是未来的标准。暂不实行。"

不啰唆了,已经超过编辑制定的标准。当然,也超过了报纸副刊通常的杂文标准。不过,我仍然相信,把这些乱七八糟的东西,掺和在一起,便是小说。

《都市》 二〇〇三年第一期

过年杂感

传说中的"年",是一个怪物。不管别人信不信,反正我信:一到年关,一切都停止了。你什么事情都办不了。我的一位朋友,偏偏在过年前十天,收到哈佛大学讲学邀请。于是完成有关手续就成了妄想。我多少有些幸灾乐祸地对他说:"你就死了这条心吧:在清朝的时候,衙门在过年前的十天,把印都封了。印一封,关防自然就开不出来。"他不服气地反驳:"过完年我接着办!"我于是继续打击他:"中国的年,不是除夕,也不是初一、十五,它是一个起码历时一个月的阶段。"鉴于他是一位数理经济学家,所以我接着说:"这三十天,边界是模糊的。而根据机构设置的原理就是犬牙交错、互相钳制。所以叠加起来,就是四十五天。而四十五天之后,黄瓜菜都凉了!"他被我气得直瞪眼。我再接再厉地说:"这美国佬真是:不过年的不知道过年的苦!"朋友说他不信这个邪:"有志者事竟成!"我讥讽道:"你们经济学家喜欢讲可能性。一般的经济学家,对任何事情,都能提出四种可能性。而像凯恩斯这样伟大的经济学家,便能提出五种以上的可能性。可你这事",我斩钉截铁地说,"一点可能性都没有!"到我写这篇文章时,离截止期只有三天了,他仍然像一个告状无门的苦主一样,拿着办了不到一半的手续,在徒劳地奔忙着。我得意扬扬地给他说文解字:"'老骥伏枥'不过是'志在千里。'它很明白自己跑不了一千里了!可有些人,却不如马!"

子曰:"己所不欲,勿施于人。"麻烦也同样降临到我的头上。过节,尤其是像春节这样喜庆的节日,自然要花钱——在我的印象中,中国没有非喜庆的节日——太太因之派我去银行取钱。以前,遇到这种情况,我总以"机会成本"来搪塞她:"有给你干这个活的功夫,我还不如写一篇文章呢。以千字四十元计,一来一去两个小时,就一百块没有了。这未免过于昂贵了吧?"太太说:"你少来这套,我免除了你不知道多少劳务,可从来没见你多写了一篇文章。快去!"真是"话说三遍淡如水",各种理论之所以需要不断地创新,道理恐怕就在这里。在路上我想。

一入银行,我就发现了一个有趣的现象:凡是在我这一队,也就是取钱的一队,基本上是男人。而在存款的一队,竟无一例外的是女士。看来所有的钱,最终都要到了女人的手里。知道金钱的流向,便知道家庭的权力结构。广告针对女性,实在是有道理:因为她们,也只有她们,才能决定这东西到底买不买!排队的二十分钟内,我竟然产生了不少联想。可等我把存折递进去,里面掷出硬邦邦的一句话,"填单!"我赶紧问:"填什么单?"对方回答:"你取过钱没有?"我心说:"要是取过还问你?"等我看完冗长的说明,填好单据后,再望望神龙见首不见尾的长龙,毅然决定回家去了。

长征归来的我,点燃一支烟,陈述完毕后,立刻被定义为"愚蠢之极"。太太说:"你就不会到自动取款机上取?"我说:"我不知道密码啊?"她说:"我告诉你。"我怕她再派我去,就堂而皇之地拒绝道:"你不应该告诉我,我也不想知道。"她问为什么。我说:"掌控机密信息,从来都是最高首长的象征。再说,要是你告诉我之后,万一出了什么差错,我着实担待不起!有些事情,我还是不知道的好!"她听后淡淡地说道:"如果你不去,在整个过年期间,你将吃不到炸丸子!"炸丸子是我最喜欢的菜,虽然我知道她不会为这样一件小事,就使用这件武器,但在发射架上的导弹,最具有威胁力。故我只好再去"重受二遍苦"。

不管你喜欢不喜欢,年还是来了。爆竹响起,酒香四溢。我渐渐地被感染,投入其中了。

《检察日报》 二〇〇三年二月十四日

智慧生活

同事甲终于在将近四十岁的时候,打算结婚了。于是我的一位好朋友,打算给他介绍对象。这位朋友是热心之极的红娘,但凡见到单身男女,就有一种不可遏止的冲动,竭力消灭之。他试图把我也纳入婚姻中介系统中。我拒绝了。他从道德高度来谴责我,当时正在逛古董市场的我则用"形而下"的方法来对付他:"你有了钱,就想买一些古董,来进行炫耀性消费。可你并不懂。也就是说,你和古董持有者之间,信息是不对称的。所以,中间商就出现了:他们对这些瓶瓶罐罐、桌椅板凳,有着丰富的知识。保证你购买到物有所值的东西。而你这位婚姻市场的中间商,则对被介绍一方、介绍一方的信息了解都不充分。因此,我可以断定,你不会有好果子吃。"他强辩道:"我认为我对甲还是很了解的。"我当时"NO"掉他这个说法:"他现在正在求偶,而这和求职一样,他会自觉不自觉地隐藏自己的缺点,而夸大自己的优点。"从来自以为是伯乐的他不信,于是促成了一桩达到一年之久的婚姻。

我从来认为生活是很需要知识的。这个经验来自于我的幼年时代。记得在我刚上小学的时候,获得了一些"压岁钱"。因为舍不得花,渐成规模。父亲大概认为小孩子拿到了钱,就跟猴子拿到了手榴弹一样的危险,于是建议我把钱存到他那里。我被百分之百的年利率所诱惑,乖乖地上缴了。但不过一个月,我就发现完全丧失了对这笔钱的控制：每次我需要用钱的时候，必须提出申请。而这申请，总是被否决。这原因很简单：学费、伙食费等正常费用，是不需要用这笔钱开支的。反过来说，凡是需要用这笔钱开支的，都是不正常的费用。比方买气枪、大量爆竹、一只猫，甚至一只猴子。于是我只好徒然地看着他自制的存折上的数字增长而望洋兴叹。许多年后，我把这个故事讲给我一位企业家朋友听时，他一语道破天机："在我的账上，贷款从来是记在收入一方，而存款则是记在支出一方的。"

但明白了道理不等于你就能做到：现在我依然把钱存起来。不过是存到妻子那里。当然，这多少都带有一些强制性：婚姻在某种意义上，就是一份经济契约。我的一位完全依靠妻子收入生活的朋友曾经对我说："中国最棒的一条法律，就是夫妻共同财产。这也就是说，凡是我们家的钱，就有我一半。"他太太反驳说："这么些年，你早把你那一半给花完了。"我替朋友解释道："那剩下的一半，依然有他的一半。庄子说过：一尺之捶，日取其半，万世不竭。"家庭共同财产，我无法染指。但控制孩子压岁钱的规模我还是能做到的。孩子的压岁钱，都源自家长。你给我孩子多少，我就要给你的孩子多少。若把家庭看作是一个整体的话，绝对是一种总和为零的博弈。不同的是钱换了主人。所以，我和朋友们商量，共同减少数量。以至于在若干年前，我的孩子就说："看来中国经济不行了。"我惊讶一个上初中的孩子说出这样的话，便追问原由。他说："你没看见这拜年钱，一年比一年少？"我不禁哑然失笑。

密友 L 是一位成功的商人，过着一种像爱情小说一样复杂的生活。过年相见时，我惊讶他的憔悴。他长叹一声后说："做人难作半中年，做天难作四月天。身要太阳麻要雨，采桑娘子要半晴天。我实在是玩不转了。"我于是用大学教授的口吻说道："导弹的两大革命，一是弹头与燃料箱分离，这样就大大地减轻了重量，提高了速度。第二是取消昂贵的数据处理系统，而把消息送回地面处理。你如果要想活到现代人的平均值，就要根据这两条来处理生活。"他瞪着无神的眼睛看着我，表示听懂了。但我估计不会有多大作用：但凡他这样董事长兼总经理的私营企业家,通常都是自我之上主义者。他们也会听取别人的意见,但只是在这意见和他的想法一致的时候。再说,我也不相信他能克服生活的惯性。

《检察日报》 二〇〇三年二月二十一日

纵横代沟

家父是一位留学美国的博士,一向认为唯有能够经验的、重复的学问,才是真正的学问。我很受他的影响,一心想学科学。可"文革"一来,一切都成空想。但读书的习惯,即使在广阔天地中,也不能改变。我贪婪地阅读着一切能够搞到的书籍。这些书当然不成系统。而但凡不成系统的东西,都是经不住考试的。而我的朋友T,没有我这么广泛的兴趣,专攻英文,用四年时间,生把许国璋的四册《英文》背了下来。所以,他在高考恢复以后,很顺利地考上研究生,然后又很顺利地被公派留学。此刻,他已经是联合国中国籍官员中,级别最高者。市场对先知先觉者的回报总是最丰厚的。而我,则只能在大学的门槛外徘徊。徘徊既久,我也产生了写小说的想法:因为只有这个行当,不需要系统的教育,只要一张纸、一支笔就能"开业"。慢慢地,我就成了业余作家,再以后,就成了专业作家。这之后,经常需要在某些会议上说说自己的创作动因,每逢此,我总是实话实说:"朱元璋在登基前夜,曾经对刘伯温说:原来不过是想打家劫舍,没想到弄假成真。本人初入此道,也不过是想找条出路而已。"

我开始写小说时,在塞外的一所中学教书。对此,二哥很不以为然,他说:"你应该好好学学物理,免得误人子弟。"他是军内有名的通信专家,少将军衔,和我有将近二十年的年龄差。正因为此,我没有听他的话。姐夫也是留美学生,专业是核物理,或者是核化工。他对我的职业,从来认定为左道旁门。面对他们这些公开的、隐蔽的歧视,我终于忍无可忍地反击了:"你们总认为,只有你们的学问,才是真正的学问。我告诉你们:在全世界任何经纬度,两个电阻串联在一起,其电压都等于分电压之合。这是不变的、呆板的。而我的研究对象是人,人是变化的。马俊仁曾经用粗暴的方法,将王军霞培养成世界冠军。但后来他为什么领导不了王军霞了呢?就是因为他仍然采用原来的方法,没有与时俱进。人所构成的世界,远远比你们能观察到的物理世界要复杂得多。人是一个多元复变函数!"

与他们抗争完了之后,轮到我的孩子来和我抗争了。在他上中学的时候,想买一双乔丹做广告的"耐克"鞋。我一看千元的价格,当时就否了,从而选择了一双二百元左右的国产鞋。他一看,说了句"破球鞋"后,就扔到一边了。我当下训斥道:"你爸当年,别说这样的鞋,就是有双回力,也当宝贝!"他反驳道:"您说得没错,但这仍然改变不了这是一双破球鞋的事实。"我于是又说:"这双鞋要二百块钱呢,城市贫困救济线,就是这个数。"他固执地说:"这您说的也不错,但这仍然是一双破球鞋!"我干不过他铁一样的逻辑,愤怒地说:"那你就自己去买好球鞋去吧"——这是我与人抗争的法宝:当理论对你不利的时候,你就强调实际;当实际对你不利的时候,你就强调理论。而当理论和实际都对你不利的时候,你就勃然大怒。儿子白了我一眼后走开了。随后在暑假中,他给某个出版社搬书。这是一份日结算的零活。当他挣够鞋钱后,立刻就辞职了。对其明确的目的性,我不禁惊讶万分。

说到读书,儿子总持浅尝辄止态度。面对批评,他说:"现代人要求的是知识结构的合理性和广度。和你们那会儿不一样。"我在承认广度的同时,强调深度。他说:"既然求广,就无法深。或者说,不等你深,这门专业就过时了。"我已经失去了与之辩论的兴趣。管他呢。儿孙自有儿孙福。记得高龄的杜拉斯对年纪只有她一半的情人说:"没有我,你可怎么办啊?"我想,他大概有的是办法。

当有人担心新文化运动后,孩子们的毛笔字都写不好时,胡适说得好:"后来者自有后来者的办法。"

《检察日报》 二〇〇三年二月二十八日

方法即世界

朋友Q在大学里读的是经济学。不过不是眼下时髦的信息经济学之类,而是政治经济学。用的还是苏联的课本。所以,他久萌下海之志。在一次冲击职称失败后,他准备迈出第一步了。当大家问他具体的方略时,他说要搞畜牧业,目标是养羊。他是这样描绘远景的:"我养一百只羊,五十只公的,五十只母的。"众人听也就听了,唯独插过队的我大笑起来。他问原因。我说:"这样你非赔死不可!你以为羊的社会,也是一夫一妻呢?有两三只公羊就足够了。"他听后羞愧地低下了高贵的头颅。他后来还是下海了,搞运输业,并且发达起来。按说运输业是一个常规行业,不应该有高额利润。司机又"将在外,君命有所不受"。所以我很诧异,认为他可能运输一些现行法令所禁止的物品——我有一位经商"屡战屡败,屡败屡战"的亲戚,便是如此:他见到一块边远山区的玉米地便说:"要在这里种些大烟就好了。"等见到一个废弃的工厂,则说:"在这里开个赌场。"凡此种种,不一而足。我因此质问之:"你的商业战略,是不是依据《刑法》来制定的"——朋友听后,正色反驳道:"我虽然做了商人,但骨子里还是一个文化人。遵守现行法令,是最基本的。至于效益从何产生,"他浅浅一笑,"它产生于不团结。"我很惊讶,因为在我的心目中,团结就是力量。他说:"在某些时候,团结就是力量。而在某些时候,不团结就是力量。我每一辆四十吨的半拖挂车,配三个司机。如果这三个人联合起来,那神仙也没辙。正所谓:三人同心,其利断金。我经常调配他们,使得他们无法勾结。干部要交流、异地当官,就是这个道理。很多时候,我甚至希望他们闹些矛盾,因为只有这样,我才能掌握全面情况,从而作出正确的决策。另外,我还用计算机做出了一个数学模型,不管目的地是哪、何种途径,只要往里一套,结论就出来了。"我不相信计算机有这么大的功能。他说:"你不相信没关系,他们相信就行了。当年美国中央情报局局长胡佛有一套秘密档案,没有任何人见过,于是大部分的国会议员、部长都害怕他。"

某次某个准民间组织进行差额选举。朋友 K 为候选人。他动员我们许多人给他拉票。这时一位资深的选举专家尖锐地指出这样做不行。他说:"五个候选人选四个,就算你在三百位代表中拉来两百票,仍然不能保证你当选。"众人不解。他解释道:"这两百位代表手中的那张反对票,将平均地分配在其余四个人身上。因为不止你一个人拉票,所以每个人所获得的反对票,大概是一个常数。如果你不拉赞成票,而集中力量把反对票集中到某个人身上。那么,只需要五十票,这个人就完蛋了。"K 依计行事,果然当选。但最后因"非组织活动"而被上级组织除名。真是"闲官相攘谋竞深"!

方法即世界。所以我就把这些数学分析,移用到家庭当中。早已过了婚嫁年龄的侄子,在买了一辆"宝来"后,谁也见不到他了。但据悉有了一位女朋友。最近他提出要买一辆"奥迪 A6"。二哥不谙此道,问我这车要多少钱。我说要四十万元。他听后说:"那我将不拟同意。"我于是分析道:"他没有车的时候,没有女朋友。有了宝来就有了。要是换成了奥迪 A6,他将会给你弄回一个儿媳妇。在数学上,这叫作正相关。"年近古稀的二哥迅速反击:"因为火势凶猛,所以来了许多救火车。可照你的逻辑推论,就变成了因为来了许多救火车,所以火才着得大。逻辑错误是一级错误!"

但我相信侄子最后能够买上奥迪。如果他不用数学,而改用情感做武器来发起第二轮攻势的话。

《检察日报》二〇〇三年三月七日

影视浅谈(一)

影视剧现在已经被视为一个工业,它的全部流程以及各个步骤对大众而言已经毫无神秘性可言,所以它现在面临这个问题:是什么在吸引着观众,创意,还是演员。如果是创意,它和小说的区别在那里。而要说是演员的话,为什么那么多的大牌最后却成了票房毒药。我的感觉是:创意占三成,演员占四成,宣传占两成,而时尚占一成。

先谈创意问题,在八十年代,港台剧风靡一时,那也被称为亚洲电影的腾飞时代,可现在回头看看,情节千篇一律,冲突矛盾简单片面,使得九〇年代的香港电影陷入谷底,也使制片商们意识到创意的重要,现在的电影已经在这方面极大地得到了提高,现在再看电影,充满乐趣,不再觉得自己或导演是傻子了。虽然这又带来另一个问题,思路一意求新求怪,不考虑情节的合理性与逻辑问题,可这毕竟是瑜中之瑕,是可以克服的。

再谈演员,曾经一度,电影中只要出现几个名字,就可以保证投资方的利益,它包括几个出色的演员,一些大牌的导演,甚至是电影公司的名字都可以保证票房。但大浪淘沙,多少英雄,如今已雨打风吹去,留在记忆中的,只是那些真正的演技精湛的面孔。周润发、梁朝伟、梁家辉、张国荣,这些名字,随着那些经典名片被大家牢记在心里。可是,即使是他们,也都遭到过票房滑铁卢。所以说,光有好演员,并不能保证票房。

有了这些,还需要强大的市场宣传,才能够使大家知道并接受这部片子。而得到最大的利益。这方面好莱坞已经做得炉火纯青,泰坦尼克号就剧本来说,只不过中上而已,演员方面男的还行,女主角就一般,可最后大卖特卖,事前的宣传可谓功不可没。十年前的所谓的大片引进,也是借鉴了成功经验,吸引了大家的注意,最后成功树立了一个品牌,中影公司也因此确立了业内的霸主地位。

时尚则属于一个比较微妙的话题,谁能说《空军一号》的成功和当时的克林顿正在竞选连任完全没有关系呢?而当年我曾看过一部叫作《枪火》的电影,好像里面有黄秋生,吴振宇等人,剧本非常精彩,演员的演技也很出色并到位,可最后却并没有得到什么荣誉。无他,只是当时大家还接受不了这样的表现方式,而两年之后的《暗战》就完全成功,虽然刘青云,刘德华的演技无可挑剔,配角的表演也出色,但如果不是大家已经接受了这种叙事手法,恐怕他最后也只不过是另一部好评电影而已。

而电视剧,则是另一回事。他的创作过程也是经过演变的,当年我们耳熟能详的作品像《射雕英雄传》《万水千山总是情》《人在旅途》等等,都是一个完整的制作班底。在电视台出资的情况下,完成整个制作过程,经过创作,选角,拍摄,剪辑这些完整的步骤最后与大家见面,《情义无价》是其中的佼佼者。而美国及港台现在的电视剧制作过程已经完全成熟,他们通常是先选一个题材,找编剧写出十集左右,开拍,播出,检看收视率,如果高的话,接着写,不行就结束这部再开一部。所以他们现今的大投入很少失利。例如前一段时间大获成功的《创世纪》《一号皇庭》等。他们成功的手段也不外乎几个:充满戏剧冲突的开头,复杂到死的矛盾,四角或五角的恋爱,出色的男女主角,以及皆大欢喜的结尾。当然,这不包括那些肥皂剧。

目前大陆的电视剧尚在起步阶段,难免鱼龙混杂,受目前的制度以及经费等限制,无法做到依据市场来调节,通常是导演找到一个好剧本,把它拍完(途中还受到经费的限制,不能做到完全表达剧本及导演的意图),在完成之后卖版权,买的人多,就赚,卖不出去就赔,所以对编剧的依赖性就非常高了。如果有好剧本,基本可以这么说,剧本在电视剧中所占的比重超过一半,而其余因素占另一半。所以一个好的编剧在目前非常抢手。改变现状的办法是电视台自己拥有创作班子，还要能真正做到监察市场，对收视率做到心中有数。这样，一个电视台出的精品越多，他的收视率越高，他的广告就卖得越好，这样能做到良性循环，电视台越有钱，对剧本及演员的选择就越多。而反过来，一个好剧本或好演员的收获也会越大。如此循环往复，观众们也就自然会看到越来越多的精品。

市场准入是一个很现实的问题，也许有很多有才华的年轻人拥有非常不错的作品，可是因为没名气，没路子而无法被人接触，同意。据我所知，在北京目前有不下一千的年轻人在作着写手这个工作，他们兢兢业业，他们满怀希望，他们锲而不舍，可是能获得成功的只是极少数，当然，任何行业都有这个问题，后来者总是需要付出更多，但是，不透明的制度却使得这种难度大大增高。而那些已经成名的作家就有比别人高的起点，可是，成名意味着已经不再年轻，所以他们更清楚社会，却不再贴近群众。而且，作家总是和编剧有区别，他们之前是在创作小说，在小说中可以用大量的笔墨进行心理刻画，场景描写也是塑造气氛的不二法门，可这些在剧中无法完整表现出来，用镜头说故事需要的是冲突，是情节。一些小段子是必不可少的。而一直奉行文以载道的大师们却久已不屑用此了。这也就是为什么正剧很多，娱乐剧却很少的原因。曾听一位同行高人说过，当你在剧本中写道，夜，古木夹荫下的石道。在导演看来只是两个字：外景。虽有苦涩，确实真言。

而且，因为高风险，目前大部分的电视台都在跟风，"戏说"流行时，满目风流皇帝。说到秘史，大家就能看到无数的宫廷，官场百态。和珅一出，学士，宰相戏份十足。这也严重限制了编剧们的创作空间。不写这些，没人会投资，可要写又没什么新意，只好一分史实，九分想象了。《流星花园》的巨大成功，使我们看到了很多大陆的漂亮男孩儿，他们到底该感谢发掘他们的导演，还是流星花园的编剧呢。

可喜的是，随着经济大环境的好转，电视台也有了更多的资金，市场意识的介入，也使得电视剧有更好的发展空间。终有一天，一个好剧本会被大家抢着要,而当一个编剧真正能靠自己的作品养活自己的时候,精品就会源源不断,因为,兴趣是最好的老师。

如果在疲劳一天之后,能够看到自己想看的东西,那一定很不错。

如果有一天,编剧真的能写自己想写的东西,你就会看到自己想看的东西。

周星驰是一个我很喜欢的演员,虽然他不演什么严肃题材的作品,未能跻身于大师的行列。可他却能让我笑。笑,就行。

二〇〇三年八月六日(刊发报刊失考)

影视浅谈(二)

前几天,儿子留学回来,我很是高兴,他却忧心忡忡。细问才知,他是在担心家里的经济问题,众所周知,国外留学对经济能力的要求比较高,他对此十分担心。我告诉他,由于最近参与写作了几部电视剧,所以没问题。他表现出很好奇的样子。儿子打小爱看书,乱七八糟的什么都看,也因此对什么事都了解一些,所以,久已不问我什么问题。乍一听,着实有些高兴,细一想,看来,关于影视剧的创作,它是如何产生构思,又是如何形成初步构想,接下来又是怎样形成文字,文字怎样被导演理解,又是如何被解释成可视信号,最后在整部剧中,编剧的地位怎样,他在多大程度上被关注,等等。这些问题,大家现在还不是很清楚。

国内最近兴起电视剧热,观众对电视剧,也从以前的被动接受,进步到了现在的主动选择。晚上一开电视,洋洋洒洒,选择多不胜数。国内的"金鸡"奖,"百花"奖,以前曾是多少影视人的唯一奋斗目标,现在,收视率,版权收益,已经成为他们的最高追求。曾经一度,报纸等文字媒体也为此展开论战,究竟现在是影视剧堕落了,还是制度进步了,究竟是应该用影视剧来引导观众,还是应该随着观众的兴趣来决定我们的影视剧创作。现在看来,结果不言自明。市场经济,还是要看市场。当然,我们的道德底线还是有,不过,在界限之内,一切以观众为主。以观众为主,这绝不只是一句空话。如果你违反这一原则,那你得到的只能是失败。无论在声誉或收益上。

那么,现在问题来了。谁来决定观众的喜好,或者说,观众的喜好谁知道。你说观众现在喜欢看这个,我却说大家现在喜欢看的是那个,他又说其实都不对,同志们想看的其实是那个。嘀,那叫一个热闹。你有近期的市场调查作为依据,我也拿出了对自己亲戚的调查报告,他呢,更厉害,他儿子的同学们一致想看的东西早被他记录在案。于是,辩论一发而不可收,你说你的对,我说我的好,他说他的更高明,谁说了算呢,投资方。也就是说,谁出钱谁说了算。于是你想了,你瞎牛个什么劲呀,不就有俩钱么,你对艺术懂多少呀?

可投资方也有自己的难处,对,我是外行,可钱是我的,谁想扔钱玩呢。问题你们争来争去,我听着都有道理,你们文人相轻,彼此不服,我的资金不能总是压在这里,那当然由我来做主了。既然我说了算,投资最重要的就是规避风险,寻求最大利益,我就要找一个风险最小,回利最大的想法来实行。所以,第一,这个创意不能违法。如果违法,拍完了也没法播,投资就收不回来了,第二,想法可以新潮,但不能太新潮,你们作家一写起来就没边没际的,什么都敢往上写,现在是同性恋不那么被大家接受不了,可普通人还是不那么接受,你现在非要写出一部表现同性恋之间的真挚感情的片子,你说,拍完了能卖得好吗?第三,要考虑到实际操作的可行性,对,你写出一部既不违法,又很带劲的本子,可要把你写的表现出来,得需要三亿的资金,那对不起,恕不奉陪。第四,就是一定要有娱乐性。因为只有这样,才会有人看,你要是写的法度严谨,一丝不苟,那拍出来就不叫影视剧,叫纪录片了。

所以,现在编剧写稿,通常是已经有了一个大体的创意,比方说这部片子要描写中关村目前的年轻人的创业及感情生活。或者说根据某个著名案例,他之前之后的种种故事铺陈开来。

接下来,就看编剧的了。他要在这个大提纲下,尽自己最大的努力,把这个故事展现的多姿多彩,跌宕起伏。这需要深厚的文化及生活底蕴。他要把自己融入角色中,设想他可能会遇到的困难,理顺他的感情,解决的他的矛盾。这一切的设计,都要情理之中,却意料之外。倘若过分的不合逻辑,会被观众取笑,也就不会被重播,也就直接影响到利益。就像前两年的那个著名笑话:男女主角刚见一面,就跌入爱情之中,明天我也上街转转,说不定捡一两个回来呢。但也不能太清汤寡水,中关村的年轻人也是人,即使他在中关村,也不会天天都有大事发生,他们每天的生活也无非就是吃饭,睡觉,办公,如果就这么写出来,那连纪录片都说不上,谁还会看。这之间的轻重拿捏,就看编剧的素质了。而角色的设定,要考虑到方方面面,既要符合共性,又要拥有个性。既要达到资方关于表现中关村年轻人的生活的这个目的,又要能够拥有足够的内在张力,使得人物的角色力量能够持续到剧集的末尾。

此外,编剧还必须有能力把大环境和小圈子结合起来,艺术毕竟要高于生活,他一定要用镜头语言提出问题,这就要求编剧不能埋头只顾自己写得痛快,还要关注社会。或者借古喻今,或者以小见大,总之,还要满足观众们在内心深处的关于真,善,美的追求。

虽然要求很多,但对于一个掌握了创作方法的优秀编剧来说,这一切都不是问题,真正的问题是情节,也就是框架内的填充物。填什么才能让剧本出色呢？这就是展现编剧个人特色的地方,有的编剧善于用语言,有的善于用场景,有的则借助于人物冲突,不管用什么,都一定要达到凸现人物个性,帮助剧情发展的这个目的。这方面的佼佼者当属那些新生代或中生代的编剧。他们目睹了中国这二十年的变化,拥有取之不尽的素材,同时他们又能接触欧美,及港台的现代思想,使得他们的表现手法多种多样。却又万变不离其宗。曾经听说当年红极一时的《渴望》的其中的一位编剧说过,他们当时就是几个人晚上聚在一块喝酒,彼此讲故事,突然一人提到了这样的一个故事设想,大家都很感兴趣,围绕着这个故事讨论起来,也就一晚上的时间,整个的剧本框架就完整的出现了。于是每人分一部分,回家写。最后就成了我们现在看到的这个样子。这其中语言部分王朔完成得比较出色,而李晓明在整体上的感觉使剧本保持了一致。我觉得,他们已经掌握了现代剧本的创作方式"以无厚入有间",在情节与创作中做到了游刃有余。如此出色的剧本,再加上当时中国最好的导演,无怪《渴望》会取得如此之好的成绩。

谈到导演的问题,相信大家都有自己的话要说,例如张艺谋、姜文等等,他们不但有自己的追求,而且很好地做到了艺术与商业的地结合,其中张导以电影为主,不但做到了叫好,同时也很叫座。还为我们培养发掘出巩俐这样优秀的演员。可谓是新一代电影人中的代表者。他其后在舞台剧与歌剧上的追求更使我们看到了一个优秀的影视工作者所应有的严谨与在艺术上的不断的追求精神。而姜文是我最喜欢的国内导演,他的自然与大气我深深欣赏,撇开他在演技上的功力不谈,看看他在《阳光灿烂的日子》中的表现,让人不得不惊叹一个人的天赋竟然可以达到如此地步。但是,不可否认,并不是一个好导演就可以造就一部好片子,只不过好导演可以更好地在很多剧本中选择,找到适合自己风格的优秀剧本,并完美地把它表现出来而已。

这时,就会遇到导演与剧本的磨合问题。一个优秀的导演总是会有自己的风格,而当这种风格与剧本有所冲突的时候,通常被牺牲的是原剧中的编剧的想法与创作,这也就是为什么一个成功的导演通常只与自己熟悉的编剧合作的原因,这样可以更好的减少磨合时间,避免内耗,他可以把精力集中在拍摄上。但与此同时,也有另一个问题,编剧要如何保证自己的想法被体现出来呢?这除了要在创作中保持剧情紧凑,使人无法增删外,还要与导演常常沟通,虽然现在国内还很少有随组创作,也比较少出现拍摄时编剧随组,但是这是大趋势。目前的港台与欧美的影视剧制作已经基本采用了这种方式。他们通常是选好一个题材,交由几个编剧或者一个编剧组来进行创作,通常不会一次性写完,而是写十集左右,拍完这十集进行播出,如果效果不错,就接着写,如果不好,就会停止这个剧组,转而进行另外的制作。这样做的好处是可以避免大投入失败,同时也解决了编剧与导演之间的合作问题,在这种情况下,编剧可以随与导演进行沟通,随时修改自己的创作,而导演也可以随时询问编剧的创作意图,这样的分工合作更合理的进行了资源的分配,从而达到了最好的效果。国内目前由于资金与制度的关系,尚且无法做到这种程度,所以一旦有相互适合的导演与剧本出现,就会出现比其他作品强很多的精品,但这种情况毕竟不多见,所以,制度的改变是必需的。只有到了那时我们才可以看到更多更好的作品。

现在大家在观看影视剧的时候大都还是比较注意剧中的演员,如果一个好演员可以吸引很多的观众。可是所谓外行看热闹,内行看门道,行内人士总是在看导演和编剧,因为他们知道,这些人才是一部剧的灵魂。所以如果一部好的剧出现,大家注意的是谁演的,他们却注意的是谁导的,谁的编剧,同时在看这些人的风格和自己有没有冲突的地方,将来有没有合作的机会。所以,在每推出一部剧的时候也就是导演和编剧在用自己的作品和大家在打招呼。赢得的是掌声还是倒彩,可是凭着真本事。

基本上可以这么说,一个好的剧本在一部剧中的比重可以达到甚至超过百分之四十。当我把这个看法告诉儿子时,他非常兴奋,摩拳擦掌,一幅跃跃欲试的样子,大叫着自己也要试一试。我告诉他,并不是你想写就可以写的,市场准入是一个很现实的问题,别说你现在还不知道自己有没有这方面的才能,即使那些真正写出好本子的年轻人也仍然在等待着,等待着一个属于自己的机会。这也许需要很长时间,和一个慧眼识珠的导演或者投资者。你可不要天真地以为这很容易。可儿子不听劝,一头扎了进来。我也就不再劝他。年轻人总是志比天高,受到挫折对他也是一件好事。可是转念一想,焉知他不是一个人才呢。为人父母者总是要给孩子支持嘛。

不过,这样的年轻人越多,创作事业就会越发达吧。

二〇〇三年八月十四日(刊发报刊失考)

法律其实就是一种规矩

这是一个发生在二次大战中真实的故事：一名英国特务马尔罗在德国占领的法国执行任务期间，他的妻子为他生了个儿子。他让英国的情报机关为他付"割礼费"。而英国情报机关拒绝：因为没有这个项目。而马尔罗则坚持：因为合同规定"报销一切执行任务期间的费用"。既然是一切，自然就包括"割礼费"。双方谁也不肯让步。马尔罗因此不高兴了，以不工作相威胁。这件事于是被提交到相当高级别的会议上研究。主持会议的空军元帅波特尔让资深会计查阅有可参照执行的规定。结果没有。波特尔环顾左右后，慢慢地从自己的口袋里掏出五个先令。榜样的力量是无穷的。低级别的官员只好效仿。这个标的只有若干英镑的纠纷案终于获得圆满解决。

人们也许会讥笑英国人"古板""迂腐"。但正是这种不肯变通的"古板"和"迂腐"使得英国社会能够有序运行。

而在我们的国度，却充满了"变通"。记得在八十年代初，挂历就如同杨柳青年画一样地时兴，各个单位都纷纷购买，形成很大的集团购买力。于是国务院明令禁止。可我的一位朋友，还是买了一批。然后找一位相熟悉的领导报销。这位领导思考片刻后，提笔批道："不符合国务院精神。最少也该事先请示。下不为例。请财务处按'暂付款'处理。"我很钦佩这位领导的水平：第一句是指责，第二句就降低为容忍，第三句则是过场戏，第四句则把问题解决了。读者也许会说我小题大做：不就是几本挂历吗？有什么大不了的？就是给我也不要。

问题要历史的看。在六十年代,盗窃粮票,等同于现在虚开增值税票。"数额巨大"者,可以被判处死刑。而现在,粮票已经成了文物。更重要的是这种可怕的变通,使得"令不行,禁不止"。据说从八十年代起,中央关于禁止"大吃大喝"发了上百个文件,可就是实行不了:文件说"四菜一汤",我就上四个大盘子,每个盘子里,放上四个菜……凡此种种,不一而足。

友人曾讥笑我这两个小故事"虽好但小",我则反击道:"应该是'虽小但好'。"并举例说:某书生入闱,不打扫科场内属于自己的那间小阁子,而带了一个仆人。考官责问。他说:"我以扫天下为己任。"考官正色说:"一房不扫,何以扫天下"?并把他轰出去。友人又说:"吃喝问题,随着经济的发展,就会解决。一位《纽约时报》的记者曾说:在一九四七年,在日本请客,大臣很容易请到。而到了四十年代末,只能请到局长一级的了。到了五十年代初,就连处长,也很难请到了。"我于是以其人之道,还治其人之身:"这个故事还衍生出另外一个故事:首相夫人面对一块鸡翅,不肯动刀叉。最后问主人:我可以把它们带走吗?那位原以为首相夫人是做淑女状的主人惊讶地问原因。首相夫人回答说:我的孩子们已经有一个月没有吃到肉了。这说明:首相一家也严格地实行配给。"

友人又说:"有些不合理的规定,突破一下,也是应该的。不破不立嘛!"我的回答是:游戏中人,是不能够质疑游戏规则本身的。比方排球的网子,神圣不可侵犯。你要是碰一下,就会被判"触网失分"。就算是身体碰了一下网子的底部,根本不影响比赛,也是这样。原因就是:如果你碰了一下,不算你失分的话,那我把网子拉低一米,让队友扣球,又当如何?再说一条规则:排球的中线不可逾越。踩上了就失分。原因就是:如果可以踩,那么我到对方的场地里去阻碍对方进攻,你拿我怎么办?

当然,我承认,有些规矩确实不太合理。我认识一对教授夫妇,一九四九年时,太太在辅仁大学教书,先生在清华大学教授。结果先生按照离休对待,太太则是退休。要知道,退休和离休在工资和医疗方面,有着很大的差别。原因就是"离休"和"退休"的分界线划在"一九四九年一月一日",那时,解放军围住北京城,在等待傅作义起义。而清华大学在城外,属于"解放区"。辅仁大学,尚在"敌占区"。虽然太太根本没有去,也没法去城里上课,而在清华园内待着。

教授太太曾经多次控诉那规定。我也表示同情。但同情是同情,规定是规定:一九三七年七月七日前参加革命的是"红军",之后,就是"三八式"的"抗日干部"。有非常多的热血青年,就在"七七事变"后的一两天,参加革命的。现今,垂垂老矣的他们,常常感叹这"数日之差"。要说这数日之差,没有本质区别。可要是七月八日可以,那七月九日可以不可以?再错上两天可以不可以?

试想一下:如果"空间线"和"时间线"都可以任意移动,那么这个世界,将充满了变数。"游戏"也就没法玩了。

其实,法律就是一种规矩。训诂一番:规矩就是木匠用的圆规和尺子。要是各有各的"规""矩",或者根本没有"规矩"。现代社会根本就无法运行。话又说回来:规矩也是可以修改的。不过,修改的权利不在我们手里,而在立法者手里。那么,遇到法律不合理的地方,我们应该怎么办呢? 只有利用法律与之抗衡。

有这样一个故事:牛津大学的学生在考试之后,诉老师赔偿十个英镑。原因是根据老师没有按照十七世纪的牛津大学校规,在考试时,为学生提供面包和啤酒。老师微笑地交出十个英镑。次日,老师罚这名调皮的学生二十英镑。因为他没有按照十四世纪牛津大学的校规"穿黑色长袍并佩剑"。

再比方,前些时候,关于"婚内强奸"曾经有过激烈的辩论。一方的论点是:婚姻的实质之一,就是双方都有满足对方性要求的义务,没有强奸一说。另外一方的论点则是:违背妇女的意愿,就是强奸。显然,双方援引的法律不同:一为《婚姻法》,一为《刑法》。而我以为,像这类问题,如果没有造成伤害,就按照《婚姻法》办,如果造成了伤害,就按照《刑法》办。总而言之,一切按照法律办就是了。只要你能找到相关的条文。

《太原日报》 一九九六年七月十七日
《检察日报》 二〇〇四年四月九日

有关电视剧

一　电视剧定位

首先务虚。

文学的艺术形式,是这样排列的。诗歌、小说、戏剧、最后才是电视剧。

诗歌一定是有感而发。但所有的诗人都无法仅仅通过诗歌而养活自己。这是一种窄众的东西。

小说已经能够养活人了。

而电视剧则是大众的艺术。虽然它的级别低,它已经有形了:凡是有形的东西,在美学意义上,级别都低。我曾经见过一本书,叫作《图解资本论》,你说荒谬不荒谬?哲学本来是最形而上的东西,如何能图解?但回报则相对丰厚。

我嫂子是清华大学核工程系的教授。我的侄女是清华大学出版社的编辑。教师节的时候,二嫂发了两百元钱,而侄女发了一万。二嫂说:"天地良心,我一九五二年考入清华,然后一直在清华园里工作。"

清华出版社有教材,尤其是计算机教材。年度码洋五个亿。只有几十人。而谁没事做反应堆、原子弹玩呢?

《猫王》的例子:他的岳父知道他演出一场值多少钱的时候说:"真荒唐:一个人两年的工资。"

传统的经济学认为:价格被劳动所定。就是这个东西的程序最复杂、劳动量越大,价格就越高。其实这是不对的:价格被市场所定。比方这一阵经济过热,钢铁的价格就翻了一番。石油也是这个道理。按说,随着技术的进步,应该越来越便宜才对。

话又说回来:价格高,不等于它的精神价值就高。罗素的书,《数理逻辑》,一百年来,也不过是几万本。据说能读懂的人,全世界也不过几百个。《教父》头一版就是几百万,作者因此拿到了一个亿美元的稿费。但《教父》不过是一部成功的作品,而《数理逻辑》则是一部伟大的作品。

我想问大家:为什么电视剧大都是二十集?

原因就是广告效应。不用往远处说,二十年前,有人要告诉你:电视台是依靠广告而生存的,你会不相信。而现在,这已经是一个无可辩驳的事实。所有的名牌的成本,大部分是广告。以前汾酒不肯做广告,现在也在中央台的黄金时间做开了。

广告播上三天五天,根本不会在人的头脑中留下印象。最少,也得这个数:美国的电视剧经常是四十集的,港台也多加入这个数目的电视剧。

既然它需要这个数,你就要写出这个数的作品了。换句话说,电视剧的性质,就决定了电视剧的创作是一种技术。剧本作家,不过是这项工程中的一个环节。

二 剧本的作用

电影可以没有剧本。王家卫就经常在没有剧本的情况下就开拍了。

而没有一个人敢于在没有剧本的情况下投拍一本五集以上的电视剧:因为你根本就想不到底。而且还会使得费用大大地增加。

所以港台经常有一些"驻组编剧":边拍边修改。虽然草率,但必须有剧本。

电影是导演的艺术:他只要把声、光、表演这些元素组合起来就行了。张艺谋的《英雄》的剧本既没有内涵,也很不合逻辑。形式大于内容。但还是可以看。原因就是把各种电影手法用到了极致。再往深里说:电影仅仅是因为长度短,不等你烦了,它就完了。另外,电影给你制造了一个"伪环境":在一个黑屋子里,强迫你在看。而电视剧的主动权,完全掌握在观众自己手里:你只要一分钟,不能吸引住他,他就会换台。

所以你不能想象能有这样的电视剧不用剧本。

电视剧容量要比电影多上很多倍。量变引起质变。所以他理所当然地就变成了编剧的艺术。

《天下第一楼》作为话剧很成功。但改编成三十集的电视剧,就不能让一个人当主角。必须有很多人:有很多人围着他转,他也围着很多人转。不停地纠缠,直到最后。

三 有关创作

如果让我来讲小说的创作,我不敢说。因为这是一种高级的艺术。一个人一个手法。法无定法。

一个题材,一百个作家会写出一百个样子。内核、情节、人物完全不一样。

而电视剧则是量身定做的:反过来说:现在不许在黄金时段播放"涉案剧",那么就意味着涉案剧的价值大大地打了折扣。资本总是追求利润的,就会投放到别的地方。比方言情剧。这样,言情剧的市场就形成了。

投资方就会来找你。尽管你可能是一位擅长写涉案剧的作家。但你也要写言情剧。投资方经过市场调查,认为现在市场上有关青年人的言情剧已经够多了。需要中年人的。而且是白领中年人。而且要小城市里的中年白领。

大家想一想,在这么多的限制下,最后的结果大概相差不会太远。

所以我说,写电视剧有,也必须有套路。既然是技术嘛,就一定有规程。

例子一:王冀邢找我写《黑冰》

我说:"不会写。"

王说:"给你传一个梗概。"

给你梗概,你总不能说不看吧? 其实我也没看。我正在和一位朋友下棋,传真机就流出了很长的梗概。两天我没有看。然后他打电话问。我说看了。他说:"怎么样?"我说:"不错。"他说:"那你就来上海谈谈。"因为他说有第一作者,让我改语言。咱们是写小说出身,改语言应该不是什么事。但我因为考虑到工作量,还是买了这位第一作者的一部由电视剧改编的小说看了看。发现还不错。于是就答应了。这位第一作者,还不会用电子邮件,生用传真机往过传。传了两集以后。我就跟王说:"要不就我来写,要不就退出。"他笑了。其实他们都知道这位第一作者每次写东西,后面都跟着一位修改者。

我开始写。但写了五集之后,发现材料用得差不多了。这时,王说了一番话:"智取威虎山中间,杨子荣经过一番周折,已经获得座山雕的信任。这时候,来了一个小炉匠。于是,信任危机产生了。最后化解。"我说:"我已经用过小炉匠了。"他说:"智取威虎山不过是一出戏,相当于两集电视剧的容量,而咱们这是二十集的戏。需要小炉匠、小铁匠、小木匠、大木匠统统来一遍。"

我听明白了这个意思。内核就是电视剧不怕重复。

这是可以举一反三的。举一反三还不够,应该举一反十,甚至举一反 N。

比方两个人谈恋爱,然后结婚。两点之间,直线最近。这在戏剧结构上说,可不是什么好办法。叫作"没戏"。必须两个人都有,或者起码一方有朋友。因为相爱,都历尽周折,离开了原来的朋友。开始新的爱的历程。在这个历程中,双方还要历尽周折。碰到了障碍。这障碍可以是各种各样的,来自家庭的,单位的,别的异性朋友。因为没有结婚吗,所有有选择的可能。好不容易要结婚了。请帖都发出去,这时候,又出现了某个人,这个人也许是前任女友,也许还有所谓的"孽债"。这样,戏剧的张力就完全出来了。

至于怎么结尾,就看投资方有什么需要了。大团圆,就大团圆。

所以我说,不要在开头和结尾之间用一条直线来联结。用曲线也不够。而要围着这条直线,其实是三条,一条主线,两条副线。做周期性振荡。振荡的幅度越大越好。只要你离开后马上回来。

第二点:要唯物地、冷静地,甚至于应该冷酷地看待剧本。

你不要把自己看成是一个艺术家,而要把自己看成是工业中的一个环节。

医生不给自己的亲戚动手术就是这个道理:他已经充满了感情色彩。不能唯物了。总想多留一点。而这多留一点的东西,也许是致命的。

搞电影的、电视剧的人,和写小说的不一样。电影中的蒙太奇手法,就决定了他们的创作思维。两个字,拼接。

一个人从一间屋子里,通过一架电梯,降落在一间地下室里。这三个过程,很可能在三个地方,北京、上海完成。在更多的情况下,是外景在美国,而内景都在国内。这样做,仅仅是因为费用问题。

这种制作模式,就决定了所有搞电视剧的人的思维模式:把作品解构成若干个单元,然后不断地调整。调整的原则,就是怎么好看怎么来。

我也明白了侦破剧的原理:不在于"说得通",而在于观众是不是"看得懂"。过程尽可能地复杂,而结局要尽可能地简单。简单总是最难得的。

例子二:有关《黑碉楼》

剧本的起因,是有两本小说。小说是一个好的出版社出的。又有一个很著名的作家写的序言。我不想写。一个朋友想写。写完之后,我也没看。传过去之后,投资方很不客气。

我在飞机上看完这个剧本。确实很差。

谈完之后，我们就到这个地方去。在路上，我又看了小说。这小说就更差了。

原因就是因为这个地方是广东的一个旅游胜地，而这位小说作者是当地的一位官员，这些文化界常去骚扰他，作为回报，才有这两本书。

既然已经加入了，就停不下来。

我看了当地的黑碉楼，于是有了构思。

我要求授权：有黑碉楼，有公安就够。

这样，我设计了某个富商，有三个太太。不能因为一个玉观音。那样不符合逻辑：成本大于收益，谁干？一生二，二生三，三生万物。

这三个太太，分别有掌握密码中的三个段落。组合起来，才是存款密码的全部。这笔款子很大，类似于山下奉文藏金，或者马科斯的遗产之类的。

她们分别传给了自己的后代。后代回来找。

这样，有公安在破案，有当地的黑势力加入。五拨人。够了。这其中还得有女人。

你获得了你的，但你被别人劫持。我去营救。成功后，她先用色相勾当事人，不成功后袭击当事人。当事人把她制服后，还要继续合作。在以后的过程中，这样的情节可以反复使用。

例子三：《港九大队》

因为是一支文化的部队、情报的部队。所以我设计了一个潜藏的日本亲王。

因为政治原因，不能写日本王室。

最后转了一圈，找了很多枪手，他们还是来找我。

四件事：抢救文化人，营救英国战俘，美国飞行员，最后把情报送出去。

不能用亲王，就用公爵。能藏多久就多久。

界定一个民族，关键是文字。文化人是种子。吴国、越国的种子之争。

英国战俘很重要，派人进监狱，英国战俘看不起中国人，要自己出去。结果第一次没出去。第二次出去了,还被抓回来。这期间,咱们派进去的人,受尽考验。最后,在游击队的帮助下才出来。为什么这个英国战俘这么重要呢?因为他知道港币母版的下落。

美国飞行员也是这个道理:像《风语者》电影一样,有密码,或者什么东西。

还是一波三折。

最后就是结束的高潮戏。

这个亲王要隐藏到最后:王不见面。一见面就买单了。

爱情戏中不能结婚。但有情人成了眷属,也就买单了。

还是回到母题上:一部爱情戏,哪怕是从结婚的前一天开始,一直写到结婚,也是写二十集。

一分钟、一分钟写就是了。美国电视剧《24小时》为例。

例子四:《铁豆腐》

花了很多钱。有梗概。

但有局限性。西江王谋反。白天当官,佐罗的思路。白天当官,晚上行侠。

后来改成《浪子天官》:上到朝廷,下到江湖,居无定所,什么地方都可以去。很立体。

古装戏八个字:帝王将相,才子佳人,他都具备了。

设计了三个女人。三个女人一台戏。

朝廷信任——不信任,大盗身份使他和江湖恩怨、官府追捕纠葛到一起。

要死人。最少二十集戏要死三个人。七八集死一个小人物。十五集死一个次重要的人物。最后死一个关键的人物。

写这种历史剧,不管它是不是戏说,都不是历史。根本就没有"孝庄太后"这样称呼,也没有"雍正王朝""康熙王朝"这么一说。满清王朝才对。

《大宅门》买药一下子就是五十万大洋。北洋舰队的主力舰才八百万。颐和园才一千三百万。

来不来就给太后上一个折子。只有六部堂官和各省藩台、臬台以上的官员才能上。

你要是把电视剧当成历史看,那是你的错。

什么好看,就用什么。

港台人叫作"无厘头"。根本不需要什么来由。要什么给什么。

即使在一定程度上,不符合逻辑都没有关系:小说你可以翻回去看,而电视剧你翻不回去。而且你在看电视剧的时候,经常会被打扰。有那么一点不合逻辑,你往往会在自己身上找原因;我是不是漏看了什么?

例子五:《一个部长稽查的日记》

路耀华写的。此人很有文才。内容也好。

太原电视台买下了版权。

我说签订了合同。

但写不下去。没有对手。

好多书,作为小说来讲,是很好的。比方我的一个熟人,试图买下了王安忆的小说《长恨歌》的版权,我建议别买:这小说是真好。但好的小说,很难改编成电视剧。

对话:电视剧就是北京人说的:拉洋片加说书的。

对话不能教。要靠悟性。

唯一的方法,就是想和搜集。

你需要一个好的对话。比如老舍的"意思是多少?不好意思。""花生米有了,牙没了。"

一个亿是多少?

冯小刚:"是我喜新厌旧了。都是我不好。"

聂卫平:"第一个是缘分尽了。第二个还是缘分尽了。她们都是好人,优秀的人。但两个优秀的人,和两个好人不一定能保证生活得好。"

要有总体构思:

整体大于局部之和。

飞机到了二点五马赫之后,会使得铝合金变形。热障现象。

米格二十五到了三马赫。叛逃到日本后,日本人拆不开。美国人拆开。没有一个零件是他们不会做的,但就是整体构思没有。

聂卫平的棋每一步我几乎都会,就是没有他的战略意图。

总结一下:开头三集很重要。你只要拉住了观众,观众就会跟着你走。中间松一点没关系。结尾要有高潮。

开头三集怎么就好看了呢? 就是要有要素:爱情、金钱、权力组成的各种事件往上堆。

结尾怎么就好看了呢? 还是这样。

中间要是遇到了好玩的,就不让情节发展。反反复复地描写。

不停地打死结,然后解开。

密室杀人。

"密室杀人"这一样应该就是最神奇,最魔术的一种。密闭的房间,而且上锁,窗户也是闭锁着的,烟囱,发生密室杀人案件的房间一开始通常配备了烟囱。这通常是用来误导你的。不容人进出或看烟灰的模样没人进出过,偏偏一具尸体就直挺挺,摆在房间之中,现场或杂沓或整洁有序,致命的凶器则通常是消失不见的,但也有就是房里明晃晃摆设着的某沉重铁器。

怎么解决这个问题?

利用我们感官的有限天然缺憾以及由此衍生的常识死角玩花样,比方说,密室杀人中常见的"消失的凶器"或"自动扣回去的门"。最普遍的运用道具就是冰块,用气质点来说,利用的就是物理学毫不稀罕的常温之下的水的三态变化现象,小学生都知道,没神秘可言。

英国作家卡尔卡尔一生写成了七八十部推理小说,几乎每一部都包藏了一个以上的密室杀人诡计。完全可以拿来用。

说什么和怎么说的问题:

刚才我讲了半天,都是怎么说的问题。

现在我要讲讲说什么的问题。

虽然电视剧的创作空间很狭小,但还是有。

基础是文学的:你要相信,这中间起码有一些东西,是别人通过你看到的。写作的差异性。雷同就没有意思。

胆固醇的问题。

把你的人生体验放进去。

北京有好些枪手,都是年轻人。金庸从来不肯给神童作家写序。因此有神童数学家、神童棋手,就是没有神童作家。因为这需要人生体验。十多岁,你知道什么是爱情?什么是死亡?

姜文说:"不能是一桶的葡萄汁。最少要有一杯酒。"

在这强势媒体上,在好玩的前提下,要放进一点,哪怕只有一点好的东西。励志的、向上的东西。

总而言之,如果你在历史博物馆里看见了历史,机械博物馆里看见了机械。那你就是一般的编剧。你必须在历史博物馆里看见了机械,在机械博物馆里看见了历史。你就是一个好的作家。

比方李海昌的事件。中国人都认为资本有原罪。你有钱,就应该分给大家。其实资本家,是把各种生产要素组合在一起的人。是最有贡献的人之一。

还有一个很重要的问题,就是报酬问题。小说的稿费,是明的。千字多少钱。而电视剧的稿费是可以谈的。

这个时候,你要摆对位置:你要找他,和他来找你不一样。他来找你的时候,你千万不要不好意思开价。不好意思害死人。你要知道,你是在做生意。不要怕讨价还价,这正是市场经济的精髓。

不能和我这样的人谈价钱。医生、律师。一百块钱看病,你不干。问五十块钱能不能看。能。但结果不一样。

王冀邢要我写歌词。说出一个很吓人的价钱来。我说不会。五百块钱马上就给你写。

他们评价网络精英中,只有丁磊和陈天桥两个人是做生意的,别人都是做网络的。

最后我想说的就是:大家要有信心。

不要被那些掌握话语权的人吓住。在影视界我见过不少人,导演、编剧,就总提水平论,大大低于文学界。我曾经见过一个著名的编剧,他曾经要求我给他做一个评估:我说:"如果你要是在文学界,至多是县里到地区的水平之间。"

讲一个小插曲:此人刚刚结婚。挂着一副对联。说是他的一个朋友,也是著名书法家写的:但愿人长久,千里共婵娟。我说:"他也真敢写,你也真敢挂。这是分开之后思念的意思。"

我不会写梗概。有一个人约我写。我说不写。另外一个人说他会写。一个月以后,拿不出来。我于是对他说:"你作为一个新闻记者,你在采访乔丹的时候,说:我很想成为你这样的人。这对乔丹是一种侮辱。你永远也成为不了乔丹。你的终极目的,就是成为我这样的人。我无中生有。"

好的小说家,就是当代的,我一下子能给你说出几十个来。而好的编剧,我只见过一两个:王朔、何冀平。

大家也许会说好的电视剧可不少。但那都是根据小说改编的,比方《红楼梦》《围城》《突出重围》

有好些人,老是把电视剧说得如何复杂。其实不过是故弄玄虚。给自己来一点保护色,怕你抢他的饭碗。

有的制片人会要求你写多少字。我说:"你这非常没有道理:我写攻城城破。导演整整拍了四天。"

别写外景。都没有用。

要想省钱,得跟我说。否则,我就一次换一个场景。制片人说:"不管你怎么换,我还是在一个地方拍。"我说:"我一定会设计一些特定的话。"他说:"我就改。"我说:"你要是真的会改,你还要我干什么?自己写就是了。"

我曾经对一位强势媒体的官员说:"你拿掉你名片上面的前缀:也就是某某电视台,你一分钱都不值。"他手下的一个人,赶紧给他圆场说:"钟先生,你应该符合电视剧的规律。"我说:"电视剧有什么规律?戏剧有,斯坦尼、布来西特。电视剧可有什么理论?三十年前,你不要说电视剧,很可能你连电视也没有见过。"他又说:"也没有你笔下的人物。"我说:"我写了以后,就有了。本来还没有阿Q呢,鲁迅写完就有了。"

人不自信,何人信之?

在山西影视文学创作会议上的演讲 二〇〇四年五月十六日

网络与我

在我还是一个孩子的时候,父亲领着我和姐姐,去看他领导研制的计算机——家父创建了清华大学自动控制系,并且在那里一直供职到去世——

那是一台有好几间屋子那么大的庞大机器,因为它很怕灰尘,所以进去的时候,还要换上拖鞋。输入一连串复杂的指令之后,计算机居然算出了SIN15的值。这让上高中的姐姐高兴不已。

父亲指着计算机对我们说:"它将改变世界。"父亲毕业于麻省理工学院,曾经与控制论的创始人维纳共事。所以"计算即世界"的思想,渗透他的一切。

但在六十年代的中国,改变中国的是革命。

革命让我中断了学业,去插队。然后是工厂,最后让我成了作家——这其实是一个无奈的选择。在我做了专业作家之后,有责任也有义务给文学青年讲讲"如何走上文学道路","文学的使命"之类的话题。每逢此,我总要说:"朱元璋在登基前夜,对刘伯温说,原来不过是打家劫舍,没想到弄假成真。我写作,本来不过是'著书都为稻粱谋'。根本谈不上使命感"——既然成了作家,写字就是第一工作。我至今还记得我写第一部长篇的时候,抄稿子成了一项标准的苦差:二十万字的小说,不说写,就是抄,也要二十天。

当时我就想起了计算机。我曾经见到在科技界工作的哥哥,用一台计算机写作,羡慕不已,但一问价格,就知道不是我辈能够问津的。到了八十年代中期,四通出了打字机。我立刻买了一台,这种机器当时的价格是一万三千元,而我彼

243

时的工资,不过几十元,有了这台机器,我高兴不已,到处向人推荐。记得我还跟路遥说过:我见到他《平凡的世界》的手稿,摞起来,几乎和他一样高,都是同行,自然知道其中甘苦。

渐渐地,我对这台打字机不满意起来,它太慢,而且不能够搜索。于是有了一台 PC 机。再以后,就是康柏 396,然后是 IBM——用我太太的话说:"你鱼没钓着,饭量却见长。"说也是,机器越来越高级,创作量却不见长。看来工具毕竟是工具,总要被大脑输出速度所限制。

九十年代初,我第一次在清华大学见到了因特网的一个出口,并且用它和一位在美国的朋友联系了一下。据说当时因特网在中国,一共只有两三个出口。朋友给我讲阿帕网是如何建立的,又是如何发展成因特网的。并且说了跟父亲差不多的话:"它将改变世界。"

他的话,我并不十分相信:改变中国,不是一件容易事。以毛主席之伟大,自己评价自己,也不过说:"我改变了北京附近的几个地方。"

但改革开放,焕发了极大的生产力。没几年,互联网就以惊人的速度普及开来,以至于成了一种时尚。

哥哥见到我不断地更新电脑时,曾经说:"你要这么好的机器干什么用"——科学工作者,有一种固有的傲慢,总认为他的领域是神圣不可侵犯的。为了保卫神圣,他们创造了一套术语,使得外人无法介入。《圣经》之所以用拉丁文来写,恐怕就是这个道理——我无言以对,只好说:"我喜欢,喜欢就是硬道理。"

但加入互联网之后,我的机器总算发生了作用。有一台好机器,就像开着一辆法拉利奔驰在公路上——这个比喻,并不十分恰当。网络对我来说,不过是个概念。实际上,我觉得它像动荡的海,无垠的宇宙。

渐渐地,我感觉到带宽的限制。于是,在我的住宅区里,我第一个装上了宽带。带宽就是力量。

到了现在,我才明白盖茨所说:"计算机是什么?不过是互联网上的一个小零件而已。"

确实,没有互联网,再好的计算机,也不过是一台类似于四通打字机一样的东西。人必须与时俱进,否则就会像四通公司一样,很快就从计算机领域中被淘汰。

《新华日报》 二〇〇七年五月二十九日
《网络传播》 二〇〇五年第六期

书的故事

　　我出生在清华园一个教授的家庭,从小就与书结下不解之缘。哥哥曾经讲过这样一个故事:父亲从美国回来的时候,带回来若干个大箱子——是那种美国海军装炮弹的箱子,铁骨架上镶嵌松木板。我插队的时候,拿走了一个。结婚的时候,母亲又给了一个。两只箱子至今仍在地下室里面放着,里面装有我绝不会再看,但又绝舍不得扔的书——众亲戚都围着看,准备"捡洋落儿"。但打开一看,十有八九都是书。而且均是洋文书。结果众人非常失望地作鸟兽散。面对母亲的质问,父亲回答说:"这些书,就是木匠的家伙。必须走到哪里,就带到哪里。"

　　但父亲的比喻并不完全正确:在强大的外力作用下,他会主动地将吃饭的"家伙"交出去。记得那是一九六九年,林彪的"一号命令"颁布,要求疏散出京。父亲自然"入选"。他毫不犹豫地把家具都送给了人,但只剩下那一堆书无法处理。于是叫来了收废品的。那个家伙看了一眼之后就说:"三分钱一斤。"然后就动手撕小羊皮的封面。"这东西无法回炉,做不成还魂纸。"父亲当下背过身去。我感觉到他流下了眼泪,就把收废品的轰走了,然后提议送人。

　　可送给谁却是个大问题:看不懂的人不要,看得懂的人,个个榜上有名,自己的书还不知怎么处理呢!最后决定把书捐献给清华大学图书馆——在中国,捐献不是一件容易事。我的一位"北漂"朋友,被电视上的一个故事所感动,试图捐献骨髓。检查身体等搞了一个星期,但最后关头,却因为没有北京户口而作罢——可图书馆也不肯要,最后还是托了关系,才勉强收下。看着一车一车的书,装上三轮车拉走,父亲脸上的痛苦表情,远甚送我去插队。记得哥哥安慰父亲说:"千金散尽还复来。何况书乎?"父亲摇头说:"怕是'别时容易见时难'啊!"果然一语成谶:父亲至死未能重见心爱之物。

就像牛津大学的学生之学问,是被教授烟斗里面冒出的烟熏出来的一样,父亲对书的热爱也传染给我。记得一九七二年,为了看内部出版、只给部长级干部看的《战争风云》,我不惜给一位部长之子"做牛做马"。此人很会有效利用资源,总是吊着我。把一套三本的书分解,一本一本地借给我,且间隔足够长。在这个长达三个月的艰苦历程中,无论是给他那位号称"一百二十分"的女友送条子,还是给他排队买车票,什么屈辱的活儿都干。当我将第三册也就是最后一册还给他时,他给了我六块钱,让我给他排队去买条中华烟。我确实买了,但烟味儿也没让他闻着!但这却在我心中埋下了深深的痛,以至于我后来见一种版本的《战争风云》就买一种。至今最少也有四五套。

开放以后,书渐渐多起来。但多归多,用老舍的话说:"花生米有了,牙却没了。"此时我已经娶妻生子,根本就买不起。虽然当时书价并不贵:一块钱可以买一本五百页的书。记得我当时在书店里看见四本一套的《光荣与梦想》,只要两块钱。左翻右看,就是不买。同伴催我:"要买就快掏钱。"我反驳说:"要有才能掏出来!"

但天无绝人之路:我供职的学校图书馆的管理员与我关系不错,乐得把采购书的任务交给我。于是,所有我心爱的书,都可以假公济私地尽情购买之。一次,我搭乘一位领导的车,去县城采购书。不料这位领导等得不耐烦,径自走了。于是我只好扛着大约有五十本左右的一大包书,步行十四公里回单位。书和石头其实差不多重,走累了,就坐在书上休息。一共走了六个小时才到,但心里依旧美滋滋的。

后来我终于解决了买书的问题,就开始尽情地买,结果招致太太反对,因为除去厕所,哪都是书。书的居住权肯定小于人的居住权。记得我当时的座右铭是:今后买书要深思。

随着时光的流逝,子女们渐渐地离家远去。为了充填"空巢",我随即订购了三十个到顶的书柜,而且是核桃木的。公司经理是我的朋友,他认为根本没有必要,普通的木头,三十年也没问题。我坚持要做:这东西对我,不仅是实用,而且有美学价值。他接着给我讲了唐代名将郭子仪的故事。说皇上批地给郭建房,郭每天都去看,嫌地基不牢、嫌柱子太细。不一而足。工匠于是问他到底要干什么?他说要传五代。工匠于是对他说:"我家祖传干这个的,京城的大宅子都是我家建造的。迄今为止,还没有见过一幢传过三代的。"郭子仪听说之后,默然良久,从此不再来监工。我反驳说:"郭子仪是郭子仪。我是我。"

书柜到达之前,我就开始"随便地"买书。有些书,明知不会看,但仍然无法克制冲动买下。记得去年从广州回太原,三个箱子有两个是书。检查人员硬要我打开,然后一本一本地翻看。他一定以为其中有黄色书刊。完毕之后,他很失望地问我:"你这些书,托运回去,要卖多少钱一册才够本"——他把我当成书贩子了。

没有监督的权力,必然会导致腐败:终于有一天,买书买下了祸。一九九五年春节,我与一位爱书的企业家朋友一起喝酒时,他对我说:"上海古籍出了《四库全书》,只印了二千套。你要不要?"我毫不犹豫地说:"当然要。"稀缺就是好,这是计划经济过来人的一个固定观念。"文革"前,就有一个笑话,说一个老太太见有很长的一支队伍,不问青红皂白就去排。等排到了,才知道是卖刊登《九评苏共中央公开信》的《红旗》杂志。

大约一个月后,他电告我书已经定下。又过了一个月,他把书给我送来了。我一看就傻了:《现代汉语词典》那么厚的书,整整一千五百本。没地方放,只好堆在阳台上。这五十箱书,害得我一晚上没有睡着觉:生怕把阳台压塌了。次日清晨,我就开始了"上架工作"。整整用了三天时间,才让它们归位。我望着四种颜色的经史子集,心里很高兴。但一转念,就开始发愁十二万元书款如何支付:钱自然是有,但我和大部分男人一样,都交到柜上了。没有正当的项目,根本就无法支取。苦思良久,我终于想出了说服太太的办法:"别人都买汽车,我不买;别人都买名牌衣服,我也不买。我只喜欢书。所以你就当我买了一辆车吧!"然后,我想起了父亲的话:"我家老爷子说过:这也是吃饭的家伙。"太太没有被我偷换的概念所绕糊涂:"吃饭的家伙?你这叫做戏台上卖豆腐:买卖不大,架势可真不小!"话虽这么说,还是把钱给了我——木已成舟,她不给也不行。

这以后,不止一个人问过我:"你看得懂吗?"我都统一口径反驳:"这书就不是看的,而是查的,需要什么查什么。"一共三亿四千多万字,全看了就成了纪晓岚了。还有人问我:"这书有什么用?"我则一律斥责他们庸俗。晚霞有什么用?白云有什么用?中央芭蕾舞剧团有什么用?干吗非要"有用"呢?我看着高兴就行。本人现在什么都不缺,就缺高兴!

《检察日报》 二〇〇六年八月四日、十一日

分析之力量

虐猫事件发生后,我表示出异乎寻常的愤怒:只要看见幼小的生命受到虐待、摧残时,我总是怒不可遏。以至于看到小孩子在"要饭",也会多少给一些。虽然明知道其不过是一个组织中最基层的成员。他们"企业"的"高管",肯定就在周边的茶馆里喝茶、抽烟、验收。所以我尽可能地给他们一些吃的:此非硬通货,不用上缴,可以自己消费。实在没有,我也会给老年人一支烟。

有鉴于此,很少上网的我,也发表了声明,谴责虐猫者。朋友讥笑我说:"每次你看斗牛,都兴高采烈的。"我当下反驳说:"牛是比人大的动物,而且这是一种搏斗:斗牛士有可能被牛弄死。"朋友说他从来没有见过这种情况。我说:"你没有见过原子裂变、基因传递、凶手杀人,没见过不等于不存在。"然后我又补充道:"而且斗牛是一种文化。"朋友不服气地说:"你们这帮作家,一到没词时,就往文化上说。如同走投无路的小偷,会拔出刀子,变成强盗一样"——刀子就刀子,反正我自认为是分析出原因了。

我相信所有已婚的男士,都会听到太太这样的论调:"嫁给你亏了!"其实这是一个不能论证的"伪问题"。原因就是这是不可逆的过程:即便离婚再找,人的"市场价格"已经变了。

但你必须直面这种问题。苦思良久,我终于想出了说法:"在你的同学中,你不算嫁得差的"——记住:你千万不能说"你嫁得很好"之类的话,这将使讨论无法进行下去——"姑且把这当作 X 坐标轴上的一个数值。"我接着论述:"在你的姐妹中,你嫁得也不算差。"因为我太太姓宋,所以我发挥道:"比方你们老宋家著名的三姐妹,分别嫁给孙中山、蒋介石、孔祥熙。虽然有差别,但也不大。所以,这就确定了你在 Y 坐标轴上的数值。"我清清嗓子总结道:"当 X 和 Y 的数值确定之后,你在坐标系统中的位置,也同时被确定。换句话说:你可能嫁得更好一些,也可能嫁得差一些。但出入不会太大!"

此言一出,我就遭到强烈的"非理性的谴责"。但也不是没有收益:这以后就"此题证毕"了。

我岳父曾经在一次类似的辩论后,警告孙辈的女士们说:"记住:以后你们找什么人,也不要找作家;这是一些什么都会说,又什么都不会做的人。"我当下就不服气地反驳道:"你说得倒容易,也得找得着才行!"我接着做出若干推论:"假设你要找工程师,那你就嫁给一个技术员,若干年后,就会顺理成章地变成工程师、高级工程师。假设你要嫁一个处长,那么你就找一个公务员。如果不出什么事,他就会变成处长。就算没有实职,也能成个'副处级调研员'之类的。可作家就不是这么一回事了:他们都是从工人、农民、军人等诸多职业的人中变来的。"话一说完,我就感觉到阴森的敌意,赶紧迷途知返:"当然,不好找并不等于好:六个手指头不好找,不等于六个手指头的人就好。"此言一出,方才缓和。

去年,我与儿子共同完成了一个很大的、有关汉朝的剧本的写作。平心说,他帮了我很大的忙:我念到初中,就去插队。古文根本就不过关:写这样的作品,你必须读够书。文章千古事,不认真就会出现"汉人说唐语"之类的笑话。而他是大学生,故不懂处经常向他求教。但全剧杀青之后,他竟然提出要跟我分账。我问他要多大百分比?他反问:"你公平地说:我给你省了多少事?"我答曰:"三分之一。"他说:"那我就要总数的三分之一。"我当然不会给他:"省了三分之一的事,确实不假,但这不等于可以分走三分之一的钱:比方咱家的保姆,给我省的事,怕是不止三分之一。但我并不能因此就给她三分之一的钱啊?而且你要知道,本作家作为第一作者,有着不可替代性!"他无语。于是我将早就准备好的钱放到桌子上。他动都没动,看了看厚薄后说:"古巴地震后,美国政府给了五万美元的援助。古巴政府不要,说这是一个侮辱性的数字。"然后就走了。

不要白不要!我边收钱边计划下次他提出"分账"要求时的对策:跟他要抚养费,并乘以最高的银行利率。

《检察日报》 二〇〇六年八月十八日

泛文化背景

记得在儿子上中学的时候,说一个省级干部的孙子经常挑衅,问我该如何处理?我不假思考地说:"打丫挺的!"姐姐刚好听见,便谴责道:"怎么能够这样教育孩子?"我反问:"那该怎么办?莫非让他到老师那里去告状?现在已经有太多的告密者了。你女流之辈,不懂这个,男孩子之间的大部分问题,就是这样解决的!"

某次朋友很得意地提着一个鸟笼子向我炫耀:"你认识这是什么鸟吗?"我余光一瞥后就说:"百灵鸟。"他很惊讶"鸟盲"的我,如何得知?并问可知此鸟价值几何?我得意地告诉他:"多少钱我不知道,反正这种鸟我吃得多了。"他在不相信的同时说我乃"焚琴煮鹤"之徒。"该煮的时候,别说仙鹤,什么也得煮!"我先说结论,然后给他讲真实过程:插队期间,我到在青海当运输兵的一位同学处去玩。小兵一个,又在青藏高原,没什么可招待的,就带着我出车。结果在大草原深处,车坏了。天苍苍,野茫茫,除去等,别无选择。等一天还凑合,两天就是问题了:只有一包挂面,两个小伙子能坚持几天?次日下午,两个人的脸都绿了。好在天无绝人之路,第三天早晨下起了大雨,到中午才停。钻出卡车一看,满地都是飞禽:茫茫草原,连棵树都没有,更甭提别的遮蔽风雨的东西了。它们的羽毛被淋湿了,无法飞翔。于是,我们捡了一纸箱,用汽车的喷灯煮熟。然后,把一瓶医药酒精兑上水当酒喝。边喝边唱:"茫茫大草原,路途多遥远,有位马车夫,将死在草原"——真是"少年不识愁滋味"。一直到第四天,才有一辆空军的卡车路过,把我们拖走了。记得当时他的脸如炭、目如霞(肯定是医药酒精的作用)。我的脸,无疑可作如是观。

二哥在我刚刚出生的时候,就当兵走了。然后一直在军队,所以顺理成章地成了将军。他是通信专家,很爱学习。据说,他通信学院毕业后,被分到兰州空军的雷达站工作。戈壁之中,寂寞非常。所以就把一本俄文的通信词典,从序背到跋。后来,他分别在陕西、山西、沈阳、南京服役。在这期间,他发明了复读机、逆向英语学习法(通常学英文,都从写到读。而此方法,却从听到写。故称逆向),还写了很多专业著作。他一向视我这个职业为左道旁门。某次,他来山西,看了我家后,很纳闷地说:"你英文也不会,数学、物理也不会,怎么住这么大的房?"我说:"您英文也会、别的也会,住大房也应该。兄弟我什么都不会,也住大房,才是真本事!"我顿了一下,又说:"您是通信专家,了解行当中的一切。但物理的世界,是一个简单的世界:地球上任何一个地方,两个电阻串联在一起,都等于分电阻之和。可兄弟我懂得人。而人是变化的,用您的行话说:人是多元复变函数。比方您前天是钟上尉、昨天是钟上校,今天就成了钟将军。您周围的一切,包括制服,都会随之变化。其中奥秘,很少人能懂。兄弟我就是其中之一。世事洞明皆学问,人情练达即文章!"他很不屑地看看我,没有说话。

记得前年,一家强势媒体就二哥发明的逆向法采访我。我开门见山地说:"逆向法与其说是一种方法,不如说是一种精神:谁要有二哥这种精神,都能学会。别的不说,光他听写用掉的圆珠笔芯,捆在一起,直径就有三十公分。"主持人又问这种精神何来。我侃侃而谈:"军人娶妻,应该娶小学教员、医生护士、售货员之类通用职业的人。因为只有如此,方可'随军行动'。可我嫂子是清华大学核工程学院的教授,不可能带走。除去清华,别的高校都没有这个专业。所以二哥多年来孤身一人。"主持人很纳闷:"孤身一人与学习有必然联系吗?"我接着阐述:"都是佛教,为什么和尚不吃肉,而喇嘛吃肉呢?你如果去过西藏、内蒙古就会明白:如果不吃肉,就剩吃草了。而吃草活不下去。同理,二哥不会抽烟、喝酒,也不打牌、下棋,若欲消灭空闲时光,唯有学习这一条路可走了。"

差不多半年之后,我突然接到二哥的一个电话。他劈头就说:"以后知道的就说,不知道就别说。"然后就挂断了。我很纳闷怎么得罪了他——我早把采访一事给忘了。别说说的话记不住,就是写的小说,也记不住。因为实在是太多了——通过曲线,才从侄子处打听到原来他看到了这个采访。我很不以为然:要是非要知道才能说,我以后怎么写作? 当然,我不会怪他。他不能理解我这样新中国后出生、"文革"中长大的人之泛文化背景。我也没有解释。不记得是福克纳、还是斯坦贝克曾经说过:"一个在大河旁生长的孩子,永远无法对另一个在大山中生长的孩子讲清楚河边的故事。"因为两个人的文化构成不同,所以界面不会友好。

《检察日报》 二〇〇六年八月二十五日

"够"的精神

朋友A君十多岁的儿子回答我关于理想的提问时，朗朗说道："Money 多多！"A君忿忿然，我默然剖析之。这回答自有来头：A君曾经很穷、很穷。因此从这个孩子懂事起，所闻、所见，无一不围绕着钱。因此自然得出结论：钱是这个世界上最重要的东西。

文化背景这事很重要。记得在儿子上中学的时候，受到一位高官之子的欺负，问我该如何应对时，我不假思索地说："打丫挺的！"此话立即受到如父之长兄的批判："怎么能这么教育孩子？"我反问："那让我怎么教育？到老师那里去告密？""文革"前就在一个单位负责，"文革"期间颇受告密之苦的哥哥沉默良久后说："考虑到你的泛文化背景，下不为例。"他所谓的泛文化背景，就是"文革"。"文革"期间，所有与我年龄相仿的孩子，都度过了一段无法无天的"快乐时光"。既然"无法"，那么所有的争端，都要用强力来解决。

动乱会过去，法制要建立。同理：贫穷过去后，如何面对小康，也是一个问题。A君在资本原始积累阶段，无所不用其极，原罪自然是不能免。记得他刚开了一间小公司后，被叫去学习。回来之后，抱着一大堆法律、法规。对我"学会没有"的提问，他回答说："要是把这些都学会了，生意就没法做了！"当然，在他慢慢地做大，成了国际间的贸易商后，自然而然地要讲求"契约精神"。但其"多即是好"的"劣根"，却嫁接给了后代。

许多东西，没有不行，但"多"了却不一定好：不信你多出一个手指头，或者干脆多出一位太太来试试？一套房子，肯定非常有用。我结婚后，住的是一间每月房租四分钱的房子，当时，我最大的想法，就是有一套房子。当得到一套三十多平方米的房子时，我别提有多快乐了。再以后，随着房子的面积的递增，所得的快乐，却不断地递减。到了八十平方米之后，我就完全丧失了兴趣。我对 A 君说："这就是'够'的精神。"接着，我又以一位我们两个都认识的贪官为例："你说 H，房子在全国就有十多套，许多连彩都没有剪过。他藏匿在深圳房子里的钱，反贪局清点的时候，光点钞机就用坏了两台。"A 君质疑后一个事实。我解释道："因为钱都霉变了，粘连在一起，点钞机的工作强度过大。"我接着说："所有这一切，对他来说，在消费层面上，已经完全丧失了意义：房子的生命在居住；钱的生命，在于流动。没人住、没人用的房子和钱，就是死屋、死钱。可他为什么还在不断地贪？"朋友不能回答，我只好自话自说："就是因为他堕入了螺旋：强大的惯性，使之不能自拔。故而归于毁灭。"见 A 君默然，我加强阐述力度："对你也可以作如是观：把多余的去掉，可以福及子孙。尤其在孩子们世界观形成的时候。"A 君在一定程度上听了我的话：虽然其捐赠与之财富极不成正比，但"迷途知返，善莫大焉"！

我说的都是真话：在有形的东西"够"了的时候，要追求一些，起码一点"形而上"的东西：一本好书、一支好曲子，或者抬头看看月亮、听听幽幽树间风、潺潺窗外雨，都会给你带来物欲不能给予的快乐。

不多写了：编辑说电脑统计字数超过一千五，版面就"不够了"——说个小笑话：A 君曾问我："你写一个字，有没有十块钱？"对于这位凡事以钱为量纲的商人，我只能这样反驳："你该不是把我当成书法家了吧？"

《检察日报》 二〇〇六年十二月一日

路由人走

二十世纪八十年代初,I 君与我正是"而立之年"。某仲夏之夜,我和 I 君在清华大学为纪念闻一多而更名的"闻亭"上、朱自清妙笔所绘的荷塘月色旁,畅谈理想——浩劫过后,我们的理想,已从政治层面,降到"物"的层面。

I 君学工程出身,且在中科院有一个很好的岗位,但依然决定下海。方向自然是计算机。目标则是创出 IBM 那样的公司——按道理,做软件的,应该以微软为榜样才对。可那时候,微软还名不见经传。至于我,学历不过初中——农村再教育是不能算的——且身无分文。于是自问:不要资历、资金的路有几条?结果只有一条:当作家。

王蒙曾说他在美国的首次演讲前,朋友问他有无教授的头衔。他说没有。朋友于是说:"那你就说是前文化部长。千万别说是作家。"至于原因,朋友说:"在美国,任何一个没工作的人,都可自称作家。而前文化部长,最少也是一个带薪的职务。"

I 君的起步,是在中关村电子一条街——江湖人亦称"骗子一条街"——租了别人的一个柜台之一角,卖自己设计的程序。程序这东西很大,一个人写不了,因此要雇人。我看过他们的小工作间,颇有"血泪作坊"的风采。

我则开始了埋头写作。写作这事,说来容易:我认识的很多官员、学者和但凡有点文化的人,都爱说:"等我退休了,也写本小说。"诸位可曾见过声称退休后写它一本《数论》,抑或《天文学》的?肯定没有!可这活儿干起来,却不简单:英国物理学家(可能是)狄拉克说过:"科学,就是用大家都懂的语言,说大家都不懂的事情。"这话千真万确:买一本华罗庚的书,每个字你都认识,可一句也看不懂。至于艺术,他则说"是用大家都不懂的语言,说大家都懂的事情"。这话绝对真理:《梁祝》说的是人人都懂的爱情,可那旋律,神仙都想不出来。我苦苦求索着"大家都不懂的语言",而且是默默的:艺术绝对个人,你的磨难最好不要对别人说。原因很简单:说了也没有用。整整十年后,我终于可以勉强用"作家"这个职业养家糊口,安身立命——无论任何行当,都必须在选准方向后,再经过十年磨炼,方可小成。这就是著名的"十年定律"。

I君几经周折,成为一个小有规模的广告公司经理。这里所谓周折,是非商场的——经济方面,他极有头脑,非常知道自己能做什么,更知道自己不能做什么——而属于情场:I君三次婚变,次次都"收之东隅,失之桑榆"。这充分说明智商和情感肯定分属两个不同的系统。

"闻亭"重聚首之际,我奇怪地问他是从何方开掘出这些"貌若西施,心如吕后"的奇女子的:其中第三位,最后嫁给了一位政治身份为前纳粹军人的澳大利亚农场主——就算此人二战时是纳粹童子军,此刻也该是古稀右、耄耋左的垂垂老者了。此乃有权之问,我已被勒索了三次"喜钱",且第四次迫在眉睫。他用电影台词回答说:"不是我无能,而是共军太狡猾了!"接着又补充:"人一旦成为有钱人,就好比一头梅花鹿出现在猎场上,不是你要往枪口上撞,而是从你一登场,就被人瞄准了。"我不同意:"不要登场,不就全结了?"一个男人,倘若不在性领域内从事冒险活动,一生的麻烦起码会减少五分之四。他反驳说:"你不是有钱人,不能体会有钱人的苦衷,钱是一种内部张力,会自动驱使你去做一些什么。"我说:"吾非鱼,自然不知鱼之苦。若真如此,我宁愿不当有钱人。"他反驳说:"你想当,也要当得上才行!"我斥责道:"真是不足与高士语!汉朝以'士农工商'排序,把你排在四民之末,确实有道理!"他还要辩论,我指指众芳芜秽的荷塘说:"咱们说点别的吧。否则愧对先贤!"

于是静默良久:我们都已经到了"欲说还休"的岁数。

《检察日报》 二〇〇六年十二月八日

编剧的理论

世纪之交,我被拉入了电视剧编剧的行列。说实在的,我和所有的小说作家一样,不大看得起这个行当。既然如此,为何上了"贼船"?其实很简单:导演W于我亦师亦友,他邀我去上海策划一个剧本。我心想:写剧本不会,策划还不会?很高兴地飞去了。W在上海的酒桌上,说第一作者的语言不行,让我改写。我是一个很没有原则的人,喝了点酒,什么都答应。自然在W诸如"画龙点睛"之类的米汤中,慨然承诺。回来后第三天,我收到了第一作者的第一集的传真。一句话:大失水准。我以为他开笔不润,就耐心地等。可等来的第二集,简直惨不忍睹。我致电W说:"还'画龙点睛'呢,根本就没有龙!"W顺理成章地笑着把"画龙"的任务交给我担当。事后我自觉很傻:要是兔子能驾辕,谁还养活马?再者说:什么叫作"改语言"?电视剧除去语言外,还剩下什么?

但真的下笔,还是有困难:电视剧属有形之类,是不能"思想"的。因为思想是"形而上"的。《资本论》无法改成连环画,就是这个道理。就是表情,也不能太丰富:悲喜交加,好一些的演员还能凑合;如果再加上"愤怒"和"忌妒",那甭管是赵丹,还是布鲁斯南,谁也不会。因此,它必须情节接着情节、矛盾冲突接着矛盾冲突。以《智取威虎山》为例:坐山雕已经相信了化装成胡彪的杨子荣。这时,小炉匠栾平就必须出现,否则就"没戏唱"了。电视剧则要变本加厉:小炉匠的问题解决之后,还要不断地出现小铁匠、小铜匠、小木匠……原因就是因为它最少要二十集。至于为何以二十集为下限,则是因为其成本来自广告,而传播学认为,二十次以下的广告毫无意义。

渐渐地,我掌握了其中的技巧。假设资本的意志是二十集,且是悲剧。那么最起码就要死三个人:一个不重要的人物,或者开场就死,从而引发悬念;或者在七八集死去,从而克服观众的疲劳;然后在十七八集,次重要人物死去,以此预示结局即将来临;而最重要的人物,则必定在最后一集死去,而且必须惨烈。如果是侦破片,大同小异:开头普通坏人被捕;十七八集,次要坏人被击毙;而"最大的坏人"和"最大的好人",必须在最后才以真面目对决。因为"王不见面",一见面,就该"埋单"了。至于在这之前,就算最弱智的观众都猜到了,你也要"死也不说"。

关于片中主要人物,最多是"三男两女"共五人,多了资本受不了。据说演某特型人物的演员的片酬是每天六位数。至于这五人,放在哪个朝代,那一点也不重要。反正"爱和死是永恒的主题",元故事也就那么几个,换换背景和语言习惯就是了。去年,W邀请我写一个汉武帝时代的戏。汉朝我当然不懂,但在表达之前,我先问他。他也说不懂。我当下就说:"这就好办了!"不过在下笔之前,我还是恶补了很久。以自己之"昏昏",想"使人昭昭",是根本不可能的。其结果是后来一有人跟我说刘邦之后,武帝之前的事,我就恶心。

可作为作家,我总想着放点东西进去:好莱坞电影何以能全球化?就是因为它有核心为"个人英雄主义"的文化诉求。无论是《拯救大兵瑞恩》还是《泰坦尼克号》,概莫能外。可中国电影的文化诉求是什么呢?是武林。武林又是什么?在外国人看,就是"黑帮"。宣扬黑帮文化的片子,焉能占领主流市场?

我最想"放进去"的就是"忧患意识":比如全球变暖、病毒变异、彗星撞击、网络灾难等等。但这些构思,每每被资本所否决。要知道,资本总是很傲慢的。记得有一次,某媒体帝国的掌门人,在讨论剧本的会上,与我就艺术问题发生了争执。因为他盘踞的是一个大机构,所以不缺帮腔的,先说我不符合"电视剧的理论"。我说:"戏剧有斯坦尼拉夫斯基、布莱希特等人的理论。电视剧有什么理论?三十年前,甭说电视剧,电视你们也没有几个人看见过。就是有理论,也是我这样的人建立的。"他们接着攻击说我笔下的人物根本不存在。我说:"没有阿Q,鲁迅写完就有了!"接下来,我遭到围攻。在好不容易等到一个间隙后,我冷冷地说:"我知道你掌管着很多钱,一言九鼎。但我也知道你只要把你名片上某某电视台台长几个字拿掉,你就一分钱不值!至于兄弟我,早已功成名就。剧本我不改,钱我也不要!"说罢,拂袖而去。一年后,他们还是找到我继续写。我得意地对朋友说:"要知道,真正会写剧本的人不多。我恰恰是其中一个。"他说我过于自信。我说:"人不自信,何人信之?"

《检察日报》 二〇〇六年十二月十五日

比　较

朋友甲绝对属于良善之辈。也是绝对工薪阶层。他最大的心愿,就是拥有自己一套房子。按说"居者有其屋",乃是应该的要求,并不过分。可他一直没有达到。究其原因,很是简单:他在不停地挑选、比较。八十年代初,他说:"四十平方,今生足矣!"随着住房经济的发展,他的欲望也随之高涨。日前,我好不容易帮他寻觅到一处与之口袋里的钱相仿佛的高层住宅。兴致勃勃地领着他去勘察。此小区地段之好、建筑之精良,以我所见,无与伦比。但他巡视完毕后说:"好是好,但少了一间书房。"我顿时愤怒起来:"你要书房干什么!"他是一个很好的钳工,除去图纸外,平面读物不出工资卡的对账单和挂历之外。他坚决地喃喃道:"我还是想要带书房的。"我还要说什么,太太拉了我一下。好不容易,我忍了回去:天命之年过后,我懂得有些话是不能说的。

但吞下去的话,终究要说出来。对此,太太有很独到的看法:"书房不一定是用来放书、看书的。"我质问:"顾名思义,否则就不应该叫这个名字!"太太没能回答清这个问题。过了很久,我才明白书房这东西,确实不一定名至实归。就像貂皮大衣不是大衣、官窑青瓷碗不是碗,而是拿在手里的饰物、摆在架上的古董。书房对很多人来说,全部意义在于彰显他有能力购置一件"闲着不用"的房子——闲着不用,是有钱人的标志。其定律可逆:凡是有用的东西,哪怕是再好的汽车、房子,都不能证明你有钱。有钱必须买没有用的东西:比方赛马、游艇、古董,或者干脆买上一颗星星。

可惜甲非有钱人,因此很痛苦。太太热心地帮他找到了一套带书房的住宅。一听来源,他连看都不肯看:"二手房我不要。"这逻辑实在太荒谬了,我阴阳怪气地说:"故宫、白宫、白金汉宫、唐宁街十号都是二手房。它们是不让我住,要是让,我将极其愉快地入住其中!"甲不服:"你是你,我是我。"此言一出,夫复何言?所以只好由他去寻觅、去痛苦。

究其痛苦根源,完全源自比较。记得小时候,我不爱学习——我至今认为没有一个孩子是天生喜欢学习的:人是猴子变的,而猴子在觅到足够生存的食物之后,就会去爬树,去游戏。人之所以成为人,就是因为有文化。可惜的是,文化又异化成功课——因此常听母亲对我说:"你看唐某某、常某某,从来就不用家里管。"针对这种比较,我每每说:"那你去给唐某某、常某某当妈好了!"

比较,确实是一种好方法,但不能瞎比较。要比,也要全面的比,假如单项比较,那就坏了:你足球不如马拉多纳、篮球不如乔丹、网球不如阿加西、赛车不如塞纳……针对这种"人比人,气死人"的比较法,我的回答则是:"可我不吸毒,家父也是善终,而且不曾婚变,最重要的是,我活着。"还是雷锋同志说得好:"生活上,要向低标准看齐;工作上,要向高标准看齐。"

痛苦自古来自客观与理想的差别:客观是独力不可改变的现实,而理想则不过是一种主观看法,很容易改变的。换言之,若欲减少痛苦,调整主观愿望就是了。千人之诺诺,不如一士之谔谔。在我反复的宣讲影响下,甲一定程度上调整了理想,压缩了痛苦度,在最后那套房子里,还算愉快地生活着。

《检察日报》 二〇〇六年十二月二十二日

钟道新文集编后记
——三十五年度若飞

宋宇明

同窗共读

一九七二年九月,在报到截止期的最后一天,风尘仆仆的我踏进了山西省电力学校的校门。

学校是由工厂改建的,不久前才刚刚给腾出来。学生宿舍是原来的职工宿舍。教室是原来的车间厂房。学生们分为汽机、锅炉、电气三个班。

因为"文革"打断了正常的升学秩序,生源的年龄和文化水平参差不齐:年龄大的二十六岁,小的十六岁;水平高的"文革"前老高三,低的小学五、六年级。我担任校学生党支部委员,当时已经插了四年队的我觉得自己是一个幸运儿。当然,对于其余的一百四十九名同学来说,能成为"文革"后电校第一批招收的学生之一,每个人都是幸运儿。

忙忙碌碌中已经是期中考试了。那天早早地交了物理考卷后,我拿着羽毛球拍来到球场。时间还早,我对站在场地上那个外班男生说:"打球吗?"他说:"行啊。"我递给他一个拍子。正打中间,两个女生出来对答案,有争议时问我:"大地和负压间电流的流向怎么标的?"我说:"大地电压为零,没有电流流过。"对面的男生说:"应该由零流向负,这就是交流电。"之后我知道他说的是对的,可当时我们还没学交流电呢。我不禁又看了他一眼。

课外活动时我学拉手风琴,拉《梁祝》,这可能是给道新留下初步印象的事。后来交往时,他借老师的口说:"我们班的宋老师还说呢,现在还有人敢拉《梁祝》?"我笑笑说,"这怕什么的?好听就行了呗。"据他说他在"文革"初期,为了偷听别人家放的《梁祝》唱片,大冷天里偷偷地在别人家的窗户底下蹲过好几小时,因为怕出事,放唱片都在后半夜,声音还很小。听的人小心,放唱片的更小心。所以见我这么不在乎的人,他也挺意外的。

等新学期再次到校后,业余时间多起来,我就到处去找书看。我很爱看书,在插队时,我基本把村里的书都借遍了。包括"文革"前的《收获》《火花》《汾水》等等杂志,那时能出版的《金光大道》《沸腾的群山》等几本书,更是骑车到集上的新华书店去买回来。可当时,哪有书源呢?于是,我就一个宿舍一个宿舍地串——发现谁那有书,说尽好话,想尽办法,也要把书拿到手。一次,一个同学那有一本《搅水女人》,她说她还没看完,第二天一早就要还。于是我约好她看完的时间去拿,保证一早就还。那天晚上,我看到凌晨三点才睡,一早就先把书还了。有一天看到一个同学在看一本巴尔扎克的小说《贝姨》,我向她借。这次是无论如何都不行了。我只好问她是问谁借的,一直追了两个人,才说是问钟道新借的。我一听到了男生那儿了,也没怵,抬脚就去了他们宿舍。敲开门一问,原来是那天跟我打球,说交流电的男生。他问我什么事?我说要借那本《贝姨》。他说行。在后来艰难的借书活动中,有一次我忽然悟到:这些书不会都是从钟道新那儿流出来的吧?那我何不直接找他借呢——这有历史意义的想法,奠定了我和他后几十年共同生活的基础。于是有一天在路上碰见他时,我就问他:"学校里传的书,都是你这儿借出去的吗?"他说:"差不多吧。"我说:"以后能借给我看看吗?"他说:"行啊。不过别传出事来。"我说:"保证不会。"这时他给我的印象是彬彬有礼,不爱说话。我跟他的对话仅限于:"还有书吗?""给你。""什么时候还?""随便。"很少有限定时间的。

学校第一次全省分散实习完返校后,我又到道新宿舍去借书。进去正赶上他们在聊天。他们一个宿舍的同学对我说:"坐下聊会儿。"我就坐了下来。他们正聊到"巧"。说道新的二哥从北京去西安路过娘子关车站。二哥当时在总参西安一个研究所工作,到京公干后返回西安,妈妈让他给道新带点吃的。为此,二哥特意坐的从太原走、经停娘子关这个小站(两分钟)的快车。二哥买好票后给道新拍了电报,快停车前让几个战士分别从几个车门下车,大喊:"钟道新、钟道新。"无人应答。巧就巧在道新同宿舍的这个同学当晚到车站去送插队的朋友坐这趟车。他听见有人叫钟道新的名字,就走过来问:"谁叫钟道新呢?"二哥问:"你认识钟道新吗?""我们同学。一个宿舍的。你有嘛事?""钟道新在哪插队?""昔阳啊。""这是给他带的吃的,麻烦你交给他。""放心吧。"这位天津同学评论说:"这么点儿吃的,值当的吗?要不是火车要开了,还不定问嘛呢!"我们大家都笑起来了。道新说:"东西是小事,让人骗走是智力问题。"大家又笑。我说:"你怎么没去接站?""他以为娘子关是北京哪,我第二天才收到电报。"大家又笑了一气。

这是我第一次到男生宿舍聊天,发现和女生的聊天有很大的不同。女生聊天更多的是讨论,就一件具体的事情,各抒己见,甚至会争吵起来,各不相让。而男生的聊天是海阔天空,扯哪算哪。一人说,旁人听,说话的氛围特别好。

暑假回校后,我碰见钟道新从校外回来。看见我,他站住脚问我:"有几本书你看吗?""当然看。""那你来挑吧。"我就跟着进了他的宿舍。我先挑书,看见是凡尔纳的《海底两万里》《神秘岛》等等。我就说我都看过了。他又问:"《八十天环游世界旅行》呢?"我说也看过了。道新抬起眼来看看我说:"你还看过什么书?"我告诉他:"《约翰·克里斯多夫》《郭沫若戏剧集》《包公传》《三侠五义》等等,是在村里看的。"道新说:"你们村还有《约翰·克利斯多夫》呢?"我说:"我们队的生产队长当过兵,复员时就带了这一套书回来。""你还看过什么书?""《红字》《飘》《茶花女》这些都是回广州探亲时跟同学借的。苏联最新的小说《多雪的冬天》《州委书记》《叶尔绍夫兄弟》《你到底要什么》等等都是向'文革'同派朋友借的。"道新感到意外,就和我讨论起了好多情节和对书里各种问题的看法,由此聊开去了。

道新说:"我喜欢读书,各种书都行。读书让人很愉快,每读一本书都感到自己有收获。""科技书你也爱看吗?"我看着摊开在小书桌上的《中国科技史》问。"当然。咱们现在没有地方去受系统教育,只能通过看书来自学。"自学数理化,这种方式在我看来不可思议。道新说:"一个国家不能永远没有文化,不能永远没有科学技术的发展。都什么年代了,还停留在四大发明上。总这样下去,哪里还有科学,哪里还有什么先进强大的国家。就连一部科技发展史还是外国人写的。"他给我讲世界科学技术的发展,讲现在的外国科学家的发明创造,讲诺贝尔奖获得者的科研项目。这些对我来说是第一次听到,太新鲜了。在这个世界上,不是所有的人都在干革命,都在喊口号,"洞中方数日,世上已千年"啊。

深秋学校因赶进度挖教学楼地基,让全体同学停课劳动了一个多星期。这期间,听见广播里表扬钟道新,我们班一个同学仰天大笑说:"老钟还上了广播了。"我说:"这很奇怪吗?"他说:"老钟平时课都很少上,来劳动还不奇怪吗?"道新只有在考试时才会按时进教室,而且主要是给各个角落扔答案条子。过两天聊天时,把这话问道新。道新说:"学生就应该学习,盖大楼应该是学校的事情,凭什么让学生去劳动。"我说因为怕地冻住了,拖到明年开春以后。道新说:"怕冻就该雇民工去干。更何况地冻了才误几个月,学生误了课是一辈子。再说那天是班长把我拉去的。"我觉得他说得对。对于在劳动期间学校给大家加餐吃肉,道新也很不以为然:"这么多劳动力,省下多少工钱呢。吃点肉算什么。"在那个以劳动为荣的年代,又有谁敢这么说话呢?我对道新的了解又深了很多,觉得这是一个有思想的人。

有一位跟我很聊得来的男生对我说:"你刚来的时候,我挺看不上你的。心想女共党肯定是四肢发达、头脑简单的惯例,没想到你还是个特例:初二以后的课对你是新课,你还能保持高分,而且每次考试,你都是前几名交卷的,女生中更是第一。玩点什么还都行。"我这才知道,我在同学中还有这么高的关注度。他和道新也是好朋友,有几次在他这我还碰见了道新。有一次我去通知开会,正好碰见他们为《红与黑》里的男主人公最后是干什么的而争论。五六个人争执不下。我一进去,道新就问我。我忽然想开个玩笑,就同意了是家庭教师的错误答案。话音刚落,哄声即起,大家全都指着道新罚请客。我这才知道祸闯得有点大。道新说:"请客就请客,但还是我说的对。"我赶紧改正,却已经无济于事了。

期末考试完了。我去通知评比三好学生活动,又看见他们在那斗诗词,正在说"秋",有"秋风起,叶儿黄"的,也有"秋风秋雨愁煞人"的。轮到道新了:"秋花惨淡秋草黄,耿耿秋灯秋夜长。已觉秋窗秋不尽,那堪风雨助凄凉!助秋风雨何来速？惊破秋窗秋梦续。抱得秋情不忍眠，自向秋屏挑泪烛。"大家齐声喝道："好！"我心里顿时涌上钦佩、羡慕、自叹不如之感。我看书只求看过：情节尚可，人物隔得远了都记不住，更甭提记里面的华彩章句了。像道新这种过目成诵的记忆力，怎不让我佩服呢？

道新后来常说董必武老说过的一句话：不动笔墨不看书。二哥也常说好记性不如烂笔头——高老头、欧也妮葛朗台、比哀德兰、夏倍上校、奥诺丽纳——巴尔扎克的书，是我们在电校共同看过的，可如今我连名字也记不住几个，而他的笔记里却还清楚的记着。

第二天这个同学见了我就说："你知道道新干吗老来我们宿舍吗？"我说："为什么？""因为你老来啊。"我心里一热。莫非真的"心有灵犀"？我不也有去碰他的想法吗？这位同学一个坏笑："以后你干脆去他们宿舍好了，也别老拿我们当挡箭牌。"话怕挑开，这一来，我倒不好意思去了。

新学期开始，他给我带了一盒北京酥糖，那漂亮的盒子让我爱不释手（这个糖盒我至今保留完好）。我给他带了一套精美的年历片。他拿到后的第一反应是说这种彩印技术够先进的。我们彼此感觉到关系比以前近了。道新让我帮他拆洗毛衣，以后来的眼光看，早期的道新未能免俗：这只是多交往的一个借口，可以时不时地以比划大小为借口见见面。那时只要有我的篮球比赛，道新一定是场场不落。集体电影他一定会把票换到附近的位子。但我们并没有挑明——那个时代"搞对象"是被打击的，特别是学生。而我毕竟还是学生干部。

这学期的理论实习（其实是学校翻盖宿舍——教工宿舍——而把毕业实习提前进行了）开始后，我们俩都分在太原二电厂实习，有利的条件促进了关系的发展。不用刻意避开熟识的眼光，上班后的时间很多，厂内外的地方很大。我们开始了二人活动黄金期。这期间很多同学也开始了出双入对的地下活动。如果在什么场合不期而遇的话，女生会别过脸去、男生会心照不宣地挤眼、点头反向而过。我们这些学生，就是后来被称为"老三届"的，岁数都不小了。这么多的大龄青年在一块，还要压抑人的正常情感，不让谈恋爱，确实挺不人道。在二电厂外的小树林里,满园一片浓绿,静悄悄的绿叶把什么都遮挡了,一眼看不出五步远,若不是远远听见有人说话,你会以为一个人也没有,绝对是一个二人世界的绝好去处。道新说他戒不了烟,我就给他买戒烟糖。多年后,道新跟我说:"女人一谈恋爱挺傻的。我烟没戒,糖照吃。"

宿舍盖好后,通知让我们返校总结放假。多年后想想,道新说得太对了:学校把我们当成了最好的劳动力。实习前,让我们把行李都抬到仓库里放好,美其名曰:保管。实习后各自领回。

放假前,我跟道新约好一块去运城玩儿几天。一天后,道新忽然跟我说:"咱们去西安二哥那玩儿几天吧。"和二哥见面,这就是要让他们家人知道我们的关系了。我有点忐忑。"没事。我就说是广州同学回家路过西安玩儿两天"——太原去广州怎么就路过西安了呢?对这么个"此地无银"的说法我却欣然接受了。

西安几日,我们俩早出晚归:碑林、大雁塔、西安古城墙、兴庆宫遗址、大明宫遗址……

碑林建于宋元祐五年。到了碑林,进去一看,全是刻着四书五经等经文的碑,我没有多大的兴趣,草草地走马观花,出来后我说看不懂,没什么意思。道新说,秦始皇统一文字的小篆碑,虽是五代南唐徐铉的摹本由宋代人所刻,但那是中国汉字的统一。我说,不懂。他说,汉字的起源啊。

我跟道新去大明宫遗址,路很远,一路上问人都说不知道。有一个人说:什么都没有,不用去。到了跟前,只是荒草中的块块基石,其余一片荒凉。拐弯的地方有一个卖小吃的棚子,人都比这多。大明宫始建于七世纪,占地五千多亩,是故宫的四点五倍。公元九〇四年迁都洛阳,荒废。不过这么宏大的一个宫殿毁灭得只剩下荒草了,还是很震撼的。我跟道新看了一眼,就离开了。只是在以后跟道新去圆明园的时候,道新说:我小时候来这里玩的时候,还能拣点铜钱什么的,真正把这些园林彻底毁了的,是人。是周围的百姓。他们要盖房子的时候,一定会到这里来拆东西,包括盖猪圈。圆明园的华表不就立在天安门那吗?石狮子在中南海的门口。他在前几年讨论圆明园该不该复建的时候说了一句:就让那些柱子躺在那吧。邓小平说过：相信后代会比我们这代人聪明。建起来有什么意义？物是人非，已经不是那个意思了。让它们平静地躺在那里吧。是人与人，人与历史，人与耻辱的见证。只要不再继续毁下去就行了。

到大雁塔是中午，正是最热的时候。登临大雁塔的最上一层，站在塔口处，凉风习习，蔚蓝色的晴空上飘着朵朵白云，望着塔下的寺院和远处的田野，我们俩久久不愿离开。我问道新，一千多年前，唐僧真的来过这儿吗？道新说，那谁知道，但这是玄奘的藏经塔是没有问题的。那时的游人很少，我俩坐在那儿享受着这酷暑中的清凉和二人世界的惬意，和古人做着心灵的对话。

小雁塔的观看，我记得很不清楚，其实，好多地方的游玩我不太注意各种知识，往往满足于到此一游的愿望。可道新对各种历史知识都很细心地去看去记。小雁塔建于唐朝七〇七年，一千多年来的多次地震，都没有损坏它。历史上的三裂三合，我也就是当传说听听而已。可道新很认真，什么一五五五年的关东大地震，华县的山都被震下来，烈度十二度，小雁塔的塔顶被震下来了等等。大雁塔塔顶震下来后被修复，小雁塔在征求梁思成的意见时，梁思成说："已经是这样了，你再修也不是古建筑原有的"——这句话给道新的启发特别大，后来他对文物、对环保等等的看法，都很前卫。（"文革"中建筑系的师生批判梁思成不会搭鸡窝，道新在聊天时跟我举过这个例子，他气愤地说：梁思成就不是个搭鸡窝的——学建筑的和搭鸡窝有什么关系？）

西安古城墙保存完好，我和道新上去看了看。我说，这城墙真宽，能跑汽车了，他说，那样的话，你的孙子辈的人大概就见不到这城墙了。十三朝古都，留下的东西真的不多了。十四公里的城墙还算有一点念想。

道新写给我的诗词不多，西安之游有几首。

西安赠宇明

晓星闪烁，晨风送凉，起来独自绕阶行。但月光残照，日上帘钩。往事潮涌心头,有多少欲说还休。

　　思!思!此别之后,念云山万重,远阻情友。欲付信白云,却向西游。唯有终南太乙,应念我终日愁苦。伤情处,从此又添,一段新愁。

车站送宇明

　　华山高,渭水清,握手无言伤别情。
　　君将辞我东南去,车载吾心随君行。
　　此心惆怅与谁论?此情悠悠梦三更。
　　西来入陕虽数日,遍洒足迹游古城。
　　千里来寻"雁塔",淋漓"碑林"留名。
　　……
　　送君去,长相思,蜀山云水从此辞。
　　欲知怅别心易苦,再度重游知几时?

无题

　　与二哥、李参谋长同游临潼、华清池。吉普车飞速前进,不时为车窗外之景色吸引,又与二哥谈论着几千年之悠久文化,他知识之渊博使我惊讶。极想写几句,但又写不出来。在归去的路上,时速达八十公里一小时,想起二句:

　　长安今咫尺,
　　一笑过临潼。
　　若有明同往,
　　兴致更无穷。

以上几句,以示不能说出之心情。

在西安畅游的几天中,我对二哥算是熟悉了一些。二哥当时是研究所副所长。不过那时技术工作者的地位大家都知道的。所以二哥的工作、生活就是两个字:学习。我看到二哥的办公桌上堆的都是各种报纸杂志及各种文字的专业书籍。打开的是一本日文的专业书,二哥正在结合这本书学片假名呢。当时没有录音机,学发音谈何容易。我问道新:"二哥能学会吗?"道新说:"那一定!他的坐功没人比得了。以他的聪明加功夫,绝对没问题。"果然,一年后在北京再见二哥时,他已经翻译了几本日文书。

幸福的时间总是很短。一晃几天过去了。这一次的火车车厢是那么难蹬跨。还没有明确的关系让我们还保留了那么一点点矜持。没有拉手,甚至没有挥手,只是两只眼睛死死地盯着、盯着,看着他追着火车的步子。还没有分开,我已经在想着他了。

所以下一学期的专业课,我是学的稀里马虎的。因为脑子里净走神。道新常常约我去看电影、逛公园、下饭店。当然都有夜色的掩护,其实也就是掩耳盗铃。这期间已经进入了毕业分配的紧张阶段。我总认为,以我的工作能力和表现,组织上会有一个公正的对待的。可是我错了。在我们昏头昏脑的热恋中,很多人开始了各种活动。学生支部的书记对我说,你也应该跟你们班的班主任谈谈,留校名单由他们报,别到最后被动。我没太放在心上,只关心道新分到什么地方。

道新的情况我时常能听到一点,因为他们班主任是党支部委员。在党支部会上,我听到的对他不是很有利:早上不起床,不按时上课等等。当然我不会把这些话传给道新,但会规劝几句。道新后来从别的渠道知道了消息,气愤异常。平时这个老师跟他也是"哥们儿长,哥们儿短"的,经常在一起打牌、喝酒、聊天,背后却在关键时候下刀子,是道新万想不到的。这大概是道新平生第一次遭遇小人的暗算,给他留下了不灭的记忆。所以在道新的一生中,他都最恨小人了。对背叛朋友的人,从不宽恕。此事对他的打击,有诗为证:

感遇一首

风吹草堂,灯下读书忙。胸怀凌云志,愿祖国富强。

"登科及第"大失生平所望。陋室空墙,枉费几度心肠。

"黄红交错"所食味不尝。群丑争名,乱哄哄,你方唱罢我登场,甚荒唐。

泰然自若,浮云不屑望,众书览尽。莫嫌布衣短,来日身手长。

刻苦攻读,甚惜大好时光。名山昔日闲游客,驰名文场。桂冠几在握,群小终难望。

仰天大笑,教训须不忘。分配择艰苦,领略塞外好风光,兴冲冲,干一场。

(注:黄红交错是指每天的玉米面和高粱面做的食品)

分配前有感

诞生清华名门,浪迹江湖半生。
人生几度选择,茫茫何处栖身?
昔日宾友何在?唯有豪气尚存。

自酿苦酒满杯,仰首独自吞饮。
来时若有欢乐,你我应是平分。
赴汤尚所不惜,功名谁复遑论。

恋意小人之志,慷慨丈夫所为。
西汉季布无二诺,秦来侯嬴只一言。
人生唯有义气重,不成事业誓不还。

终于知道了道新被分配到雁北的神头电厂,二话不说,我也决定了去向。剩下的日子,我们仍沉浸在二人小世界里,管他春夏与秋冬。外面的纷争与丑恶,一概与我们无关。

临离校前,学校一片大乱。那时候每家每月供应的一、二斤鸡蛋根本不够吃,所以很多老师家都靠养鸡解决吃蛋、吃肉问题。同学们在某一天晚上,忽然向鸡们发动了总攻。

第二天上午,学校召集毕业班的班干部开会,主要说让同学们站好最后一班岗。不要破坏公用财产。我听了问:"什么公用财产?"校长说:"昨天晚上,有人偷了老师家的鸡,教室里的桌椅也坏了很多。"我这才反应过来我早上在道新那吃的鸡肉是哪来的了。

下午,我碰见锅炉班的一个好朋友,他挤眉弄眼地问我:"好吃吗?"我笑了笑没说话。他和我一块进了道新的宿舍门。进门他就指着道新说:"你丫真不够意思。"道新说:"你不是说鸡不会叫吗?"我好奇地问怎么回事。朋友告诉我,他们班好多男生昨天密谋晚上去偷鸡,起哄的人不少,数道新起劲。可一到具体行动,道新说什么都不去。"那哪能轻饶了他。最后让他在拐角望风。我们几个刚打开鸡笼子,手还没伸进去呢,他撒丫子就跑了。"我哈哈大笑起来。道新嘿嘿笑着说:"说好的鸡不能叫。你吹牛说一窝鸡脖子就提溜一只嘛。""那也不能不让它咕咕一声啊。我伸手进去挑了一只肥的,一边说'我就爱这骨力的'一边往外拽,想递给他,回头一看,他连影儿都没了。"

经历了"文革"和插队的同学们,无政府主义思想的烙印是根深蒂固的。据说,电校的这一传统从此传下去了,每一届学生毕业时,都是学校的灾难。《亮剑》里说的,部队首任长官的作风会在这支部队传承下去,我是有深刻理解的。

最后离校的时刻到了。公布分配名单的当晚我就和道新回老家去了。对这个生活了两年多的学校没有太多的留恋。它给我的最好的就在我的身边。

在沙漠里当兵

路过神头的列车到站是凌晨四点钟。

小站荒凉,站台上空无一人,周边是荒原。西北风呼号着在身边打旋,深入骨髓的寒冷甚至能令人停止思想。道新赶快拿上东西进了候车室。那是一间不大的屋子,很脏很黑,昏惨惨地吊着一盏小灯泡。接过列车的值班员已经拉灭了灯睡回笼觉了。凌晨的炉火已经没有生命力了,不过虽不暖和,总算是避过了寒风的噬骨。我问道新:"火车站怎么都没有人呢?"道新说:"这里自古就是发配充军的地方,人烟稀少。你没听过一首诗吗?'雁门关外野人家,不养桑蚕不种麻。百里并无梨枣树,三春哪得桃杏花。六月雨过山头雪,狂风遍地起黄沙。说与江南人不信,早穿皮袄午穿纱。'"我问:"是写这里的吗?"道新说:"当然。这是明代兵部尚书王越形容朔州的。夏天尚且如此,现在寒冬腊月的就更是难得见人了。你在这儿等会儿,我出去找找。"他说,要建电厂就得有动力,这么荒僻的小地方没有这么强大的动力源,就一定会有列车电站,一定是在火车站的附近。而从动力源出发,就会有动力线。就这样,踏着不是路的小路,我们到了仅仅是一座孤单小楼的电厂。道新到旁边的一座冒烟的房子敲开了门,正好是先来的同学们住的屋子,一间堆放杂物的仓库。

初到神头的时候,环境的艰苦是现在的青年们难以想象的。在神头看第一场露天电影《创业》时,是一个大风天,狂风卷着幕布使劲晃动着,喇叭里的声音时有时无,场地上一片跺脚的声音,但没有离场的人——因为枯燥的生活比寒冷还要可怕——回到宿舍,道新说:"要不是看在它被禁演的份儿上,我早就走了。这儿的情况跟那部电影里的也差不多,都是先生产后生活。人自己都还没住上房子呢,厂房先就要起来了。"我和道新第一次坐在所谓的电影院,也就是工人俱乐部礼堂里看电影时,都已经是张艺谋的《红高粱》了。

在雁北的那段枯燥的日子里,道新和我一块翻绳花玩。我不爱玩这种枯燥的游戏,无限重复。他说:"这是训练人的耐力和定力最好的游戏了。谁先坏谁输,又不用动脑子。"于是,我们俩头碰着头,坐在床上,扯着闲篇,互相讲着故事,讲着看过的书,讲生活中的朋友,度过了许多没书看的日子。他还跟我玩过写数目字的游戏:他跟我打赌:从一写到一百,如果不出错,他就洗一个月的碗。我想当然地认为很简单,只要小心一点、慢一点,肯定能赢。谁知写到了八十多就出错了。他得意地对我笑着说:"人的大脑控制手的时差还是有一点点的,特别是后来,手和脑的配合一定会出现一点点的差错,我已经是屡试不爽,只有一个人以特别慢的速度通过了。"我说:"那以后你加上时限不就行了吗?"他说:"不用,人其实是很相信自己的动物,他的潜意识会主导他出错的。"他还给我出过很多数学题和脑筋急转弯的题。比如:一筐桔子一百斤,含水量百分之九十八,在去掉一斤果肉时,还剩下多少斤桔子?和尚分馒头,一人一个多两个,收回来重分,两个两个少两个,有几个和尚几个馒头。挖占地一百平方米的池塘,每天挖的都是昨天的一倍,挖了五十平方米用了八天,挖完需要多少天。这些都是概念题,有时候我会说我列个方程,他就会笑着说,我记得你在电校时的数学还可以嘛。我就知道我露怯了。他说,其实数学这个东西就是概念,概念搞清楚了,做题太简单了。我清理他的笔记本时,看到了很多闺女儿子在他的笔记本上划的圈圈道道、涂鸦批语,还有他给孩子讲解方程式留下的解题步骤,从八十年代初到九十年代的都有,后来用电脑之后就没有这种涂鸦了,我很遗憾,电脑在省掉大量的工作量的同时,也去掉了太多有趣的历史遗迹。

一九七六年春节回广州的火车上,进入河南省后,发现地里都是插着幡的新坟。我问车上的旅客:"怎么这么多的新坟啊?"他们说:"淮河发大水了。你不知道?"我很惭愧。怎么这么大的事我都不知道呢?我问他们:"会游泳也逃不出来吗?"他们说:"水头过来时有一二丈高,而且水里夹带着大树等等,根本逃不掉。你看看,铁路边的房子那么高,水印都快上房了。"我一看,可不是吗?这是我第一次知道人在大自然的面前是很渺小的。以前接受的教育就是"人定胜天",不知道人这么脆弱。

回到了神头,见到道新,我先问他知不知道淮河发大水了。他说不知道。我说没有新闻报道吗?他说这些消息不会报道吧。除了内参。我跟他说了我的感想。他说:"人胜不了天。人对大自然有太多的不知。张衡在一千多年前就造出了'地动仪',可到今天,人类还是预报不了地震。山火将点燃哪一片树林,哪一座山体将滑坡,人都不知道。人只能在灾难发生之后,做一些抢救和弥补。人、河的搏斗,在水大到一定程度的时候,就会战胜人。其实人不光胜不了天,还有好多东西都胜不了。包括自己。"很多年后我才知道,当年的大干快上的水利工程——板桥水库等等在灾害来时的溃坝,加重了自然灾害的程度。

家学渊源

所有认识钟道新的人都知道他有一个深深地"清华情节",这要从他的父辈家庭说起。

他的父亲钟士模教授是儿子心中的尊者和楷模。

钟士模出生在浙江浦江一个叫钟村的村子里,家里很穷。该念书时,望着他那渴望走进学堂的眼睛,爷爷叹了口气,把他送入郑宅四明书院。说好该干农活时要回去干活。一入学他即显示出非凡的悟性和聪明,所学功课过目不忘,因此即便家中穷困,要他时时停学去做农活贴补家用,他也是学生中成绩最优异的。就这样半耕半读到小学毕业,家中再也无力供他读下去了。之前,他把偶尔得到的一些铜板积攒在一个竹筒里——要继续读书的愿望萦绕不去。四处探求之下,他得知师范科是唯一可以不交学费并管食宿的学校。他高兴至极。于是砍开竹筒,拿出积攒的那一点点的铜板,以优异的成绩考取了严州中学师范科。

十二岁的他挑着行李,踏着百余里的嶙峋山路,从浦江钟村走进了严州府治地的梅城,度过了三年不中断的求学生涯。毕业后按规定在当地做了三年小学教师——在当地,这是一般人家都很向往的职业和生活——但他仍然想读书。

十八岁时父母把他过继给了堂叔,稍好一点的家境让他得以圆了大学梦,在上海交大以优异的成绩毕业。

因为成绩太优异了,即使是在那个毕业即失业的年代,他这样一个既无钱又无背景的穷学生,也被清华大学电机系的章名涛教授看中,毕业即去了清华电机系任助教。

抗战期间随校南迁,在长沙临时大学和昆明西南联大任教。由于父亲的这一段经历,道新在一九八〇年国内首次再版《围城》时,就购买了这部小说,并且一直以其中的警句为座右铭。

一九四三年取得学校资助留美资格(梅贻琦校长特批的两个名额之一),在麻省理工学院攻读博士学位,在那个时候,电机系的学生毕业率是百分之三十,而爸爸以名为《同步电机出现负阻尼的原因研究》的博士学位论文成功获得学位。

一九四七年启程回国。

去麻省理工学习时,按学校规定要念一年的电机学。爸爸诙谐地说:我这门课教都教了七年了。但规定就是规定,爸爸只好以足球、网球、篮球、游泳、桥牌为主业,学了一年,把以前的运动课业好好地补了一补——至今我们家的墙上还挂着麻省理工学院足球队的队旗,那是钟道新的最爱。清华计算机系老主任林尧瑞在父亲百年纪念时将保留着的他在一九五七年各系篮球赛时得冠军的合影放到网上。其中与在麻省理工和后来回国也是清华电机系的孙绍先生是同学、室友,友谊延续到钟道新和孙立哲这一代。

爸爸谢绝了麻省要他留校任职的要求,从美国回来时,因为他对理论、教研的贡献,麻省学校教研组研究赠送他五十台电机(在麻省,教授们的权力是很大的,这也是梅贻琦一直想在清华推行的教授治校)。这在当时的战后中国是一笔很大的财富。乘坐的轮船在上海港靠岸时,就有许多的人在码头上堵住他,要购买这批电机。爸爸一律谢绝。他将这批电机全部无偿地捐给了清华大学。一九四九年由冯友兰先生主持的校庆报纸第一版登出的报道题目是《蒙钟士模教授捐赠电机》。

我第一次到钟道新家里时,见到了走廊里的那个装电机的大木头箱子。听完这个故事后我心想,别说是那个年代了,就是在七十年代初,这也得是多大的一笔财富啊!我后来问道新,现在还能找到那批电机吗?道新斜了我一眼,没说话,我吐吐舌头。既已交给了学校,那就与自己再也无关了。但据钟道隆二哥说,这批电机在清华旧电机馆没拆时是一直都在的(我说:知识分子的爱国捐赠是不讲任何回报的。实物、书籍、才智、包括生命)。清华之所以是清华,就是因为有由无数父亲这样的教授们组成的精华的支撑。

爸爸一九四八年九月到清华任教,住在胜因院二十七号,周围的邻居都是中国历史上的知名学者教授。如:马约翰、梁思成、林徽因、金岳霖、黄万里、张维、章名涛等等,等等。

爸爸是一个在中国的科技界不可不提的人,是一个在中国大百科全书都占有一页的人。中国太多的第一在他的手中诞生:由聂荣臻副总理批准、父亲筹建的中国高校的第一个自控系、他参与发起、筹建的中国自动化学会,代表中国参与发起和筹建了国际自动控制联合会。父亲提出并参与第一台大型通用电子管计算机、我国第一台三自由度飞行模拟实验平台。我国第一台十六阶非线性小型模拟计算机、我国高校第一台全晶体管通用数字计算机。我国的各种核试验、人造卫星的研制,都离不开自动化研制系统,当初成立时的宗旨是"要为一尖——火箭航天、一圆——原子核能服务"……他为了中国的科技腾飞真是呕心沥血,即使是在"文革"这个让知识被践踏的年代,他也在苦苦地坚持,直到最后倒在接待外国记者招待会的现场……钟道新说:"他们这一代知识分子,经历了太多的战乱动乱,太多的突发事件,命运中有了太多的坎坷波折,一颗心变得非常敏感,非常脆弱。杞人忧天,自己吓唬自己。用我妈的话说就是,船还没有翻,自己先跳到水里。一个逗号一个句号,人生就这样结束了。父亲在看了老舍的《我这一辈子》后,长叹一口气,说,唉,我这一辈子。我想父亲大概想到,当年与他一起从西南联大赴美留学没有回来的杨振宁、李政道。"

一九五九年,父亲主持和组织了我国第一台三自由度飞行模拟实验平台的研制,解决了其中许多控制理论和技术问题,并随后研制成了改进型的由十六阶模拟计算机控制的电动试验平台,我国自行研制的几种新型号歼击机驾驶仪就是在这个平台上完成了试验。直至上世纪的八九十年代还在使用。

在一九六九年的中央一号文件后,父亲也要参加什么越野拉练等等,那么大的岁数让孙子教他打背包,挎水壶:所背之物是要有一定的重量的。他们这些老知识分子不会像有些人那样会糊弄:学校要求多少公斤,自己先在家去借把秤就称好了,根本不用别人来监督。而在需要以清华大学的知识分子形象出现时,又会被招到各种陪同团和座谈会上。

侄子钟德强在道新去世后说到很多爷爷的往事。"'文革'中,学校要去上面领受任务时,都是直接由有关部委派小车把爷爷拉走的,不管是在办公室,还是在路上,有人看见后,就会到家里来说:钟先生被车拉走了。奶奶等家人就开始了揪心的寻找和等待,寻找肯定是没有下落的,只有等着爷爷自己归来。"那份焦虑和恐惧,一直延续到一九七一年的五月,一直到最后一次,那一次,真的再也没有回来……

而每次回来,爷爷都闭口不谈被谁叫走和干什么去了,只是默默地顶住压力,坚持搞科研项目。这期间大概都是以核试验为主。

爸爸生前的相片非常少,这次编道新文集需要的几张,都是从清华大学的各种书籍里找到的。我想原因有几个:一是家境贫寒,小时候照不起像;二是"文革"时期烧毁了——这是最主要的,而且烧得很彻底。除了"文革"时期拍的一点照片外,我没见过爸爸的其他照片。我记得,道新在哪的幻灯片上见到了父亲的影像,他在放完幻灯后,偷偷地进去把幻灯片拿走了,这才有了爸爸的博士服照片。

我生了女儿满月后,住到清华新林院二号的家里。在妈妈的指点下,缝了一个小袍子。一次聊天的时候我问妈妈,这是什么布,这么好。妈没说话,道新听见了,捅了我一下。过后,道新跟我说,那是爸爸的博士服拆下的料子。当年爸爸让妈妈烧了,妈妈没舍得,把它们拆成小片放着了,这次拿出来给孩子做了小衣服。在几次搬家中,我丢弃了这件小袍子,今天想想还是挺后悔的。道新安慰我说,什么都是文物,那你就会被一堆破烂包裹着。别后悔。要是当年听爸爸的话,不也就烧了吗?"文革"毁掉的文物那么多,不多咱家这一件袍子。

剑桥的各学院的服装都不相同,但八百年来一直没有变过。一位剑桥博士这样说:"在这里拿个博士没什么特别的,但如果你是从伊顿公学、拉格比公学毕业,在剑桥或牛津读了本科,那就很特别了。这说明你在人生最关键的成长期接受了最好的教育。"这话和道新说的真像。"清华附小、清华附中,清华大学,这样你就认识了大概全中国的精华。"

每次回清华,道新的感慨都不一样。他最后一次和儿时好友同游清华园后,回来对我说:我大概是老了。我说,瞎说,你才多大,就说这话。他说,以前回清华光想着找谁来玩,吹牛打牌,这次重踏儿时小径,竟然无语。到好多地方都是默然。一个人开始回忆过去,就是衰老的标志。道新在一九八六年的笔记里写道:剑桥大学楼前的草坪,只许几个高级学者可踏——他向往这种知识分子的最高待遇。

结婚后,我不管是以应该给爸爸写传记为题,还是直接问爸爸的去世情况,钟道新都是绝口不说的。有一次我看到他在整理清华新林院二号家的照片,见他难过的样子,我安慰了他一句:爸爸是好人有好报,是善终的。他勃然大怒:那我也不愿意他死!(多年后,我儿子也同样对如此安慰人的人说:我真的舍不得!)

陈为人兄在《唯有敬亭,依然此柳——由钟道新走近钟士模》一文中写道:

在我撰写《何不潇洒走一回——钟道新的智者人生》一书时,钟道新向我讲到他的父亲——钟士模。"我爸才叫当得起'桃李满天下'一词。他一九四四年到美国麻省理工学院,师从控制论创始人维纳,名师出高徒嘛。一九四七年回国后,就在清华大学电机工程学系当教授。那时候又没有计算机电脑这一说,清华电机系那牛逼,就是最前沿最吃香的专业。朱镕基就是一九四七年考进清华电机系的。可以说是我父亲回国后的第一批学生。只要是圈子里边提起钟士模,几乎都知道。电机计算机方面的前辈专家,他们的祖师爷嘛。"钟道新说:"现在的人们都把庄子的《应帝王》看成是庄子对帝王的一种谏言,像马基雅维利的《君主论》,是为帝王出谋划策应该怎样统治人民。我不这么看,我认为是庄子在教人们一种怎样应付帝王的技巧和智慧。从来天意高难问,伴君如伴虎,你得有应付的办法。这是人生在世的一种智慧。顺应环境,适者生存,这里面有大智慧。"二〇一一年四月十六日,清华大学计算机系"钟士模奖学基金"、"计算机系思源基金"设立,至成立日已收到捐款百余万。

二〇一一年,清华百年校庆,做了一批纪念品,其中特意做了一个纪念杯,上书:清华百年暨钟士模教授百年诞辰。

清华没有忘记父亲所做的一切。父亲就是为清华而生的。

说完父亲,还有一个家人在钟道新的生命里产生了很大的影响,不得不提。那就是他的二哥,钟道隆。

爸爸回清华后,于一九四八年把二哥接到了北京。紧接着二哥以最好的成绩考入了北师大附中。

二哥当时住在复兴门边上的学校宿舍,去学校从城墙豁口抄近路快走也要四十分钟。不过那个年代,钱贬值得太快,物价飞涨,挣的薪水肚子都填不饱,每次发薪水的第一件事就是去排队买粮,用妈妈的话说:即使人不去,图章也要去。所以根本没钱坐车上学。于是二哥天天就这么走两回。

高中一年级时,抗美援朝开始了,二哥瞒着父母报名参了军。钟道新说,爸爸知道儿子要去朝鲜前线的时候,好几天都没有说话,这情形钟道新在去插队的时候亲历了。

战争结束后二哥在军队上了大学,一九五八年从中国人民解放军通信工程学院毕业。

二哥对学过的知识记忆深刻(过目不忘都不足以说明)。一九七四年我和道新去西安玩,有一次聊天聊到高等数学,我说好多概念不好理解,二哥随口就说,比如△t那就是增量,简单一点说,你拿一根绳子绕地球一圈,然后把绳子增长一米,绳子上的每一个点,能不能同时钻过小兔子去?我说不能吧。二哥说,那拿一根绳子绕桌子上的地球仪转一圈,再增长一米,在这根绳子下能否同时钻过小兔子?我说可以。他说,那你可以计算一下,它们的半径增量是一样的,都能钻过兔子去。我不信,私下里拿着绳子做了好几个长度的试验,发现确实如此。钟道新最后的遗作里有一段话:一张纸折叠二十次,可厚达二百米,我记得道新很早以前跟我说过这个问题,但我记得是八十米,我怕有误,就打电话去问二哥。二哥对我说,过五分钟你再打过来吧。十分钟后,我打过去。二哥说,是可能的,就看是什么纸张了,如果是宣纸,是多少多少,如果是复印纸是多少多少,如果是画报纸是多少多少。好友闫晓媛说:"在告别会上我要帮钟家二哥别黑纱时,他说了一句'不用,摩擦力足够了。'他脱口说出的这句话,让我立刻想到,从父亲到兄长,到道新,真是一脉相承,是把知识化为血肉,化为本能的人,他们都有一种智力活动的习惯。这样的人这样的家庭不多了。"我跟她说二哥的脑子是太好使了,在上世纪五六十年代,出了一套科普丛书,别人看了也就是看了,增长了知识,可二哥看了之后,给编辑部写了信,指出其中的《火箭为什么会飞》一节的概念是完全错误的。去西安时,二哥在聊天的时候说,书上的好多东西不一定都是对的,就举了这个例子。我问,出版社给你回信了吗?二哥说是啊,还给我寄来一套书呢。我那时想,这种看书法,得多慢呀。后来发现是我杞人忧天了,他在看书的时候,书中的错误他是本能地就挑出了,绝对的一目数十行。后来在孩子的习题集上,他也跟我说过这个问题:不要去按照答案查自己的解题法,有可能是答案错了。

在上世纪的九十年代,二哥发明了复读机(这是他自学英语的副产品)。当时,中国没有一个电子类商店不在卖这个商品。直到现在也有很多商店在销售复读机。我问二哥,你为什么不收专利费呢——二哥申请了专利权,拿到了专利证书,随即放弃了专利权——二哥说,买这个机子都是为了学习的,我和爸爸小时候因为没钱上学很痛苦,现在也会有很多的学生是贫困的。我放弃了专利,这个产品的生产就会普及,受益的是广大的消费者。我无言。后来我看见摆地摊的小贩们在用这个机子做买卖,招徕顾客,我还跟二哥开玩笑说,他们倒拿去赚钱了。二哥笑着说,只要有用就行啊。钱有什么用?能给天下人做出好用的产品,是科技发展的一大功效。你要专利权,好多商家就不去生产了,你这个产品再好也没有多大的社会意义。社会的进步是需要各种人的贡献的。

刚结婚时去他们家,二哥不爱说话。我跟钟道新说二哥真爱学习,在屋里一待就是一天。道新说:人该说的话是有数的,这辈子的话总是要说完的。果然,到了二哥退休后,那话就多多了。一次,我们让儿子到二伯家去补习英语,寒假放完后回到家里,道新问儿子:怎么样,二伯特爱跟你说学习吧,是不是三句话就扯到学习上去了?儿子说:三句?一句就说到学习上去了。

二哥的学习是举一反十式的。他发明并写的《英语学习逆向法》《巧用电脑写作与翻译》《好记性的诀窍》等几十本书,都受到了读者的喜爱与追捧。我看了一部电视剧《传奇之王》,里面监狱里老夫子教林天龙的保险室密码就是二哥总结的记忆圆周率歌谣,证明确实有很大的影响力。以至中央电视台崔永元主持的《实话实说》节目在一九九九年五月十九日专门做了一期将军等军人的学习谈话节目。另外《科学与技术》等等栏目也都找他去做讲座,上镜率很高的。还到全国各地去做过无数次的演讲、专题讲座等等,知名度甚高。钟道新开玩笑说:他好为人师。

钟道新的小学、中学,都是在清华的大礼堂、大操场、体育馆、荷花池、气象台、荒岛等地尽情地玩耍,"文革"期间又是在清华图书馆里偷看各种被封存的书籍。老友唐虞在纪念文章中写道:记得数年前我们曾经有一次同时在北京,相约在清华园里走一圈,怀怀旧。我们去看了我们的幼儿园——古月堂,又去看了我们的小学——清华附小。我们还到童年时代玩耍的大礼堂、大操场、体育馆、气象台、荷花池、闻亭等地去转了转。如今的清华到处是高楼大厦,但比起我们小时候少了许多绿地与绿树;如今的清华到处车水马龙,人气甚旺,却少了些许治学的宁静。现代化无可避免地带走了我们儿时的乐土。我们曾去寻访我们出生并度过童年时代的新林院。这个当年清华教授的住宅区已经面目全非。"文化革命"中教授们被一一逐出,由领导阶级入住。原来精心修剪的松墙早已被住户们自建的砖墙取代,森严壁垒。院中的草地早不见踪影,取而代之的是住户们自己盖的小平房。不过几十年功夫,当年的乐土已杳然不见,如今这一切只能在美好的儿时回忆中追寻。

在这种人文环境中成长起来的钟道新,骨子里就已经浸透了知识分子的气质。

在钟道新的一篇文章里,曾经说过这么一句话:"平衡一旦被打破,系统就会产生动荡。"而动荡,就会波及系统的方方面面,从世界、国家这样的庞然大物,延续到教育系统、各大学、各科系,最后延伸到家庭和个人身上,体现出来的好东西很少,最直观的,就是一个孩子,找不到读书的地方了。虽然,对孩子来说,不上学会带来快乐,可注定这种快乐是短暂的。

所有这一切:穿长衫与西装、夹布包讲义与提皮公文包的教授们走在马路上的和谐;骑自行车和坐小汽车、步行的教授们在马路上交谈时的相得益彰,都在一九六六年的"文革"开始时被彻底地消灭了。一夜之间的教授们的凄惨遭遇让钟道新这个十五岁的少年过早地失去了清华这个他从小成长其中的"天堂"。"先生"、"教授"这些称谓随着他们由"教授区"被驱逐到简易的工棚去居住而成为了一种"耻辱"。小伙伴们的活动区域只剩下"文革"区间留给他们的一点点的剩余区间。世界观的形成就是这样的迅速。当然,对于那些"文革"新贵们的如何崛起,小人得志的嘴脸,他们也是观看在眼中的。

钟道新的学习是我们这一代人都熟知的方式:自学。在钟道新的每一个笔记本的前页,都有学习的自我题词。他保留下来的最早的带题词的一本是一九七一年的。笔记本是一月一日在清华照澜院商店买的,上边是他春节回家时爸爸给他讲的《人类改造自然》一书的笔记。这年的五月十一日,他的父亲离去了。他在十月份的笔记里写道:近几天来,翻起爸爸生前所给我讲的"人类改造自然"一书,不禁浮想联翩,并深觉惭愧。最近一段日子里,我究竟增添了什么新的知识了呢?我这样问自己:难道就永远这样下去么,虚度自己一辈子吗?身边不就有榜样吗?他们不是在日夜提高自己、完善自己吗。而我却不断把时间掷在空虚中,下棋、谈天、抽烟无度……爸爸若是九泉有知,也该责怪我了——这段话我至今看见也是泪水涟涟的。在月底,他就开启了第二本的学习笔记。扉页上他写道:"在目前,我没有进学校学习的机会,然而我却有在三大革命的社会大学中充分学习的机会,这个学校有着更为广泛、更为丰富的课程。有着许许多多的知识宝藏待我们发掘。唐朝最大的两位诗人连举人都未考取。不要把分数学历看得过重,要把精力放在分析问题和解决问题的能力上。"

无疑自学是非常艰苦的,要自学首先必须排除"天才"的影响。是的,天才是没有的。所谓的天才不过是骗别人骗自己。马克思之所以博学,那是在图书馆中几十年如一日,读了多少本书才得来的。主席思想之所以伟大,那是在中国革命的长期实践中得来的,"实践出真知",所以,不经过自己努力奋斗,那将是一点点知识也得不到,除此外,我必须向自己的软弱无毅力而斗争。传统的惰性是十分有害的。

我无视困难,因为世上无有一帆风顺的事情的。我轻视那些饱食终日,无所用心的知识懒汉。

伟大领袖导师列宁教导我们:最有害的,就是自以为我们总还懂得一点什么。

"我们总要努力,我们总要拼命向前,那么美好的世界,光华灿烂的世界,就在面前。"

以上短短几个月的好几本的笔记本上这些带着时代烙印的题词,都印证了他开始自学的艰难历程。在早期的自学是以自然科学为主的,八十年代开始,文学的多了,但科技方面的仍然不少。这些笔记本以一两个月的速度更新着。每个笔记本的读书都在十余部以上,最厚的有二三十本书。别说这中间要看书才能记笔记,我光是抄这些笔记一两个月也不轻松。到九十年代后的笔记就是电脑打印的了,报纸、杂志剪下来的装订册,这些他放了整整一书柜,电脑里的文章目录,有着那么多的文件夹。

道新说过:如果你读过清华附小、清华附中、清华大学,这说明你在人生最关键的成长期接受了最好的教育,而我们缺失的正是这最基本的教育,普通的学校都没有上过。所以注定了我们这一批作家里不会有太好的,这就和烙饼一样,饼再大也大不过锅去。

他对《钱商》里的贾克斯的各种学历赞赏不已:都是靠夜校取得的,并且可以以淡然的心态来对待之。道新说:这是一个好学不倦的人的很好写照。

笔记里有他自学高等数学的笔记,这期间他在中学教物理、数学、语文课。

七十年代中期,他回到北京过春节,正好二哥也在家。他让二哥给他讲"定积分的应用问题",并做了详细的笔记。回神头后,他做了一份《二哥春节讲述笔记整理——二哥讲的微积分课程》:

"对于复杂的物理现象(只要此现象是可靠的)我们要从最根本的公式去考虑问题,这样就不难得出结论。"

"微分就是无穷小比的问题,而积分与微分就如同乘与除的关系一样,是无穷多个无穷小求和的问题。"

"定积分与不定积分的关系问题"(关于牛顿——莱布尼茨公式问题的直观解释)。

后面是很多的解题。

好友唐虔说:一九七二年他作为"工农兵学员"进入山西省电力学校上学,他后来告诉我,到这时他才感到学习机会来之不易,才真的开始下功夫认真读书。几年后的一天,他在我家给我弟弟讲高中几何,恰逢我父亲在旁听了听。后来父亲对我说,道新把那些基本概念讲得非常清楚,相当不易,说明他自己真学懂了,颇有他父亲的遗风。父亲说当年钟士模先生给清华学生讲电工学原理,就能把那些复杂的基本概念讲得通俗易懂,使学生能终生牢记,而能做到此,非有深厚的学术功底不可。

这段时期,钟道新的学习很明显的被分成了三段:

在清华园中,但学校已经停课。这个时候,他主要看些文史哲等有"意思"的杂书,并接受爸爸对他的一些科学训练。

插队时期。有什么看什么,当时有书读就是很幸福的事情。

电校时期。文学阅读占了上风。我想那是因为中国当时的科研工作基本停滞,如果不到专门的机构,恐怕相关的科技阅读已无法进行,而国外的科技引进已经停止,即使想接触也没有途径。

一九六八年,"插队"开始。在山西昔阳县皋落大队的插队生活,他从未对我们说过,虽然他的老房东来过家里,我也是只在他的某篇笔记里见过去三十里外的粮站换粮票未果的记录。

著名作家韩石山也注意到了这一点,"他只写自己。插队在他是此生的耻辱,迄今还在吞食着曩昔的苦果,即便因此成为作家,在他也不是什么赏心乐事。他将那段痛苦的经历,深深地埋在心底,做成他艺术的调味,绝不以此自炫。"

道新去世后,一个同学向我讲了一件和插队有关的事:他上学是九月份,半年多的工分没到年底是结算不了的。他这位同学放假回家时(他们是一个公社的)到插队的村里去结算了这笔工分款:39.88元,回校后交给了道新。同学说,道新拿到钱后高兴极了,说"这是我插队后得到的首笔报酬"。

"读万卷书,行万里路"从"文革"串联起就开始了。"文革"、插队时的无票乘车,提供了交通条件,虽然也是提心吊胆,但还是有机可"乘"的。作家王子硕说:"钟道新除了贵州、宁夏、青海这三个省没有去过之外,其他各省的名胜古迹都

'到此一游'过了。"插队时读书较难,村里除了同学间的互通有无外,就只有到各种曾经有过图书的地方去"偷阅"了。

父亲在一九七一年五月十一日去世,使他感觉到天的塌陷,无论是前途、经济,让他感到一片茫然。原来还有父亲的督导学习,现在该去问谁?原来花钱不在乎,现在由谁来供给?二十岁的他,无学可上,无工可做,经济上靠那几个种地的工分?摆在他也是全国知青面前的问题,让他不得不去思考——"文革"最大的错误,就是剥夺了整整一代人的受教育权。年底大学开始招生,仿佛眼前有了一丝希望,但要贫下中农推荐,各级革委会的批准,一个公社才有两个名额(并不是光给知青的),十几届的毕业生们云集在这短短的一、两月里要决定出命运的安排,这是要比中彩票还要难的事啊。知识就这么没有需要它们的地方了吗?著名作家张石山在纪念文章中说:"赵瑜拍摄他的纪实片《内陆九三》时,钟道新曾经撰写过其中两集,是专门叙述插队生故事的。由于审查的缘故,两集东西被封杀,没有公开播出。但我们都看到了样片。按照整个拍摄体例,每位撰稿人都在片末有一段言论。向来气度雍容的钟道新,此刻几乎是痛心疾首地说道:知青,老三届里,出现了若干英模,也出现了一批作家。插队的经历造就了他们。但这只是特例。个别人的幸运,不能掩盖数百万知青曾经遭受苦难的历史。我保证,我发誓:插队再好,我决不会让我的儿子插队!"

他的自学一直保持到他去世前。

二〇〇七年五月份,他与老友王志芳签订电视连续剧《谈判专家》原创剧本合同。签订合同后,钟道新在原有的法律知识之上,又开始恶补。他找了许多的中外法律书籍、大量咨询法律专家和律师、二〇〇七年的国家司法考试出的那套考试案例试题,他全部买回来学习,中央电视台在六月份的《法律讲堂》专栏节目里播出的专家教授的专门辅导课程,他一节都没有落下。像学生一样,记笔记、回答老师的提问、疑难案件一定要破解(相当于课外作业)。等到学习完后,他对我说:"博士不好说,硕士是肯定拿下了。"后来有很多读者看了他的这部未完稿小说,都说他是学法律出身的。他在天上看到大家的评论,一定会露出欣慰地、并带着他惯有的坏笑。

家的眷恋

道新说:家是什么,就是你一从外面回来,你就觉得自己从来没有出去过,反之亦然。

五十年代初,父亲家搬到清华新林院居住。

一九五一年的六月一日,道新出生于新林院六十一号乙,前面的院子七十一号就是闻一多的故居。

一九五四年三岁以后在清华古月堂的幼稚园学习玩乐,度过了学前的最快乐的童年时光。

一九五八年,道新入清华附小读书。那时的道新由于父亲的事业繁忙,母亲又溺爱幼子,管不了他,是他活动范围最广、成为孩子王最好的时期。

我们刚刚搬到山西作协院子里的时候,住在五楼西边的顶层上,夏天非常热,西面的墙上光秃秃的,要曝晒一天。道新说了好多次要在墙外种上藤萝,这样既可遮住阳光,又可营造出一种意境。可我下去看了半天,是光秃秃的水泥地面,无土,回来跟道新说了,他说,可以凿开地面,把藤萝栽上,不过太麻烦了,算了吧。其实我知道,这是道新在想小时候的家,想他家墙外那一架幽幽的藤萝和时不时爬进来的壁虎们。想院后那核桃树和苍松翠柏上爬上爬下的小松鼠和它们常来道新家房檐上串门的身影。想他那在父母的呵护下无忧无虑的童年……

道新说起小时候的挨骂,也就是愉快的童年的生活写照:在荷花池里游泳,有时会忘了上课铃声;回家被问去哪玩了?说别的地方,被令脱下衣服,那就会露出泡过泥水的身子,爸爸用手指一刮,会出来一道泥印;去学校怎么能走路?要走围墙,不过就是太远了——结婚后,我曾经试图绕着清华的围墙走一圈,我发现,一天是根本不可能走完的——迟到了,那是好的,弄不好就是旷课;冬天去踏雪滑冰,回家那双鞋想想也知道是什么模样,经常是一边听着叨叨责骂,一边乖乖地让妈妈换下冻湿的衣服和鞋子,这些当然还是得在爸爸进门之前就要完成的……我们有了孩子后,原来神头学校后面的那一片大大的雪地,就是道新带着孩子去滑冰车、雪车的地方了,打雪仗的时候,我发现他的雪球捏出来特别瓷实,打得人生疼生疼的,这都是他的"童子功"。回家换洗衣服的时候,道新说:"我这才知道我妈那时候有多烦我出去玩了。我放学回家,如果下了雨,我一定是从水坑里蹚过去,小时候都是我妈做的布鞋,回家都得泡透了滴答水的。"道新去世前,女儿丁丁养的狗出去遛的时候,也是要从水里蹚过去,我紧喊慢喊,都没有用。道新会呵呵笑着说:"都这样。"

说到狗(泡泡)非常聪明,教点什么一会儿就学会了,道新非常喜欢它。但是,他又不喜欢闺女教它学东西。因为训练中免不了要训斥它。他说:"行了行了,会握个手、翻个身骗个吃的就行了,学那么多的本事干什么?我们就是个狗嘛!你还指望我们去考个博士?是吧?"拍拍泡泡的脑袋,两个家伙就洋洋得意地出门遛去了。

我有时候会抱怨孩子们不听话,不爱学习。道新说:"毛主席说,邓小平不听他的话。一个八十岁的人指责七十岁的人不听他的话,多滑稽。但那时候没有人觉得这话滑稽。因为这里面有当时的政治气氛,也有中国历史上就形成的孩子教育法。小孩子从小就被要求要听话:听大人的话,听老师的话,听领导的话,听报纸的话,听电视上的互相矛盾的话,甚至路上警察的话,没有自己了。学习那是生存的需要,但学习有很多种,你能说玩就不是学习?有出息的孩子都是会玩的孩子。你看电校学得好的学生都在黑板前讲课,学得不好的学生都坐着汽车请客吃饭呢。孩子嘛,就是要玩、要打架、要哭要闹、要撒谎骗人才能长大的。成才是多种多样的,不是光会念书才能成才。"

道新恋家,从不愿意离家外出,不得已时,也是算好办事所需的时间,尽快赶回。也许是小时候的父母在一起对时光的珍惜,给他的印象太深了吧。早年父亲在清华和西南联大教书,战争期间交通不便,后又去美国留学,一走数年,母亲在老家独自带着孩子伺候老人。直到从美国回来,再次到清华教书,这才把母亲和哥哥们接到北京,一家人才算是团圆了。十几年的离散,让夫妻二人倍感聚在一起的日子之珍贵。母亲的后半生就是围着父亲的脚步转,毫无什么夫贵妻荣的想法,只是珍惜珍惜再珍惜。加之姐姐和道新的出世,父母的珍爱是不言而喻的,特别是父亲对道新,那可真是喜欢的不得了,包括他的淘气和捣乱,都是一种看着你"玩"的容忍大度的态度,"恨铁不成钢"的冒火兴许也有过,但那肯定是仅仅几分钟的怒气吧,经常是道新在挨训的后半段(这种时候不多),就在父亲忍俊不禁的转脸一笑中结束了。所以道新对应付大人的管教有着太多的高招了,不时在他的文章中都有写到——对我们的两个孩子,他也是抱着"不求鲜花怒放,只要是一片绿色"的态度的。在我们俩结婚前后,我说他基本的家务活都不会干,他对我得意地说:"我是家里的小儿子!"

　　记得他在很早以前对我说过二嫂的叔母。叔母的父亲贾继英是个人物——慈禧太后西狩时,路过太原,没有钱了,就召集太原所有的票号老板开会借款,到会的人都一声不吭。平遥某字号的老板耍滑头没有来,派了个跑街的伙计来,这个伙计就是叔母的父亲贾继英。时年二十八的他当时站出来,答应借了三十万两银子,让慈禧太后一行得以继续南下。这之后的结果是伙计挨了训斥,但没有被开销回家——可能老板也有考虑吧,毕竟是朝廷的事,朝廷倒了就认倒霉,可要是最终朝廷还在,那可就风光了。果然,慈禧回銮之后,没有忘了这个小伙计,把他召到北京,主持户部银行、创办大清银行。之后虽然随着清王朝的覆灭,大清银行消失了,但之后山西的统治者阎锡山需要搞财经的人,把他又召到太原,帮助成立了山西的银行系统。他一辈子有花不完的钱,而地位和经济的升级,伴随的就是几个姨太太,和很多的儿女,叔母就是其中的一个。在那个尔虞我诈的大家庭里,亲情大概是谈不上了。但教育和金钱还是有的。叔母违逆了父亲的意愿,和一个银行的襄理好了,离开了那个家庭。她因为有文化,在上海的一所小学里教书,过着平淡的生活。在上世纪六十年代一线城市的大工厂往内地迁移的时候,她夫君也随工厂去了江西,这时叔母毫不犹豫地辞去了学校老师的工作,去了江西那个小山沟里,陪着叔叔过了几年家庭主妇的生活,几年后,叔叔因病去世,她才又回到了上海。因"文革"大串连,道新到上海住在他们家,和叔母得以相识,从而结下了二三十年的隔辈情缘。道新和我每次去上海,必去她家看望她。叔母告诉道新这一辈子最可贵的就是亲人的相聚,能在一起就不要分开一秒钟。她说,我这一辈子最英明的决定就是辞职去了江西,和他守在一起度过了最后的几年。我这一辈子见过太多的金钱,过了太奢华的生活,也见过了大场面,但那一切都是空的,没有用,只有和亲人在一起的生活是过不够的生活。这话在道新十几岁的脑瓜里刻下了太深的烙印。我去她家的时候,给她按一般的礼节带了些礼物,道新再三说不用,我没听。去了以后,我发现真的是我错了,是在用俗人的想法去想这一位超然的老太太。老太太最后让我把礼物带走了,说:"要不然你下次来,会买更好的东西的。"道新一生的不爱钱,除了家传,也是受到了叔母的教育和影响。叔母说:"金子积攒的再多,对你来讲,就是那顿饭和那张床。"

一九九九年我到东北我伯母家去给她祝寿,到了北京我给她打电话问需要买什么。老太太张嘴就说,别的不要,就把稻香村的点心给我称点回来——自从跟了道新之后,他爱吃黄油糕之类的西点,我就总是到中关村里面那家西点铺去买,那儿靠近中科院,留学回来的知识分子多,所以做的西点相当地道。后来连孩子们的口味儿都是这样的,因此已经多年没吃稻香村的点心了。到家后伯母把点心都拆了包装,放到一个大盆里。吃过饭后,给所有的孩子分点心(都是四五十岁的儿女),一个人给掰了半块,然后又把盆给扣好,嘴里叨叨着:"这是宇明从北京给我买的。"在她家住了那么多天,也没见她再给大家分点心。回到太原后,我跟道新说这件事,还评论说:"还真有人爱吃这种点心啊?"道新笑了,说:"那曾经是一种身份。就好像你现在能开一辆奔驰车一样。那时候在北京的街上走,手上提的是稻香村的点心匣子,那个牛,脸上的光都和别人的不一样。"想着伯母的旗人身份——她的姥姥是清朝大臣肃顺的外孙女,从小的规矩就特别多——家道虽然没落了,但稻香村的点心还是吃得起的。小时候的口味儿在老年时回想起来,应该是最强烈的吸引。有一次我和道新上街去买东西,走到一家卖臭豆腐的摊子上,我说想吃了,他就对炸臭豆腐的说,来一块。我说,"你还能买得再少一点吗?"他说:"就这也实在是买半个不好意思。"我哈哈一笑,知道他是嫌不干净。自此以后,每当他去饭店吃饭,只要有臭豆腐这道菜,他都会给我点上。

他出差从来不爱给我们买东西。来去两手空空,潇洒得很。我叨叨几句他就说:"我不会买,也买不好,与其买了回来听叨叨,不如干脆不买。"有一次我听他跟别人聊天,说到帮别人带东西的烦,他说:"你拣贵的给他买,他下次就不让你带东西了。"我笑出来了,他就是这样整治我的。倒也对,我确实以后不让他买东西了。

众里寻他千百度

我最快乐的时候,就是翻开一本新书的时候。我抑制不住要马上翻看的冲动。这是道新在读书时的常态。

道新找书的功夫可说是一绝。在一九七四年到神头后,那里除了风沙,就是时间,没有任何有文化的东西,书是更别提了。他在和别人聊天的时候,知道了附近数里地之外有一所雁北师范学校,从此每天天黑前就见不着他了。至于他第一次是怎么找去的,又是怎么和别人拉关系让人同意他进去看书的,他回来都没有说过——那时候想把书借走根本不可能, 能让你进去已经是天大的面子。只知道他是每天中午吃完饭就没影了,晚饭都是7点左右,我打回饭放在炉子上要等很久他才回来。数年后有一次他看见报上一个人的名字说,这个人我认识,我问他哪的?他说是雁北师范的。可惜我没记住名字。

结婚前后,我在北京学习,就住在清华。那一段时间是我们俩共同读书的时间。每天,只要没有人来聊天下棋,他都会出去找书。记得一个朋友借回一套《基督山恩仇记》,但只能借一晚上,第二天一早他去上班的时候就要拿走。从下午七点钟起,我和他就开始看书大战,他让我从头看,他从第二本开始看,到了早上三点钟,他就看完了。等我早上五点钟看完时,他已经又翻了一遍。我蹑手蹑脚地走到外面的窗台上,把书轻轻地放好,刚回到屋里,就听见外面的脚步声,朋友把书取走了。现在回想起来,我还是能感到那么清晰的脚步声在新林院的屋子外响着。

买书对那个时期的我们来说是一个很奢侈的事情,只能偶尔为之。到神头子弟学校当老师后,他找到了一条不买书也能看新书的路子:为单位买书。拿回来看完以后,觉得好的,才自己出钱留下来。一次为了挑选书(只有到朔县城里去才有新华书店),他误了车,三十多里地提着书走了大半夜。当天快亮时他开门进家的那一刻,我都要心疼死了:细麻绳包扎的两大捆书,把手勒得通红肿胀。但他脸上倒很平静。很久以后他说起此事说为了多看点书,他觉得挺值的,"男人嘛,谁能不受苦受累呢?路子不同,受累的种类也就不同。"记得是陈毅诗词刚出来的时候,他爱不释手,看了好几个晚上。我说你留下呗,他看了看书,说,"我都背下来了。"这本书没留下来。他去世后,我整理书柜时,发现他在那之后还写了《读陈毅元帅诗词有感》。

他在神头邮局也有好朋友。因为那里新书报杂志很多,所以他常常会去,那里的工作人员自然和他熟悉起来。从到神头后邮局应神头电厂的请求在那儿设了一个点开始,到后来调离神头止,他都是最忠实的读者,有时间是定会在那里出现的。他翻看所有的杂志,记录能得到的点点知识,回家就做笔记。一九八二年一天,他回家来特别高兴地说:"《译林》上有一篇小说:《罗伯特家的风波》特棒。你能找到吗?"我说:"没问题。我知道谁订了这个杂志!"为了帮助道新多看报纸杂志,我每天有时间就会到收发室去帮助分报,厂里多订的报纸或有人调离剩余的书报我就会拿回家去。也算是聊补无米之炊吧。

后来家里的经济状况好转，道新有能力满足买书的愿望了，于是买书成为他的常规事情。他常常说："一本书只要有一点启发就值了。"在他写的书中，我就常常能看到这种情况。《黑冰》中的郭小鹏和陈然看的书，就是他买的书，其中主人公郭小鹏看的《化学大辞典》还很关键，重要的破案线索就在书名。

　　自从认识道新以后，我就没有自己买过几次书，过两天道新就会给我拿过来几本书，顺便介绍几句，我总能知道现在社会上的新书是什么。道新去世后，开始什么都不能想，只是沉浸在悲痛中。等到今年，忽然发现儿女们说的书，我已经什么都不知道。我才知道道新给人介绍新书买新书对人的体贴是多么的暖人心窝。现在想起道新说的，老了以后，书也看不了了，路也走不动了，那日子还有什么意思。没想到没等到老，就因为没了那个人，我就应验了他的这句话。

　　搬了几次家，他把有些书（主要是孩子小时候的童话，故事等等）都送了人。我很可惜，他说，"把所有的书都留着，那得多占地儿！"我说，"有时候想查一查东西也没地方找去了。"他就说，"你要查什么书问我呀，我就是你的词典。告诉你吧，最好的记忆方法就是在看完书之后，给人讲述一遍，特别是精华部分，这样就会印象深刻了。"现在我会想起来他经常给我讲书，应该也是在训练自己加深记忆。

　　他跟我说了他们在插队的地方比着背唐诗宋词等古文的故事：我们每人抱一本书背，看谁最先能背下来。有一天一个哥们儿把书一扔，往炕上一仰，喊着，我再也用不着这本书了。过了几天，他又在屋里问：谁见了我的《梦溪笔谈》了？让人们一阵好笑。可我绝不会让你感到书没了的不便。

　　道新的学习是全方位的。二〇〇三年他出了车祸以后，从医院出来就查看了他被撞的脑部位的知识，他自己记录说：大脑前额皮层——主管说谎——我车祸就撞在这个地方。真正的说谎者，只有在说谎对他极其有利的情况下才说。而平常讲的都是真话再加点莫须有的，说点真的，问和你一块的人，一般是会点头的，不知是全点还是部分点。人一共有四十九块面部肌肉，七千种表情（这都是他的原笔记）。这些知识在他的小说里都用到了。

道新对八卦易经等等也有研究。像《八卦阵》《八阵图》之类的说起来也蛮是那么回事。各种武术流派也都学过一二(他"文革"时期跟清华的邻居傅老头学过些武术腿脚功夫)。在很多的文章里,对武打细节的描写都是他年轻时练过的。

一九九七年我们去了平定县的冠山书院,我对书院设在山上的所在地很感兴趣,说这么好的风景,人都会长寿的。道新说,这也是为了和外界隔离开,让学子们专心读书。要不在大街上,还不天天跑去逛街购物喝烧酒了?对书院的喜爱也是他对理想的学习环境的向往——能够有一块不受打扰的清静之地去读书。

有一天,道新忽然愤愤不平地对我说:"你说,现在的人有文化还是没文化?"我不解地看着他。"一个锺字就有那么多人写错,非要写成鐘字。他们是不是认为这两个字通用啊?"我说,"大家都认为通用,大概就通用吧。在简化汉字里,不都是钟吗?"他说,"是啊,那你干脆就写简化字好了,非要装懂点古汉语的样子,出了错都不知道。"我说,"现在不稀罕。告诉他们呗。"他跟我说了一个"古":"我就不说,我让他错一辈子。"我哈哈地笑起来。

二○○二年我们和二嫂、声广到杭州、上海去玩。到西泠印社,我看了卖的一些石件,发现不是我想象中的那些好石件,我问道新:"怎么没有好的呢?"他说:"李叔同出家之前,把自制的印和别人送给他的若干方印捐给了印社,印社封存于山洞之中。那是什么时候?现在更是不会放在你能看见的地方了。能玩得起的人他们都知道或者认识。"

《黑冰》里的毒枭坤沙对美国参议员伍尔夫说:"美国每年的禁毒费用是十亿美元,拿出百分之一的钱给我,我就不再生产毒品,可美国不干。"这句台词其实来源于一条真实的新闻。这条新闻我看后很激动,觉得为什么这么好的事情不做呢?记得当时有人(中国的?)提出,可以帮他们改种水稻。并有详细的计算:水稻收入若干,毒品收入若干,只差若干。如若联合国给若干,就天下太平。我和道新讨论此事,道新说:"这么简单的算术谁也会做,之所以没做,一定有道理:比如种水稻是否辛苦?土地是否适宜?当地人是否不愿意学习水稻技术?重要的是,是否当地很多人自己也需要吸食?蛮夷之地是否拿他当药?当然还有政治原因。"时至今日,有几个人还记得一九九六年这个我觉得是很大的事件呢?当时我真的以为从此天下太平,不再会有毒品了呢。新世纪前后,我和道新在广州过年听到一个教授造冰毒,我很奇怪。问道新,"大学教授为什么要干这事?"道新只说了一句,"那钱是你想象不到的"——后来我才知道,造出来的冰毒,价值以亿计算。我曾经还幼稚地问道新:"在汽油桶里藏冰毒,那汽油味能好闻吗?怎么吸食呢?"道新笑着说,"冰毒是一种化学提取物,不是鸦片那种固定的物质。你以为是馒头,沾了汽油就有味了?"我还是不懂。他冲我摆摆手说,"女人啊,抽象、立体,统统没有。非得是一个具体的东西才能接受。"

书上看了一个故事:在"文革"期间,国家图书馆善本部的丁瑜先生去国图的分库柏林寺查书,正在院子里走着,突然一阵风飘来,吹来一页碎片,丁先生拣起来一看,这不是《碛砂藏》吗?此书是宋代平江府碛砂延圣院比丘尼弘远断臂募化所刻的,堪称存世宋版书中最为珍贵的藏经,最完整的曾保存在西安的卧龙寺,后来还引发了康有为所谓的"康圣人西安盗经"的一段公案。存在国图里的《碛砂藏》仅有四五卷,但分库里并没有啊。管庙的人指着垃圾堆说,这些碎片还有很多呢。从佛肚子里砸出来的,不知道有用没用,还没扔。原来,乾隆年间修庙时在大雄宝殿的佛肚子里塞了"五宝"以充当心肝脾肺肾——金、玉、玛瑙、翡翠,最后一宝就是佛经,用了完整的一卷《碛砂藏》。红卫兵破"四旧"把佛像砸了,佛经始现。动荡结束后,这一意外发现成为国图的又一宝藏。

飘来的书页如一个隐喻。这一飘是适逢其人,适逢其时。如果是飘到我跟前,我不认识它是什么宝贝,而丁先生走过去了它再飘,那也是白飘。没人认识它。

幸运是给有文化准备的人的。我想,道新的找书、看书,也犹如这一飘。有心人天不负,多年的寻找积累才能得到那一些珍宝。多年的找书看书才成就了道新日后的事业。

中国这样一个文明古国按理说是不应该让一个爱读书的青年花这么大的精力去找书的。可中国的掌权者总认为老百姓愚昧才好统治——你们不要有思想。中国历史上"书厄"不断。而我经历过的文革就是从书和文化开始的,甚至名字都叫"文化"大革命,所有人惶惶不可终日的焚书历历在目,这一次的彻底是前所未有的——因为都是书的主人自己主动上交、烧毁的。

道新还说过:一本书就是一条保留脚印的沙路。果然,翻开他的读书笔记,可以清楚地看出他思想脉络,早期的和最后的思想形成。他在笔记里写道:如果人们(尤其是知识分子们)能够认真地对世界上的一切进行思考并且采取一些行动的话,那么外面的气候就将是一九七六年(那年"文革"结束)或者更晚一些。

一片冰心在玉壶

道新的饭局应酬很多。那是因为他朋友多。朋友的数量多,朋友从事的职业也多,也就是说,道新的朋友,超越了一般人的朋友圈,不只是本职业,也不只是同事、同学,或者邻居。为什么呢?我想,是因为他能站在别人的角度去想事情,更因为他对朋友很真诚。

道新的饭局好多人都以为是吃公饭,也就是有地方报销,其实很多都是自己掏腰包的。他曾经解释说如果对对方说是公饭,被请的人会安心一些,会减轻被请人的思想负担。他去世后,我清点光二〇〇七年的饭票就有十万呢。这些就如他的小说早就写的一样:饭店是他的银行,他的稿费的最好的去处。

他多次对我说:"一个人最初的那一步是最难的。在中国,想做成一件事,那是要很多人帮你的。你的稿子一个编辑看了说好没有用,大家都说好才行,所以我认为所有的编辑都是我的老师。我都会永远尊敬他们。"到他去世前的所有日子里,几十年来,他只要碰见他的编辑们,总会站定脚,恭敬地称呼一声某老师。

道新对编辑的话从来不反驳,比如说,编辑要求的文章是三千字左右,那道新给的文章一定是正负二十字以内。很多人问他,以你的名声,还管他那么多限制干什么。道新说:"各行有各行的规矩。咱们不知道今天的版面设计是怎么样的,都有些什么文章,你一随意发挥,会给编辑带来很多麻烦,你说让他怎么去排版,减谁的文章好?写字是咱们的本行,按编辑的要求去做又不难,别说现在有电脑,就是当年的稿纸咱也给他差不了几个字。"因此,在道新的写作生涯里,他和任何的编辑、导演、制片人都能保持很好的合作关系,以至于他去世后,儿子跟约稿人谈话都是:"好的,行。"用道新的话说:"有什么别的要求吗?"意思就是:你弄清楚了他的要求,写得了就写,写不了就告诉他,省得费了半天劲,他还不满意,要你改这改那的,麻烦。咱哥儿们还不是说怎么写就怎么写?

对同行,道新从来没有表现出所谓的"文人相轻"的那一面。

韩石山的钻研精神道新很佩服,每当看到他的文章时,道新会笑,会评论两句:"老韩的书本功夫就是好。"

曾经张纪中导演来找道新写某些题材的电视剧时,道新向他推荐张石山,说他写这种题材比自己好。

对李锐和成一,道新更是把他们当大哥和知心朋友。他说,"李锐的小屋是我不能忘记的地方,成一是大哥,他给我的指点那是一辈子不能忘的。"他只要在公开的场合,或者记者采访的时候,他都会说,"山西的作家,最好的是成一李锐。我顶多是二流的作家。"他珍惜和大家的友谊。

他的金钱观很大气,在交友方面毫不吝啬,很看得开。一个朋友做买卖跑运输,需要钱,他帮着借了一笔款,其中也包括我们自己的一部分。后来那个朋友的生意碰到了收紧银根,搞不下去了,他甚至跟朋友拍桌子,也把别人的借款要回来了,而我们自己的钱却至今没有再提。朋友遇到了困难,他拉着一块写电视剧,得到的稿酬全部给了朋友。但对我说,没有搞成,人家也没给稿费。这事一直到他去世后,朋友来说,我才知道是有稿费的——他知道再大方的女人也是心疼钱的,不想麻烦的唯一办法就是不让她知道有钱。

我们同学聚会时,一个同学对我说,道新大气,我们有一次吃饭结账钱不够,道新脱下西装给抵了饭钱。

二〇〇二年的春节,我们全家回广州过春节。他和剧本制作方秦晓桦等人约好搞《终结黑色圣诞》的剧本。这是讲"香江纵队"营救当时失陷在敌营的专家们的故事。他参加了老游击队员的座谈会,让他震惊的是,即使过去了六十年,那些当年的游击队员们在现场通过电话一听见政委的声音,还是立刻就辨认了出来是谁,说明这段历史在他们心中有多深刻。怀着这样的感动他完成了第一稿剧本,写完之后让我看,我说"好。从来抗日游击队没有写过科技、文化的,这是第一个。而且也在观剧过程中普及了科技知识,多好啊。"但是,中国的影视有很多掣肘的地方,原来设计的情节人物我认为很好,但因为牵扯到皇室的隐私,让重新设计人物。而秦晓桦也拿不出其他的办法,只能让道新按照意见尽量修改。可我认为修改之后的还不如以前的流畅、好看了。他后来对我开玩笑地说,"秦晓桦这人没主见,一件事能办成八件事。"道新去世后,秦晓桦来我们家,我们聊起道新,我说到这个评价,她说,"这还不错了呢,跟我说是一件事能办成一百件事。"我们都会心一笑。结果是他们成了真正的好朋友。

　　有一天下午,他打电话回来对我说,某某今天过生日,他老婆不在,我请他来家给他过生日。七点钟,他和朋友一块回来了。他在厨房鼓捣了一气,出来问朋友:"咱们是先切蛋糕还是后切啊?"朋友说:"搞那干什么?还是先喝酒吧。"道新说:"就是,我也不喜欢那玩意儿。"俩人喝酒聊天很是尽兴。到了最后,道新说:"切蛋糕吧。"朋友点头。道新到厨房拿出个很大的蛋糕盒,先要给朋友戴上生日王冠,朋友不乐意,百般推脱,道新说:"戴上戴上,要不没意思。"然后揭开蛋糕盒盖,我一看就笑了:一个拳头大小的蛋糕置于其中。道新说:"蜡烛就不插了吧?"朋友盯着看了半天说:"往哪插?"道新说:"那就切蛋糕吧。"把刀塞到他手里说:"切,切,快切!"朋友说:"这还用切?"道新说:"分享生日的快乐嘛!"朋友笑着问:"还有比这小的蛋糕吗?"道新一本正经地说:"我也问过了,说没比这再小的了。"我们大家一起开怀大笑。

有自己的思想

一九七六年我们结婚去广州。车到岳阳时,广播预告十六点整有重要广播。道新说:"可能是那事出了。"我不明白,他说:"可能是主席不在了。"我感到恐怖:主席不在了?主席怎么可能不在了?主席就不可能不在啊!就算……你也不能说出来啊!这种话怎么能说,怎么敢说呢?

道新却说人吃五谷杂粮,生老病死是必然,有什么不敢说的?车还没到长沙,广播里就传出了哀乐,果然是主席去世了。我在这一次深感到北京和外地的不同,什么叫政治中心?这就是!

道新对"文革"剥夺了人的受教育权是深感痛恨的,他多次写到让他去文学院上学被他拒绝了的事。他说:一个人十几岁就该得到的东西,你非要三十多岁才给,已经失去了全部的意义。"

"文革"结束后,大概是在上世纪八十年代,慢慢地有些写"文革"时的人和事的文章出来了。随着收入的增多,我们多订了一些书报杂志。但道新给我讲书的习惯还是保留了下来。有一天,他看了一个大师的轶事:我记不清是谁了,陈寅恪?他在"文革"中,有一些东西舍不得毁掉,只好转移出去。但他又有一个习惯:记日记。他又把这件事记在日记里。其后果是不言而喻的。我记得当时道新跟我说:"习惯的力量是最强大的。不要养成留下字迹的习惯。你不应当保存你过去生活中的东西,你不应当回头看。"从那以后,我真的看到道新写东西记卡片(只是摘抄),而思想过的东西,都是随手毁掉的。包括他的一些早期的手稿,未发表过的文章,他都会毁掉。比如他早期写过系列文章《书香门第》共四篇,我看完后觉得写得真不错,原型我也都知道是谁。但投出去后只发表了其中的两篇——棋手和学者的,而教师、医生的,因为他太超前,说到了时弊,退稿了。当然,编辑说要改一改可用——其实,那些文章涉及的问题在今天看正是改革的中心,股票要沾上这些题材还不得炒翻了呀。无非是医院里的不正之风导致医院的病人流失,医生作为个体是个受欢迎的医生,当院长却搞不好医院;教师办学动员村民捐款等等——比希望工程还要早。道新对自己的书房——从有了开始,是从不允许别人染指的,我知道他有这个习惯,就老提醒他,原稿一定要留下来。他打岔说:"你以为我是什么大人物,以后的文字会成文物呢?"在他去世之后,我翻找他留下的东西,没有找到几篇文章,只留下了一篇和他有关的《作家》的章节。

新中国成立后的历次运动给知识分子造成的伤害是在骨子里的,包括道新这样只是看见过的人,真的是改变了他们的整个行为和思想方式,影响了他们的一生。

道新常说:"其实文艺工作者的目的不是教育人,而是让人在高兴的欣赏之中,得到一些启示。"他最讨厌古装戏的人们见了皇帝要下跪磕头,说"人都是平等的,这种戏在孩子们的眼中看得多了,就以为这很正常。他们会自觉不自觉地去模仿。从而在碰到事情的时候,不是积极地去想办法,而是跪下求人。奴性就是这样被培养出来的。"他还说:"中国的影视也要多塑造英雄情节。让孩子们从小崇拜英雄。该死的时候要认。什么时候中国的影视剧都没有了下跪的情节,中国人就真正地站起来了。"

道新说:"很多道理貌似合理,其实反过来也能说。比如,一个人不想吃饭瘦了,去医院检查,发现得了癌症。看,他因为不吃饭,抵抗力减弱了,得了癌症。其实,他是因为得了癌症而吃不下饭的。所以要有法,谁死在前,谁死在后,法律上都有严格的区分。"我看了一个案例:一个学舞蹈的小朋友,在下腰的时候坐在地上,几个月后截瘫了,其父母让舞蹈老师赔。但是出具的疾病报告上说,这个孩子的脊椎三——六节形成了空洞,医学证明这个空洞的形成,是先天的或者即使是后天的也要好几年才能形成。但法院最后的判决是:在截瘫前在舞蹈课上摔倒,不能排除不是因此而截瘫。所以判老师赔付七十三万余元。我一下子想到了道新的说法,有些在普通人看来的定论,在法律上也不一定能站得住脚。

跟道新一起看纪录片《内陆一九九三》时,他曾经对我说过从一生下来就在坑道里干活的瞎毛驴们:"那些小毛驴可可怜了,从生下来能干活时起,就在坑道里干活,常年不见阳光,所以都是瞎的,只有春节期间不开工了,矿下没人了,它们才能上来地面几天。"我当时心就揪起来了,流着泪说:"那多可怜啊,这一辈子太惨了。"道新轻轻地说:"那倒不一定,反正它们也没过过别的日子,以为就应该这样呢。"看着道新望着远处的眼睛,看着他陷入沉思的面容,想起他说过的:"缩小城乡差别,不应该把城市向农村靠拢,不应该让有文化的人变成农民,不是消灭知识分子,而是要让落后的变成先进的才对。"我知道他又想起了插队,这个他永远不会忘却的痛。想起那些吃着难以下咽的食物,过着不知道出路在何方的那些日子,思考着"人"的问题。因为他对插队的看法,他在《内陆一九九三》中的两集《知青》被封杀。

记得是在某篇小说发了以后,北京把他找去,问了小说的故事来源等等是否确有此事之类的,他回来后一句没说过程和细节,但他后来坚决不写时政类的文章。而关于他不爱写主旋律的东西,我也问过他,他说:"写作是要自己有话要说才能写出好的作品的。在中国,第一是要能找到能让你说话的方式。你写得再好,让人封杀了,不也白搭吗?当然,你可以不顾一切,最后申请避难国外,那你的家人呢?你的亲戚朋友呢?别人也许可以,但我不行。我放不下家人。除非你的影响大到可以得诺贝尔奖,那样才可以无后顾之忧。"

对于中国现代的阶级分析,以财产来分阶级,来分好坏人,道新甚觉荒唐。分"阶级"还勉强说得通,"好坏"这种道德上的概念都要通过财产来区分,可想而知有多荒谬!对于中国现代对私人财产的践踏,道新深恶痛绝。他说,"英美等很多国家,现在去看,都有很多多少个世纪前留下的古堡、家产、头衔、领地,很多古堡里面挂着这个古堡的历代主人的画像,后人不争气,卖出家产,也往往是一元的卖价(按法律维修不起房屋了),政府的法令也是必须要维持原样的修缮,对历史对文物的保留是有法可依,也就形成了'生而知之'的人所共识。而中国历来是后面的一把火烧了前面的宫殿再说。李闯王的'吃他娘穿他娘,闯王来了不纳粮'不就是最得人心的口号嘛。在一个对人的生命都不尊重的时代,动不动就抄家的时代,人们怎么会去保护自己的和别人的财产呢?直至今日,中国人在有争吵时还不是照样去砸别人家的锅吗?你凭什么去别人家砸锅呢(在国外,在你进门的那一刻,主人就可以打死你而不触犯任何法律)?脑子里就没有别人的财产是神圣的,是不能碰的这种观念。仅仅解放到现在,有多少次抄家?土改、三反五反,大跃进吃食堂,三年困难时期,四清、文革、到后来的计划生育,一代代就这么耳闻目睹的教育下来了,让人相信:天上就是会掉馅饼。"

八十年代电视报道了一起劫机事件,说中国的空中机组人员大智大勇,把劫机犯抓住了。我看了也热血沸腾的。道新说,"这其实是不应该的,是要绝对禁止的。这样会导致劫机犯的冲动,造成机毁人亡。"我说:"不就是一把刀吗?"道新说:"那如果有同伙,有炸弹等等怎么办?这需要规定,甚至立法。"我问他,"什么规定?"他说,"国外早有定案:照劫机犯说的做。"我说这不就纵容了坏人了吗?道新说,"和人的生命相比,什么都是微不足道的。"这事在国际上也引起了争议,很快国内就有相应的法规出来了。

道新总是在小说里,想把点点滴滴的知识给他的读者们灌输一点点。围棋的根源、超导的概念、网络世界的将来——其实离他写网络没过去多少年,现在整个就是网络的世界——纳米可能解决我们生活中的什么问题,将来的战争为什么而发,医学知识,甚至最简单的三百八十伏电压和二百二十伏电压的破坏作用是如何造成的,还有法律的基本逻辑,具体条款的适用环境等等……但他不太会涉及政治,虽然很多事件的结果都是由于社会制度造成的,他也只是在小说里提出他的企盼,就像超导的最后他说:"愿我们的民族血脉呈超导状。"

政治之外,就是经济。

很多年前,道新对我说过,"经济是一个很深奥的学问,而不是自力更生,奋发图强几个口号就可以把中国的经济搞上去的。"当时的日本人在世界各地的拍卖会上,花大价钱买下很多艺术品,我跟道新聊天时说,"日本人凭什么这么牛?就凭他们的电器和汽车吗?"他讲了些泡沫,实体,货币之类的概念,我表示不是很懂,他笑了,"经济危机你懂吗?房地产你懂吗?这是要有一批专业的懂得世界经济的人才行的。而中国现在的关键是懂得经济的人太少,也太不受重视。"

前些年我炒股,道新总是跟我说,"玩玩就行了,别指望发财,这里面的学问大了,牵扯到政治、经济甚至气候。"我不服,别人能玩,我为什么不行?道新说,"你战胜不了人性。贪婪和恐惧,是人类共有的天性。你赚了是纸上富贵,只要你还在股市里面,就永远是在坐过山车。赔了会说:不玩了,只要一回来本钱就再也不玩了。可下回本钱真回来了,你就又想要利息了,直到又一个轮回。"说是这么说,可当我真的看着满盘绿色心疼的时候,他还是会给我开开玩笑,让我开心的。他去世前的"五·三〇"大跌时,一天他从我身后路过,看到电脑屏幕上的满盘皆绿就问了我一句:涨了还是跌了?我没好气地说:跌(爹)!他"唉"地答应了一声,坏笑着走了。我气得一下子站起来,但也一下子笑了起来。

国内股市"熊"的厉害的时候,美国的股市却上涨得让人眼红,我跟道新抱怨,道新又说:"美国是一个很大的天然滑冰场——滑起来神采飞扬,但一旦停下来,就会冻死。"这话在他去世一年后得到了印证。二〇〇八年的金融危机让全世界陷入一片黑暗。

中国现在到处充斥着假货,以至于到国外一些大名牌公司参观时,会习惯性地说出一些露怯的话来。道新那天躺在沙发上看书,一边看一边笑,然后跟我说:一个中国教授到浪琴表中国总部参观,看到墙上挂着雷诺阿的画,就随口问道:"是真的吗?"浪琴总裁惊讶地看着他说:"当然是真的。还有几幅,都是真品。"我没太理解笑点在哪,道新解释说:"还以为是中国公司呢,习惯性思维。殊不知不是真的画,何来真的表?高贵、优雅是一种生活品质。"他说这是知识分子应该有的派儿。

什么是知识分子的派儿? 当时中央电视台科教频道有一个栏目叫《大家》,

其中一期讲丁肇中。提到丁肇中在诺贝尔奖获奖仪式上用中文演讲,瑞典驻美国大使找他,丁肇中说:"这你管不着!"针对他得诺贝尔奖的事,他奉劝后来的研究者:"不能在研究的时候就把目光放在得奖上,为诺贝尔奖工作是危险的。"记者又问他:"卫星上了天,你的计算要是出了错怎么办?"丁肇中很自信地说:"不会。"记者:"为什么?你莫非从来没有出过错吗?"他则回答:"很幸运,从来没有。"这一切,就是一个真正的知识分子的派儿。有自己的坚持,有清晰的目标和明确的途径,以及强烈的自信。最后丁肇中说:"我曾经四天在试验室里面不睡觉。因为要搜集的数据很小。"道新至此评价:"这是一种天分——集中力。只凭这一点,就能区分百分之九十五的人才与天才。"

他还很爱举另外一个例子。国内学界曾经有过一副联:千古寸心事,欧高里嘉陈。说的是五位公认的数学牛人——欧拉、高斯、里、嘉当和陈省身。其中法国数学家嘉当是陈省身的老师,不过因为民族自豪感的原因,当时的很多人都在说陈省身实际上已经超越了嘉当。陈省身对此专门回答说:"嘉当是超越不了的。"道新说:"这才是大家!自信与尊敬。中国现在的知识分子在得奖的时候,谁不是左感谢,右感谢,从来不敢说出真正的心里话。"

好为人师

爸爸是一个好老师,深入浅出,是学生爱戴的教师。二哥退休前在军队高等院校任职,在他任职期间,全体学生的英语水平是整体上升,退休后致力于写书和教学,学生也是遍天下。道新也一样,当老师的几年里,是学生最喜欢的老师。

那时"文革"影响还在,学生们想上课就上课,不想上课也用不着请假,但道新的课基本没有逃课的,他的课是语文里有物理,物理里有数学(那时的学生能把物理公式搞清楚的不多,道新说,"没法讲,你要想给他们讲明白,就会发现,物理不明白是因为不会数学,而你给他们讲数学,就会明白是语文不行,搞不明白这题意是什么"),仗着他的深厚的各科底子,还是能够给想听课的人讲课,给不想听课的人讲故事,学生们各得其所,都爱上他的课。

他给大同电力技校带热工基础课的时候,有一个淘气的学生举手问:"老师,这题我可以用数学方法解吗?"道新说:"可以,如果你会用语文解也可以。"上世纪七八十年代,他辅导的几个学生,全都考上了大学,最低的水平是小学毕业的。

这么多年,他还是好为人师,碰上有人问个题什么的,他都会讲得忘乎所以(除了化学和英文,别的都可以讲)。但有一条,这个孩子是他觉得可教的,爱学习的。他说,我就像马路上的警察,往讲台上一站就知道谁是好学生。现在的人见到他都叫他钟老师,这并不是他出名以后的时髦称呼,而是在他还没写小说的时候的称呼。

他是真的喜欢教师这一行。如果他不是写小说了,我相信,他至今一定会是桃李满天下的好老师的。

二〇〇六年评选出来的"十大经济人物",他站在电视机前看着邓中翰等小伙子的"中国心"芯片得奖,由衷地叹道:多棒的小伙子,这才是中国的希望。我当时就想,他一定在想:我要是老师也一定能教出这样的学生。

生活情趣

道新喜欢枪,我们曾经通过各种渠道有三支猎枪。后来上交枪支的时候还隐瞒了一阵,但他到底骨子里胆小,把枪转移出去,后来不了了之,至今我也不知道落在谁手上了。

刚到太原时,我因为没什么事情,就开始玩集邮、集币,老去南宫的古董市场。像银圆、纪念币、邮票、各个时期的纸币、后来也弄点真的假的瓷器,慢慢地道新被我影响了。他给我买了识别真假币的书,帮我收集旧币、新币等等,继而他买了很多古董、瓷器、古家具的书,后来他比我还懂了,给我收集的东西都是我喜欢的了。那些知识,他在小说、剧本里都用上了。我夸他:"你还真行,这么快就知道找什么东西了。"他说:"现在晚点,早几年玩这个,我能成'腕'。"

道新的最大享受,就是可以在书柜前消磨大量的时光(只要有一点财力,他就会更换好的书柜,我们家的书柜更换过几次了,每一次都是增加好几个,以期能放下他购买的越来越多的书)。他感到那些书柜和书籍都是活生生的生灵。他常常摸着书脊,和他心爱的书们交流对话,停上一段时间,就会按他的分类重新整理一下书柜,那种满足之感溢于言表。

得意了他会哼上几句京剧,讲讲徽班进京的故事,程长庚把京剧唱红了京城,但还是老佛爷对京剧的喜爱才把京戏提到了前所未有的高度。当然最喜欢的还是谭富英的诸葛亮,他最喜欢哼哼他的《空城计》,现在的人物他喜欢裘盛戎,喜欢高玉倩的《杨门女将》,喜欢《穆桂英挂帅》喜欢《二进宫》,喜欢所有的须生和铜锤花脸……他甚至研究过各派唱腔的不同,他的话,一听家伙点,我就知道是哪出戏。

元好问的故居是道新在山西唯一爱去的地方,他对我说,"元好问好学问。"到上世纪九十年代时,他听朋友说元好问的墓就在忻州,我们一起去了好几回。每次他踏进墓园区,从不大声说话,好像怕惊醒了沉睡数百年的老先生,出来之后,也是车开出很久才会说话。

道新对所有的纸张都非常爱惜。我们家的记事纸、他打牌的计分纸、他写东西的第一稿,都是我们家的旧挂历、烟盒和以前的稿子反过来打印的。孩子小的时候包书皮,本皮,他的稿件皮都是旧挂历做的,后来好一点的画页、字页,他都会裁剪下装裱起来,挂起来满有品位的。有一次,一个朋友到我家来,看了半天挂在玻璃镜框里的吴昌硕的牛图说,"道新,你还有这么棒的画呢(没敢说贵、说假)?"道新说,"你的意思是我不能有?"朋友说,"不是,不是。"道新说,"人这一辈子其实也不要有太多的钱,高阳在《慈禧前传》说皇帝最羡慕的是:门第清华的红翰林,文采风流,名动公卿,家赀也不必如何豪富,只要日子过得宽裕,在倦于携酒看花,选色征歌,关起门来,百事不管,伴着温柔敦厚的娇妻,善解人意的美妾,真是人生在世无上的际遇。连皇上都这样想,何况我呢?喜欢的字画有几张,不必是真迹,喜欢的瓷器有几件,不在乎是赝品,这样就会轻松很多,也能得到欣赏的乐趣。"道新说,"谁买得起真品?只有博物馆和太有钱的人。我与其让墙上光秃秃的,或者挂一些二流的原作,还不如挂一些上好的、我喜欢的复制品(这一点我们俩一直是有矛盾的,我倒是喜欢一些原创品,甭管好不好)。既然没有可以随心所欲去花的钱,不如减少一些自己的欲望。所以生活不要刻意去追求什么,那些追求会使你失去很多快乐,甚至是从豪宅直接走到监狱。"

做这些烦琐小事他从不假手他人。他说,"对于一个科学家来说,整理和组织材料的过程本身,就是一种享受。即使这一工作没有什么重大意义,但从事这一工作感到愉快。这种快感,实际上就是意义本身。"我在被他嘲笑了好几次包不好书皮以后,也就让他一个人去愉快了。有一天,我和他一起到新建好的漪汾桥逛逛,走到桥左侧,看到新开的晋宝斋就走了进去,见到了一幅小狗的绒贴工艺品,我很喜欢,说,"可惜是三个,要是四个就好了。"他说,"干吗非得四个?"我说,"咱们家就是四个人嘛。"还有胡洁清等等的名人字画,那时候的几千块钱是个不小的数目,我说了一句:"等以后有钱了再来买。"道新说,"现在没钱,以后你还是买不起。"我看了他一眼。他说,"就是,你有了这个数,他又涨到另一个数,你还是缺一点。永远都缺那个大头。"我俩相视一笑走了。后来,道新一人去把那幅小狗的工艺品买了回来。搬到新家的时候,我们又为没有好钉子发愁。那时候听说北京有个宜家商店,里面的东西都是外国的样式品牌,我和道新找机会去了一趟。很开眼界,很受启发。道新自己转了一圈买了点什么。回家以后,他就开始在墙上敲敲打打地钉开了。一会儿,他高兴地走过来对我说,"老宋,这国外的东西就是好,他们为人想得真周到,挂什么的都是现成的,敲进去不会弯。你说这么个东西,咱们为什么就生产不出来呢?"我说,"工艺不行吧。"他说,"是没人想这事。这又不复杂。"后来他专门写了一篇产品质量的散文。

他反对搬新家后太维护家的整洁。他说,"水至清则无鱼,太整洁了人就不舒服了,随便点好。"我上午搞卫生,如果正好赶上道新起床,而我在拖地的话,我会说:"你等地干了再出来。""为什么?""湿地一踩就有脚印。""那你的意思是,我头朝下,用手走出来?"我气得说:"你也得有那个本事!"

道新是山西(全国?)作家里最早用电脑的人。八十年代他教我学电脑,每当有新体会的时候一定会告诉我。那时,家里只有一台电脑,我怕弄坏了,影响他的写作(主要也是懒),就说,我学了也没用,上去以后太慢,影响你的工作。他笑着说,"什么叫有用?一辈子只要用一次就没白学。一天用两次那是炒勺。"当时噎得我够呛。现在看到他写的书里的这些小幽默,我都能想起他说这些话时的神态。

我原来以为文人会下棋是很普通的事,可真正到了文人圈里,才发现,懂得玩的人不多,懂得棋道的人更不多。很多文人很累,为名忙,为利忙,为健身忙,为玩——真正的玩——忙的人不多,道新和昔日的少年棋友是真正懂得玩的人。一九九四年秋,清华的发小傅校青来太原,脚没跨进门就说,"我来清算咱们二十多年的旧账了。"两人三句话都没过,就摆开了棋盘,看他们的专心样子,谁能知道一个是要急于打开一个产品的市场,一个是有一篇文章要急等着交,马上就有人来取稿的呢?这才是真正忘我境界的玩。

钟点工小杨说,"钟老师是个好人。我在搞卫生的时候,他写完东西出去散步就会对我挥挥手:'小杨,回吧。'然后一碰门就走了。让人心里暖暖的。还有一次我看钟老师在洗衣服。就问他,'你还会干这个?'他说,'当然。'"我说,"这是跟你不熟,要跟我说就是:除了不会生孩子,剩下的什么不会?"

我说什么都是张嘴就来,自己说得口水喷喷,说错了也全然不觉。有一次,我到浙江慈溪蒋介石的蒋母墓去,又开始满嘴胡说了,把蒋介石的妈和蒋经国的妈混成一人了。一会儿后,忽然觉得我刚才又在瞎放炮,解嘲地说了一句此蒋母非彼蒋母。回来告诉道新,道新笑着说,"这也就不错了,总还是蒋,没把宋美龄的妈给搅和进去算你聪明。我都奇怪,一个人能够把这么多书都混在一起讲,真不容易。你呀,什么都知道一点,什么都不精,最难得的是,讲起来还那么理直气壮,让人家都以为你讲的是真理呢。"

有一次,道新的一个好朋友来太原了,他跟我说,"晚上要聊会儿天,会晚点回来。"我说,"去吧,这人挺好的。"道新都已经走出门了,又开门进来对我说,"他是好人,我倒成了坏人了?告诉你吧,他刚刚把一位在你这个岗位上工作多年的老同志干掉,换了个小的。你还不感到幸运?"说完关门就走了。

有时,我和道新争论某件事争不过时,就会胡搅蛮缠道:"嫁汉嫁汉,穿衣吃饭。嫁给谁还不得管我穿衣吃饭?"道新会笑着说:"下辈子我也要变成个女人,找一个我这样的男人。"我说,"那我呢?"道新说,"不就是穿衣吃饭嘛,你就随便找一个吧。"

道新一辈子的毛病就是喝多了以后回家就干活,要不就给我讲课,以证明他没有喝多。有一次,在第二天他清醒以后我问他,"你干吗总要干活洗碗什么的?躺到床上睡觉不好吗?"他给我讲了一个故事:"弟弟小时候考试考得不好,生怕回家挨打,所以回来之后,拼命地干活。把被子叠得整整齐齐的,然后躲到被子的角落里。"我说,"没事了?"答,"结果还一样。"我一笑。从那以后,他既不给我讲课了,也不干活了,改打电话了。

道新对喝酒的理解很另类。他对我说,"在很早以前,中国人的喝酒就很有讲究,不怎么在家喝,总是到郊外、妓院去喝'花酒',我发现就是为了避开你这样的老婆们的监管。包括旧文人在内,都是在外聚会的。女人们只要不是老婆就不会管男人们喝酒。"我说,"你还挺清楚的。那你也喜欢喝花酒吗?"道新说:"我喜欢就着花生米喝酒——吃'花'酒。"想起他确实是花生米就酒,用在这里的双重含义,我还真为他的反应快而摇头了。

我骨子里是个很小气的人。经常是道新的消费计划到我这都不被批准,所以道新绕过我的办法有很多:不报账、不跟我说,收入体外循环,等等。其实很多我也知道,装不知道而已,大家相安。还有买的高级家具,他会谎报是别人送的,打折的等等,总之他让我心安,我也乐得装作不知道。有人替我操持总是好事。但是在观念上他还是很理解我的。我原来不爱炸鱼,总是煎一下就好了,但碰到过年等大批加工的时候,还是会炸的,剩下的油,我会倒到一个碗里,下次做鱼的时候用。道新看见了,说:"倒了吧,不缺这点油。"我说,"挺可惜的,留着吧。"有一次大家聚会吃饭,道新说,"老宋烧完鱼的油舍不得倒掉,其实那不够他儿子一盒烟钱。"大家笑起来。道新又说:"那是有深厚的文化背景的,一个月三两油的日子她过过。习惯。"

一九八四年,道新迷上了骑摩托,拉着我一块学。我学会了以后,就不再碰它了。道新是每天必骑。一个星期天的早上,他非要用摩托带着我出去逛一圈。我说,"你那个技术不行,出点事怎么办?"他说,"你放心吧,你丈夫我的技术是气死赛车王。"我穿戴好了,刚要出门,不知道是谁来了一个电话,说是今天交警上街查违规的车辆,让小心一点。这一下把道新给唬住了,硬着头皮上了路,刚刚拐到公路上,就看见一辆警车开过去了,他说,"咱们去××村吧?"我说都行。他就拐到了一条小路上。秋天的落叶在沟路上铺了厚厚的一层,两边的树垄很高,车把把不稳,轮子在树叶上打滑,三拐两拐,我们俩就摔倒在路沟里了。我高兴地说,"这就是你的赛车王的水平?"他尴尬地说,"什么车手也不能在这么厚的树叶上开呀。没有根基。再说这也是墨菲定律,该出事时就一定会出事。"

孩子是自己的好

一九七七年女儿出世了。道新喜欢得不得了。他不知是否受父亲的影响,很少照相,但到了女儿这儿就变了。满月、百天起,就不断有相片留下。小时候的照片还都要在背后留下题照。如:女看鱼嬉,母看女喜。最喜小儿无赖,嬉皮卧剥莲蓬,等等。

一九八〇年,国人已经开始做生意,倒腾东西了。春节前,我们的一个朋友要到广州去倒点东西,因为道新要帮朋友复习功课考大学,就没有一起去。我女儿那时放在广州娘家,我就带着儿子和朋友一块去了。为了省点卧铺钱,我们年三十晚上上的火车,整个车厢没几个人。儿子刚刚一岁多,高兴地在座椅上爬上爬下满车厢跑着玩。一会儿,他跑过来指着胸口对我说:"妈妈妈妈,小人书要出来了。"原来我帮着朋友带了一千块钱,(那时都是十元的面额,还没有百元大钞呢),怕丢失,就给儿子缝在背带裤的胸前了。我赶紧给儿子压了压,说,"没事,出不来。"回到家,我当笑话给道新讲,道新一听就急了,说,"哪能这么干。别人要知道了会连孩子也一块偷走的。和孩子比起来,丢点钱有什么呢?"我听了还真挺后怕的。道新说,"任何有风险的事都不要和孩子牵连上。"

在之后对孩子的教育上,他也是很费心的。儿子小的时候玩用烟盒折叠的"拍三角"。有一次他输光了"三角",只好退出了游戏,站在一边用羡慕的眼光看着其他的小朋友玩。正好道新路过此地,心疼地拉着儿子的手回家,翻出自己从小就积攒的各种烟盒,给儿子叠了好多的"三角",儿子高兴地冲下楼去。我有点心疼这些收藏,说少叠几个就行了。道新说,男子汉就得这么培养。这么多的"三角"给他的自信心是你想象不到的。

道新说:"孩子去国外读书,上大学,这都要量力而行。现在好多人上大学要别人资助,而资助的人也好像是功德一件。很简单,上不起就不要上,就是美国也不是都上得起的。"每当他接到这样的诉苦电话,说什么给孩子出国,把老底子掏光了的时候,他都会跟我叨叨几句。他为了给孩子弄国外的学费,也是忍着多少气,以至于摔了好几回盘子说不干了,但不都咬牙忍下来了。所以他发誓说再也不写电视剧了都没有做到。

儿子留学回来,有几次自己炒鸡蛋炒饭吃,我们俩在餐厅坐着,老听见他在厨房把锅戳得山响,我们不解地相互看着。道新后来发现他是在戳炒鸡蛋,戳得很碎。道新问他,"鸡蛋干啥炒得这么碎?"儿子说:"在外头养成的习惯。一到吃饭的点儿,就有人进来蹭饭。你鸡蛋块大一点就会被人一筷子夹走。我们在一起涮锅子,全凭速度快,要不然吃不了几下就变成涮筷子了。"道新感到孩子只有离开家才会长大。

儿子喜欢看《时尚》一类的杂志,而且在厕所看,一看就是半个小时。道新说,"你没把毛主席别的学了,就这一点是一样的。安邦定国的书不看,那也应该看点养家糊口的书啊。比如《如何养鸡》《彩电修理》之类的。"

儿子出国回来说,以前真没体会到什么是独裁政治,到了乌克兰算是知道了。他给我们讲了一个笑话:在汽车上一个人问另外一个人:"你是国家警察吗?""不是。""你的亲戚里面有吗?""没有。""朋友里面有没有?""也没有。"此人顿时火了:"那你凭什么踩我的脚?"

有一天吃饭的时候,电视里报道了英国的街头有一种秤,人一上去,就可以听到报出你的身高、体重的语音,很受公众青睐。我说:"这个商家还挺会做生意的,门口放个这东西,能揽不少生意吧。"道新说,"这也就是一种亲和力,效果在其次。"儿子笑了一下,说在乌克兰的时候,有一位体重一百五十公斤的朋友也上"称心秤"上称——此秤可以略微降低体重——体重计说英文,朋友听不懂,儿子翻译道:"请勿两人共用。"我们俩听了直喷饭。

道新和朋友聊天,说到插队,道新说,"插队是世界上最无人性的事情了,它不仅没有把落后改造成文明,反而是让愚昧同化了整整一代人。"他说,"儿子小时候,在北京的孩子接受着起码的文化教育的时候,我们的孩子只会在家里叫卖:卖豆腐啰!"朋友说:"在我插队的地方,儿子没有见过小孩子的三轮车。第一次给他买的时候,他就反过来,转轮子,然后喊声'砰'——以为是爆米花机呢。"两个人都很唏嘘,为孩子们的童年而感慨。

六岁时,儿子得了一场大病,险些站不起来了。道新在外面出差,回来知道了后怕。他握着儿子小小的、温暖的手,搓着儿子的腿说,"这小短腿虽然短,还指着它顶天立地呢。"儿子说,"没关系,我可以向张海迪大姐姐学习。"打那以后,他的作品里的孩子,永远都是自由的,可以随意玩耍的朝阳孩子,主人公永远都不会要求孩子的考试成绩,而只求孩子是个心理身体健全的人。

道新教育孩子的话出来的特别快。有一次孩子在外面生了气回来,说:"我恨不得拿刀杀了他。"我说,"再生气也不能动刀子,那是犯法的。"道新接了一句:"医生动刀子就是救命的。"我看了他一眼,他说:"就是嘛,打架动刀子是犯法,医生动刀子是救人的,还有正当防卫呢。教人的时候要把道理都说清楚。"

有一次,家里进来了小偷,我知道了以后到孩子的屋里去看了看,问,"丢什么了吗?"道新瞪了我一眼,说,"孩子好就行了,别的什么也比不上孩子的安全重要。"第二天就在窗外装上了防护栏,从此再没提过此事。对那些他最怕的回忆他从来就不会再提起。

记得看完电影《少林寺》之后,儿子要去少林寺当和尚学武功,我们俩怎么说他都不行。道新说,"接到通知,明天早上四点钟开车,要去少林寺的在学校后操场集合(其实是厂外的很大一片空地)"。儿子很兴奋,晚上十点钟就要去后操场,我们让他去了,到了十一点钟我们俩去看他,见他正在"嘿嘿"地跳着打拳呢。道新笑着说,"还行,小子要以后干事业也这么执着就好了。"然后走过去对儿子说,"又接到通知,取消行动了。回家吧。"儿子还不信,我说:"你没看见,除了你没有一个孩子来?"儿子这才跟我们回家了。孩子眼中的世界和成人是不一样的,所以对成人来说很容易就能判断出来的玩笑话和小花招,对孩子来说却是一样的"真实",所以从那之后,我和道新就很注意不再在这些方面和孩子们开玩笑了。

道新写的小说里父子之间的天然之情的交流,是他的创作风格。我喜欢道新的这个风格。

无名安市隐,有业利群生

无名安市隐,有业利群生——吴宓在西南联大的时候,见一个卖稀饭的老头所撰。

我一直想在北京买一套房,可口袋里的钱也像买别的一样,总是差大头。而道新对房子之类的根本就没有兴趣。二〇〇五年的时候,一个朋友给我来电话说,北京的天通苑的房子较便宜,四十多万就可以买一套一百六十平米左右的房子了。我一听价格,很动心,跟他商量。他一听就说,"那是北京吗?都到通州了。在那生活,没有好医院,没有好学校,没有交通设施,太不方便了,不是养老的地方。"后来我又上网查房源等等,折腾了很久。他也看出我是真想在北京买房。有一次,他斜眼看见我在看杂志上登的广告,图片是别墅,就说了一句,要买那个你得嫁别人——之后他得意地对朋友解释自己为什么这么说:"得把女人的欲望扼杀在萌芽状态,要不它会恶性膨胀起来。"这时,女儿的一个朋友要出让一套房子,问我要不要。我问了一下价格和地段,还挺满意,就说:"还行,可惜是二手房。"道新听见了说,白宫是二手房,中南海也是,唐宁街十号更是老旧房子,可谁都争着想去住。我还是买下了这套房。房子很快就升值了。我说,"幸好买的及时,要不现在又买不起了。"他笑着说:"夫妻本身是博弈的,听听别人的意见,降低期望值会让生活更愉快一些。"

有人问他:"你现在也有钱了,也有名了,时间也是你说了算了,为什么没有情人呢?"道新说,"没工夫。我一天多忙呢。要应付稿期,要组织饭局,要打牌,要来人,只要走出家门,身边就围着好几个人,哪有那时间。再说也太费心、费力的,太累。"

一次我到李锐家聊天,李锐说道新的文章"干净",衣服只脱到衬衣。我回来后对道新学说了一遍。道新笑着说,"一没有实践机会,二怕麻烦。从古到今,哪的爱情都一样。连买衣服不听老婆的,都会在家引起不愉快,何况换衣服。"道新说,"'小蜜'如轿车一样,用起来惬意,存放却是大问题。所以要想这辈子安生,就别弄那些事。"

十年生死两茫茫,不思量,自难忘

道新的记忆力非常好,他生前我不用记任何东西(说实在的,也记不住),只要我能说出任何的时间、地点、人物、情节的一点点的蛛丝马迹的东西,不用全,用"那个什么"就能代替一切的问题了。他就可以给我做出满意的回答。以至在他去世后,我绞尽脑汁地想,费尽语言去形容、启发别人,也很少得到准确地回答。我很愤怒,一个人怎么能把另一个人害成这个样子呢?计算机还要输入,还要点鼠标,还要在众多的答案里去查,而我,这么多年以来,就只有一个解决问题的办法:等钟道新回来问他(如果在他回来后我还记得要问的问题的话)。

道新不在了,我也想写一点东西,发现很难。很多看过的东西,记不住,写东西时需要去查,还有好多东西好像是记住了,一落笔时,就发现不准确。说话时,滔滔不绝,写的时候,想表达的东西写出来就不是了。道新看过的书,那些情节,小故事,都在脑子里,聊天时随口就来,这些功夫我是学不来了。道新笑话我的话:"外地老初一(他是北京老初二),就是不行。"

医学死亡时间与实际死亡时间之间是有区别的:医学死亡时间的认定条件

要更苛刻一些。也就是说,很多时候,虽然作为社会意义上的"人"已经死亡了,但是在生物意义上的"人"还活着,还在被抢救着。我常常奢望地想,如果生命真的是按照医学死亡时间认定的那样离去那该多好啊,那样我就能在他身边,握着他的手,陪伴他度过那一点点最后的二人世界了。他去后,我看着报上朋友们的纪念文章,提到的其实都是医学死亡时间,我的心总是会揪起来的疼——其实更早啊!生命的离开,是分毫不会多给你的。其实在我赶到医院看到抢救中的他时,我就已经明白生命不在了,但那一分分的希望,我不愿意放弃。我请求医生再多抢救一会儿。那会儿只要在抢救,我就觉得我还能拽住那一丝丝的希望。世界上好多的自我欺骗都是出自那一丝丝的希望,而不愿意承认现实的残酷。其实道新早就说过:"告别最简单的方法就是转身就走。"但这个"转身就走"残酷的让人痛彻心扉,我多希望在他转身的时候仍然有我在他的身边陪伴……

　　道新是一个感情很深很执着的人。搞对象时,我送给他的一个很俗套的礼物:手帕。他把它收藏的很好,这么多次搬家都没有舍弃,出门会带上,最后用的边角都烂了,还放在柜子的深处。有一次我清理衣柜时对他说,"都这么破了,扔了吧。"他看了我一眼,没说话。他去世后,我用这条手帕包着我的一撮头发,放在他的贴身衣服里,随着他一同去了。

　　道新的笔记上的一段话:"服役三十年的联盟号空间站,发出最后一个信号后,自行坠毁。《参考消息》报道的题目是:挥手自兹去,生死两茫茫。"

对话

老宋,别哭,你不要哭,
让我静静地、静静地走。
那一瞬间地黑暗已经过去,
通往天堂的路也很光明。
父母张开双臂搂抱小儿子,
岳父母笑脸迎来大女婿。
只是走得太仓促,
未及跟你和孩子们打个招呼。

你不该如此无情,
活也没留就离开了家。
这是一种什么样的痛?
让我们永刻心中!

活着就背负着太多的责任,
还想着做好大家的朋友。
人世实在太累,
只好向大家挥挥手。
我发现这也很不错:

烦心的事不来找我，
电话铃声也惊扰不了我的睡梦，
手机短信亦可无动于衷。
只是还惦记着我的那些书。
离开了主人是否寂寞？
走得匆忙未把它们安顿好，
翻开的书页也没有合上。

放心吧，
知道这是你的至爱，
它们不会无家，
翻开的书页永不会合上。

走时电脑还在闪烁，
答应别人的文章也未写完。
这辈子从未做过言而无信之事，
也只好当成是开一玩笑留一谜团。

《继承》不是只有你会写，
键盘的敲击还未停歇。
"父债子还"古已有之，
《巅峰对决》已经问世。

梧桐树下常是念老友，
清华荷花总挂心头。
故人故土生时难舍，

又怎能做到萧洒依旧?

友人祭花伴案头,
泪眼相看常执手。
思念文章寄灵前,

墨香花香上九重。
年纪尚才五十六,
怎忍心就这样撒手?
你倒是清静了,
我可还没唠叨够!
奈何桥头你多等等,
天堂门口常走走。
"胜固欣然败亦喜",
扑克、围棋我会都带去。
沙场再战,
那个世界你我仍牵手,
这辈子没做够的夫妻,
那里才是永交!

写于钟道新逝世一周年
《山西文学》二〇〇八年第八期

图书在版编目（CIP）数据

钟道新文集：全10册/钟道新著；宋宇明，苏华主编.--太原：三晋出版社；北京：作家出版社，2017.7
ISBN 978-7-5457-1548-4

Ⅰ.①钟… Ⅱ.①钟… ②宋… ③苏… Ⅲ.①中国文学—当代文学—作品综合集 Ⅳ.①I217.2

中国版本图书馆CIP数据核字（2017）第245046号

钟道新文集

著　　者：钟道新
主　　编：宋宇明　苏　华
责任编辑：张继红
责任印制：李佳音
出 版 者：山西出版传媒集团·三晋出版社（原山西古籍出版社）
地　　址：太原市建设南路21号
邮　　编：030012
电　　话：0351-4922268（发行中心）
　　　　　0351-4956036（总编室）
　　　　　0351-4922203（印制部）
网　　址：http://www.sjcbs.cn
经 销 者：新华书店
承 印 者：山西臣功印刷包装有限公司
开　　本：700mm×1000mm　1／16
印　　张：303.75　彩页：22
字　　数：3000千字
版　　次：2017年12月　第1版
印　　次：2017年12月　第1次印刷
书　　号：ISBN 978-7-5457-1548-4
定　　价：980.00元

版权所有　翻印必究